suhrkamp taschenbuch 4126

»Ich will dir erzählen, was aus uns geworden ist, nachdem du fort warst.« Mit diesen Worten richtet sich Isabel Allende in *Das Siegel der Tage* an ihre verstorbene Tochter Paula. Heitere, traurige, oft unglaubliche und doch immer tröstliche Geschichten, die sich nach dem schmerzhaften Verlust ihrer Tochter im Kreise des Allende-Clans zugetragen haben, hat die chilenische Erfolgsautorin hier aufgeschrieben.

Mit lebenskluger Wärme erzählt sie von unverhofften Begegnungen, Liebschaften, Trennungen und Versöhnungen; von den beiden lesbischen buddhistischen Nonnen, die sich wie selbstverständlich eines elternlosen Säuglings annehmen, oder von dem stoischen Buchhalter, der sich auf Befehl seiner chinesischen Mutter auf die Suche nach einer Ehefrau macht. Und schließlich lesen wir von der schicksalhaften Liebe zwischen zwei reifen Menschen, die gemeinsam alle Stromschnellen und Untiefen des Lebens gemeistert haben.

»Mit viel Verve und südamerikanischem Temperament komponiert Isabel Allende ein Kapitel der Geschichte ihrer Sippe.«

Dresdner Neueste Nachrichten

Isabel Allende, geboren 1942, arbeitete lange Zeit als Journalistin in Chile. Nach Pinochets Militärputsch am 11. September 1973 ging sie ins Exil, wo sie ihren Welterfolg *Das Geisterhaus* schrieb. Heute lebt sie mit ihrer Familie in Kalifornien. Ihr Werk, das weltweit millionenfach verkauft wird, erscheint auf deutsch im Suhrkamp Verlag.

Isabel Allende

Das Siegel der Tage

Aus dem Spanischen von
Svenja Becker

Suhrkamp

Die Originalausgabe erschien 2007 unter dem Titel
La suma de los días
bei Random House Mondadori, S. A., Barcelona.

Umschlagfoto: Allende Archives

2. Auflage 2012

Erste Auflage 2009
suhrkamp taschenbuch 4126

Druck: CPI – Ebner & Spiegel, Ulm
Printed in Germany
Umschlag: Göllner, Michels, Zegarzewski
ISBN 978-3-518-46126-6

Das Siegel der Tage

Die Launen der Muse bei Tagesanbruch

Meinem Leben fehlt es nicht an Dramatik, zirkusreifes Material, über das ich schreiben könnte, findet sich mehr als genug, und doch weiß ich am 7. Januar nicht, wohin mit mir. Letzte Nacht habe ich kein Auge zugetan, draußen tobte das Unwetter, der Wind brüllte in den Eichen und rüttelte an den Fenstern, die Sintflut der letzten Wochen hatte ihren Höhepunkt erreicht. Einige Wohngebiete im County standen bereits unter Wasser, die Feuerwehr hatte alle Hände voll zu tun, des gigantischen Desasters Herr zu werden, und die Leute verließen ihre Häuser und wateten bis zur Hüfte durch die Fluten, um zu retten, was zu retten war. Möbel trieben durch die Hauptstraßen, und auf den Verdecks versunkener Autos hockte manches verstörte Haustier und hoffte auf das rettende Herrchen, während die Presse aus dem Hubschrauber die Bilder von einem kalifornischen Winter einfing, der eher an einen Hurrikan in Louisiana erinnerte. Manche Viertel waren für zwei Tage ganz von der Außenwelt abgeschnitten, und als man endlich wieder hinkam und das Ausmaß der Schäden zutage trat, karrte man Trupps lateinamerikanischer Einwanderer herbei, die sich daranmachten, das Wasser mit Pumpen und die Trümmer von Hand wegzuschaffen. Unser Haus, hoch oben auf einem Hügel, ist dem peitschenden Wind ausgesetzt, der die Palmen niederdrückt und Bäume, die zu stolz sind, ihr Haupt zu beugen, zuweilen mitsamt der Wurzel ausreißt, aber von Überschwemmungen bleibt es verschont. Hin und wieder bauen sich während der heftigsten Sturmtage launische Brecher auf, die den einzigen Weg zu uns herauf unpassierbar machen; dann schauen wir, gefangen, von oben hinab auf das ungewohnte Schauspiel der wutschäumenden Bucht.

Ich mag den erzwungenen Rückzug im Winter. Ich lebe im Marin County, nördlich von San Francisco, zwanzig Minuten von der Golden Gate Bridge entfernt, zwischen Hügeln, die sich im Sommer golden und im Winter smaragdfarben kleiden, am Westufer der weiten Bucht. An klaren Tagen können wir in der Ferne noch zwei andere Brücken sehen, außerdem die verschwommene Silhouette der Häfen von Oakland und San Francisco, die schweren Containerschiffe, viele hundert Segelboote und darüber die Möwen wie weiße Papiertaschentücher. Im Mai tauchen die ersten Tollkühnen auf, die an bunten Gleitschirmen über das Wasser flitzen und die Ruhe der alten Asiaten stören, die am Abend auf den Felsen ihre Angeln auswerfen. Vom offenen Pazifik aus ist die schmale Einfahrt zur Bucht, die sich bei Tagesanbruch in Nebel hüllt, nicht zu sehen, und die ersten Seefahrer segelten daran vorbei, ohne zu ahnen, welche Schönheit sich hier verbirgt. Heute ist die Einfahrt von der schlanken Golden Gate Bridge mit den prächtigen roten Pfeilern gekrönt. Wasser, Himmel, Hügel und Wald – das ist meine Landschaft.

Nicht die Weltuntergangsböen waren es und auch nicht das Prasseln der Hagelkörner auf dem Dach, was mich letzte Nacht um den Schlaf brachte, sondern meine Unruhe, weil unvermeidlich der 8. Januar anbrechen würde. Seit fünfundzwanzig Jahren beginne ich an diesem Tag mit dem Schreiben, mehr aus Aberglauben als aus Disziplin: Ich fürchte, das Buch werde scheitern, sollte ich an einem anderen Tag anfangen, und daß ich den Rest des Jahres nicht werde schreiben können, wenn ich nicht am 8. Januar damit beginne. Anfang Januar liegen einige Monate hinter mir, in denen ich nicht geschrieben, sondern nach außen gekehrt, im Tumult der Welt gelebt habe, auf Reisen war, meine Bücher vorgestellt, Vorträge gehalten habe, immer von Menschen umgeben war, zu viel geredet habe. Trubel und Radau. Mehr als alles fürchte ich dann, taub geworden zu sein, die Stille nicht mehr zu hören. Ohne Stille bin ich aufgeschmissen.

Unter allerlei Vorwänden stand ich in der Nacht etliche Male auf, schlüpfte in Willies alte Kaschmirjacke, die mir zur zweiten Haut geworden ist, lief mit immer neuen Tassen heißer Schokolade in der Hand durch die Zimmer und wälzte dabei in meinem Kopf die Gedanken an das, was ich in ein paar Stunden schreiben würde, bis die Kälte mich ins Bett zurücktrieb, in dem Willie, gesegnet sei er, ungerührt schnarchte. Ich machte an seinem nackten Rücken fest, schob meine eisigen Füße zwischen seine langen, sehnigen Beine und atmete seinen überraschend jungen Geruch ein, der sich im Verlauf der Jahre nicht verändert hat. Nie wird er wach, wenn ich mich an ihn kuschle, nur wenn ich mich von ihm löse; er ist an meine Berührung gewöhnt, an meine Schlaflosigkeit und meine schweren Träume. Und wenn ich noch so viel nachts umherwandere, Olivia, die auf einer Bank am Fußende des Bettes schläft, wird auch nicht wach. Nichts vermag den Schlaf dieser dusseligen Hundedame zu stören, die Hausmäuse nicht, die sich manchmal aus ihren Löchern wagen, nicht das Odeur der Skunks bei der Paarung, nicht das Wispern der rastlosen Seelen im Dunkeln. Würde ein wahnsinniger Axtmörder bei uns einbrechen, sie wäre die letzte, die es mitkriegte. Sie ist über die Humane Society zu uns gekommen, ein mitleiderregendes Geschöpf mit einem gebrochenen Bein und mehreren angeknacksten Rippen, das man auf einer Müllkippe aufgelesen hatte. Einen Monat kauerte sie zitternd im Wandschrank zwischen meinen Schuhen, erholte sich aber nach und nach von den erlittenen Mißhandlungen, und als sie schließlich mit hängenden Ohren und niedergedrücktem Schwanz aus ihrem Versteck schlich, wurde uns klar, daß sie als Wachhund nicht zu gebrauchen ist: Sie schläft wie ein Stein.

Endlich legte sich der Zorn des Sturms, und mit dem

ersten hellen Schimmer im Fenster stand ich auf, duschte und zog mich an, während Willie in seinem Morgenmantel eines übernächtigten Scheichs in der Küche verschwand. Der Duft frisch gemahlenen Kaffees war wie ein Streicheln für mich – Aromatherapie. Unsere tägliche Routine schafft mehr Nähe zwischen uns als der Taumel der Leidenschaft; sind wir getrennt voneinander, ist es dieser behutsame Tanz, der uns am meisten fehlt. Wir brauchen das Gefühl, daß der andere bei uns ist, in diesem geschützten Raum, der allein uns gehört. Ein kühler Morgen, Kaffee mit Toastbrot, Zeit zum Schreiben, eine Hündin, die mit dem Schwanz wedelt, und mein Liebster: Besser könnte das Leben nicht sein. Danach nahm Willie mich zum Abschied in die Arme, denn ich brach zu einer langen Reise auf. »Viel Glück«, wünschte er mir leise wie jedes Jahr an diesem Tag, und ich ging mit Mantel und Regenschirm sechs Stufen vorm Eingang hinunter, am Pool entlang, siebzehn Meter durch den Garten und betrat das Häuschen, in dem ich schreibe, meinen Bau. Und hier bin ich jetzt.

Kaum hatte ich die Kerze angezündet, die mir beim Schreiben stets leuchtet, als meine Agentin Carmen Balcells aus Santa Fe anrief, diesem Dorf der verrückten Bergziegen südlich von Barcelona, aus dem sie stammt. Dort will sie ihre reifen Jahre in Frieden verbringen, weil sie aber nicht weiß, wohin mit ihrer Energie, kauft sie Haus für Haus den Ort auf.

»Lies mir den ersten Satz vor«, bat mich diese Übermutter.

Einmal mehr erklärte ich ihr, daß zwischen Kalifornien und Spanien neun Stunden Zeitdifferenz liegen. Von einem ersten Satz konnte die Rede noch nicht sein.

»Schreib über dein Leben, Isabel.«

»Das habe ich doch schon getan, weißt du das nicht mehr?«

»Das ist dreizehn Jahre her.«

»Meine Familie sieht sich nicht gern an die Öffentlichkeit gezerrt, Carmen.«

»Zerbrich dir darüber nicht den Kopf. Schick mir einen Brief von zwei-, dreihundert Seiten und laß den Rest meine Sorge sein. Wenn man sich zwischen einer Geschichte und der beleidigten Verwandtschaft zu entscheiden hat, wählt jeder professionelle Schriftsteller die Geschichte.«

»Sicher?«

»Ganz sicher.«

Erster Teil

In der zweiten Dezemberwoche des Jahres 1992, als es eben zu regnen aufgehört hatte, brachen wir im Kreis der Familie auf, um deine Asche auszustreuen, wie du, Paula, das, lange bevor du krank geworden warst, in einem Brief verfügt hattest. Dein Mann Ernesto war aus New Jersey, dein Vater aus Chile angereist, kaum daß wir sie über das Geschehene benachrichtigt hatten. Sie trafen rechtzeitig ein, um von dir Abschied zu nehmen – du lagst aufgebahrt unter einem weißen Laken –, ehe man dich zur Einäscherung brachte. Danach versammelten wir uns in einer Kirche, hörten die Messe und weinten miteinander. Dein Vater hätte eigentlich nach Chile zurückgemußt, wartete jedoch, daß der Regen nachließ, und als sich zwei Tage später schließlich die ersten zaghaften Sonnenstrahlen zeigten, fuhr die ganze Familie in drei Autos zu einem Wald. Dein Vater saß im ersten Wagen und führte uns. Er kennt sich hier nicht aus, hatte die Gegend aber in den Tagen zuvor durchstreift und nach dem Ort gesucht, der dir der liebste gewesen wäre. Es gibt hier viele Stellen, die man hätte wählen können, die Natur ist verschwenderisch, doch durch eine dieser Fügungen, die schon üblich sind bei allem, was dich betrifft, Tochter, führte er uns in ebenden Wald, durch den ich häufig gewandert war, wenn ich meinen Zorn und Kummer lindern wollte, als du krank lagst, in den Willie mich zum Picknick ausgeführt hatte, als wir uns gerade kennengelernt hatten, in dem Ernesto und du Hand in Hand spazierengingt, wenn ihr bei uns in Kalifornien zu Besuch wart. Dein Vater fuhr ein Stück in den Nationalpark hinein, stellte das Auto ab und winkte uns, ihm zu folgen. Er brachte uns geradewegs zu der Stelle, die auch ich gewählt hätte, denn hier war ich häufig gewesen, um für dich zu beten: ein

Bachlauf, gesäumt von hohen Sequoien, deren Kronen die Kuppel einer grünen Kathedrale bilden. Ein dünner Nebel hing in der Luft und ließ alle Konturen der Wirklichkeit verschwimmen; kaum ein Sonnenstrahl drang durch die Baumwipfel, aber die Blätter im Unterholz schimmerten winterfeucht. Der Boden roch würzig nach Humus und Dill. Dort, wo der Bach eine Biegung machte und das Wasser sich an Felsen und umgestürzten Stämmen etwas staute, blieben wir stehen. Ernst, mit bleichen Wangen, doch ohne eine Träne, denn die hatte er alle schon geweint, hielt Ernesto die Keramikurne mit deiner Asche in den Händen. Ein klein wenig davon hatte ich in einem Porzellankästchen verwahrt, um es immer auf meinem Altar zu haben. Nico hielt deinen kleinen Neffen Alejandro im Arm, und deine Schwägerin Celia hatte Andrea, die noch ein Säugling war, in Wollschals gewickelt an der Brust. Ich hatte einen Strauß Rosen mitgebracht, die ich, eine nach der anderen, ins Wasser warf. Danach nahmen wir alle, auch Alejandro mit seinen drei Jahren, eine Handvoll Asche aus der Urne und streuten sie ins Wasser. Einige Flocken trieben kurz zwischen den Rosen, doch die meisten sanken wie weißer Sand auf den Grund.

»Was ist das?« wollte Alejandro wissen.

»Deine Tante Paula«, sagte meine Mutter schluchzend.

»Sieht gar nicht so aus«, bemerkte er verwirrt.

Ich will dir erzählen, was seit 1993 aus uns geworden ist, nachdem du fort warst, und werde mich auf die Familie beschränken, weil die dich interessiert. Zwei von Willies Söhnen müssen dabei unerwähnt bleiben: Lindsay, weil ich ihn kaum kenne, wir uns nur etwa ein dutzendmal gesehen haben und über erste Höflichkeitsfloskeln nie hinausgekommen sind, und Scott, der auf diesen Seiten nicht auftauchen möchte. Du hattest ihn sehr gern, diesen hageren, einzelgängerischen Jungen mit der dicken Brille und den Wuschelhaaren. Heute ist er ein Mann von achtundzwanzig, sieht Willie ähnlich und nennt sich Harleigh; »Scott« hatte er sich mit fünf Jahren selber ausgesucht, weil ihm der Name gefiel, und er hat ihn lange benutzt, als Teenager aber schließlich den eigenen wieder für sich entdeckt.

Die erste, zu der meine Gedanken und Gefühle wandern, ist Jennifer, Willies einzige Tochter, die zu Beginn jenes Jahres zum dritten Mal aus der Klinik weglief, in der ihre geschundenen Knochen wegen einer der vielen Infektionen gelandet waren, die sie in ihrem kurzen Leben schon hatte durchstehen müssen. Die Polizei gab nicht einmal vor, nach ihr zu suchen, ihr Fall war nur einer unter vielen, und diesmal halfen auch Willies juristische Kontakte nicht weiter. Der Arzt, ein großgewachsener, zurückhaltender Philippine, der ihr durch schiere Hartnäckigkeit das Leben gerettet hatte, als sie fieberschlotternd in die Klinik eingeliefert wurde, und der sie bereits kannte, weil er sie die beiden vorangegangenen Male behandelt hatte, erklärte Willie, er müsse seine Tochter umgehend finden oder sie werde sterben. Wenn sie über Wochen massive Gaben von Antibiotika bekäme, könne sie durchkommen, sagte er, aber einen Rückfall werde sie wohl nicht überleben. Wir saßen in einem gelbgestrichenen Wartezimmer mit Plastikstühlen, Plakaten zu Mammographie und Aidstests an den Wänden und voller Patienten, die dringend darauf warteten, behandelt zu werden. Der Arzt nahm seine Nickelbrille ab, wischte sie mit einem Papiertuch sauber und antwortete nur zögernd auf unsere Fragen. Er hatte weder für Willie noch für mich viel übrig, hielt mich vielleicht für Jennifers Mutter. In seinen Augen waren wir schuld, hatten Jennifer vernachlässigt und kamen jetzt, zu spät, reuig zu ihm. Er vermied es, uns Einzelheiten zu nennen, weil die unter die Schweigepflicht fielen, aber Willie erfuhr doch, daß die zu Spänen gewordenen Knochen und die vielfältigen Infektionen seiner Tochter nicht alles waren, sondern ihr Herz nicht mehr lange mitmachen würde. Seit neun Jahren spielte Jennifer nun schon mit dem Tod Katz und Maus.

Wir hatten sie in den Wochen zuvor in der Klinik gesehen, an den Handgelenken fixiert, damit sie sich im Fieber nicht die Schläuche aus der Haut riß. Sie war süchtig nach nahezu allen bekannten Drogen, von Tabak bis Heroin; mir ist unbegreiflich, wie ihr Körper diesem Mißbrauch standhalten konnte. Weil man keine gesunde Vene fand, um ihr die Medikamente zu verabreichen, wurde ihr eine Sonde an eine Arterie der Brust gelegt. Nach einer Woche kam sie von der Intensivstation in ein Dreibettzimmer, das sie mit anderen Patienten teilte, war nicht mehr festgeschnallt und wurde weniger streng überwacht als zuvor. Von da an besuchte ich sie täglich und brachte ihr, was sie sich wünschte, Parfüm, Nachthemden, Musik, aber alles verschwand sofort wieder. Wahrscheinlich kamen ihre miesen Freunde außerhalb der Besuchszeiten vorbei und versorgten sie mit Drogen, die sie, weil sie kein Geld hatte, mit meinen Geschenken bezahlte. Als Teil der Behandlung bekam sie Methadon, das ihr helfen sollte, den Entzug durchzustehen, aber daneben verabreichte sie sich über die Sonde, was immer ihre Lieferanten ihr ins Krankenhaus schmuggelten. Ein paarmal war es an mir, sie zu waschen. Ihre Knöchel und Füße waren geschwollen, ihr Körper von Schrammen und Schrunden gezeichnet, von den Spuren infizierter Nadeln, von Narben und einem Piratenschmiß quer über den Rücken. »Von einem Messer«, war alles, was sie dazu sagte.

Willies Tochter war ein blondes Mädchen gewesen, mit großen blauen Augen wie ihr Vater, aber aus jener Zeit waren nur wenige Fotos geblieben, und niemand erinnerte sich mehr daran, wie sie gewesen war, die Klassenbeste, brav und adrett. Auf den Bildern hatte sie etwas Ätherisches. Ich lernte sie 1988 kennen, kurz nachdem ich nach Kalifornien gekommen war, um mit Willie zu leben, und damals war sie noch hübsch, auch wenn ihr Blick bereits ausweichend war und diese nebelhafte Unaufrichtigkeit sie umgab wie ein dunkler Schatten. Im Überschwang meiner frischen Liebe zu Willie wunderte ich mich nicht weiter, als er mich eines Sonntags im Winter in ein Gefängnis im Osten der Bucht von San Francisco mitnahm. Lange standen wir in einem unwirtlichen Hof in einer Schlange mit anderen Besuchern, fast ausschließlich Schwarzen oder Latinos, bis das Gittertor geöffnet wurde und man uns in ein düsteres Gebäude ließ. Die wenigen Männer wurden von den vielen Frauen und Kindern getrennt. Ich weiß nicht, was Willie erlebte, mir jedenfalls nahm eine uniformierte Matrone die Handtasche ab, schob mich hinter einen Vorhang und versenkte ihre Hände an Stellen, an die sich noch niemand gewagt hatte, das alles schroffer als nötig, vielleicht weil mein Akzent mich verdächtig machte. In der Besucherschlange hatte mich eine Bauersfrau aus El Salvador zum Glück vorgewarnt und gesagt, ich solle keine Scherereien machen, weil es dann noch viel übler würde. Endlich trafen Willie und ich uns in einem Trailer wieder, der für die Besuche der Gefangenen hergerichtet war, ein langer, schmaler Schlauch mit einer Trennwand aus Hasendraht, hinter der Jennifer saß. Sie war seit zwei Monaten im Gefängnis; sauber und gut genährt, wirkte sie, verglichen mit ihren vierschrötigen Mitgefangenen, wie ein Schulmädchen am Sonntag. Ihren Vater begrüßte sie unendlich niedergeschlagen. In den Jahren danach lernte ich, daß sie immer weinte, wenn sie mit Willie zusammen war, ich weiß nicht, ob aus Scham oder aus Groll. Willie stellte mich kurz als eine »Freundin« vor, obwohl wir schon seit einer Weile zusammenlebten, und blieb mit verschränkten Armen und trotzig gesenktem Blick vor dem Hasendraht stehen. Ich hielt mich etwas abseits und beobachtete die beiden, hörte durch das Gewirr der anderen Stimmen Fetzen ihres Gesprächs mit.

»Weshalb diesmal?«

»Was soll die Frage? Das weißt du doch. Hol mich hier raus, Papa.«

»Kann ich nicht.«

»Bist du Anwalt oder was?«

»Das letzte Mal habe ich dir gesagt, daß ich dir nicht noch einmal helfe. Du hast dich für dieses Leben entschieden, also bezahl auch dafür.«

Sie wischte sich die Tränen mit dem Ärmel fort, aber sie rannen immer weiter über ihre Wangen, während sie nach ihren Brüdern und ihrer Mutter fragte. Kurz darauf verabschiedeten sich die beiden, und sie wurde von derselben Frau in Uniform fortgebracht, die meine Handtasche durchwühlt hatte. Damals besaß Jennifer noch einen letzten Rest Unschuld, doch als sie Jahre später aus der Obhut dieses philippinischen Arztes aus der Klinik davonlief, war von dem Mädchen, das ich seinerzeit im Gefängnis kennengelernt hatte, nichts mehr geblieben. Mit sechsundzwanzig Jahren sah sie aus wie eine Frau von sechzig.

Als wir das Gefängnis verließen, regnete es, und durchnäßt rannten Willie und ich die zwei Straßen bis zu dem Parkplatz, auf dem unser Auto stand. Ich fragte ihn, warum er so kalt mit seiner Tochter umging, nicht dafür sorgte, daß sie einen Entzug machte, und sie statt dessen hinter Gittern ließ.

»Weil sie dort sicherer ist«, sagte er.

»Kannst du denn nichts tun? Es muß doch irgendeine Behandlung geben!«

»Es bringt nichts, sie hat sich nie helfen lassen wollen, und ich kann sie nicht mehr zwingen, sie ist volljährig.«

»Wenn sie meine Tochter wäre, ich würde Himmel und Erde in Bewegung setzen, um sie zu retten.«

»Sie ist nicht deine Tochter«, sagte er mit einer Art dumpfem Groll in der Stimme.

Damals scharwenzelte ein junger Christ um Jennifer herum, einer dieser Trinker, die durch die frohe Botschaft erlöst worden sind und sich nun der Religion ebenso inbrünstig widmen wie zuvor der Flasche. Wir sahen ihn manchmal an den Besuchstagen im Gefängnis, stets mit der Bibel in der Hand und dem beseelten Lächeln der von Gott Auserwählten auf den Lippen. Immer begrüßte er uns mit der Mitleidsmiene, die den verirrten Schäfchen Gottes vorbehalten war, und das machte Willie rasend, erzielte bei mir indes die erwünschte Wirkung: Ich bekam ein schlechtes Gewissen. Es braucht sehr wenig, damit ich mich schuldig fühle. Hin und wieder nahm der Beseelte mich beiseite, und während er das Neue Testament bemühte – »Aber Jesus sprach zu denen, die die Ehebrecherin steinigen wollten: Wer von euch ohne Sünde ist, der werfe den ersten Stein auf sie« –, sah ich fasziniert auf seine schlechten Zähne und versuchte dem Niesel seiner feuchten Aussprache zu entgehen. Ich habe keine Ahnung, wie alt er war. Solange er den Mund hielt, wirkte er mit seinem pickligen Milchgesicht sehr jung, aber dieser Eindruck war sofort dahin, wenn er mit schriller Stimme und großer Geste zu predigen anhob. Anfangs versuchte er Jennifer durch die Logik seines Glaubens in die Reihen der Gerechten zu locken, biß damit aber bei ihr auf Granit. Dann entschied er sich für bescheidene Geschenke, die bessere Ergebnisse zeitigten: Für eine Handvoll Zigaretten ließ Jennifer auch eine Weile evangelikale Belehrungen über sich ergehen. Als sie entlassen wurde, erwartete er sie in einem sauberen Hemd und einer Parfümwolke vor dem Tor. Er pflegte uns zu nachtschlafener Zeit anzurufen, um uns von seinem Schützling zu berichten und Willie daran zu gemahnen, daß er seine Sünden bereuen und dem Herrn sein Herz aufschließen müsse, weil er dann die Taufe der Auserwählten erhalten und unter dem Schirm der göttlichen Liebe erneut zu seiner Tochter finden könne. Er wußte nicht, mit wem er es zu tun hatte: Willie ist der Sohn eines ausgeflippten Predigers, er ist in einem Zelt aufgewachsen, in dem sein Vater mit einer dicken zahmen Schlange um die Hüften den Gläubigen seine erfundene Religion verkündete; sobald etwas nur nach Predigt riecht, sieht Willie zu, daß er fortkommt. Dieser kleine Evangelikale war nach Jennifer verrückt, von ihr geblendet wie eine Motte vom Licht. Er war hin- und hergerissen zwischen mystischer Inbrunst und fleischlicher Begierde, dem Wunsch, die Seele dieser Magdalena zu retten, und dem Verlangen nach ihrem Körper, der zwar ein wenig beschädigt, aber doch immer noch erregend sei, wie er uns einmal derart treuherzig gestand, daß wir uns nicht über ihn lustig machen konnten. »Ich werde dem Rausch der Wollust nicht verfallen, ich werde sie heiraten«, versicherte er uns und ließ gleich darauf einen Sermon über die Keuschheit in der Ehe vom Stapel, daß uns die Spucke wegblieb. »Der Typ ist dumm oder schwul«, war Willies Kommentar dazu, doch klammerte er sich dennoch an diese Heiratsidee, weil der schräge Vogel mit den guten Absichten seine Tochter vielleicht retten würde. Als er Jennifer allerdings auf Knien seinen Antrag machte, lachte die ihn nur aus. Der kleine Prediger wurde in einer Spelunke am Hafen totgeschlagen, als er einmal abends die friedvolle Botschaft Jesu unter Seeleuten und Zuhältern verkünden wollte, die nicht gut aufs Christentum zu sprechen waren. Wir wurden nie mehr um Mitternacht von seinen messianischen Anrufen geweckt.

Jennifer hatte als Kind immer abseits gestanden, war übergangen worden, während ihr zwei Jahre älterer Bruder Lindsay alle Aufmerksamkeit der Erwachsenen absorbierte, weil er nicht zu bändigen war. Sie war ein Mädchen mit guten Manieren, schwer zu durchschauen, und besaß einen für ihr Alter zu ausgefeilten Humor. Sie lachte über sich selbst, ein helles und ansteckendes Lachen. Niemand ahnte, daß sie sich nachts durch ein Fenster davonstahl, bis sie einmal meilenweit von daheim aufgegriffen wurde, in einer der übelsten Gegenden von San Francisco, wo sich die

Polizei nach Einbruch der Dunkelheit nur ungern blicken ließ. Damals war sie fünfzehn. Ihre Eltern waren seit Jahren geschieden; beide führten ihr eigenes Leben, und vielleicht unterschätzten sie die Schwere des Problems. Willie hatte Mühe, in dem Mädchen mit den schwarz geschminkten Augen, das sich weder auf den Beinen halten noch sprechen konnte und schlotternd in einer Arrestzelle lag, seine Tochter zu erkennen. Stunden später, sicher in ihrem Bett und wieder etwas klarer im Kopf, gelobte Jennifer ihrem Vater Besserung und daß sie nie wieder solche Dummheiten machen werde. Er glaubte ihr. Alle Heranwachsenden stolpern mal und fallen; er selbst hatte als Junge ja auch seine Schwierigkeiten mit dem Gesetz gehabt. Das war in Los Angeles gewesen, als er dreizehn war. Er hatte Eiscreme geklaut und mit den mexikanischen Jungs aus dem Viertel Gras geraucht. Mit vierzehn war ihm klargeworden, daß er sich allein aus dem Sumpf ziehen mußte oder darin stekkenbleiben würde, weil er niemanden hatte, der ihm half, also ließ er die Straßengangs hinter sich, machte die Schule fertig, arbeitete, um sich das Studium zu finanzieren, und wurde Anwalt.

Daß sie aus der Klinik und der Obhut des philippinischen Arztes davongelaufen war, kostete Jennifer nicht das Leben, denn sie war sehr stark, auch wenn sie nicht so aussah, und längere Zeit hörten wir nichts von ihr. Irgendwann im Winter erreichte uns das vage Gerücht, sie sei schwanger, doch hielten wir das für ausgeschlossen; sie hatte uns selbst gesagt, sie könne keine Kinder bekommen, sie hatte zu viel Schindluder mit ihrem Körper getrieben. Drei Monate später erschien sie in Willies Büro, um ihn um Geld anzugehen, was so gut wie nie vorkam: Lieber schlug sie sich allein durch, dann mußte sie keine Erklärungen abgeben. Ihre Augen suchten verzweifelt nach einem Halt, den sie nicht fanden, und ihre Hände zitterten, aber ihre Stimme klang fest.

»Ich bin schwanger«, verkündete sie ihrem Vater.

»Unmöglich!«

»Das dachte ich auch, aber schau …« Sie knöpfte das Männerhemd auf, das ihr bis zu den Knien reichte, und zeigte ihm eine Wölbung, so groß wie eine Pampelmuse. »Es wird ein Mädchen, und sie kommt im Sommer zur Welt. Ich werde sie Sabrina nennen. Ich habe den Namen immer gemocht.«

Jedes Leben ein Roman

Ich verbrachte fast das ganze Jahr 1993 hinter geschlossenen Türen mit meinen Tränen und Erinnerungen und schrieb dabei an dich, Paula, konnte jedoch eine lange Lesereise nicht abwenden, auf der ich in mehreren nordamerikanischen Städten *Der unendliche Plan* vorstellen sollte, einen Roman, der von Willies Leben inspiriert ist; das Buch war gerade auf englisch erschienen, geschrieben hatte ich es indes bereits zwei Jahre zuvor, und in Europa war es schon in etlichen Sprachen erhältlich. Den Titel hatte ich Willies Vater entwendet, dessen Wanderreligion sich »Der unendliche Plan« nannte. Willie schickte mein Buch als Geschenk an alle seine Freunde und Bekannten, ich schätze, er kaufte die gesamte erste Auflage auf. Er prahlte damit, als handelte es sich um seine Biographie, und ich mußte ihn erinnern, daß es eine fiktive Geschichte war. »Mein Leben ist ein Roman«, entgegnete er. Jedes Leben kann wie ein Roman erzählt werden, wir alle sind die Hauptfigur unserer eigenen Geschichte. Gerade eben, während ich das schreibe, befallen mich Zweifel. Hat sich alles so zugetragen, wie ich mich daran erinnere und davon berichte? Sicher, ich schaue in den Briefwechsel mit meiner Mutter, in dem wir einander jeden Tag mehr oder weniger wahrheitsgetreu von den banalsten wie von der bedeutendsten Ereignissen unseres Lebens berichten, doch was ich hier niederschreibe, bleibt subjektiv. Willie meinte, das Buch sei wie eine Karte seines Lebenswegs, und bedauerte dann, daß Paul Newman schon etwas zu alt für die Hauptrolle war, sollte der Stoff je verfilmt werden. »Dir ist sicher nicht entgangen, daß Paul Newman mir ähnlich sieht«, sagte er, bescheiden wie immer. Bisher hatte ich nicht darauf geachtet, aber ich habe Willie nicht gekannt, als er jung war und die beiden einander gewiß glichen wie ein Ei dem andern.

In den Vereinigten Staaten erschien das Buch zu einem schlechten Zeitpunkt für mich; ich wollte niemanden sehen, und der Gedanke an die Lesereise belastete mich. Ich war krank vor Kummer, besessen von der Vorstellung, was ich hätte tun können und nicht getan hatte, um dich zu retten. Warum hatte ich die Schludrigkeit der Ärzte in diesem Madrider Krankenhaus nicht erkannt? Warum hatte ich dich nicht dort rausgeholt und sofort nach Kalifornien gebracht? Warum, warum ... Ich schloß mich in dem Zimmer ein, in dem du deine letzten Tage verbracht hast, aber noch nicht einmal an diesem mir heiligen Ort fand ich so etwas wie Frieden. Es sollten viele Jahre vergehen, ehe du mir zu einer sanften und verläßlichen Gefährtin wurdest. Damals war dein Fehlen ein stechender Schmerz, ein Lanzenstoß in der Brust, der mich manchmal in die Knie zwang.

Auch machte ich mir Sorgen um Nico, weil wir kurz zuvor erfahren hatten, daß auch er an Porphyrie leidet. »Paula ist nicht an Porphyrie gestorben, sondern am Pfusch der Ärzte«, versuchte dein Bruder mich zu beschwichtigen, aber er war selbst beunruhigt, weniger wegen sich als wegen seiner beiden Kinder und dem dritten, das unterwegs war. Womöglich hatte er seinen Kindern dieses verfluchte Erbe mitgegeben; wir würden es erfahren, wenn sie alt genug für die Tests wären. Drei Monate nach deinem Tod hatte Celia uns eröffnet, daß sie erneut schwanger war, was ich bereits vermutet hatte, weil sich um ihre Augen die dunklen Ringe der Schlaflosen zeigten und ich von dem Kind geträumt hatte, wie ich von Alejandro und Andrea geträumt hatte, ehe sie sich im Bauch ihrer Mutter regten. Drei Kinder in fünf Jahren, es war die blanke Unvernunft; Nico und Celia hatten keine feste Arbeit, und ihre Studentenvisa würden bald ablaufen, aber wir feierten die Neuigkeit trotzdem. »Seid unbesorgt, jedes Kind bringt sein Glück mit«, sagte meine Mutter, als sie davon erfuhr. Und so war es auch. Noch in derselben Woche beantragten wir für Nico und seine Familie eine dauerhafte Aufenthaltsgenehmigung; ich hatte nach fünf Jahren Wartezeit die Staatsangehörigkeit der USA bekommen und konnte für sie bürgen.

Willie und ich hatten uns 1987 kennengelernt, drei Monate, bevor du Ernesto trafst. Jemand behauptete damals dir gegenüber, ich hätte deinen Vater wegen Willie verlassen, aber ich kann dir versichern, daß das nicht stimmt. Dein Vater und ich hatten neunundzwanzig Jahre miteinander verbracht, ich war fünfzehn, er knapp zwanzig gewesen, als wir uns kennenlernten. Daß ich drei Monate nach unserem Entschluß, uns scheiden zu lassen, Willie finden würde, konnte ich nicht ahnen. Die Literatur führte uns zusammen: Willie hatte meinen zweiten Roman gelesen und war neugierig, mich bei einer Stippvisite im Norden Kaliforniens kennenzulernen. Mein Anblick war ernüchternd, weil ich überhaupt nicht der Typ Frau bin, der ihm gefällt, aber er überspielte das recht gekonnt und schwört heute Stein und Bein, er habe sofort eine »spirituelle Verbindung« gespürt. Keine Ahnung, was das sein soll. Ich wiederum mußte mich sputen, denn auf dieser verrückten Reise hüpfte ich kreuz und quer wie ein Gummiball von Stadt zu Stadt. Ich rief dich an, um deinen Rat zu hören, und du meintest lachend, weshalb ich denn fragte, es stehe doch schon fest, daß ich mich Hals über Kopf in dieses Abenteuer stürzen würde. Ich erzählte es Nico und bekam ein entgeistertes »In deinem Alter, Mama!« zu hören. Ich war fünfundvierzig und stand für ihn wohl bereits mit einem Fuß im Grab. Wenn das so war, dann hatte ich keine Zeit zu verlieren, ich mußte zum Punkt kommen. Meine Eile machte mit Willies verständlicher Vorsicht kurzen Prozeß. Ich brauche hier nicht zu wiederholen, was du schon weißt und was ich schon oft erzählt habe; Willie sagt, ich hätte fünfzig Versionen davon, wie unsere Liebe begann, und alle würden stimmen. Nur so viel: Wenige Tage nach unserem Telefonat ließ ich mein altes Leben hinter mir und landete uneingeladen vor der Haustür des Mannes, für den ich entflammt war. Nico behauptet, ich hätte »meine Kinder im Stich gelassen«, aber du warst zum Studieren in Virginia und er mit seinen einundzwanzig Jahren ein ausgewachsenes Mannsbild und auf die Hätscheleien seiner Mama nicht mehr angewiesen. Als Willie sich von dem Schock erholt hatte, mich mit der Reisetasche über der Schulter vor seiner Tür zu sehen, begannen wir unser gemeinsames Leben mit Enthusiasmus, über die kulturellen Hürden hinweg und trotz der Schwierigkeiten seiner Kinder, mit denen weder er noch ich umzugehen verstand. Willies Leben und seine Familie kamen mir vor wie ein schlechter Film, in dem nichts lief, wie es sollte. Wie oft rief ich bei dir an, um dich um Rat zu fragen? Bestimmt täglich. Und immer war deine Antwort: »Was ist das Großzügigste, was du in diesem Fall tun kannst, Mama?« Acht Monate später heirateten Willie und ich. Nicht auf sein, sondern auf mein Drängen hin. Als ich begriff, daß aus der Leidenschaft der ersten Stunde Liebe zu werden begann und ich wahrscheinlich in Kalifornien bleiben würde, beschloß ich, meine Kinder zu mir zu holen. Um dich und deinen Bruder in meiner Nähe zu haben, brauchte ich die amerikanische Staatsbürgerschaft, also blieb mir nichts anderes übrig, als meinen Stolz Stolz sein zu lassen und Willie einen Antrag zu machen. Er reagierte nicht trunken vor Glück, wie ich vielleicht zu hoffen gewagt hatte, sondern verschreckt, weil das romantische Lodern in seinem Innern nach mehreren gescheiterten Liebesbeziehungen erloschen war, aber irgendwann hatte ich ihn doch soweit. Also, um ehrlich zu sein, es war nicht weiter schwierig: Ich setzte ihm eine Frist bis um zwölf Uhr am nächsten Tag und begann meine Sachen zu packen. Fünfzehn Minuten vor Ablauf des Ultimatums nahm Willie meinen Antrag an, auch wenn er nie begreifen konnte, weshalb ich so stur darauf bestand, Nico und dich bei mir zu haben, schließlich verlassen in den Vereinigten Staaten die Kinder das Elternhaus, sobald sie mit der Schule fertig sind, und kommen dann nur noch an Weihnachten und Thanksgiving zu Besuch. Die chilenische Sitte, für immer als Clan zusammenzuleben, ist den Amerikanern ein Greuel.

»Zwing mich nicht, mich zwischen den Kindern und dir zu entscheiden!« warnte ich ihn damals.

»Wo denkst du hin. Aber bist du dir sicher, daß sie in deiner Nähe leben wollen?«

»Eine Mutter hat immer das Recht, ihre Kinder zu sich zu rufen.«

Wir wurden von einem Herrn getraut, der seine Berechtigung dazu vermittels einer Zahlung von fünfundzwanzig Dollar mit der Post bekommen hatte, weil Willie – als Anwalt – keinen befreundeten Richter dafür auftreiben konnte. Mir war das nicht geheuer. Es war der heißeste Tag in der Geschichte von Marin County. Die Feier fand in einem italienischen Restaurant ohne Klimaanlage statt, die Torte schmolz restlos, dem Fräulein an der Harfe wurde schwarz vor Augen, und die schweißgebadeten Gäste entledigten sich nach und nach ihrer Kleidung. Am Ende trugen die Männer weder Hemd noch Schuhe, die Frauen weder Strümpfe noch Unterwäsche. Außer deinem Bruder und dir, meiner Mutter und meinem amerikanischen Verleger, die von weither angereist waren, um mir beizustehen, kannte ich keine Menschenseele. Ich bin den Verdacht nie losgeworden, daß diese Heirat nicht vollends legal war, und hoffe, wir ermannen uns eines Tages und heiraten anständig.

Du mußt nicht denken, ich wäre nur aus Berechnung Willies Frau geworden, schließlich hatte er in mir, wie Ernesto in dir, diese romanhafte Wollust geweckt, wegen der die Frauen unserer Sippe alle Vernunft fahren lassen, aber in unserem Alter war es außer wegen der Aufenthaltserlaubnis nicht notwendig zu heiraten. Wären die Umstände andere gewesen, wir hätten ohne Trauschein zusammengelebt, was Willie zweifellos vorgezogen hätte, aber ich war nicht bereit, auf meine Familie zu verzichten, und wenn dieser widerspenstige Liebhaber hundertmal wie Paul Newman aussah. Mit dir und Nico hatte ich während der Militärdiktatur in den siebziger Jahren Chile verlassen, mit euch hatte ich bis Ende der achtziger Jahre in Venezuela gelebt, und zusammen mit euch wollte ich in den neunziger Jahren in die USA einwandern. Ich zweifelte nicht daran, daß es deinem Bruder und dir bei mir in Kalifornien bessergehen würde als über die Welt verstreut, aber mit den juristischen Verzögerungen hatte ich nicht gerechnet. Es vergingen fünf Jahre, lang wie fünf Jahrhunderte, und unterdessen heirateten Nico und Celia in Venezuela und du und Ernesto in Spanien, was ich allerdings nie als ernstzunehmendes Hindernis ansah. Nach einer Weile hatte ich Nico und seine Familie zwei Straßen von uns daheim untergebracht, und hätte der Tod dich nicht so früh von mir fortgerissen, würdest du jetzt auch nebenan wohnen.

Ich brach also 1993 zu dieser Reise durch die Vereinigten Staaten auf, um für meinen neuen Roman zu werben und die Vorträge zu halten, die ich im Jahr zuvor abgesagt hatte, als ich nicht von deiner Seite weichen konnte. Hast du gespürt, daß ich bei dir war, Tochter? Das habe ich mich oft gefragt. Was hast du geträumt in der langen Nacht des Jahres 92? Daß du geträumt hast, weiß ich sicher, denn deine Augen bewegten sich unter den Lidern, und manchmal schrecktest du hoch. Im Koma zu liegen muß sein, wie wenn man im dichten Nebel eines Albtraums gefangen ist. Die Ärzte behaupteten, du nähmst nichts wahr, aber mir fällt es schwer, das zu glauben.

Auf der Reise hatte ich einen Beutel voller Schlaftabletten, Pillen gegen eingebildete Schmerzen, zum Ersticken meines Kummers und gegen die Angst vor dem Alleinsein dabei. Willie konnte mich nicht begleiten, weil er arbeiten mußte; seine Kanzlei war selbst sonntags geöffnet, der Warteraum immer voller Bittsteller, und auf seinem Schreibtisch stapelten sich die anhängigen Fälle. Zu der Zeit hatte er sich in die Tragödie eines mexikanischen Einwanderers verbissen, der aus dem fünften Stock eines Rohbaus in San Francisco in den Tod gestürzt war. Der Mann hieß Jovito Pacheco und war neunundzwanzig Jahre alt gewesen. Offiziell gab es ihn nicht. Das Bauunternehmen tat unschuldig, weil der Name nicht in seinen Personallisten stand. Der Subunternehmer war nicht versichert und behauptete ebenfalls, einen Pacheco nicht zu kennen; er hatte ihn einige Tage zuvor zusammen mit zwanzig weiteren Illegalen von einem Lastwagen herunter angeheuert und zu der Baustelle gekarrt. Jovito Pacheco war Bauer und noch nie auf einem Gerüst gewesen, aber er besaß ein breites Kreuz und wollte unbedingt arbeiten. Niemand sagte ihm, er solle einen Sicherungsgurt benutzen. »Und wenn ich die halbe Welt vor Gericht zerren muß, ich sorge dafür, daß diese arme Familie eine Entschädigung bekommt!« hörte ich tausendmal von Willie. Offenbar war es kein einfacher Fall. Willie hatte ein verblichenes Foto der Familie Pacheco im Büro: Vater, Mutter, Großmutter, drei kleine Kinder und ein Säugling, alle für den Kirchgang zurechtgemacht und in einer Reihe nebeneinander unter der sengenden Sonne auf einem mexikanischen Dorfplatz. Der einzige mit Schuhen an den Füßen war Jovito Pacheco, ein dunkelhäutiger Indio mit einem stolzen Lächeln auf den Lippen und einem verbeulten Strohhut in der Hand.

Ich war auf meiner Rundreise von Kopf bis Fuß schwarz gekleidet, eine elegante Farbe, wie ich mir einredete, denn noch nicht einmal vor mir selbst wollte ich zugeben, daß ich Trauer trug. »Du siehst aus wie eine chilenische Witwe«, sagte Willie und schenkte mir ein feuerwehrrotes Halstuch. Ich kann mich nicht an die Städte erinnern, in denen ich war, nicht an die Menschen, mit denen ich sprach, nicht an das, was ich tat, und es spielt keine Rolle, nur daß ich mich in New York mit Ernesto traf. Dein Mann war ganz aufgeregt, als ich ihm von dem Buch erzählte, das ich über dich schrieb. Wir weinten zusammen, und unsere gemeinsame Trauer löste einen Hagelsturm über der Stadt aus. »Daß es um die Jahreszeit hagelt, kommt vor«, sagte Nico am Telefon zu mir. Mehrere Wochen verbrachte ich wie hypnotisiert fern von den Meinen. Abends sank ich von Schlaftabletten betäubt in unbekannte Betten, und morgens spülte ich die Albträume mit pechschwarzem Kaffee fort. Ich telefonierte mit den in Kalifornien Gebliebenen und schickte meiner Mutter Briefe per Fax, die mit der Zeit getilgt wurden, weil sie mit lichtempfindlicher Tinte ausgedruckt waren. Viele Ereignisse dieser Zeit sind verloren; ich bin sicher, es ist besser so. Ich zählte die Tage, bis ich wieder nach Hause zurück und mich vor der Welt verkriechen konnte; ich wollte bei Willie schlafen, mit meinen Enkeln spielen und Trost darin finden, in der Werkstatt meiner Freundin Tabra Halsketten zu machen.

Ich hörte, Celia verliere in der Schwangerschaft Gewicht, statt welches zuzulegen, mein Enkel Alejandro gehe schon mit dem Ranzen in den Kindergarten und Andrea müsse an den Augen operiert werden. Meine Enkelin war sehr klein, hatte einen goldenen Flaum auf dem Kopf und schielte zum Gotterbarmen; ihr linkes Auge tat, was es wollte. Sie war zurückhaltend und still, schien immer etwas auszuhekken und hielt sich beim Daumenlutschen an einem Baumwolltuch – ihrem »Tuto« – fest, das sie nie aus der Hand gab. Du hast für Kinder nie etwas übrig gehabt, Paula. Einmal, als du zu Besuch warst und Alejandros Windel wechseln mußtest, gestandst du mir, daß es dich, je mehr du mit deinem Neffen zu tun hattest, desto weniger reizte, Mutter zu sein. Andrea hast du nie kennengelernt, aber in der Nacht, als du starbst, schlief sie zusammen mit ihrem Bruder am Fußende deines Betts.

Im Mai rief mich Willie in New York an mit der Nachricht, daß Jennifer allen wissenschaftlichen Prognosen und den Gesetzen der Wahrscheinlichkeit zum Trotz ein Mädchen geboren hatte. Die Wehen waren durch eine starke Dosis Rauschgift ausgelöst worden, und Sabrina kam zwei Monate zu früh zur Welt. Jemand hatte einen Krankenwagen gerufen, und der hatte Jennifer in eine katholische Privatklinik gebracht, wo man nie zuvor jemanden in einem solchen Zustand der Vergiftung gesehen hatte. Es war die nächstgelegene Notaufnahme. Das rettete Sabrina das Leben, denn in der staatlichen Klinik des Armenviertels von Oakland, in dem Jennifer wohnte, wäre sie, gezeichnet von den Drogen im Bauch der Mutter, wie Hunderte anderer Kinder sofort nach der Geburt zum Tod verurteilt gewesen; niemand hätte sich lange mit ihr aufgehalten, dieses winzige Persönchen wäre durch das Raster des überforderten Systems öffentlicher Gesundheitsversorgung gerutscht. So aber fingen die geschickten Hände des Stationsarztes sie auf, als sie in diese Welt gespien wurde, und er sollte der erste werden, den der durchdringende Blick der Kleinen bezauberte. »Sie wird schwerlich durchkommen«, urteilte er, nachdem er sie untersucht hatte, war aber bereits von ihren dunklen Augen in Bann geschlagen und ging nach Dienstschluß am Abend nicht nach Hause. Mittlerweile war auch eine Kinderärztin eingetroffen, und gemeinsam verbrachten sie die halbe Nacht neben dem Brutkasten und beratschlagten, wie sie das Neugeborene entgiften könnten, ohne ihm noch mehr zu schaden, und wie es zu ernähren wäre, denn es schluckte nicht. Um die Mutter kümmerten sie sich nicht, sie hatte die Klinik verlassen, kaum daß sie von der Bahre hatte aufstehen können.

Ein dumpfer Schmerz zerriß Jennifers Becken, und sie erinnerte sich nicht genau, was geschehen war, nur an die beängstigende Sirene des Krankenwagens, einen langen Gang mit gleißenden Lichtern und an Gesichter, die ihr Anweisungen zubrüllten. Sie glaubte, daß sie ein Mädchen zur Welt gebracht hatte, konnte aber nicht bleiben, um Genaueres herauszufinden. Man hatte sie zum Ausruhen in ein Zimmer gelegt, nach einer Weile machten sich jedoch die ersten Entzugserscheinungen bemerkbar, sie zitterte vor Übelkeit, war schweißgebadet und fühlte sich am ganzen Körper wie elektrisiert; sie zog sich irgendwie an und stahl sich durch einen Personaleingang davon. Als sie ein paar Tage später von der Geburt etwas erholt und durch Drogen ruhiger geworden war, dachte sie an das Kind, das sie zurückgelassen hatte, und wollte hin, es zu holen, aber es gehörte ihr schon nicht mehr. Die Kinderschutzbehörde hatte sich eingeschaltet, und am Arm des Mädchens war eine Apparatur befestigt, die Alarm auslöste, sobald jemand versuchte, mit ihr das Krankenzimmer zu verlassen.

Ich unterbrach meine Reise in New York und nahm die erste Maschine nach Kalifornien. Willie erwartete mich am Flughafen und fuhr ohne Umweg mit mir in die Klinik; unterwegs erklärte er mir, seine Enkeltochter sei sehr schwach. Jennifer war völlig in ihrer eigenen Hölle gefangen, sie konnte nicht auf sich selbst aufpassen, zu schweigen davon, daß sie sich ihrer Tochter annähme. Sie lebte bei einem Typ, der doppelt so alt war wie sie, seinen Lebensunterhalt mit dubiosen Geschäften verdiente und mehr als einmal hinter Gittern gewesen war. »Bestimmt läßt er Jennifer für sich anschaffen und versorgt sie mit Drogen«, war das erste, was mir dazu einfiel, aber Willie, der viel großherziger ist als ich, war ihm dankbar, daß sie bei ihm wenigstens ein Dach über dem Kopf hatte.

Wir hasteten die Flure der Klinik hinunter bis zu dem

Saal, in dem die Frühchen lagen. Die Krankenschwester kannte Willie bereits und deutete mit einem Kopfnicken auf eine kleine Wiege in der Ecke. Es war ein warmer Tag im Mai, als ich Sabrina zum erstenmal in die Arme schloß, ein kleines, in eine Baumwolldecke gewickeltes Paket. Schicht für Schicht öffnete ich das Bündel und fand ganz innen ein Mädchen, zusammengerollt wie eine Schnecke, von den Knien bis zum Hals in einer viel zu großen Windel und mit einer Haube aus Wolle auf dem Kopf. Aus der Windel ragten zwei faltige Beinchen, zwei Ärmchen wie Zahnstocher und ein perfekter Kopf mit feinen Gesichtszügen und großen, mandelförmigen, dunklen Augen, die mir mit kriegerischer Entschlossenheit entgegenblickten. Sie wog nichts, ihre Haut war trocken, sie roch nach Medikamenten, war weich, reine Zuckerwatte. »Sie ist mit offenen Augen zur Welt gekommen«, sagte die Krankenschwester. Sabrina und ich sahen uns lange Minuten hindurch an, lernten uns kennen. Angeblich sind Kinder in diesem Alter ja fast blind, aber sie hatte schon damals diesen konzentrierten Gesichtsausdruck, der sie auch heute noch auszeichnet. Ich streckte einen Finger aus, um ihr über die Wange zu streichen, und ihre winzige Faust schloß sich mit aller Kraft darum. Als ich merkte, daß sie zitterte, hüllte ich sie wieder in die Decke und preßte sie an mich.

»In welchem Verhältnis stehen Sie zu dem Kind?« fragte eine junge Frau, nachdem sie sich als die Kinderärztin vorgestellt hatte.

»Er ist der Großvater«, sagte ich mit einem Blick auf meinen Mann, der schüchtern an der Tür stand und vor Ergriffenheit keinen Ton herausbrachte.

»Die Untersuchungen zeigen Spuren etlicher Betäubungsmittel im Blutkreislauf der Kleinen. Außerdem ist sie zu früh zur Welt gekommen; ich schätze, im siebten Monat, sie wiegt anderthalb Kilo, und ihr Verdauungsapparat ist nicht vollständig entwickelt.«

»Sollte sie nicht im Brutkasten sein?« fragte Willie vorsichtig.

»Wir haben sie heute herausgeholt, weil ihre Atmung normal ist, aber machen Sie sich keine Hoffnungen. Ich fürchte, ihre Chancen stehen nicht gut ...«

»Sie kommt durch!« fiel ihr die Krankenschwester heftig ins Wort, eine majestätische schwarze Frau mit einem Turm aus Zöpfen auf dem Kopf, und dabei entriß sie mir das Kind und begrub es in ihren kräftigen Armen.

»Odilia, bitte!« ermahnte sie die Ärztin, entgeistert über diesen so wenig professionellen Ausbruch.

»Ist schon gut, wir haben begriffen, wie es steht«, sagte ich müde zu ihr.

Mir war keine Zeit geblieben, das Kleid zu wechseln, das ich wochenlang auf der Reise getragen hatte. In einundzwanzig Tagen hatte ich fünfzehn Städte besucht mit einer Tasche, die als Handgepäck durchging und das Allernötigste enthielt, was nach meiner Erfahrung sehr wenig ist. Früh am Morgen bestieg ich ein Flugzeug, kam in der Stadt an, die auf dem Programm stand, wurde von einer Begleiterin erwartet – in aller Regel von einer Frau, die ebenso erschöpft war wie ich – und zu den Presseterminen gebracht. Mittags aß ich ein Sandwich, gab weitere Interviews und duschte dann im Hotel, vor der Veranstaltung am Abend, wenn ich mit geschwollenen Füßen und einem künstlichen Lächeln dem Publikum gegenübertreten und ein paar Seiten aus der englischen Übersetzung meines Romans lesen mußte. Ich hatte ein gerahmtes Foto von dir dabei, das mich in den Hotelzimmern begleiten sollte. Ich wollte mich so an dich erinnern, an dein strahlendes Lächeln, dein langes Haar, deine grüne Bluse, aber wenn ich an dich dachte, waren es andere Bilder, die mich heimsuchten: dein starrer Körper, dein leerer Blick, dein völliges Schweigen. Auch für jemanden, der weniger angeschlagen ist, als ich es damals war, ist ein solcher Werbemarathon ein Schlauch, und ich sah mich selbst von außen wie in einem Traum, durchlief die einzelnen Stationen der Reise mit einem Felsengewicht auf der Brust und verließ mich darauf, daß meine Begleiterinnen mich tagsüber an die Hand nahmen, mir abends bei der Lesung zur Seite standen und mich am nächsten Morgen in aller Frühe am Flughafen ablieferten. Auf dem langen Flug von New York nach San Francisco fand ich etwas Zeit, mir Gedanken über dieses neue Enkelkind zu machen, doch hätte ich mir nicht träumen lassen, wie die Kleine das Leben etlicher Menschen auf den Kopf stellen würde.

»Sie ist eine Seele aus längst vergangener Zeit«, sagte Odilia, die Krankenschwester, als die Kinderärztin gegangen war. »In den einundzwanzig Jahren, die ich jetzt hier arbeite, habe ich viele Neugeborene gesehen, aber keines wie Sabrina. Ihr entgeht nichts. Ich bleibe bei ihr, auch wenn meine Schicht längst vorbei ist, und bin sogar am Sonntag hergekommen, um sie zu besuchen, weil sie mir nicht aus dem Kopf geht.«

»Glauben Sie, daß sie sterben wird?« fragte ich mit erstickter Stimme.

»Das behaupten die Ärzte. Sie haben es ja gehört. Aber ich weiß, daß sie überlebt. Sie ist gekommen, um zu bleiben, sie hat ein gutes Karma.«

Karma. Schon wieder. Wie oft habe ich dieses Wort in Kalifornien gehört! Der Gedanke an ein Karma macht mich schier wahnsinnig. An ein Schicksal zu glauben ist schon reichlich beengend, aber der Glaube an ein Karma ist noch viel schlimmer, weil das auf Tausende früherer Leben zurückgeht, und manchmal muß man noch dazu die Untaten der Ahnen auf sich nehmen. Das Schicksal läßt sich beeinflussen, aber um das eigene Karma reinzuwaschen, braucht es ein ganzes Leben, und vielleicht reicht auch das nicht hin. Aber das war nicht der richtige Augenblick, um mit Odilia philosophische Gespräche zu führen. Ich empfand grenzenlose Zärtlichkeit für das kleine Mädchen und Dankbarkeit gegenüber der Krankenschwester, die es ins Herz geschlossen hatte. Ich vergrub das Gesicht in dem Windelbündel, froh, daß Sabrina auf der Welt war.

Uns gegenseitig haltend, verließen Willie und ich den Saal. Wir liefen durch völlig gleich aussehende Flure auf der Suche nach dem Ausgang, bis wir schließlich einen Aufzug fanden. Ein Spiegel im Innern warf unser Bild zurück. Willie kam mir um Jahrzehnte gealtert vor. Seine früher hochmütigen Schultern fielen geschlagen nach vorn, um seine Augen bemerkte ich Fältchen, die Linie seines Kinns sah nicht so herausfordernd aus wie früher, und seine wenigen verbliebenen Haare waren schlohweiß. Wie die Zeit doch dahineilt. Ich hatte nie auf die äußeren Veränderungen an ihm geachtet und ihn nicht mit den Augen der Gegenwart, sondern mit denen meiner Erinnerung gesehen. Für mich war er der Mann geblieben, in den ich mich sechs Jahre zuvor auf den ersten Blick verliebt hatte, gutaussehend, athletisch, in einem dunklen Anzug, der im Rücken ein wenig spannte, als wollte sein Kreuz die Nähte auf die Probe stellen. Mir gefielen sein spontanes Lachen, sein selbstbewußtes Auftreten, seine schönen Hände. Er schaffte sich Luft, füllte jeden Raum. Man merkte ihm an, daß er gelebt und gelitten hatte, aber er schien unverwundbar. Und ich? Was hatte er in mir gesehen, als wir uns kennenlernten? Wie sehr hatte ich mich in diesen sechs Jahren und vor allem in den letzten Monaten verändert? Auch mich selbst betrachtete ich durch den gnädigen Filter der Gewohnheit, sah über das unausweichliche Welken des Körpers hinweg: die Brüste schlaffer, die Taille breiter, der Blick trauriger. Der Spiegel in diesem Aufzug enthüllte mir unser beider Müdigkeit, die nicht allein von meiner Reise und seiner Arbeit herrührte. Die Buddhisten sagen, das Leben sei ein Fluß, den wir auf einem Floß bis zum letzten Ziel befahren. Der Fluß besitzt seine eigene Strömung, seine Geschwindigkeit, seine Klippen, Strudel und anderen Hindernisse, die wir nicht ändern können, doch halten wir ein Ruder in Händen, um unsere Fahrt zu dirigieren. Von unserem Geschick hängt die Güte der Reise ab, die Richtung jedoch kann nicht geändert werden, denn der Fluß mündet stets in den Tod. Manchmal bleibt einem nichts anderes übrig, als sich der Strömung zu überlassen, aber das war hier nicht der Fall. Ich atmete tief durch, richtete mich zu meiner vollen kleinen Größe auf und gab meinem Mann einen Klaps auf den Rücken.

»Laß dich nicht hängen, Willie. Wir müssen rudern.«

Er sah mich mit diesem verdutzten Gesichtsausdruck an, den er immer bekommt, wenn er glaubt, mein Englisch lasse mich im Stich.

Ich zweifelte keinen Moment daran, daß Willie und ich uns Sabrinas annehmen würden: Wenn die Eltern ausfallen, sind die Großeltern gefragt, das ist ein Naturgesetz. Allerdings mußte ich bald erkennen, daß es so einfach nicht sein würde, wir nicht kurzerhand mit einem Korb in die Klinik gehen und die Kleine abholen konnten, wenn sie in ein, zwei Monaten entlassen würde. Formalitäten waren zu erledigen. Ein Richter hatte bereits entschieden, das Mädchen nicht in Jennifers Obhut zu geben, aber ihr Lebensgefährte war auch noch da. Ich hielt ihn nicht für den Vater, weil Sabrina nicht seine afrikanischen Züge hatte, auch wenn man mir versicherte, sie sei ein Mischling und werde von Woche zu Woche dunkler werden. Willie verlangte eine Blutprobe, die der Mann verweigerte, aber Jennifers Aussage, er sei der Vater, genügte vor dem Gesetz. Von Chile aus ließ meine Mutter mich wissen, sie halte es für einen Wahnsinn, wenn Willie und ich das Mädchen adoptierten, einer solchen Aufgabe seien wir nicht mehr gewachsen: Willie hatte genug mit seinen Kindern und der Kanzlei zu tun; ich schrieb oder war ständig auf Achse.

»Um dieses Kind muß man sich Tag und Nacht kümmern, wie willst du das anstellen?« fragte sie.

»Bei Paula habe ich das auch gekonnt.«

Nico und Celia kamen, um mit uns zu reden. Dein Bruder, gertenschlank und noch immer mit dem Gesicht eines Heranwachsenden, trug auf jedem Arm ein Kind. Cecilia war im sechsten Monat, und man sah es schon deutlich, sie wirkte müde, und ihre Haut hatte einen leichten Grünstich. Einmal mehr staunte ich über meinen Sohn, der nichts von mir geerbt hat: Er überragt mich um anderthalb Kopf, ist ausgeglichen, kultiviert und feinfühlig, vernünftig und mit einem zarten Sinn für Humor versehen. Sein Denken ist glasklar, nicht nur in mathematischen oder naturwissenschaftlichen Fragen, für die er eine Schwäche hat, sondern in allen menschlichen Belangen. Er verblüfft mich immer wieder mit seinem Wissen und seinen Ansichten. Für alle Arten von Problemen findet er Lösungen, ob es um ein komplexes Computerprogramm geht oder um den nicht weniger komplexen Mechanismus, mit dem sich ohne Kraftaufwand ein Fahrrad an die Decke hängen läßt. Er kann fast jedes Gerät des täglichen Bedarfs reparieren und tut das so sorgfältig, daß es nach der Reparatur besser funktioniert als zuvor. Ich habe ihn nie die Beherrschung verlieren sehen. In den Beziehungen zu seinen Mitmenschen hält er sich an drei Grundregeln: Nimm's nicht persönlich, für die eigenen Gefühle ist jeder selbst verantwortlich, das Leben ist ungerecht. Wo hat er das her? Von der italienischen Mafia vermutlich: Don Corleone. Ich habe mich vergeblich bemüht, seinem Weg der Erkenntnis zu folgen: Ich nehme alles persönlich, fühle mich sogar für Gefühle von Leuten verantwortlich, die ich kaum kenne, und bin seit über sechzig Jahren frustriert, weil ich mich nicht damit abfinden kann, daß das Leben ungerecht ist.

Du hattest zu wenig Zeit, um deine Schwägerin richtig kennenzulernen, und ich vermute, sie war nicht ganz dein Fall, denn du bist immer ziemlich streng gewesen. Selbst ich hatte ein bißchen Angst vor dir, Tochter, jetzt kann ich es dir ja sagen: Deine Urteile waren in der Regel lapidar und unumstößlich. Außerdem eckte Celia absichtlich an, als machte es ihr Spaß, alle Welt vor den Kopf zu stoßen. Erinnere dich nur an folgende Unterhaltung bei Tisch:

Celia: »Ich finde, man sollte alle Schwulen auf eine Insel schicken und zwingen, dort zu bleiben. Sie sind schließlich schuld, daß es Aids gibt.«

»Wie kannst du so etwas sagen!« echauffiertest du dich sofort.

»Warum sollten wir ausbaden, was die verbockt haben?«

»Welche Insel?« fragte Willie, um euch weiter auf die Palme zu bringen.

»Keine Ahnung, die Farallon Islands?«

»Die sind winzig.«

»Irgendeine Insel halt! Eine Schwuleninsel, auf der sie sich in den Arsch bumsen können, bis sie tot sind.«

»Und was sollen sie essen?«

»Können doch Gemüse anbauen und sich Hühner halten! Oder von mir aus richten wir mit Steuergeld eine Luftbrücke ein.«

Darauf mein Mann mit einem breiten Grinsen: »Dein Englisch ist viel besser geworden, Celia. Mittlerweile kannst du deiner Intoleranz perfekt Ausdruck verleihen.«

Und Celia: »Besten Dank, Willie.«

Nach dem Essen ging das immer so weiter, bis du genervt das Weite suchtest. Sicher, Celias Ausdrucksweise war, jedenfalls für kalifornische Verhältnisse, reichlich gewagt, aber man durfte nicht vergessen, daß sie jahrelang Mitglied des Opus Dei gewesen war und aus Venezuela kam, wo die Leute nie ein Blatt vor den Mund nehmen. Celia ist intelligent und voller Widersprüche, sie sprudelt vor Energie, und ihr Humor, dem nichts heilig ist, pflegte damals, in ein noch limitiertes Englisch übersetzt, schwere Schäden anzurichten. Sie arbeitete als meine Assistentin, und mehr als ein nichtsahnender Reporter oder Besucher verließ mein Büro fassungslos über die Scherze meiner Schwiegertochter. Ich will dir erzählen, was du vielleicht nicht weißt: Über Monate pflegte sie dich mit derselben Hingabe, die sie ihren Kindern entgegenbringt, begleitete dich in deinen letzten Stunden, half mir bei den intimen Ritualen des Todes, um deinen Leichnam herzurichten, und wachte einen Tag und eine Nacht an deiner Seite, bis sich Ernesto und die übrigen Familienmitglieder, die von weither anreisen mußten, bei uns eingefunden hatten. Wir wollten, daß du sie für diesen letzten Abschied in deinem Bett empfingst, bei uns zu Hause.

Aber zurück zu Sabrina. Nico und Celia riefen uns ins Wohnzimmer, und diesmal blieb Celia stumm, starrte auf ihre Füße, die in Wollsocken und Franziskanerlatschen steckten, und überließ Nico das Wort. Er fing genauso an wie meine Mutter: Willie und ich seien nicht mehr in dem Alter für ein kleines Kind, ich würde sechsundsechzig und Willie einundsiebzig sein, wenn Sabrina fünfzehn wäre.

»Willie ist nicht gerade der geborene Vater, und du, Mama, versuchst Paula durch ein krankes Mädchen zu ersetzen. Würdest du es verkraften, wenn Sabrina nicht durchkommt? Ich glaube kaum. Aber wir beide sind jung, und wir schaffen das. Wir haben alles schon durchgesprochen und sind bereit, Sabrina zu adoptieren«, schloß mein Sohn.

Willie und ich saßen eine lange Weile schweigend da.

»Ihr habt bald drei Kinder ...«, brachte ich schließlich heraus.

»Ein Streifen mehr kann dem Tiger doch wurscht sein«, nuschelte Celia.

»Danke, vielen Dank, aber das wäre Wahnsinn. Ihr habt eure eigene Familie und müßt sehen, wie ihr in diesem Land zurechtkommt, das ist schwer genug. Ihr könnt euch nicht um Sabrina kümmern, das ist unsere Sache.«

Unterdessen vergingen die Tage, und hinter unserem Rücken mahlten unaufhaltsam die schwerfälligen Mühlen des Gesetzes. Rebecca, die zuständige Sozialfürsorgerin, war eine Frau, die sehr jung wirkte, aber reichlich Erfahrung besaß. Sie war um ihren Beruf nicht zu beneiden, mußte sich um mißbrauchte und verwahrloste Kinder kümmern, die man von einer Einrichtung in die nächste schob, die adoptiert wurden und dann zurückgegeben, die restlos verschüchtert waren oder voller Wut; kriminelle oder traumatisierte Kinder, die niemals ein einigermaßen normales Leben führen würden. Rebecca kämpfte gegen die Bürokratie, gegen das Phlegma der zuständigen Stellen, gegen Geldmangel und die unabänderliche Schlechtigkeit der anderen, und vor allem kämpfte sie gegen die Zeit. Die fehlte hinten und vorn, um die Fälle eingehend zu prüfen, die Kinder zu besuchen, sie vor den schlimmsten Gefahren zu behüten, sie vorübergehend irgendwo sicher unterzubringen, zu beschützen, ihren Werdegang zu verfolgen. Wieder und wieder landeten dieselben Kinder in ihrem Büro, mit Problemen, die von Jahr zu Jahr gravierender wurden. Nichts wurde gelöst, alles mußte aufgeschoben werden. Nachdem sie den Bericht auf ihrem Schreibtisch gelesen hatte, entschied Rebecca, daß Sabrina, wenn das Krankenhaus sie entließe, in einem staatlichen Heim für Kinder mit schweren Gesundheitsproblemen untergebracht würde. Sie füllte die entsprechenden Anträge aus, die von Schreibtisch zu Schreibtisch wanderten, bis sie den zuständigen Richter erreichten und der sie unterschrieb. Sabrinas Los war entschieden. Als ich davon erfuhr, jagte ich zu Willies Kanzlei, holte ihn aus einer Besprechung und bombardierte ihn auf spanisch, er solle auf der Stelle mit diesem Richter sprechen, notfalls eine Klage anstrengen, wenn Sabrina in ein Kinderheim müßte, würde sie das niemals überleben. Willie setzte sich in Bewegung, und ich kehrte nach Hause zurück, um, zitternd, die Ergebnisse abzuwarten.

Sehr spät an diesem Abend kam mein Mann nach Hause, und er war um Jahre gealtert. Nie hatte ich ihn derart geschlagen gesehen, noch nicht einmal, als er die halbtote Jennifer aus einem Motel hatte holen müssen, sie in sein Jackett hüllte und zu dem philippinischen Arzt ins Krankenhaus brachte. Er erzählte mir, er habe mit dem Richter gesprochen, mit der Sozialfürsorgerin, den Ärzten und sogar mit einem Psychiater, und alle hätten ihm versichert, der Zustand der Kleinen sei zu labil. »Wir können sie nicht zu uns nehmen, Isabel. Wir haben nicht die Kraft, uns um sie zu kümmern, und sind nicht stark genug, es auszuhalten, wenn sie stirbt. Ich kann das nicht«, und damit vergrub er das Gesicht in den Händen.

Willie und ich hatten eine dieser Auseinandersetzungen, die in die Geschichte eines Paares eingehen und einen eigenen Namen verdienen wie die »Schlacht um Arauco« – so nannten wir in meiner Familie einen Feldzug, den meine Eltern vier Monate gegeneinander führten –, wenn ich jedoch heute, nach all den Jahren, zurückschaue, muß ich Willie recht geben. Falls diese Seiten hinreichen, werde ich noch von einigen anderen epischen Waffengängen zwischen uns erzählen, auch wenn wohl keiner derart heftig war wie der Kampf um Sabrina, in dem unsere unterschiedlichen Temperamente und unsere kulturelle Herkunft aufeinanderprallten. Ich wollte Willies Argumente nicht hören, verschanzte mich in blinder Wut auf das Rechtssystem, den Richter, die Sozialfürsorgerin, die Amerikaner im allgemeinen und Willie im besonderen. Wir flüchteten beide aus dem Haus: Willie blieb bis in die Nacht hinein im Büro, und ich packte einen Koffer und zog zu Tabra, die mich ohne Sperenzchen bei sich aufnahm.

Tabra und ich kannten uns schon seit einigen Jahren, sie war die erste Person, mit der ich mich angefreundet hatte, als ich nach Kalifornien kam. Als sie einmal beim Friseur ihr Haar in diesem Auberginetoon färben ließ, den sie damals trug, hatte die Friseurin ihr von einer neuen Kundin erzählt, die eine Woche zuvor genau denselben Farbton verlangt habe, was in ihrem langen Berufsleben noch nie vorgekommen sei. Die Frau sei Chilenin und schreibe Bücher, meinte sie noch, und sie nannte meinen Namen. Tabra hatte *Das Geisterhaus* gelesen und bat darum, daß man ihr Bescheid gab, wenn ich das nächste Mal käme, weil sie mich gern kennenlernen wollte. Dieses nächste Mal ließ nicht lange auf sich warten, war ich die Farbe doch schneller leid als gedacht; ich sah damit aus wie ein naßgewordener Clown. Tabra hatte mein Buch mitgebracht, damit ich es ihr signierte, und überrascht sah sie, daß ich Ohrringe aus ihrer Werkstatt trug. Wir waren wie füreinander gemacht, sagte die Friseurin zu Recht.

Diese Frau mit ihren weiten Zigeunerinnenröcken, den Armen, die vom Handgelenk bis zum Ellbogen von Silberreifen bedeckt sind, und dem Haar in einer unmöglichen Farbe diente mir als Vorbild für die Figur der Tamar in *Der unendliche Plan*. Ich schuf Tamar aus Carmen, einer Freundin Willies aus Sandkastentagen, und aus Tabra, der ich die Persönlichkeit und einen Teil der Biographie stibitzte. Da Tabra die moralische Rechtschaffenheit ihres Vaters geerbt hat, läßt sie keine Gelegenheit aus, zu betonen, daß sie nie mit Willie im Bett gewesen ist, eine Klarstellung, die jedem, der mein Buch nicht gelesen hat, Rätsel aufgibt. Sie wohnte damals in einem einstöckigen Holzhaus mit hohen Decken und großen Panoramafenstern, einem Museum für ausgefallene Sammlerstücke aus allen Winkeln der Welt, jedes mit einer sehr eigenen Geschichte ausgestattet: als Penisetui zu benutzende Kalebassen aus Neuguinea, Zottelmasken aus Indonesien, wilde Skulpturen aus Afrika, Traumzeichnungen der australischen Aborigines ... Das Grundstück, dreißig Hektar Wildnis, teilte sie mit Rehen, Waschbären, Füchsen und sämtlichen in Kalifornien heimischen Vogelarten. Stille, Feuchtigkeit, der Duft nach Holz – ein Paradies, das sie allein ihrer Tüchtigkeit und ihrem Talent verdankte.

Tabra wuchs im Süden des Landes unter fanatischen Christen auf. Die Gemeinde Christi vertrat den einzigen und wahrhaftigen Glauben. Die Methodisten taten und ließen, was sie wollten, die Baptisten hatten ein Klavier im Gotteshaus und waren damit auf ewig verdammt, die Katholiken zählten nicht – bloß Mexikaner waren katholisch, und daß die eine Seele besaßen, war nicht erwiesen –, und über die anderen mußte man kein Wort verlieren, weil ihre

Riten ja, wie hinlänglich bekannt, satanistisch waren. In der Gemeinde Christi waren Alkohol, Tanz und Musik verboten, das Schwimmen mit Wesen des anderen Geschlechts, und Tabak und Kaffee wohl ebenfalls, das weiß ich nicht mehr genau. Tabra besuchte das Abilene Christian College, an dem ihr Vater unterrichtete, ein sanfter und weltoffener Mann, der die jüdische und afroamerikanische Literatur liebte und sich nach Kräften gegen die Denkverbote der Schulleitung stemmte. Er wußte, wie rebellisch seine Tochter war, hätte aber doch nicht erwartet, daß sie als Siebzehnjährige mit einem heimlichen Freund durchbrennen würde, einem Schüler aus Samoa, dem einzigen, der schwarze Haare und Augen und dunkle Haut hatte an dieser reinweißen Anstalt. Damals war der Junge aus Samoa noch schlank und hübsch, jedenfalls in Tabras Augen, und daß er intelligent war, stand außer Frage, hatte er doch als erster Bewohner der Insel ein Stipendium erhalten.

Das Pärchen floh eines Nachts in eine andere Stadt, wo der Friedensrichter sich weigerte, die beiden zu trauen, weil Ehen zwischen Weißen und Schwarzen verboten waren, aber Tabra argumentierte, Polynesier seien keine Schwarzen, und sie sei außerdem schwanger. Also willigte der Richter zähneknirschend ein. Von Samoa hatte er noch nie gehört, das unglückliche Mischblut im Bauch des Mädchens schien ihm aber ein gewichtiger Grund, diese kopflose Verbindung zu legitimieren. »Ihre Eltern tun mir leid, Kindchen«, sagte er, anstatt ihnen den Segen zu geben. Noch in derselben Nacht zog der frischgebackene Gatte seinen Gürtel aus und drosch damit auf Tabra ein, bis sie blutete, weil sie vor der Ehe mit einem Mann geschlafen hatte. Die unbestreitbare Tatsache, daß er dieser Mann gewesen war, änderte nichts daran, daß sie in seinen Augen eine Hure war. Das war die erste von ungezählten Mißhandlungen und Vergewaltigungen, die sie nach Maßgabe der Gemeinde Christi erdulden mußte, weil Gott eine Scheidung nicht gutheißt und dies ihre Strafe dafür war, einen Mann einer anderen Hautfarbe geheiratet zu haben, ein von der Bibel als unsittlich geächtetes Verhalten.

Sie hatten einen bildhübschen Sohn, den sie Tongi nannten, was in der Sprache Samoas »Klage« bedeutet, und der Ehemann brachte seine kleine, zu Tode verängstigte Familie in sein Dorf auf der Insel. Das tropische Eiland, auf dem die Amerikaner eine Militärbasis und eine Missionsstation betrieben, nahm Tabra freundlich auf. Sie war die einzige Weiße im Familienclan ihres Mannes, und das verhalf ihr zwar zu gewissen Privilegien, bewahrte sie jedoch nicht vor der täglichen Prügel. Die neue Verwandtschaft bestand aus etwa zwanzig speckigen und dunkelhäutigen Kolossen, die einhellig Tabras bleiche, unterernährte Erscheinung beklagten. Von den meisten und vor allem von ihrem Schwiegervater wurde sie liebevoll umsorgt, und beim gemeinschaftlichen Abendessen reservierte man die besten Happen für sie: Fischköpfe mit Augen, Spiegeleier mit angebrüteten Küken und einen köstlichen Pudding, für dessen Zubereitung Beeren zerkaut, der Brei in eine Holzschüssel gespuckt und dann in der Sonne fermentiert wurde. Den Frauen gelang es zuweilen, sich den kleinen Tongi zu schnappen und ihn vor dem tobenden Vater in Sicherheit zu bringen, aber für seine Mutter konnten sie nichts tun.

Tabra gewöhnte sich nie an die Angst. Es gab keine Regeln für ihre Marter, durch nichts, was sie tat oder unterließ, konnte sie ihr entgehen. Als ihr Mann schließlich nach einem besonders hemmungslosen Prügelanfall für einige Tage hinter Gittern landete, nutzten die Missionare die Gunst der Stunde und halfen Tabra, zusammen mit ihrem Sohn zurück nach Texas zu fliehen. Die Gemeinde Christi wies sie ab, sie konnte keine anständige Arbeit finden, und außer ihrem Vater half ihr kein Mensch. Die Scheidung war ein Schlußstrich, und in den nächsten fünfzehn Jahren sah Tabra ihren Peiniger nicht wieder. Dann, nach vielen Jahren

Therapie, hatte sie die Angst vor ihm verloren. Der Mann war in die Vereinigten Staaten zurückgekehrt und ein Prediger der Evangelikalen geworden, eine wahre Geißel der Sünder und Ungläubigen, wagte es indes nie mehr, ihr zu nahe zu kommen.

In den sechziger Jahren konnte Tabra die Scham über den Vietnamkrieg nicht ertragen, machte sich mit ihrem Sohn auf den Weg in verschiedene Länder und schlug sich mit Englischunterricht durch. In Barcelona besuchte sie eine Schule für Schmuckgestaltung, und abends schlenderte sie über die Ramblas und beobachtete die Roma, die ihren Stil für immer beeinflussen sollten. In Mexiko fand sie Anstellung in einer Goldschmiedewerkstatt, und es dauerte nicht lang, da fertigte sie Schmuck nach ihren eigenen Entwürfen. Dies und nichts anderes sollte für den Rest ihres Lebens ihr Beruf sein. Nach der Niederlage der Amerikaner in Vietnam kehrte sie in ihr Land zurück, und die Hippiewelle überraschte sie in den bunten Straßen von Berkeley, wo sie zusammen mit anderen Hungerkünstlern Ohrringe, Ketten und Armreife aus Silber verkaufte. Damals schlief sie in ihrem klapprigen Auto und benutzte die Waschräume der Universität, aber ihr Talent hob sie von den anderen Kunsthandwerkern ab, und bald konnte sie die Straße verlassen, eine Werkstatt mieten und ihre ersten Helfer einstellen. Einige Jahre später, als ich sie kennenlernte, führte sie ein modellhaftes Unternehmen, glich ihre Werkstatt einer wahren Alibabahöhle, die mit Edelsteinen und Kunstgegenständen vollgestopft war. Über hundert Leute arbeiteten für sie, fast ausschließlich Flüchtlinge aus Asien. Manche hatten Unvorstellbares durchgemacht, wie an ihren grauenvollen Narben und dem gehetzten Blick zu erkennen war. Nach außen wirkten sie sehr sanft, doch unter der Oberfläche mußte ihre Verzweiflung wie Lava brodeln. Zwei von ihnen nutzten, unabhängig voneinander, die hierzulande bestehenden

Möglichkeiten, an Waffen zu kommen, kauften sich eine Maschinenpistole und ermordeten rasend vor Eifersucht die komplette Familie ihrer Ehefrauen. Danach erschossen sie sich selbst. Tabra ging zu diesen Massenbestattungen ihrer Angestellten, und danach mußte sie ihre Werkstatt durch Zeremonien »reinigen«, damit die blutüberströmten Gespenster nicht die Vorstellungswelt derjenigen belagerten, die mit dem Leben davongekommen waren.

Che Guevara strahlte einen von Plakaten an den Werkstattwänden an mit seinem unwiderstehlichen Schalk, die schwarze Baskenmütze in der Stirn. Als Tabra einmal mit ihrem Sohn Tongi Kuba bereiste, besuchte sie zusammen mit einem früheren Anführer der Black Panther Party das Denkmal für den Che in Santa Clara; im Gepäck hatte sie die Asche eines Freundes, den sie zwanzig Jahre geliebt hatte, ohne es jemandem einzugestehen, und als sie oben auf dem Hügel stand, streute sie seine Asche in alle Winde. So erfüllte sich sein Traum, dieses Land zu besuchen. Weltanschaulich bewegt sich meine Freundin Tabra erheblich weiter links als Fidel Castro.

»Du bist in den Vorstellungen der sechziger Jahre stekkengeblieben«, sagte ich einmal zu ihr.

»Und stolz drauf«, war ihre Antwort.

Das Liebesleben meiner schönen Freundin ist so ausgefallen wie ihre Wahrsagerinnengewänder, ihr loderndes Haar und ihre politischen Ansichten. Jahre der Therapie haben sie gelehrt, Männern, die sich wie ihr samoaischer Gatte als gewalttätig erweisen könnten, aus dem Weg zu gehen. Sie hat sich geschworen, daß keiner sie mehr schlagen wird, besitzt jedoch eine Schwäche für halsbrecherische Manöver am Abgrund. Anziehend findet sie nur Männer, die vage gefährlich wirken, und für solche ihrer eigenen Hautfarbe hat sie nichts übrig. Tongi, der zu einem sehr gutaussehenden Hünen herangewachsen ist, will vom Gefühlsschlamassel seiner Mutter nichts wissen. In manchem Jahr brachte es Tabra über Kontaktanzeigen in verschiedenen Zeitungen auf hundertfünfzig Verabredungen, aber die wenigsten gediehen über die erste Tasse Kaffee hinaus. Dann ging Tabra mit der Zeit und ist heute bei mehreren Internetpartnervermittlungen registriert, die verschiedene Schwerpunkte haben: »alleinstehende Demokraten«, die zumindest die Abneigung gegen Präsident Bush teilen, »Amigos«, ausschließlich für Latinos, die Tabra mag, obwohl die meisten bloß ein Visum brauchen und sie zum Katholizismus bekehren wollen, und »alleinstehende Grüne«, die die Mutter Erde lieben und nichts auf materielle Güter geben, also nicht arbeiten. Sie bekommt Anträge von blutjungen Don Juans, die sich gern von einer reiferen Dame aushalten lassen würden. Die Fotos sagen alles: geölte braune Haut, Oberkörper frei, und die Hose steht ein paar Fingerbreit offen und läßt ein wenig Schamhaar sehen. Die E-Mail-Dialoge klingen ungefähr so:

TABRA: Ich gehe aus Prinzip nicht mit Männern aus, die jünger sind als mein Enkel.
JUNGE: Zum Ficken bin ich alt genug.
TABRA: Würdest du es wagen, so mit deiner Großmutter zu reden?

Taucht einer auf, der vom Alter her besser zu ihr paßt, entpuppt er sich als Demokrat, der bei seiner Mutter wohnt und sein Erspartes in Form von Silberbarren unter der Matratze versteckt. Ungelogen: Silberbarren, wie die Piraten in der Karibik. Daß besagter Demokrat bei der ersten – und einzigen – Verabredung eine derart intime Information ausplauderte wie den Ort, an dem sein Kapital lagert, muß einen wundern.

»Hast du keine Angst, dich mit wildfremden Leuten zu treffen, Tabra? Du könntest an einen Kriminellen oder Perversen geraten«, bemerkte ich einmal, als sie mir einen zwielichtigen Typ präsentierte, an dem außer der kubanischen Comandante-Kappe nichts anziehend war.

»Ich brauche wohl noch ein paar Jahre Therapie«, meinte sie damals kleinlaut.

Kurz zuvor hatte sie einen Maler beauftragt, ihre Wohnung zu streichen. Er hatte einen schwarzen Wuschelkopf, wie sie ihr gefallen, deshalb lud sie ihn zu sich in den Whirlpool ein. Was sie besser hätte bleiben lassen, weil der Maler sie daraufhin wie seine Ehefrau zu behandeln begann; sie sagte, er solle die Tür streichen, und er antwortete mit einem »Ja, Schatz«, als wäre das eine Zumutung. Irgendwann ging ihm die Verdünnung aus, und er verkündete, er müsse erst eine Stunde meditieren und einen Joint rauchen, um in Kontakt mit seinem inneren Selbst zu treten. Mittlerweile hatte Tabra von dem schwarzen Wuschelkopf die Nase gestrichen voll und sagte, sie gebe ihm eine Stunde, um das innere Selbst der Wohnung zu streichen und dann Land zu gewinnen. Er war nicht mehr da, als ich mit meinem Koffer ankam.

Am ersten Abend aßen wir Fischsuppe, das einzige, was meine Freundin neben Haferflocken mit Milch und Bananenstücken zuzubereiten versteht, und stiegen danach in ihren Whirlpool, einen glitschigen Holzbottich unter den Bäumen, der einen besorgniserregenden Geruch verströmte, weil ein unglückliches Skunk hineingefallen war und auf niedriger Flamme eine Woche vor sich hin geköchelt hatte, ehe sie es fand. Dort lud ich meine Enttäuschung und meinen Ärger ab wie einen Sack mit Steinen.

»Willst du wissen, was ich darüber denke?« sagte Tabra. »Sabrina wird dich nicht trösten, die Trauer braucht Zeit. Du bist sehr niedergeschlagen und hast der Kleinen nichts zu bieten.«

»Ich habe ihr jedenfalls mehr zu bieten als ein Heim für kranke Kinder.«

»Du müßtest es allein durchstehen, auf Willie kannst du

nicht zählen. Mir ist schleierhaft, wie du dich um deinen Sohn und deine Enkel kümmern willst, dabei weiter schreiben und außerdem ein Mädchen großziehen, das zwei Mütter bräuchte.«

Ein strahlender Samstagmorgen brach an. In Tabras Wald war der Frühling schon sommerlich warm, aber ich wollte nicht wie sonst am Wochenende mit ihr wandern gehen. Statt dessen rief ich die fünf Frauen an, die mit mir den Kreis der Schwestern vom immerwährenden Durcheinander bilden. Ehe ich zu dieser Gruppe stieß, hatten die Frauen sich schon seit Jahren getroffen, sich über ihr Leben ausgetauscht, zusammen meditiert und für Menschen gebetet, die krank oder in Not waren. Seit ich dabei bin, tauschen wir auch Schminksachen aus, trinken Champagner, schlagen uns den Bauch mit Konfekt voll und besuchen ab und an die Oper, denn spirituelle Übung ohne jedes Drumherum deprimiert mich ein bißchen. Ich hatte die fünf im Jahr zuvor kennengelernt, an dem Tag, als die Ärzte in Kalifornien mir bestätigten, was schon die Ärzte in Spanien gesagt hatten. Dein Fall sei hoffnungslos, Paula, man könne nichts für dich tun, du würdest nie wieder gesund werden. Ich fuhr heulend mit dem Auto davon und landete schließlich irgendwie in der Book Passage, meiner Lieblingsbuchhandlung, in der ich oft Interviews gebe und man mir sogar ein Postfach eingerichtet hat. Dort kam herzlich lächelnd eine Japanerin auf mich zu, die genauso klein war wie ich, und lud mich zu einer Tasse Tee ein. Es war Jean Shinoda Bolen, Psychiaterin und Autorin etlicher Bücher. Ihr Name sagte mir sofort etwas, weil ich eben erst ihr Buch über die Göttinnen gelesen hatte, die in jeder Frau zu Hause sind, und wie diese Archetypen die Persönlichkeit beeinflussen. Dadurch war mir klargeworden, daß in mir ein Kuddelmuddel an verschiedenen, widerstreitenden Gottheiten zu Hause ist, das man sich besser nicht so genau ansieht. Ohne daß wir uns je zuvor begegnet wären, erzählte ich der

Frau, wie es um dich stand. »Wir werden für deine Tochter und für dich beten«, sagte sie. Einen Monat später lud sie mich zu ihrem »Gebetskreis« ein, und so kam es, daß diese neuen Freundinnen mir während deines Sterbens und nach deinem Tod und bis heute zur Seite standen. Für mich ist dieser Bund im Himmel geschlossen worden. Alle Frauen auf der Welt sollten einen solchen Kreis von Freundinnen haben. Jede von uns ist Zeugin des Lebens der anderen, wir verwahren unsere Geheimnisse, helfen einander über Schwierigkeiten hinweg, teilen unsere Erfahrungen und stehen über E-Mail in fast täglichem Kontakt miteinander. Wie weit ich auch verreisen mag, meine Verbindung zum Festland bleibt bestehen: meine Schwestern vom Durcheinander. Sie sind heiter, weise und neugierig. Zuweilen nimmt diese Neugier verwegene Züge an, wie damals, als Jean während einer spirituellen Zeremonie das unbändige Verlangen verspürte, ihre Schuhe auszuziehen, und barfuß über glühende Kohlen lief. Zweimal ging sie über das Feuer und blieb unversehrt. Sie sagte, ihr sei es vorgekommen, als liefe sie über kleine Plastikkügelchen, sie habe die Glut knirschen gehört und die rauhe Oberfläche der Kohle unter ihren Füßen wahrgenommen.

Während der langen Nacht bei Tabra, als die Bäume wisperten und der Uhu rief, dachte ich daran, daß die Schwestern vom Durcheinander mir vielleicht würden helfen können. Wir trafen uns zum Frühstück in einem Restaurant voller Wochenendsportler, Jogger in Laufschuhen, Radfahrer in Marsmenschverkleidung. Wir setzten uns an einen runden Tisch, um auch nach außen hin einen Kreis zu bilden. Wir waren sechs Hexen in den Fünfzigern: zwei Christinnen, eine authentische Buddhistin, zwei Jüdinnen, die wahlweise halbe Buddhistinnen geworden waren, und ich, nach wie vor unentschieden, vereint in derselben Weltenschauung, die sich in zwei Sätzen wiedergeben läßt: »Niemals etwas tun, das Schaden anrichtet, und wann immer es möglich ist, Gutes bewirken.« Während ich meinen Kaffee trank, erzählte ich, was in meiner Familie vorging, und schloß mit Tabras Worten, die in mir nachhallten: »Sabrina braucht zwei Mütter.« »Zwei Mütter?« hakte Pauline nach, eine der beiden halben Jüdinnen-Buddhistinnen und Anwältin von Beruf. »Ich kenne zwei Mütter!« Sie dachte an Fu und Grace, zwei Frauen, die seit acht Jahren ein Paar waren. Pauline stand auf und ging zum Telefon; damals gab es noch keine Handys. Am anderen Ende der Leitung hörte Grace sich an, was Pauline über Sabrina sagte. »Ich rede mit Fu und rufe in zehn Minuten zurück«, beendete sie das Gespräch. ›Zehn Minuten …‹, dachte ich. ›Man muß schon eine Schraube locker haben oder ein Herz so weit wie ein Ozean, um so etwas in zehn Minuten zu entscheiden‹, aber noch ehe die Zeit um war, klingelte das Telefon im Restaurant, und Fu teilte uns mit, sie wollten das Mädchen kennenlernen.

Auf einem langen Weg, der sich am Hügelkamm entlang Richtung Küste schlängelte, fuhr ich bis zu einem malerischen Anwesen, um die beiden abzuholen. Verborgen zwischen Pinien und Eukalyptusbäumen standen mehrere Holzgebäude in japanischem Stil: das Zentrum für Zen-Buddhismus. Wie sich herausstellte, war Fu eine großgewachsene Frau mit einem eindrucksvollen, markanten Gesicht, dem eine leicht angehobene Augenbraue einen fragenden Ausdruck verlieh. Sie trug dunkle, unförmige Gewänder und das Haar geschoren wie ein Rekrut. Sie war buddhistische Nonne und leitete das Zentrum. Zusammen mit Grace, die Ärztin war, wie ein Lausbub aussah und alle Herzen im Sturm nahm, wohnte sie in einem puppenhaft kleinen Häuschen auf dem Grundstück. Im Auto erzählte ich den beiden von Jennifers Leidensweg, vom Schaden, den das Kind genommen hatte, und von der düsteren Prognose der Fachärzte. Es schien sie nicht zu beeindrucken. Wir holten Jennifers Mutter ab, Willies erste Frau, die Fu und Grace bereits vom buddhistischen Zentrum her kannte, und fuhren zu viert in die Klinik.

Im Saal der Neugeborenen fanden wir Odilia, die Krankenschwester mit den tausend Zöpfchen, mit Sabrina im Arm. Bei einem früheren Besuch hatte sie mir angedeutet, daß sie das Mädchen gern adoptieren würde. Grace streckte die Arme aus, und sie legte ihr das Kind hinein, das in diesen Tagen noch an Gewicht verloren zu haben schien und stärker denn je zitterte, aber wach war. Die großen Mandelaugen sahen Grace lange an und nahmen dann Fu ins Visier. Ich weiß nicht, was Sabrina den beiden mit diesem ersten Blick sagen wollte, aber er war entscheidend. Ohne sich miteinander abzusprechen, wie aus einem Munde, erklärten die beiden Frauen, Sabrina sei die Tochter, die sie sich ein Leben lang gewünscht hatten.

Ich gehöre dem Kreis der Schwestern vom immerwährenden Durcheinander nun schon seit Jahren an und habe in dieser Zeit manches von den Frauen bewirkte Wunder gesehen, aber keins, das in seiner Tragweite mit dem Sabrinas vergleichbar wäre. Diese Frauen fanden nicht nur zwei Mütter, nein, sie entwirrten auch den bürokratischen Knoten, damit Fu und Grace die Kleine bei sich aufnehmen konnten. Der Richter hatte die Dokumente zur Heimunterbringung damals bereits unterschrieben, und für Rebecca, die Sozialfürsorgerin, war die Sache damit erledigt. Als wir sie aufsuchten, um ihr von der anderen Lösung zu berichten, teilte sie uns mit, Fu und Grace seien nicht autorisiert, sie müßten Unterricht nehmen und ein Training durchlaufen, um als Pflegemütter in Frage zu kommen, sie seien kein herkömmliches Paar und lebten außerdem in einem anderen County, man könne den »Fall« nicht dorthin abgeben. Auch habe Jennifer das Sorgerecht für ihre Tochter zwar verloren, ihre Meinung sei aber trotzdem zu hören. »Tut mir leid, aber ich habe nicht die Zeit, mich mit etwas zu befassen, für das bereits eine Lösung gefunden ist«, sagte sie. Die Liste der Hindernisse war noch länger, ich erinnere mich nicht mehr im Detail, nur daß Pauline, als das Gespräch schon fast beendet war und wir eben, geschlagen, den Raum verlassen wollten, Rebecca fest am Arm nahm.

»Sie haben eine sehr schwere Aufgabe, werden schlecht bezahlt und haben das Gefühl, daß Ihre Arbeit für die Katz ist, weil Sie in den Jahren, in denen Sie jetzt hier angestellt sind, für die unglücklichen Kinder, die durch dieses Büro geschleust wurden, kaum etwas tun konnten«, sagte Pauline und versuchte, auf den Grund der Seele dieser Frau zu blicken. »Aber, glauben Sie mir, Rebecca, für Sabrina können Sie etwas tun. Vielleicht bekommen Sie nie wieder eine solche Chance, ein Wunder zu bewirken.«

Am nächsten Tag gelang es Rebecca irgendwie, die Bürokratie auf den Kopf zu stellen, sie forderte die Unterlagen noch einmal an, änderte das Notwendige und überzeugte den Richter, erneut zu unterschreiben, schickte die Papiere ins benachbarte County und sorgte dafür, daß Fu und Grace im Handumdrehen die Berechtigung zur Adoption bekamen. Dieselbe Frau, die noch am Tag zuvor leicht genervt auf unser Drängen reagiert hatte, verwandelte sich in einen glücklichen Wirbelwind, der alle Hindernisse hinwegfegte, und wendete mit einem Strich ihrer magischen Feder Sabrinas Schicksal zum Guten.

»Ich habe es Ihnen gleich gesagt, dieses Mädchen ist eine alte und machtvolle Seele. Sie berührt die Menschen und verändert sie. Ihr Geist ist stark, und sie weiß, was sie will«, sagte Odilia, als sie Sabrina zwei Wochen später ihren neuen Müttern übergab.

So fand auch in völlig unverhoffter Weise der monumentale Streit zwischen Willie und mir ein Ende. Wir verziehen einander, er mir die dramatischen Anschuldigungen, ich ihm das zähe Schweigen, und wir konnten uns in den Arm nehmen und vor Freude darüber weinen, daß dieses Enkelkind ein Nest gefunden hatte. Fu und Grace hatten das Mäuschen mit den wissenden Augen mittlerweile zu sich geholt, und der Kreis meiner Freundinnen setzte die mächtige Maschinerie der guten Wünsche in Gang, um der Kleinen das Leben zu erleichtern. Auf jedem Hausaltar stand ein Foto von ihr, und es verging kein Tag, ohne daß jemand sie in Gedanken stützte. Als eine der Schwestern vom Durcheinander in eine andere Stadt zog, boten wir Grace an, ihren Platz einzunehmen, nachdem wir uns versichert hatten, daß sie ausreichend Humor besaß. Im Zentrum für Zen-Buddhismus gab es mindestens fünfzig Personen, die Wünsche für Sabrina in ihre Meditationen aufnahmen und sich darin abwechselten, die Kleine im Arm zu wiegen, während ihre beiden Mütter gegen die immer neu auftretenden Gesundheitsprobleme anfochten. In den ersten Monaten dauerte es fünf Stunden, dem Kind ein paar Tröpfchen Milch mit einer Pipette einzuflößen. Fu lernte, die Anzeichen jeder Verschlechterung wahrzunehmen, ehe sie akut wurde, und Grace war als Ärztin besser gewappnet als irgendwer sonst.

»Sind diese Frauen lesbisch?« wollte meine Schwiegertochter wissen, die mich mehr als einmal gewarnt hatte, daß sie es nicht unter einem Dach mit jemandem aushalten könne, dessen sexuelle Vorlieben nicht den ihren entsprächen.

»Natürlich, Celia.«

»Aber eine ist doch Nonne!«

»Buddhistische Nonne. Sie hat kein Keuschheitsgelübde abgelegt.«

Celia sagte nichts mehr, als sie Fu und Grace aber schließlich kennenlernte, war sie beeindruckt genug, ihre eigenen Ideen auf den Prüfstand zu stellen. Der Religion hatte sie schon seit langem den Rücken gekehrt, und die Feuer der Hölle fürchtete sie nicht mehr, aber Homosexualität war ihr der schlimmste Dorn im Auge geblieben. Irgendwann jedoch rief sie die beiden an und bat sie, ihr die Kränkungen der ersten Zeit zu verzeihen, und danach besuchte sie die beiden häufig mit den Kindern, zeigte ihnen die grundlegenden Handgriffe, die eine Mutter können sollte, und spielte ihnen auf der Gitarre Lieder aus Venezuela vor. Sehr auf den Schutz der Umwelt bedacht, hatten die frischgebackenen Mütter Sabrina mit Stoffwindeln großziehen wollen, aber es dauerte keine Woche, da wechselten sie zu den Wegwerfwindeln, die Celia ihnen geschenkt hatte. Man hätte auch verrückt sein müssen, um wie früher Windeln von Hand auszuwaschen. Im Zentrum für Zen-Buddhismus gibt es keine Waschmaschine, alles ist naturbelassen und umständlich. Durch ihre Freundschaft mit den beiden begann sich Celia für Buddhismus zu interessieren, was mich aufhorchen ließ, weil sie von einem Extrem ins andere zu fallen pflegte.

»Das ist eine super Religion, Isabel. Komisch an den Buddhisten ist bloß, daß sie wie Esel nur Grünzeug essen.«

»Ich will dich nicht mit rasiertem Schädel und im Lotussitz meditieren sehen, ehe die Kinder aus dem Gröbsten raus sind«, warnte ich sie.

Tage des Lichts und des Leids

Im September brachte Celia Nicole so ruhig zur Welt, wie sie sechzehn Monate zuvor Andrea geboren hatte. Sie stand die zehnstündige Geburt ohne einen Laut der Klage durch, während Nico sie im Arm hielt und ich die beiden beobachtete und dachte, daß mein Sohn nicht mehr der kleine Junge war, den ich behandelte, als hätte ich weiter ein Anrecht auf ihn, sondern ein Mann, der besonnen die Verantwortung für eine Frau und drei Kinder trug. In den Wehenpausen ging Celia wortlos und bleich auf und ab, und wir mußten tatenlos zusehen, wie sie litt. Als sie spürte, daß es gleich soweit sein würde, legte sie sich schweißnaß und zitternd aufs Bett, und dann sagte sie etwas, das ich niemals vergessen werde: »Diesen Augenblick würde ich für nichts in der Welt eintauschen.« Nico hielt sie fest, als erst der Kopf des Mädchens, dann die Schultern und das übrige Menschlein zum Vorschein kamen. Meine Enkelin landete in meinen Armen, naß, glitschig, blutig, und ich empfand dieselbe Ehrfurcht wie an dem Tag, als Andrea geboren wurde, und in der unvergessenen Nacht, in der du für immer fortgingst. Geburt und Tod sind sich sehr ähnlich, Tochter, es sind heilige und geheimnisvolle Momente. Die Hebamme gab mir die Schere, um die dicke Nabelschnur zu durchtrennen, und Nico legte der Mutter das Mädchen an die Brust. Die Kleine war ein festes Pummelchen, das gierig an der Brust sog, während Celia in dieser ureigenen Sprache auf sie einredete, in der Mütter, noch benommen von den Strapazen und der jähen Liebe, mit ihren Neugeborenen sprechen. Wir alle hatten dieses Mädchen herbeigesehnt wie eine Gabe des Himmels; sie war ein frischer Wind der Erlösung und Freude, reines Licht.

Nicole fing zu brüllen an, sobald sie merkte, daß sie nicht

mehr im Bauch ihrer Mutter war, und in den nächsten sechs Monaten hörte sie nicht mehr damit auf. Ihr Schreien ließ die Farbe von den Wänden blättern und zerrte an den Nerven der Nachbarn. Großmutter Hilda, deine Ersatzgroßmutter, die mir über dreißig Jahre zur Seite gestanden hatte, und Ligia, eine Nicaraguanerin, die dich betreut hatte und die ich jetzt wieder anstellte, damit sie uns half, wiegten Nicole Tag und Nacht, denn nur so war sie für Minuten zu beruhigen. Ligia hatte ihre eigenen fünf Kinder in Nicaragua zurückgelassen und war, um sie zu ernähren, zum Arbeiten in die Vereinigten Staaten gekommen. Seit Jahren hatte sie die fünf nicht gesehen und hegte keine Hoffnung, bald mit ihnen zusammensein zu können. Monat für Monat saß immer eine der beiden guten Frauen mit der Kleinen in einem Schaukelstuhl in meinem Büro, während Celia und ich arbeiteten. Ich fürchtete, von dem Geschaukel werde sich manche Schraube im Oberstübchen meiner Enkelin lockern und sie einen Schaden fürs Leben nehmen. Nicoles Schreien verstummte, kaum daß sie zum erstenmal Milchpulver und Suppe bekam, der Grund für ihre Verzweiflung war wohl schlicht Hunger gewesen.

Unterdessen sortierte Andrea zwanghaft ihre Spielsachen und redete mit sich selbst. Wenn ihr langweilig war, nahm sie ihr ekliges »Tuto«-Tuch, verkündete, sie gehe nach Venezuela, kroch in einen Küchenschrank und schloß die Tür. Wir mußten ein Loch in das Möbelstück bohren, damit ein Streifen Licht und etwas Luft hineindrangen, denn meine Enkeltochter konnte den halben Tag stumm in diesem hühnerstallkleinen Kasten verbringen. Nachdem sie wegen des Schielens operiert worden war, mußte sie eine Brille tragen und eine schwarze Klappe über einem Auge, die wochenweise von einer auf die andere Seite gewechselt wurde. Damit sie sich die Brille nicht von der Nase riß, ließ Nico sich eine Haube aus sechs Gummibändern und ebenso vielen Sicherheitsnadeln einfallen, die sich über ihren Kopf spannte.

Sie ertrug die Konstruktion die meiste Zeit, doch hin und wieder bekam sie einen Wutanfall und zerrte so lange an den Gummis, bis sie ihr auf der Höhe der Windel hingen. Apropos: Für kurze Zeit hatten wir drei Kinder in Windeln, was viele Windeln sind. Wir kauften sie in Großhandelspakkungen, und am besten bewährte es sich, alle drei Kinder gleichzeitig zu wickeln, ob sie es nun gerade nötig hatten oder nicht. Celia oder Nico breiteten die offenen Windeln auf dem Boden aus, legten die Kleinen darauf und säuberten ihnen wie am Fließband den Popo. Sie konnten das mit einer Hand tun und gleichzeitig mit der anderen telefonieren, aber ich besaß nicht ihr Geschick und war oft bis über beide Ohren gesalbt und gepudert. Sie fütterten und badeten die drei auch mit derselben Fließbandmethode: Nico stellte sich mit ihnen unter die Dusche, seifte sie ein, wusch ihnen die Haare und reichte sie dann nacheinander hinaus, wo Celia sie in ein Handtuch wickelte.

»Du bist eine sehr gute Mutter, Nico«, sagte ich einmal bewundernd zu ihm.

»Nein, Mama, ich bin ein guter Vater«, meinte er.

Doch einen Vater wie ihn hatte ich nie zuvor gesehen, und bis heute ist mir unbegreiflich, woher er das hat.

Mein Buch *Paula* war fast fertig, ich schrieb an den letzten Seiten, die mir sehr schwerfielen. Am Schluß stand dein Tod, wie sonst hätte es enden sollen, aber ich erinnerte mich nicht genau an diese lange Nacht, die wie in einen Nebelschleier gehüllt war. Mir war, als hätte dein Zimmer sich mit Menschen gefüllt, ich sah Ernesto in seinem weißen Aikido-Anzug vor mir, meine Eltern, die Granny, deine Großmutter, die dich so geliebt hat und die schon vor Jahren in Chile gestorben war, und viele andere, die unmöglich dort gewesen sein können.

»Du warst sehr erschöpft, Mama, wie sollst du dich da an die Einzelheiten erinnern, auch ich weiß sie nicht mehr genau«, entschuldigte mich Nico.

»Und welche Rolle spielt das überhaupt?« ergänzte Willie. »Schreib mit dem Herzen. Du hast gesehen, was uns verborgen blieb. Vielleicht war das Zimmer ja tatsächlich voller Geister.«

Ich öffnete die Keramikurne, in der man uns deine Asche übergeben hatte und die immer auf meinem Schreibtisch stand, demselben Tisch, an dem meine Großmutter ihre Séancen geleitet hatte. Manchmal zog ich ein paar Briefe daraus hervor, oder Fotos, auf denen du vor deinem Unglück zu sehen bist, aber andere, die dich leblos, im Rollstuhl fixiert zeigen, rührte ich nicht an. Ich habe sie nie wieder angerührt, Paula. Selbst heute, so viele Jahre später, kann ich dich nicht in diesem Zustand sehen. Ich las deine Briefe, vor allem diesen einen mit deinem Vermächtnis, deinen Anweisungen für den Fall deines Todes, den du während deiner Flitterwochen geschrieben hattest. Damals warst du erst siebenundzwanzig. Wieso dachtest du schon ans Sterben? Ich schrieb dieses Buch unter vielen, vielen Tränen.

»Was ist mit dir?« fragte mich Andrea in ihrer noch unfertigen Sprache und sah mich mit ihrem Zyklopenauge mitfühlend an.

»Nichts, ich vermisse Paula, das ist alles.«

»Und warum weint Nicole?« fragte sie weiter.

»Weil sie ein Dickschädel ist.« Anders konnte ich mir das nicht erklären.

Wie zuvor bereits Alejandro verfiel nun auch Andrea auf die Idee, dein Tod sei der einzig triftige Grund, um zu weinen. Da sie nur ein Auge gebrauchen konnte, entbehrte ihre Welt der Tiefe, alles sah flach aus, und oft fiel sie hin und brach sich fast den Hals. Mit verbogener Brille kam sie wieder auf die Füße, das Blut lief ihr in Strömen aus der Nase, und schluchzend erklärte sie, sie vermisse ihre Tante Paula.

Als ich das Buch beendet hatte, begriff ich, daß ein quälender Weg hinter mir lag und ich rein und nackt ans Ende gelangt war. Diese Seiten enthielten dein lichtes Leben und das Werden unserer Familie. Die schreckliche Wirrnis dieses Jahres war vorüber: Mir war klar geworden, daß mein Verlust nicht einzigartig war, daß ich ihn mit Millionen von Müttern teilte – der älteste und alltäglichste Schmerz der Menschheit. Ich schickte das Manuskript an alle, die darin erwähnt waren, weil sie die Möglichkeit haben sollten, zu korrigieren, was ich über sie geschrieben hatte. Sehr viele waren es nicht, denn ich hatte etliche Personen, die dir nahegestanden hatten, unerwähnt gelassen, wenn sie für den Verlauf unserer Geschichte nicht entscheidend gewesen waren. Alle, die das Manuskript lasen, antworteten mir sofort, waren sichtlich davon bewegt, außer Ildemaro, mein bester Freund aus Venezuela, der dich sehr gemocht hatte und der Meinung war, es hätte dir nicht gefallen, dich auf diese Art öffentlich dargestellt zu sehen. Ich teilte diesen Zweifel, denn es ist eine Sache, sich den Schmerz von der Seele zu schreiben und der verlorenen Tochter damit eine letzte Ehre zu erweisen, und eine andere, die Trauer mit der Leserschaft zu teilen. »Man wird dir womöglich Exhibitionismus vorwerfen oder daß du diese Tragödie zum Geldverdienen benutzt, du weißt doch, wie rasch die Leute mit Unterstellungen bei der Hand sind«, warnte mich meine Mutter, die sich Sorgen machte, jedoch überzeugt war, das Buch solle erscheinen. Um allen Vorwürfen dieser Art vorzubeugen, entschied ich, nichts von den möglichen Einnahmen anzurühren; ich würde schon eine uneigennützige Verwendung dafür finden, eine, die du gutgeheißen hättest.

Ernesto lebte damals in New Jersey, wo er für dasselbe multinationale Unternehmen arbeitete wie zuvor in Spanien. Um in deiner Nähe zu sein, hatte er um seine Versetzung gebeten, als wir dich zu mir nach Hause holten, da es in Kalifornien jedoch keine freie Stelle gab, war ihm nur ein Angebot in New Jersey geblieben. Das war zumindest näher als Madrid. Als ich ihm den ersten unsortierten Entwurf des Buchs geschickt hatte, rief er mich weinend an. Er war seit einem Jahr Witwer, konnte deinen Namen aber noch immer nicht aussprechen, ohne daß ihm die Stimme versagte. Er ermutigte mich damit, du hättest gewollt, daß das Buch erscheint, weil es anderen Menschen in ihrem Verlust und ihrem Leid ein Trost sein könne. Aber dann sagte er auch, er erkenne dich auf diesen Seiten kaum wieder. Die Geschichte war aus meinem eingeschränkten Blickwinkel erzählt. Als Mutter wußte ich nichts über so manchen Teil deiner Persönlichkeit und deines Lebens. Wo war seine Paula, die temperamentvolle und verspielte Geliebte, die neunmalkluge und despotische Ehefrau, die bedingungslose Freundin, die beißende Kritikerin? »Ich werde etwas tun, für das mich Paula, wüßte sie davon, umbringen würde«, kündigte er mir an, und drei Tage später brachte mir die Post eine große Kiste mit den Liebesbriefen, die ihr euch vor der Hochzeit über ein Jahr lang geschrieben habt. Es war ein überwältigendes Geschenk, durch das ich dich besser kennenlernte. Mit Ernestos Einverständnis konnte ich Sätze aus deinen Briefen an ihn wörtlich übernehmen.

Während ich das Buch überarbeitete, war Celia allein für das Büro verantwortlich, in dem sie mit halbaufgeknöpfter Bluse saß, stets bereit, Nicole die Brust zu geben. Ich weiß nicht, wie sie es schaffte, zu arbeiten, sie hatte drei Kinder zu versorgen, war geschwächt und bedrückt von einem tiefen Kummer. In Venezuela war ihre Großmutter gestorben, und sie hatte nicht hinfahren können, um sich zu verabschieden, weil ihr Visum ihr nicht erlaubte, das Land zu verlassen und erneut einzureisen. Diese Großmutter, die zu jedem außer zu ihr ruppig gewesen war, hatte ihr in den ersten Jahren die Eltern ersetzt, weil die beiden, als Celia erst wenige Monate alt gewesen war, für drei Jahre in die USA gegangen waren, um in Geologie zu promovieren. Als sie zurückkehrten, erinnerte sich Celia kaum an diese Menschen, die sie plötzlich »Mama« und »Papa« nennen sollte;

der ruhende Pol ihrer Kinderjahre war ihre Großmutter, in ihrem Bett hatte sie immer geschlafen, ihr hatte sie ihre Geheimnisse anvertraut, nur bei ihr hatte sie sich geborgen gefühlt. Später kamen ein Bruder und eine Schwester zur Welt. Celia war weiterhin viel bei der Großmutter, die in einem Anbau neben dem Haus der Eltern wohnte. Ihre Kindheit in einer streng katholischen Familie und Schule kann nicht einfach gewesen sein, ist sie doch von Natur aus trotzig und widerspenstig, aber ihre Unterwerfung ging so weit, daß sie als Jugendliche in ein Wohnheim des Opus Dei zog, in dem Selbstgeißelung und metalldornenbesetzte Bußgürtel zum Strafenkatalog gehörten. Celia versichert, davon sei sie verschont geblieben, andere Maßnahmen, um das Fleisch zu bändigen, habe sie aber über sich ergehen lassen: den bedingungslosen Gehorsam, das Vermeiden von Kontakt zum anderen Geschlecht, das Fasten, das Schlafen auf harten Brettern, stundenlanges Knien und andere Arten von Kasteiung, denen Frauen häufiger und strenger unterworfen waren als Männer, verkörperten sie doch seit Evas Zeiten Sünde und Versuchung.

Unter den Tausenden von jungen Männern, die an der Universität zu haben gewesen wären, verliebte sich Celia ausgerechnet in Nico, das genaue Gegenteil dessen, was sich ihre Eltern als Schwiegersohn gewünscht hätten: Chilene, Einwanderer und Agnostiker. Nico hatte eine Jesuitenschule besucht, nach dem Tag seiner Erstkommunion jedoch verkündet, er werde nie wieder einen Fuß in eine Kirche setzen. Ich suchte den Rektor auf, um ihm zu erklären, warum ich den Jungen von der Schule nehmen mußte, aber der Gottesmann lachte bloß. »Das wird nicht nötig sein, wir zwingen ihn nicht, die Messe zu besuchen. Der Kleine kann seine Meinung ja noch einmal ändern, glauben Sie nicht?« Um ehrlich zu sein, glaubte ich das nicht, ich kenne meinen Sohn: Er gehört nicht zu denen, die überstürzte Entscheidungen treffen. Nico machte auf dem Colegio San Ignacio seinen Abschluß und hat sein Wort, keine Kirche mehr zu betreten, bis auf sehr wenige Ausnahmen gehalten: Celia und er haben kirchlich geheiratet, und die eine oder andere Kathedrale besichtigte er als Tourist.

Celia konnte ihrer Großmutter in ihren letzten Stunden nicht beistehen und ihren Tod nicht beweinen, denn im Grunde war neben dir, Paula, kein Platz für eine andere Trauer. Nico und ich erfaßten nicht, wie tief sie litt, teils weil wir die Einzelheiten ihrer Kindheit nicht kannten, teils weil sie, die sich gern stark gab, ihren Kummer verbarg. Sie begrub die Erinnerung, verschob die Tränen auf später und kam weiter ihren ungezählten Pflichten als Mutter und Ehefrau nach, arbeitete, lernte Englisch und versuchte, in dieser neuen Heimat, für die sie sich entschieden hatte, nicht unterzugehen. In den wenigen Jahren, die wir uns jetzt kannten, hatte ich sie trotz unserer Meinungsverschiedenheiten lieben gelernt, und als du fortgegangen warst, klammerte ich mich an sie wie an eine zweite Tochter. Ihr Aussehen bereitete mir Sorge, sie hatte eine ungesunde Farbe und keinen Appetit; außerdem wurde ihr noch immer übel wie in den schlimmsten Monaten der Schwangerschaft. Die Ärztin der Familie, Cheri Forrester, die sich um dich gekümmert hat, auch wenn du nichts davon wissen kannst, sagte, Celia sei wegen der drei so kurz aufeinander folgenden Schwangerschaften ausgelaugt, das Erbrechen habe jedoch keine körperliche Ursache, sondern sei sicher eine emotionale Reaktion, vielleicht weil sie fürchte, auch bei einem ihrer Kinder werde Porphyrie auftreten. »Wenn das so bleibt, wird man sie stationär behandeln müssen«, warnte uns die Ärztin. Celia erbrach sich weiter, aber still und im verborgenen.

Eine außergewöhnliche Schwiegertochter

Gestatte mir, daß ich fünf Jahre zurückgehe und dich erinnere, wie deine Schwägerin in unser aller Leben trat. 1988 lebte ich mit Willie in Kalifornien, du studiertest in Virginia, und Nico war, allein in Caracas, in seinem letzten Jahr an der Universität. Am Telefon erzählte er mir, er habe sich in eine Kommilitonin verliebt und wolle uns mit ihr zusammen besuchen, denn die Sache sei ernst. Ich fragte ihn geradeheraus, ob ich ein oder zwei Schlafzimmer herrichten solle, worauf er mir in diesem leicht spöttischen Ton, den du ja kennst, erklärte, das Opus Dei betrachte es als unverzeihlichen Fehltritt, vor der Ehe mit dem Verlobten zu schlafen. Die Eltern des Mädchens, das immerhin schon fünfundzwanzig Jahre alt war, seien empört, daß sie miteinander verreisen wollten, ohne verheiratet zu sein, und obendrein zu einer geschiedenen, atheistischen, kommunistischen Chilenin, die Bücher schrieb, die von der Kirche verboten waren: zu mir. Das hat uns gerade noch gefehlt…, dachte ich. Zwei Zimmer also. Zwei von Willies Kindern wohnten noch bei uns, und meine Mutter entschied sich, zur selben Zeit aus Chile zu kommen, also schob ich für Nico in der Küche ein Feldbett aus Polsterkissen zusammen. Meine Mutter und ich holten die zwei vom Flughafen ab, wo wir deinen Bruder, der noch linkisch wirkte wie ein Teenager, neben einer Person entdeckten, die entschlossen dem Ausgang zustrebte und auf dem Rücken etwas trug, das von weitem wie eine Waffe aussah, sich bei näherem Hinsehen indes als Gitarrenkoffer erwies. Ich vermute, Celia wollte ihre Mutter damit ärgern, die einst Schönheitskönigin in einer karibischen Misswahl gewesen war, jedenfalls ging sie wie John Wayne, trug unförmige olivgrüne Hosen, Bergschuhe und eine Baseballkappe schräg über einem

Auge. Man mußte zweimal hinsehen, um zu bemerken, wie hübsch sie war: feine Gesichtszüge, ausdrucksvolle Augen, schmale Hände, breite Hüften und eine Ausstrahlung, der man sich schwer entziehen konnte. Dieses Mädchen, in das mein Sohn verliebt war, trat herausfordernd bei uns auf, als wollte sie sagen: »Wenn ich euch gefalle, schön, und wenn nicht, Pech für euch.« Mir schien sie so anders als Nico, daß ich vermutete, sie sei schwanger und die beiden wollten deshalb schleunigst heiraten, aber ich irrte mich. Möglich, daß sie nichts wie weg wollte aus ihrem Milieu, das sie wie eine Zwangsjacke beengte, und sie sich deshalb mit der Verzweiflung einer Schiffbrüchigen an Nico festhielt.

Zu Hause angekommen, erklärte dein Bruder, die Polsteransammlung in der Küche sei vielleicht doch entbehrlich, weil sich die Dinge zwischen ihnen geändert hätten. Also steckte ich die beiden in ein Zimmer. Meine Mutter zog mich am Arm ins Bad.

»Wenn dein Sohn sich für dieses Mädchen entschieden hat, wird er wissen, warum. Du hast sie zu mögen und den Mund zu halten.«

»Aber sie raucht Pfeife, Mama!«

»Besser als Opium.«

Mir sollte es kinderleicht fallen, Celia zu mögen, obwohl ihre waghalsige Offenheit und ihre ruppigen Manieren mich schockierten – in Chile reden wir immer um den heißen Brei herum, und unser Benehmen ist ein einziger Eiertanz – und Celia uns schon nach einer knappen halben Stunde ihre Ansichten dargelegt hatte über minderwertige Rassen, linke Spinner, Atheisten, Künstler und Homosexuelle, die allesamt pervers seien. Sie bat mich, sie vorzuwarnen, sollte jemand, der zu einer dieser Kategorien gehörte, zu Besuch kommen, damit sie sich aus dem Staub machen könne, aber noch am selben Abend brachte sie uns mit schlüpfrigen Witzen zum Lachen, wie wir sie seit den unverkrampfen Zeiten in Venezuela nicht mehr gehört hatten, wo es zum

Glück die Vorstellung vom »politisch Korrekten« nicht gibt und man sich lustig machen kann, worüber man will, und dann holte sie ihre Gitarre aus dem Koffer und sang mit ergreifender Stimme die besten Stücke aus ihrem Repertoire. Sie eroberte uns im Sturm.

Kurze Zeit später gaben sich Celia und Nico in Caracas das Jawort in einer gestelzten Feierlichkeit, bei der du schließlich wegen Übelkeit im Badezimmer landetest, aus reiner Eifersucht, wie ich glaube, weil du deinen Bruder nicht mehr exklusiv für dich hattest. Unsere Familie verabschiedete sich früh, weil wir dort nicht hinpaßten. Wir kannten fast niemanden, und Nico hatte uns vorgewarnt, daß die Verwandten der Braut wenig für uns übrig hätten: Wir waren politische Flüchtlinge, hatten wegen Pinochet unser Land verlassen und mußten folglich Kommunisten sein, besaßen nicht genügend Geld und gesellschaftliches Prestige und gehörten nicht dem Opus Dei an, ja waren nicht einmal praktizierende Katholiken.

Die Frischvermählten zogen in das Haus, das ich in meiner Zeit in Caracas gekauft hatte, zu groß für die beiden, und ein Jahr später kam Alejandro, dein erster Neffe, zur Welt. Hals über Kopf verließ ich San Francisco, reiste viele Stunden, die in meiner gespannten Erwartung kein Ende nehmen wollten, und konnte den Kleinen, eben frisch zur Welt gekommen, nach Muttermilch und Babypuder riechend, in die Arme schließen, während ich aus den Augenwinkeln mit wachsendem Staunen meine Schwiegertochter und meinen Sohn betrachtete. Sie waren zwei kleine Kinder, die mit Puppen spielten. Dein Bruder, noch vor kurzem ein leichtsinniger Junge, der seinen Hals beim Bergsteigen riskierte oder im offenen Meer zwischen Haien schwamm, wechselte jetzt Seite an Seite mit seiner Frau Windeln, kochte Fläschchen aus und backte Pfannkuchen fürs Frühstück.

Getrübt wurde das Leben der beiden allein dadurch, daß

ihr Haus bei Langfingern hoch im Kurs stand. Etliche Male wurde eingebrochen, drei Autos verschwanden aus der Garage, und die Alarmanlagen, die Gitter vor den Fenstern und der unter Strom stehende Gartenzaun, der jede Katze gegrillt hätte, die ihn versehentlich mit den Schnurrhaaren streifte, halfen schon lange nicht mehr. Wenn die beiden nach Hause kamen, wartete Celia mit dem Säugling im Arm bei laufendem Motor im Auto, während Nico ausstieg und mit der Pistole in der Hand, wie in einem Gangsterfilm, das Haus von oben bis unten absuchte, um sicherzugehen, daß nicht irgendwo ein Schwerverbrecher lauerte. Sie lebten in Angst und Schrecken, was mir sehr gelegen kam, weil ich sie im Handumdrehen überreden konnte, nach Kalifornien zu ziehen, wo sie in Sicherheit wären und Unterstützung hätten. Zusammen mit Willie richtete ich ihnen eine entzükkende Wohnung ein, eine Künstlermansarde in einem Haus hoch oben auf einem Hügel, mit einem weiten Blick über die Bucht von San Francisco, dritter Stock ohne Aufzug, aber beide waren kräftig und würden mit den Siebensachen des Kleinen, den Tüten vom Markt und mit dem Müll die Treppe im Flug nehmen. Ich war aufgeregt wie eine Braut vor der Hochzeit und entschlossen, meine neue Rolle als Großmutter in vollen Zügen auszukosten. Mehr als einmal hockte ich mich in dem Zimmer, das für Alejandro vorgesehen war, auf den Boden, nachdem ich die Mobiles an der Decke angeschubst und an den Schnüren der Spieluhren gezogen hatte, und sang leise die Wiegenlieder aus der Zeit, als du und dein Bruder klein wart. Mir schien es ewig zu dauern, aber jedes Warten hat einmal ein Ende, und schließlich waren sie da.

Meine Freundschaft mit Celia nahm einen holprigen Anfang, denn Schwiegermutter und -tochter kamen aus entgegengesetzten geistigen Welten, aber sollten wir versucht gewesen sein, uns in die Unterschiede zu verbeißen, so kümmerte sich das Leben mit ein paar Backpfeifen darum, uns die Angriffslust auszutreiben. Bald hatten wir jeden aufkommenden Mißklang vergessen und waren ganz von dem Kind in Anspruch genommen und später von zwei weiteren, von der neuen Sprache und davon, uns in unserem Leben als Einwanderer in den USA zurechtzufinden. Damals ahnten wir nichts davon, aber ein Jahr später sollte uns die schwerste Prüfung auferlegt werden: dich zu pflegen, Paula. Uns blieb keine Zeit für Kindereien. Meine Schwiegertochter befreite sich sehr rasch von den brüchigen Fäden, die sie an einen religiösen Fanatismus gebunden hatten, und begann auch sonst an dem zu zweifeln, was man ihr von klein auf gepredigt hatte. Sobald sie begriff, daß sie in den Vereinigten Staaten nicht als Weiße galt, war sie vom Rassismus kuriert, und ihre Freundschaft mit Tabra räumte mit ihren Vorurteilen gegenüber Künstlern und Anhängern linker Ideen auf. Über Homosexuelle allerdings wollte sie nach wie vor nicht reden. Damals kannte sie Sabrinas Mütter noch nicht.

Nico und Celia meldeten sich zu einem Englisch-Intensivkurs an, und ich hatte das Glück, mich um meinen Enkel kümmern zu müssen. Während ich schrieb, krabbelte Alejandro auf dem Fußboden herum, gefangen hinter einem Gitter für Zwingerhunde, mit dem wir die Tür gesichert hatten. Wenn er müde wurde, steckte er sich den Schnuller in den Mund, knäuelte sein Kissen zurecht und legte sich mir zum Schlafen vor die Füße. War es Zeit fürs Mittagessen, zupfte er an meinem Rock und holte mich so aus diesem Trancezustand, in den mich das Schreiben für gewöhnlich versetzt; ich reichte ihm zerstreut das Fläschchen, und er trank es still aus. Einmal zog er das Computerkabel aus der Steckdose, und ich verlor achtundvierzig Seiten des Romans, an dem ich gerade saß, aber anstatt ihn zu erwürgen, wie ich es mit jedem anderen Sterblichen getan hätte, bedeckte ich ihn mit Küssen. Die Seiten waren schlecht gewesen.

Mein Glück war nahezu vollkommen, nur du fehltest mir noch, lebtest 1991 frischverheiratet mit Ernesto in Spanien, aber auch ihr wart schon dabei, Pläne zu spinnen, wolltet nach Kalifornien umsiedeln, wo wir dann alle zusammensein würden. Am 6. Dezember desselben Jahres wurdest du mit einer schlecht auskurierten Erkältung und Magenschmerzen ins Krankenhaus eingeliefert. Was dann geschah, davon weißt du nichts mehr, Tochter. Wenige Stunden später lagst du auf der Intensivstation, im Koma, und fünf endlose Monate mußten vergehen, bis man mir übergab, was von dir übrig war, ein regloser Körper mit ernsten Hirnschäden. Dein Atmen war das einzige Zeichen dafür, daß du lebtest. Du konntest dich nicht bewegen, deine Augen waren zwei schwarze Brunnen, die das Licht schluckten, und in den kommenden Monaten verändertest du dich so sehr, daß man dich kaum wiedererkannte. Zusammen mit Ernesto, der sich weigerte anzuerkennen, daß er im Grunde bereits Witwer war, brachten wir dich zu mir nach Kalifornien, auf einer schrecklichen Reise über den Atlantik und quer über Nordamerika. Danach mußte er dich bei mir lassen und wieder arbeiten. Nie hätte ich mir ausgemalt, daß sich mein Traum, dich in meiner Nähe zu haben, auf so tragische Weise erfüllen würde. Celia war damals hochschwanger mit Andrea. Ich erinnere mich noch, wie sie reagierte, als man dich auf einer Bahre aus dem Krankenwagen lud: Sie klammerte sich an Alejandro, wich mit weit aufgerissenen Augen zitternd zurück, während Nico, bleich, einen Schritt auf dich zutrat, sich zu dir hinunter beugte, um dich zu küssen, und mit seinen Tränen dein Gesicht netzte. Für dich endete diese Welt am 6. Dezember 1992, genau ein Jahr, nachdem du in Madrid ins Krankenhaus gekommen warst. Wenige Tage später, als wir deine Asche dort zwischen den Mammutbäumen in den Bachlauf streuten, sagten mir Celia und Nico, sie dächten daran, noch ein drittes Kind zu bekommen, und zehn Monate später wurde Nicole geboren.

Willie wurde sich verzweifelt bewußt, daß Jennifer im Begriff stand, sich nach und nach das Leben zu nehmen. Eine Astrologin hatte ihm gesagt, seine Tochter befinde sich »im Haus des Todes«. Fu sagte, manche Seelen versuchten unbewußt die göttliche Entrückung auf dem schnellen Weg der Drogen zu erlangen; vielleicht verspüre Jennifer die Notwendigkeit, der Roheit dieser Welt zu entfliehen. Willie glaubt, seinen Nachkommen ein genetisches Übel vermacht zu haben. Sein Urgroßvater war einer von hundertsechzigtausend Elenden, die, übersät von Pusteln und Läusen, aus England in Fußeisen nach Australien verschifft wurden. Der Jüngste von ihnen, beim Klauen von Brot erwischt, war neun Jahre alt, und die Älteste war eine zweiundachtzigjährige Greisin, der man vorwarf, anderthalb Kilo Käse gestohlen zu haben. Sie erhängte sich wenige Tage nach ihrer Landung auf dem neuen Kontinent. Welcher Untat Willies Urahn bezichtigt wurde, ist nicht klar, jedenfalls rettete es ihn vor dem Galgen, daß er von Beruf Messerschleifer war. Wer in jenen Zeiten ein Handwerk gelernt hatte oder lesen konnte, dem blieb der Strick erspart, und man schickte ihn statt dessen nach Australien. Der Mann gehörte zu denen, die durchkamen, weil er zäh genug war, die Strapazen und das viele Trinken zu überstehen, eine Eigenschaft, die er fast all seinen Nachkommen vermachte. Vom Großvater weiß man wenig, aber Willies Vater starb an Leberzirrhose. Willie selbst hat Jahrzehnte seines Lebens keinen Tropfen Alkohol angerührt, weil seine Allergien davon scheußlich blühen, aber wenn er sich ein Glas genehmigte, blieb es nicht dabei. Ich habe ihn nie betrunken erlebt, weil ihm vorher die Luft wegbleibt, als hätte er einen Fellball verschluckt, und die Kopfschmerzen holen ihn von den Füßen, aber wir wissen beide, daß es ohne diese gesegneten Allergien mit ihm gekommen wäre wie mit seinem Vater. Erst heute, mit über sechzig Jahren, kann er ein Glas Weißwein trinken und es dabei bewenden lassen. Es heißt, die familiäre Veranlagung zur Sucht sei nicht zu unterschätzen, und seine Kinder – alle drei drogenabhängig – scheinen das zu bestätigen. Sie haben nicht dieselbe Mutter, aber in den Familien seiner ersten und seiner zweiten Frau gibt es ebenfalls schon bei den Großeltern Abhängigkeiten. Der einzige, der Willie nie diesen Kummer bereitete, ist Jason, den seine zweite Frau mit in die Ehe brachte und den Willie liebt wie ein eigenes Kind. »Jason ist nicht mit mir blutsverwandt und deshalb normal«, pflegt Willie in einem Tonfall zu sagen, als kommentierte er ein Naturereignis, die Wiederkehr der Gezeiten oder den Zug der Wildenten.

Als ich ihn kennenlernte, war Jason achtzehn Jahre alt, besaß viel Talent zum Schreiben, wenngleich keinerlei Disziplin, aber die würde er, davon war ich überzeugt, früher oder später lernen; dafür sorgen die Härten des Lebens. Eines Tages wollte er Schriftsteller sein, aber bis es so weit wäre, drehte er Däumchen. In der Regel schrieb er zwei, drei Zeilen und kam dann zu mir gelaufen, um mich zu fragen, ob sie das Zeug zu einer Erzählung hätten, doch weiter schaffte er es nie. Ich mußte ihn eigenhändig aus dem Haus schubsen, damit er ein College im Süden Kaliforniens besuchte, das er mit Auszeichnung abschloß, und als er danach wieder zu uns zog, brachte er seine Freundin Sally mit. Sein leiblicher Vater war ein Wüterich und, wenn er den Kopf verlor, unberechenbar. Als Jason erst wenige Wochen alt war, kam es zu einem Zwischenfall, der nie aufgeklärt werden konnte: Sein Vater behauptete, der Kleine sei von der Wickelkommode gefallen, aber seine Mutter und die Ärzte argwöhnten, daß der Vater ihn geschlagen und ihm die Schädeldecke eingedrückt hatte. Er mußte operiert werden und überlebte nur durch ein Wunder, blieb lange im Krankenhaus, und unterdessen ließen seine Eltern sich scheiden. Vom Krankenhaus kam er zunächst in staatliche Obhut; dann brachte seine Mutter ihn erst bei Onkel und Tante unter, die laut Jason echte Heilige waren, und holte ihn später zu sich nach Kalifornien. Als der Junge drei Jahre alt war, landete er wieder bei seinem Vater, weil man in dem Mietshaus, in dem die Mutter wohnte, offenbar keine Kinder duldete. Das muß man sich vorstellen! Nach ihrer Heirat mit Willie sorgte die Mutter dafür, daß Jason wieder zu ihr kam, und nachdem die beiden sich hatten scheiden lassen, nahm der Kleine seine Siebensachen und zog zu Willie. In all den Jahren ließ sein leiblicher Vater sich sporadisch blicken, und mehr als einmal schlug er den Jungen, bis der alt genug und körperlich in der Lage war, sich zu wehren. Eines Abends, die beiden waren für ein paar Tage zusammen zur Hütte des Vaters in die Berge gefahren, kam es zum Streit, der Mann hatte getrunken und schlug mit der Faust nach Jason, der sich geschworen hatte, sich nichts mehr bieten zu lassen, und ihm in seiner Angst und dem über die Jahre angestauten Zorn das Gesicht blutig hieb. Völlig außer sich setzte er sich danach ins Auto und fuhr durch die stürmische Nacht zurück nach Hause, wo er etliche Stunden später, von Schuldgefühlen geplagt und mit blutverschmiertem Hemd, vor der Tür stand. Willie beglückwünschte ihn: Es sei höchste Zeit gewesen, einiges klarzustellen. Dieser unwürdige Zwischenfall sorgte für einen respektvollen Umgang zwischen Vater und Sohn, und die Gewaltausbrüche hatten ein Ende.

Dieses Jahr der Trauer, der vielen Arbeit, der finanziellen Schwierigkeiten und der Probleme mit meinen Stiefkindern nagte an den Grundfesten meiner Beziehung zu Willie. In unserem Leben herrschte zu viel Unordnung. Es gelang mir nicht, mich in den USA einzuleben. Mir war, als würde mein Herz erkalten, als lohnte es nicht, weiter gegen die Strömung zu rudern; uns über Wasser zu halten kostete unmäßig viel Kraft. Ich dachte daran, zu gehen, zu fliehen, Nico und seine Familie mit nach Chile zu nehmen, wo endlich, nach sechzehn Jahren Militärdiktatur, die Demokratie erneut aufgebaut wurde und wo meine Eltern lebten. ›Mich scheiden lassen, ich sollte mich scheiden lassen‹, dachte ich bei mir, aber ich muß es mehr als einmal laut ausgesprochen haben, denn bei dem Wort Scheidung schellten Willies Alarmglocken. Zwei Scheidungen hatte er bereits hinter sich, und er war entschlossen, eine dritte zu verhindern; also drängte er mich dazu, daß wir einen Psychologen aufsuchten. Über Tabras Therapeuten hatte ich mich erbarmungslos lustig gemacht, er war ein zerzauster Alkoholiker, der ihr dieselben Binsenweisheiten bot, die sie von mir hätte umsonst bekommen können. Für mich waren Therapien ein Tick der Nordamerikaner, verhätschelter Leute, die sich mit den normalen Schwierigkeiten des Daseins nicht abfinden konnten. In meinen Kindertagen hatte mein Großvater mir mit seiner stoischen Haltung vermittelt, das Leben sei hart und gegenüber Widrigkeiten helfe nichts, als die Zähne zusammenzubeißen und weiterzumachen. Glück war ein sentimentales Hirngespinst; man war auf der Welt, um zu leiden und zu lernen. Der Hedonismus von Venezuela hatte die mittelalterlichen Vorstellungen meines Großvaters zum Glück etwas gemildert und mir ermöglicht, es mir ohne Schuldgefühle gutgehen zu lassen. In Chile, in meiner Jugendzeit, war kein Mensch zur Therapie gegangen, es sei denn, er war gemeingefährlich oder stammte aus Argentinien, deshalb sträubte ich mich ziemlich gegen Willies Vorschlag, aber er blieb stur, bis ich ihn schließlich begleitete. Besser gesagt, schleifte Willie mich hin.

Wie sich herausstellte, sah der Psychologe aus wie ein Mönch, hatte einen rasierten Schädel, trank grünen Tee und hielt während der Sitzung fast durchweg die Augen geschlossen. Im Marin County sieht man zu jeder Tageszeit Leute auf Fahrrädern, Jogger in kurzen Hosen oder Cappuccinotrinker an kleinen Tischen vor den Cafés. »Arbeiten diese Leute nicht?« hatte ich Willie einmal gefragt. »Das sind alles Therapeuten«, war seine Antwort gewesen. Vielleicht rührte daher meine tiefe Skepsis gegenüber dem Kahlkopf, doch entpuppte der sich bald schon als weise. Er empfing uns in einem kargen, erbsengrün gestrichenen Raum, den nur ein Tuch – Mandala nennt man das wohl – an der Wand zierte. Wir ließen uns im Schneidersitz auf ein paar Kissen am Boden nieder, und wie ein Vögelchen nippte der Mönch an seinem japanischen Tee. Dann begannen wir zu reden, und fast sofort kam die Lawine ins Rollen. Willie und ich fielen einander ins Wort, um ihm von dir zu berichten, von Jennifers gespenstischem Dasein, von Sabrinas Fragilität, von tausend Schwierigkeiten mehr und von meinem Wunsch, alles zum Teufel zu schicken und zu verschwinden. Der Mann hörte uns zu, ohne uns zu unterbrechen, und als nur noch wenige Minuten bis zum Ende der Sitzung fehlten, hob er die finster zusammengezogenen Brauen und sah uns mit aufrichtigem Mitleid an. »Wieviel Traurigkeit in Ihrem Leben ist!« sagte er leise. Traurigkeit? Der Gedanke war uns beiden neu. Auf einen Schlag verpuffte unser Zorn, und bis auf die Knochen spürten wir eine Trauer, weit wie der Pazifische Ozean, die wir uns aus purem Stolz nicht hatten eingestehen wollen. Willie nahm meine Hand, zog mich auf sein Kissen, und wir umarmten einander. Zum erstenmal konnten wir zugeben, daß wir im Herzen schwer verwundet waren. Damit begann unsere Versöhnung.

»Ich würde Ihnen raten, das Wort Scheidung eine Woche lang nicht in den Mund zu nehmen. Schaffen Sie das?« fragte der Therapeut.

»Ja«, sagten wir wie aus einem Munde.

»Und ginge es auch für zwei Wochen?«

»Für drei, wenn Sie wollen«, sagte ich.

Das war die Abmachung. Drei Wochen konzentrierten wir uns darauf, die Erfordernisse des Alltags zu bewältigen, und sprachen das Tabuwort nicht aus. Wir hatten es nicht leicht miteinander, aber die Frist verstrich, und es verstrich ein Monat, dann ein zweiter, und ehrlich gesagt, haben wir nie wieder über Scheidung gesprochen. Wir nahmen unseren nächtlichen Tanz wieder auf, der uns von Beginn an selbstverständlich gewesen war: so eng umschlungen zu schlafen, daß, wenn der eine sich umdreht, der andere ihm folgt, und wenn einer sich losmacht, der andere wach wird. Von einer Tasse grünem Tee zur nächsten geleitete uns der kahlgeschorene Psychologe an der Hand über die Stolpersteine dieser Jahre. Er riet mir, »in Deckung zu bleiben« und mich nicht in die Angelegenheiten meiner Stiefkinder einzumischen, die der eigentliche Anlaß fast all unserer Streitereien waren. Willie schenkt seinem Sohn, der gerade von der Schule geflogen ist und in einer Wolke von LSD- und Marihuanagespinsten schwebt, ein neues Auto? Nicht mein Problem. Binnen einer Woche hat er es an einem Baum zu Schrott gefahren? Ich bleibe in Deckung. Willie kauft ihm ein zweites Auto, das er ebenfalls kaputtfährt? Ich beiße mir auf die Zunge. Zur Belohnung schenkt ihm der Vater einen Van und erklärt mir, der Wagen sei sicherer und stabiler. »Klar. Wenn er damit jemanden überfährt, ist der wenigstens nicht nur verletzt, sondern gleich mausetot«, entgegne ich frostig. Ich verschwinde im Badezimmer, stelle mich unter die kalte Dusche und bete meine vollständige Litanei an Beschimpfungen herunter, und danach gehe ich für ein paar Stunden in Tabras Werkstatt Halsketten basteln.

Die Therapie hat mir sehr geholfen. Ihr und dem Schreiben ist es zu verdanken, daß ich etliche Prüfungen, wenngleich nicht immer mit Bravour, überstand und meine Liebe zu Willie gerettet wurde. Das Familienmelodram geht weiter, zum Glück, denn worüber sollte ich andernfalls schreiben?

Jennifer hatte Erlaubnis, Sabrina alle zwei Wochen unter Aufsicht zu sehen, und von Mal zu Mal wurde mir ihr Verfall deutlicher. Willies Tochter sehe immer schlechter aus, schrieb ich meiner Mutter und meiner Freundin Pía nach Chile. Die beiden spendeten ans Waisenhaus von Pater Hurtado, dem einzigen chilenischen Heiligen, den selbst die Kommunisten verehren, weil er große Wunder zu wirken vermag, und sie beteten dafür, daß Jennifer den eingeschlagenen Weg verließe und ihr Leben rettete. Tatsächlich konnte allein ein göttliches Eingreifen ihr noch helfen. Ich sollte hier vielleicht kurz innehalten, um dir von Pía zu berichten, die wie eine chilenische Schwester für mich ist, immer felsenfest zu mir stand, selbst als das Exil uns voneinander trennte. Sie kommt ja aus einer erzkatholischen und konservativen Familie, in der man den Putsch von 1973 mit Sekt begoß, aber ich weiß von wenigstens zwei Opfern der Diktatur, die sie bei sich zu Hause versteckte. Wir rühren so gut wie nie an politische Themen. Als ich mit meiner kleinen Familie nach Venezuela gegangen war, schrieben wir uns Briefe, und heute besuchen wir einander in Chile und in Kalifornien, wo sie häufig ihren Urlaub verbringt; so haben wir unsere Freundschaft erhalten, die schon so rein ist wie ein Diamant. Wir lieben einander bedingungslos, und wenn wir zusammen sind, malen wir vierhändig Bilder und kichern wie die Schulmädchen. Weißt du noch, daß sie und ich immer scherzten, wir würden eines Tages zwei lustige Witwen sein, die zusammen in einer Rumpelkammer hausen, Klatschgeschichten verbreiten und Kunsthandwerk herstellen? Nun, Paula, darüber sprechen wir nicht mehr, denn Gerardo, Pías Mann, dieser gutmütige und großherzige Mensch, ist eines Morgens ohne jede Vorwarnung gestorben, als er die Arbeit auf einer der Pferdekoppeln seiner Länderei beaufsichtigte. Er seufzte, senkte den Kopf und ging hinüber in die andere Welt, ohne noch von jemandem Abschied nehmen zu können. Pía ist bis heute nicht darüber hinweggekommen, obwohl ihr Clan um sie ist: vier Kinder, fünf Enkel und eine halbe Hundertschaft Verwandte und Freunde, mit denen sie in dauerndem Kontakt steht, wie das üblich ist in Chile. Sie widmet sich allen erdenklichen wohltätigen Projekten, außerdem ihrer Familie und in ihrer freien Zeit den Ölfarben und Pinseln. Wenn die Trauer zu übermächtig wird und sie nicht aufhören kann, um Gerardo zu weinen, schließt sie sich zum Sticken ein, schafft wahre Wunderwerke aus Stoffresten und sogar edelsteinbesetzte Reliefstickereien, die aussehen wie Heiligenbilder aus dem alten Konstantinopel. Diese Pía, die dich so sehr geliebt hat, ließ in ihrem Garten eine kleine Kapelle für dich bauen und pflanzte einen Rosenbusch daneben. Dort bei dem üppig wuchernden Busch redet sie mit Gerardo und mit dir und betet oft für Willies Kinder und seine Enkelin.

Rebecca, die Sozialfürsorgerin, erstellte den Einsatzplan für die Begegnungen von Sabrina mit ihrer Mutter. Das war nicht ganz einfach, weil auf richterliche Anordnung vermieden werden sollte, daß Jennifer und ihr Lebensgefährte den Pflegemüttern begegneten oder herausfanden, wo diese wohnten. Also trafen Fu und Grace sich mit mir auf dem Parkplatz irgendeines Supermarkts und übergaben mir das Mädchen mitsamt den Windeln, Spielsachen, Fläschchen und dem übrigen Klimbim, den Kinder so brauchen. Ich setzte Sabrina in einen der Kindersitze, die ich für meine Enkel im Auto hatte, und fuhr mit ihr zur Stadtverwaltung, wo ich mich mit Rebecca traf, die von einer stetig wechselnden, die immergleiche professionelle Unlust ausstrahlenden Polizeibeamtin begleitet wurde. Während die Frau in Uniform die Tür im Auge behielt, warteten Rebecca und ich in irgendeinem Raum, beide hingerissen von dem Mädchen, das so hübsch geworden war und sich, hellwach, nicht die kleinste Kleinigkeit entgehen ließ. Ihre Haut war karamelfarben, auf dem Kopf ringelten sich Löckchen wie von einem neugeborenen Lamm, und die großen Mandelaugen schauten staunend in die Welt. Manchmal kam Jennifer zu dem Treffen, manchmal nicht. Wenn sie auftauchte, ein einziges Nervenbündel, auf dem Sprung wie ein gehetzter Fuchs, blieb sie nie länger als fünf oder zehn Minuten. Sie hob ihre Tochter hoch, und zu spüren, wie leicht sie war, und zu hören, wie sie weinte, raubte ihr die Fassung. »Ich brauch eine Zigarette«, sagte sie; im nächsten Moment war sie draußen, und oft kam sie nicht zurück. Rebecca und die Polizistin begleiteten mich zum Wagen, und ich fuhr wieder zu dem Parkplatz, wo die beiden Mütter uns angespannt erwarteten. Für Jennifer müssen diese gehetzten Besuche eine Quälerei gewesen sein, denn sie hatte ihr Baby verloren, und auch daß sie es in guten Händen wußte, konnte kein Trost sein.

Diese strategisch geplanten Treffen währten schon etwa fünf Monate, als Jennifer erneut ins Krankenhaus eingeliefert wurde, diesmal mit einer Infektion am Herz und einer zweiten an den Beinen. Sie wirkte nicht besorgt, sagte, sie kenne das schon, es sei nichts Ernstes, aber die Ärzte nahmen es weniger gelassen. Fu und Grace beschlossen, daß sie das Versteckspiel leid waren und Jennifer ein Recht darauf hatte, zu wissen, wer sich ihrer Tochter angenommen hatte. Also setzten wir uns über den gerichtlich verfügten protokollarischen Ablauf hinweg, und ich begleitete die beiden in die Klinik. »Wenn die Sozialfürsorgerin davon erfährt, gibt's Ärger«, meinte Willie, der wie ein Anwalt denkt und Rebecca damals noch nicht gut kannte.

Willies Tochter sah fürchterlich aus, hinter der durchscheinenden Haut ihrer Wangen konnte man die Backenzähne zählen, ihr Haar wirkte wie eine Puppenperücke, ihre Hände waren bläulich und die Fingernägel schwarz. Ihre

Mutter war bei ihr und fassungslos, sie in diesem Zustand zu sehen. Ich glaube, sie hatte eingesehen, daß Jennifer nicht mehr lange leben würde, doch hoffte sie wohl, vor dem Ende wenigstens noch einmal zu ihr zu finden. Sie dachte, im Krankenhaus könnten sie reden und nach all den Jahren der gegenseitigen Verletzungen Frieden schließen, aber auch diesmal sollte ihre Tochter die Flucht ergreifen, ehe die Medikamente zu wirken vermochten. Willies erste Frau und ich waren uns durch die Schwierigkeiten nähergekommen: Sie hatte wegen ihrer beiden drogenabhängigen Kinder viel gelitten, und ich hatte dich verloren, Paula. Ihre Scheidung von Willie lag zwanzig Jahre zurück, und wie er hatte sie erneut geheiratet, ich glaube kaum, daß zwischen den beiden noch unterschwelliger Groll vorhanden gewesen war, aber falls doch, wurden sie durch Sabrinas Auftauchen in ihrem Leben davon befreit. Die Anziehung, die sie in jungen Jahren füreinander verspürt hatten, war schon bald nach der Heirat der Ernüchterung gewichen, und zehn Jahre später hatten sie einen harten Schnitt gemacht. Außer den Kindern hatten sie nichts gemeinsam. Während ihrer Ehe war er ausschließlich mit seiner Karriere beschäftigt gewesen, wollte erfolgreich sein und zu Geld kommen, und sie fühlte sich alleingelassen und fiel immer wieder in tiefe Depressionen. Außerdem erlebten sie die Turbulenzen der sechziger Jahre, als sich die Sitten in diesem Teil der Welt ziemlich lockerten: Die freie Liebe kam in Mode, den Partner zu wechseln wurde zur Freizeitbeschäftigung, auf Partys rekelten sich die Gäste nackt in der Familienwanne, alle Welt trank klebrige Longdrinks und rauchte Gras, und dazwischen tobten die Kinder herum. Diese Experimente hinterließen, wie zu erwarten, eine Spur aus zerbrochenen Partnerschaften, aber Willie versichert, das sei nicht der Grund für die Trennung gewesen. »Wir waren wie Öl und Wasser, wir kamen nicht zusammen, diese Ehe konnte nichts werden.« Zu Beginn meiner Liebe zu Willie fragte ich ihn, ob unsere Beziehung »offen« sein würde – ein Euphemismus für Untreue – oder monogam. Ich mußte das klären, weil ich weder die Zeit habe noch dafür geschaffen bin, einem flatterhaften Geliebten hinterherzuspionieren. »Monogam, das andere habe ich schon ausprobiert, und es ist ein Desaster«, sagte er, ohne zu zögern. »Okay, aber wenn ich dich bei einem Seitensprung erwische, bringe ich dich um, dich, deine Kinder und den Hund. Ist das klar?« »Sonnenklar.« Ich für mein Teil habe mich penibler an die Abmachung gehalten, als man es von einer Person meines Naturells hätte erwarten können; ich gehe davon aus, daß er es ebenfalls getan hat, auch wenn ich für niemanden meine Hand ins Feuer lege.

Jennifer nahm ihre Tochter, drückte sie an ihre hagere Brust und sagte Fu und Grace wieder und wieder danke. Die beiden besitzen die Gabe, allem, was sie berühren, Witz, Gelassenheit und Schönheit zu verleihen. Gegenüber Jennifer gaben sie jede Abwehr auf – was nie zuvor jemand ihr gegenüber getan hatte – und schickten sich an, sie mit allem Mitgefühl zu akzeptieren, dessen sie fähig waren, und das war viel. So verwandelten sie dieses schäbige Drama in eine menschliche Erfahrung. Grace streichelte Jennifer, entwirrte ihr Haar, küßte sie auf die Stirn und versicherte ihr, sie könne Sabrina täglich sehen. Wenn sie wolle, werde sie Sabrina herbringen, und nach der Entlassung könne Jennifer ins Buddhistische Zentrum zu Besuch kommen. Sie erzählte ihr davon, wie gescheit und aufgeweckt die Kleine war, daß sie schon ohne Schwierigkeiten trank, und erwähnte die ernsten Gesundheitsprobleme mit keinem Wort.

»Meinst du nicht, Jennifer sollte die Wahrheit erfahren, Grace?« fragte ich sie, als wir gingen.

»Welche Wahrheit?«

»Wenn Sabrina weiterhin schwächer und schwächer wird. Ihre weißen Blutkörperchen …«

»Sie wird nicht sterben. Das schwöre ich dir«, unterbrach sie mich mit seelenruhiger Überzeugung.

Das war das letzte Mal, daß wir Jennifer sahen.

Am 25. Mai feierten wir Sabrinas ersten Geburtstag im Buddhistischen Zentrum, im Kreis von vier Dutzend barfüßigen Menschen, die in ihren schlabberigen Gewändern wie mittelalterliche Pilger wirkten, einige mit geschorenen Köpfen und mit dieser verdächtigen Friedfertigkeit, an der man den Vegetarier erkennt. Celia, Nico, die Kinder, Jason, seine Freundin Sally und die übrige Familie waren ebenfalls da. Die einzige Frau mit Make-up war ich, und der einzige Mann mit Fotoapparat Willie. In der Mitte des Saals sprangen etliche Kinder mit einem Haufen Luftballons um eine monumentale biodynamische Möhrentorte herum. Sabrina, als Gnom gekleidet, von Alejandro mit einer Reihe glitzernder Klebsterne auf der Stirn zur Königin von Äthiopien gekrönt und mit einem gelben Gasluftballon an einer langen Schnur um den Bauch, damit sie weithin sichtbar war und im Trubel nicht verlorenging, wurde von Arm zu Arm, von Kuß zu Kuß gereicht. Verglichen mit meiner Enkelin Nicole, die gedrungen und kompakt wie ein Koalabär aussah, wirkte Sabrina wie eine schlaffe Puppe, aber in diesem ersten Jahr hatte sie fast alle schwarzseherischen Prognosen der Ärzte Lügen gestraft: Sie konnte schon sitzen, versuchte zu krabbeln und wußte alle Bewohner des Buddhistischen Zentrums auseinanderzuhalten. Einer nach dem anderen stellten die Gäste sich vor: »Ich bin Kate, ich passe dienstags und donnerstags auf Sabrina auf«, »Ich heiße Marc und bin ihr Physiotherapeut«, »Ich bin Michael, seit dreißig Jahren Zenmönch, und Sabrina ist meine Meisterin ...«

Am 6. Dezember 1993 jährte sich der Tag deines Todes zum ersten Mal. Ich wollte dich schön, schlicht, fröhlich in Erinnerung haben, als Braut gekleidet oder mit einem schwarzen Regenschirm in der Hand, wie du in Toledo über Pfützen sprangst; nachts jedoch, in meinen Albträumen, fielen mich die tragischsten Bilder an: dein Krankenhausbett, das Röcheln des Beatmungsgeräts, dein Rollstuhl, das Tuch, mit dem wir später das Loch des Luftröhrenschnitts abdeckten, deine verkrampften Hände. Viele Male habe ich darum gebetet, an deiner Statt sterben zu dürfen, und am Ende, als dieser Kuhhandel schon ausgeschlossen war, betete ich so oft darum, zu sterben, daß es nur gerecht gewesen wäre, wäre ich ernsthaft erkrankt; doch wie du weißt und wie Großvater sagte, nachdem er fast ein Jahrhundert gelebt hatte, ist Sterben sehr schwer. Ein Jahr später war ich dank der Zuneigung meiner Familie noch immer am Leben und dank der wunderheilenden Nadeln und chinesischen Kräuter des weisen Japaners Miki Shima, der dir und mir in den Monaten zur Seite gestanden hatte, in denen du langsam Abschied nahmst. Ich weiß nicht, welche Wirkung seine Behandlung auf dich hatte, mir aber waren seine ruhige Gegenwart und seine spirituelle Botschaft damals Woche für Woche eine Stütze. »Sag nicht, du willst sterben, das bringt mich um vor Kummer«, schrieb meine Mutter, als ich das ihr gegenüber in einem Brief andeutete. Sie war nicht mein einziger Grund, am Leben zu bleiben: Ich hatte Willie, hatte Nico, Celia und diese drei Enkelkinder, die mich am Morgen mit ihren klebrigen Händchen und ihren sabbernden Küßchen weckten, alle drei noch in Windeln, nach Babyschweiß und Schnuller duftend. Zusammen in einem Bett schauten wir abends aneinandergeklammert grausige

Videos mit Dinosauriern, die die Schauspieler verschlangen. Alejandro, damals vier, nahm meine Hand und sagte, ich solle mich nicht fürchten, das sei alles gelogen, die Monster würden die Leute später ganz wieder ausspucken, sie würden sie gar nicht zerkauen.

Am Morgen dieses Jahrestags fuhr ich mit Alejandro zu dem Wald, der jetzt für uns alle »Paulas Wald« ist. Reichlich vermessen, Tochter, denn eigentlich ist es ein staatlich geschützter Naturpark. Es regnete, war bitterkalt, wir sanken im Schlamm ein, es roch nach Nadelwald, und durch die Baumkronen fiel trübes Winterlicht. Mein Enkel lief watschelnd voraus, warf die Füße seitwärts und ruderte mit den Armen. Wir näherten uns dem winterlich aufgewühlten Bachlauf, in den wir deine Asche gestreut hatten. Alejandro erkannte die Stelle sofort wieder.

»Paula war gestern krank«, sagte er; für ihn war alles Vergangene gestern.

»Ja. Sie ist gestorben.«

»Wer hat sie umgebracht?«

»Das ist nicht wie im Fernsehen, Alejandro, manchmal werden Menschen einfach krank und sterben.«

»Wo gehen die Toten hin?«

»Das weiß ich nicht genau.«

»Sie ist da langgegangen«, und er zeigte auf den Bachlauf.

»Ihre Asche ist mit dem Wasser davongetrieben, aber ihr Geist lebt in diesem Wald. Findest du das nicht schön?«

»Nein. Es wäre besser, er würde bei uns leben«, sagte er bestimmt.

Wir standen lange da und dachten an dich, konnten dich in diesem grünen Tempel fast greifbar und nah spüren wie die kühle Luft und den Regen.

Am Nachmittag trafen wir uns mit der Familie – auch Ernesto war aus New Jersey angereist – und einigen Freunden bei uns zu Hause. Wir saßen im Wohnzimmer und dachten an das, was du uns im Leben geschenkt hattest und uns weiterhin schenktest: an die Geburt von Sabrina und Nicole, an die Aufnahme der beiden Mütter Fu und Grace und auch an die von Sally in unsere Sippe. In der Mitte des Altars, den wir mit deinen Fotos und mit Erinnerungsstücken zusammengestellt hatten, brannte eine schlichte weiße Kerze mit einem Loch auf halber Höhe.

Drei Tage nach deinem Tod hatte ich mich mit den Schwestern vom immerwährenden Durcheinander bei einer von ihnen getroffen, und wie jeden Dienstag hatten wir rund um sechs neue Kerzen gesessen. Ich krümmte mich unter dem Schmerz deines Fortgangs. »Es fühlt sich an, als verzehrte mich eine Flamme von innen«, sagte ich zu den anderen. Wir nahmen uns an der Hand, schlossen die Augen, und meine Freundinnen sandten mir ihre Zuneigung und ihre guten Wünsche, um mir die Last dieser Tage zu erleichtern. Ich wünschte mir so sehr ein Zeichen, einen Hinweis, daß du nicht für immer ins Nichts verschwunden warst, daß dein Geist an einem anderen Ort fortlebte. Plötzlich hörte ich Jean sagen: »Sieh mal, Isabel, deine Kerze.« Aus meiner Kerze leckte eine zweite Flamme. »Eine Flamme im Innern«, sagte Jean noch. Wir warteten. Die Flamme schmolz das Wachs und fraß auf halber Höhe ein Loch durch die Kerze, die aber brach nicht entzwei. So unerklärlich wie die Flamme entstanden war, erlosch sie wenig später wieder. Da stand die Kerze, mit einem Loch in der Mitte, aber aufrecht, und mir schien sie das erhoffte Zeichen, als hättest du mir aus einem anderen Sein zugezwinkert: Der brennende Schmerz über deinen Tod würde mich nicht brechen. Später sah Nico sich die Kerze an und fand keine Erklärung für die sonderbare Flamme in der Mitte; vielleicht war die Kerze fehlerhaft, besaß einen zweiten Docht, der durch einen Funken Feuer gefangen hatte. »Wieso willst du eine Erklärung, Mama? Hier zählt doch nur die Möglichkeit. Du hast das gewünschte Zeichen bekommen, das genügt«, sagte Nico, wohl um mir eine Freude zu machen, schließlich weiß ich um seine gesunde Skepsis und glaube kaum, daß er ein Wunder in Betracht zog.

Fu sagte, unsere Gedanken stiegen mit dem Rauch der Räucherstäbchen in die Höhe; das Licht der Kerzen stehe für Erkenntnis, Klarheit und Leben; die Blumen symbolisierten Schönheit und Beständigkeit, denn wenn sie auch selbst verblühten, so hinterließen sie doch die Saat für weitere Blumen, genau wie wir selbst in den Enkeln keimten. Jeder von uns teilte mit den anderen eine Empfindung oder eine Erinnerung an dich. Celia, die als letzte sprach, sagte: »Paula, denk an deinen Neffen und deine beiden Nichten, auf die du gut aufpassen mußt, weil sie vielleicht auch Porphyrie haben. Denk daran, über Sabrina zu wachen, damit sie ein langes und glückliches Leben führen kann. Und vergiß nicht, daß Ernesto wieder heiraten muß, also gib dir einen Ruck, und treib eine Frau für ihn auf.«

Zum Schluß mischten wir ein wenig von deiner Asche, die ich zurückbehalten hatte, mit Erde und pflanzten in einen Topf ein Bäumchen, das einen Platz in unserem Garten oder in deinem Wald finden sollte, sobald seine Wurzeln kräftig genug wären.

Später am Abend kamen auch Cheri Forrester, unsere verständnisvolle Ärztin, und der weise Miki Shima zu Besuch, der Tage zuvor das I Ging für mich geworfen hatte, wobei herausgekommen war: »Die Frau hat das wüste Land geduldig hinter sich gelassen, barfuß durchquert sie voller Entschlossenheit den Fluß, aus der Ferne kann sie auf Beistand hoffen, doch hat sie keine Gefährten, allein wird sie auf dem Paß der Sphären gehen müssen.« Mir schien das sonnenklar. Doktor Shima sagte, er habe eine Botschaft von dir: »Paula geht es gut, sie entfernt sich auf ihrem geistigen Weg, doch paßt sie auf uns auf und ist bei uns. Sie sagt, wir sollen nicht mehr um sie weinen, sie will uns fröhlich sehen.« Nico und Willie warfen einander einen vielsagenden

Blick zu, sie glauben dem guten Mann nicht recht, weil er angeblich nichts von dem beweisen kann, was er behauptet, aber ich zweifelte nicht daran, daß es deine Stimme war, die zu uns sprach, denn sie klang fast genau wie in deinem Vermächtnis: »Bitte seid nicht traurig. Ich bleibe bei Euch allen, aber näher als vorher. Noch eine Weile, dann werden wir uns im Geiste vereinen, aber so lange bleiben wir zusammen, während Ihr Euch an mich erinnert. Denkt dran, wir Geister können besser denen helfen, sie begleiten und beschützen, die fröhlich sind.« Das hast du geschrieben, Tochter. Cheri Forrester weinte in Strömen um ihre Mutter, die in deinem Alter war, als sie starb, und dir zum Verwechseln ähnlich gesehen haben muß.

Ich hatte mir vorgenommen, an diesem denkwürdigen Tag das Wort »Ende« unter mein Manuskript zu setzen und dir das Buch als Geschenk darzubringen. Fu segnete den von einem roten Band zusammengehaltenen Packen Papier, und danach stießen wir mit Champagner an und aßen Schokoladentorte. Wir waren bewegt, obwohl es eigentlich keine Trauerfeier war, sondern eher ein kleines Fest ohne Tamtam. Wir waren froh, daß du nach all der Zeit, gefangen in deinem Körper, endlich frei warst.

Traurigkeit. Unser Therapeut hatte Willie und mir die Augen für die Traurigkeit in unserem Leben geöffnet, doch war sie kein lähmendes Gefühl, sondern das Bewußtsein für die Verluste und Schwierigkeiten, die unseren Alltag einfärbten. Oft mußten wir die Last neu zurechtrücken, um unseren Weg weitergehen zu können und nicht zu stürzen. Vieles war durcheinander, wir fühlten uns ständig wie mitten in einem Sturm, als müßten wir Fenster und Türen verrammeln, damit die unheilvollen Böen nicht alles hinwegfegten.

Willies Kanzlei arbeitete auf Pump. Er nahm aussichtslose Fälle an, gab mehr aus, als er verdiente, beschäftigte eine Kompanie unbrauchbarer Angestellter und hatte Ärger mit der Steuer. Er war ein miserabler Geschäftsmann, und Tong, sein treuer chinesischer Buchhalter, konnte ihn nicht zur Raison bringen. Durch mich war etwas Stabilität in sein Leben gekommen, ich konnte ihm über Engpässe hinweghelfen, übernahm die Ausgaben für unser Haus, brachte die Bankkonten in Ordnung und zog die meisten Kreditkarten aus dem Verkehr. Willie verlegte sein Büro von San Francisco in ein viktorianisches Haus, das ich in Sausalito, dem malerischsten Ort der Bucht, gekauft hatte. Das Gebäude war um 1870 gebaut und durfte sich eines bemerkenswerten Vorlebens rühmen: Es war das erste Bordell am Ort gewesen, wurde später als Kirche genutzt und danach als Fabrik für Schokoladenkekse, ehe es schließlich, völlig heruntergekommen, in unsere Hände gelangte. Laut Willie war das ein steter gesellschaftlicher Abstieg gewesen. Es lag abgeschirmt zwischen alten und morschen Bäumen, die beim ersten Herbststurm auf die Häuser der Nachbarn zu stürzen drohten. Wir waren gezwungen, einige davon fällen zu lassen. Die Baummörder rückten an, kletterten mit ihren Sägen und Äxten in die Kronen, baumelten an Seilen von den Ästen und zerstückelten ihre Opfer, die klaglos bluteten und starben. Ich suchte das Weite, konnte das Gemetzel nicht mit ansehen. Am nächsten Tag erkannten wir das Haus nicht wieder: Nackt und verletzlich stand es da, das Holz von Zeit und Termiten zerfressen, die Dachschindeln verrutscht, die Holzrollos aus den Schienen. Die Bäume hatten den Verfall verborgen, ohne sie glich das Haus einer verlebten Kurtisane. Willie rieb sich begeistert die Hände, denn in einem früheren Leben ist er Baumeister gewesen, einer von denen, die Kathedralen errichteten. »Wir sorgen dafür, daß es wieder so schön wird, wie es ursprünglich war«, sagte er und ging auf die Suche nach den alten Plänen, um dem Haus seinen viktorianischen Charme zurückzugeben. Das ist ihm vollständig geglückt, denn trotz der Schändung durch die Baumaschinen atmen seine Wände heute wieder den Duft des französischen Parfums der Huren, des Weihrauchs der Messen und den von Schokoladenkeksen.

Wo die Schönen der Nacht ihre Kunden einst alle Sorgen vergessen ließen, wägt Willie heute seine juristischen Möglichkeiten ab. Wo früher die Kutschen untergestellt waren, rang ich über Jahre mit meinen literarischen Gespenstern, bis ich zu Hause meinen eigenen kleinen Bau bekam, in dem ich heute schreibe. Willie nutzte den Umzug, um sich der Hälfte seiner Angestellten zu entledigen, und konnte nun seine Fälle besser auswählen, aber die Kanzlei war nach wie vor chaotisch und wenig rentabel. »Du kannst einnehmen, soviel du willst, du gibst zu viel aus. Rechne es nach, Willie, du arbeitest für einen Dollar die Stunde«, sagte ich ihm. Die Rechnung gefiel ihm gar nicht, aber Tong, der seit dreißig Jahren für ihn arbeitete und ihn mehr als einmal um Haaresbreite vor dem Ruin bewahrt hatte, gab mir recht. Ich bin bei einem baskischen Großvater aufgewachsen, der penibel aufs Geld schaute, und später bei Onkel Ramón, der vom Allernötigsten lebte. Seine Philosophie war: »Wir sind unermeßlich reich«, doch zwang ihn die schiere Not dazu, sehr vorsichtig mit Geld umzugehen. Er hatte vor, das Leben in stilvoller Pracht zu genießen, und holte das Äußerte aus jedem Centavo seines schmalen Diplomatengehalts heraus, denn es mußte für seine vier eigenen Kinder und die drei meiner Mutter reichen. Onkel Ramón teilte das Geld für den Monat auf und steckte die säuberlich abgezählten Scheine in Umschläge, mit denen die Ausgaben jeder Woche beglichen werden mußten. Konnte mal hier ein bißchen, mal da ein bißchen eingespart werden, ging er mit uns Eis essen. Meine Mutter, die immer als modebewußt galt, nähte ihre Sachen selbst und änderte dieselben Kleider wieder und wieder um. Die beiden führten, wie in diplomatischen Kreisen nicht zu vermeiden, ein reges gesellschaftliches Leben, und sie besaß als Grundausstattung ein Ballkleid aus grauer Seide, das sie durch angesetzte Ärmel, durch Gürtel und Schleifen ständig veränderte, so daß es auf den Fotos von damals aussieht, als trüge sie stets etwas anderes. Keiner von beiden wäre auf die Idee gekommen, Schulden zu machen. Onkel Ramón verdanke ich die nützlichsten Handreichungen fürs Leben, wie ich in reifen Jahren in der Therapie herausfand: ein selektives Gedächtnis, um ausschließlich Gutes in Erinnerung zu behalten, vernünftige Bedachtsamkeit, um das Heute nicht zu ruinieren, und trotzige Zuversicht, um der Zukunft entgegenzusehen. Außerdem hat er mir Pflichtgefühl mitgegeben und mir beigebracht, mich nicht zu beklagen, weil das der Gesundheit abträglich ist. Er ist mir der beste Freund gewesen, es gibt nichts, was ich nicht mit ihm geteilt hätte. Wegen der Art, wie ich erzogen wurde, und der Unwägbarkeiten des Exils besitze ich ein bodenständiges Verhältnis zum Geld. Ginge es nach mir, ich würde mein Erspartes unter der Matratze verstecken wie Tabras Annoncenbekannter seine Silberbarren. Mir wurde angst und bange, wenn ich meinem Mann dabei zusah, wie er Geld ausgab, aber sobald ich nur die Nasenspitze in seine Angelegenheiten steckte, gab es Streit.

Als das Manuskript von *Paula* unterwegs nach Spanien und dort schließlich sicher und wohlbehalten in den Händen meiner Übermutter-Agentin Carmen Balcells war, überkam mich große Müdigkeit. Ich hatte mit meiner Familie alle Hände voll zu tun, mit Reisen, Vorträgen und dem Papierkrieg in meinem Büro, der erschreckende Ausmaße angenommen hatte. Viel Zeit schien mir vergeudet, ich drehte mich auf der Stelle wie ein Hund, der dem eigenen Schwanz nachjagt, brachte wenig zuwege, das der Mühe wert gewesen wäre. Oft versuchte ich zu schreiben, hatte sogar die Recherchen zu einem Roman über den Goldrausch in Kalifornien weitgehend abgeschlossen, aber ich setzte mich, den Kopf voller Einfälle, vor den Computer und war doch unfähig, etwas davon auf den Bildschirm zu bannen. »Du mußt Geduld mit dir haben, du bist noch in Trauer«, erinnerte mich meine Mutter in ihren Briefen, und dasselbe wiederholte mir auch Großmutter Hilda sanft, die in jenen Tagen mal in Chile bei ihrer Tochter, mal bei uns oder bei Nico in Kalifornien wohnte. Diese gute Seele, die Mutter von Hildita, der ersten Frau meines Bruders Pancho, war zur Großmutter erklärt worden, weil wir sie alle im Herzen adoptiert hatten, zuerst natürlich Nico und du, denn euch beide hat sie vom Tag eurer Geburt an verwöhnt. Mir hat sie bei jeder Verrücktheit beigestanden, die mir in jungen Jahren in den Sinn kam, und euch beide hat sie durch jedes Abenteuer begleitet.

Unermüdlich, klein und vergnügt, hatte Großmutter Hilda ein Leben lang Wege gefunden, alles zu vermeiden, was ihr hätte bedrohlich werden können; anders kann ich mir ihren engelsgleichen Charakter unmöglich erklären: Sie sprach nie schlecht über andere, suchte vor Auseinandersetzungen das Weite, ertrug klaglos anderer Leute Dummheit und konnte sich nach Belieben unsichtbar machen. Einmal schleppte sie zwei Wochen eine Lungenentzündung mit sich herum, und erst als ihre Zähne zu klappern begannen und der Fieberschweiß ihre Brille beschlug, merkten wir, daß sie drauf und dran war, sich ins Jenseits davonzumachen. Zehn Tage lag sie, stumm vor Schreck, in einem kalifornischen Krankenhaus, in dem niemand Spanisch sprach, wenn wir sie aber fragten, wie es ihr gehe, sagte sie, alles sei wunderbar und der Wackelpudding und der Joghurt würden besser schmecken als in Chile. Sie lebte in einem Nebelland, weil sie kein Englisch sprach und wir immer vergaßen, ihr das Kauderwelsch, in dem wir uns daheim verständigten, zu übersetzen. Da sie die Wörter nicht verstand, beobachtete sie die Gesten. Als ein Jahr später das Drama um Celia seinen Lauf nahm, war sie die erste, die etwas ahnte, weil sie Signale bemerkte, die uns anderen verborgen blieben. Sie nahm nie Medikamente außer ein paar mysteriösen grünen Pillen, die sie schluckte, wenn ihr der Ton ringsum zu rauh wurde. Daß du fort warst, Paula, konnte sie nicht ignorieren, aber sie tat, als wärst du auf Reisen, und redete von dir im Futur, als würde sie dich morgen wiedersehen. Ihre Geduld gegenüber meinen Enkeln war unerschöpflich, und obwohl sie nur fünfundvierzig Kilo wog und schmal wie ein Täubchen war, trug sie Nicole ständig auf dem Arm. Wir fürchteten, meine jüngste Enkeltochter, werde ihr fünfzehntes Lebensjahr erreichen, ohne laufen zu lernen.

»Kopf hoch, Schwiegermama! Was dir fehlt, damit dich die Muse küßt, ist ein Joint«, riet mir Celia, die nie Marihuana geraucht hatte, aber vor Neugier verging.

»Das macht bloß den Kopf dumpf und hilft der Muse nicht auf die Sprünge«, meinte Tabra, die derlei Experimente lange hinter sich hatte.

»Warum probieren wir es nicht aus?« schlug Großmutter Hilda vor, um diese Frage ein für allemal zu klären.

So landeten wir Frauen der Familie also zum Marihuanarauchen bei Tabra, nachdem wir zu Hause verkündet hatten, wir träfen uns zu einem spirituellen Retreat.

Der Abend nahm keinen guten Anfang, weil Großmutter Hilda sich von Tabra Ohrlöcher stechen lassen wollte und der eiserne Tacker sich, an Hildas Ohrläppchen hängend, verklemmte. Als Tabra das Blut sah, wurden ihre Knie weich, aber Großmutter Hilda verlor nicht die Contenance. Sie hielt den Apparat, der ein gutes Pfund wog, an ihrem Ohr fest, bis Nico eine halbe Stunde später mit seinem Werkzeugkoffer kam, den Mechanismus auseinanderschraubte und sie befreite. Das blutige Ohr war auf doppelte Größe angeschwollen. »Jetzt das andere«, bat Großmutter Hilda Tabra. Nico blieb, um das Gerät ein zweites Mal auseinanderzunehmen, und zog sich dann aus Respekt vor unserem »Retreat« zurück.

Während Tabra ihr die Ohren malträtierte, wurde Großmutter Hilda mehrmals von Tabras Brüsten gestreift und schielte aus den Augenwinkeln zu ihnen hin, bis sie es nicht mehr aushielt und Tabra fragte, was sie da drin habe. Meine Freundin spricht Spanisch und erklärte ihr, sie seien aus Silikon. Sie erzählte, als junge Lehrerin in Costa Rica habe sie einmal wegen eines Hautausschlags am Arm zum Arzt gehen müssen. Der habe sie aufgefordert, sich obenherum frei zu machen, und obwohl sie ihm erklärte, das Problem sei lokal begrenzt, weiter darauf bestanden. Sie machte sich obenherum frei. »Mädchen, du bist ja flach wie ein Brett!« rief er da. Tabra mußte ihm recht geben, worauf er ihr einen Vorschlag unterbreitete, der ihnen beiden zugute kommen sollte. »Ich möchte mich in Schönheitschirurgie spezialisieren, habe aber noch keine Kunden. Was hältst du davon, wenn ich an dir übe? Du kriegst die Operation umsonst, und ich mache dir ein Paar großartige Titten.« Ein derart generöses, obendrein so feinfühlig unterbreitetes Angebot konnte Tabra nicht ausschlagen. Auch wagte sie nicht abzulehnen, als er ein gewisses Interesse daran bekundete, mit ihr ins Bett zu gehen, eine Ehre, die angeblich nur wenigen seiner Patientinnen zuteil wurde, verwahrte sich allerdings dagegen, als er das Angebot auf ihre damals fünfzehnjährige Schwester ausweiten wollte. So war Tabra zu diesen marmorharten Ersatzkörperteilen gekommen.

»Ich habe noch nie so feste Brüste gesehen«, meinte Großmutter Hilda.

Celia und ich faßten sie ebenfalls an, und dann wollten wir sie sehen. Zweifellos waren sie ungewöhnlich, erinnerten an Bälle für American Football.

»Wie lange schleppst du die schon mit dir rum, Tabra?« wollte ich wissen.

»An die zwanzig Jahre.«

»Du solltest sie mal untersuchen lassen, mir kommt das nicht normal vor.«

»Gefallen sie dir nicht?«

Wir anderen zogen unsere Blusen aus, damit sie vergleichen konnte. Auf den Seiten eines Erotikmagazin hätte man unsere auch nicht ausgebreitet, aber wenigstens gaben sie, wie von der Natur vorgesehen, beim Anfassen nach und hatten nicht wie Tabras zwei die Konsistenz von LKW-Reifen. Meine Freundin willigte ein, mit uns zu einem Spezialisten zu gehen, und kurze Zeit später nahm in der Klinik für

Plastische Chirurgie seinen Anfang, was wir in der Familie die »Busen-Odyssee« nennen, eine böse Pannenserie, deren einziger Vorteil darin lag, meine Freundschaft mit Tabra zu festigen.

Als es dunkel wurde, entfachten wir unter den Bäumen ein Lagerfeuer und grillten auf Stöcken Würstchen und Marshmallows. Dann zündeten wir einen der Joints an, die zu besorgen uns einige Mühe gekostet hatte. Tabra zog zweimal, verkündete, von dem Gras werde sie meditativ, schloß die Augen und sank in Tiefschlaf. Wir schleppten sie ins Haus, ließen sie dort, in eine Wolldecke gemummelt, auf dem Boden liegen und kehrten zurück unter die duftenden Bäume im Garten. Es war Vollmond, und der vom Regen angeschwollene Bach plätscherte über die Steine in seinem Bett. Celia sang zur Gitarre ihre schwermütigsten Lieder, und Großmutter Hilda griff zwischen Joint und Joint zum Strickzeug; die erhoffte Wirkung blieb aus, wir schwebten nicht auf Wolken, sondern mußten nur kichern und wurden nicht müde. Also blieben wir in Tabras Wald und erzählten uns unser Leben, bis der Morgen graute und Großmutter Hilda sagte, es sei Zeit für einen Whisky, da einem das Marihuana nicht einmal die durchgefrorenen Knochen wärme. Als Tabra zehn Stunden später erwachte und den Aschenbecher in Augenschein nahm, schätzte sie, daß wir ein Dutzend Joints geraucht hatten, die offenbar ohne Wirkung geblieben waren, woraus sie bewundernd schloß, wir seien unverwüstlich. Großmutter Hilda vermutete, die Joints seien mit Stroh gefüllt gewesen.

Im Herbst jenes Jahres, als wir daheim eine ungewohnt friedliche Stimmung atmeten und schon drauf und dran waren, uns in gefährlicher Zufriedenheit einzurichten, kam ein Engel des Todes zu Besuch. Er kam in Gestalt von Jennifers Lebensgefährte, der ganz durcheinander war und das aufgedunsene Gesicht eines schweren Trinkers hatte. In seinem schleppenden Slang, den auch Willie nur mit Mühe verstand, teilte er uns mit, Jennifer sei verschwunden. Seit drei Wochen habe sie nichts von sich hören lassen, zuletzt sei sie bei einer Tante in einer anderen Stadt gewesen. Die Tante habe sie angeblich das letzte Mal zusammen mit ein paar wenig vertrauenerweckenden Typen gesehen, die in einem Pickup vorbeigekommen waren, um sie abzuholen. Willie erinnerte den Mann daran, daß oft Monate vergingen, ohne daß Jennifer sich meldete, aber der sagte nur wieder, sie sei verschwunden und außerdem sehr krank gewesen und in ihrem Zustand gewiß nicht weit gekommen. Willie begann eine systematische Suche in Gefängnissen und Krankenhäusern, er sprach mit der Polizei und den Bundesbehörden, für den Fall, daß seine Tochter sich in einem anderen Bundesstaat aufhielt, und er engagierte einen Privatdetektiv, alles ohne Erfolg, während Fu und Grace die Mitglieder des Zentrums für Zen-Buddhismus und ich meine Mitschwestern vom Durcheinander um Fürbitte bat. Für mich war an der Geschichte, die dieser Mann uns erzählt hatte, etwas faul, aber Willie versicherte mir, in solchen Fällen richtete sich der erste Verdacht der Polizei immer gegen den Lebensgefährten, zumal wenn er ein so umfassendes Vorstrafenregister besäße wie dieser. Bestimmt habe man ihn gründlich überprüft.

Es heißt, nichts sei schmerzhafter als der Tod des eigenen

Kindes, aber ich glaube, es ist schlimmer, wenn das Kind verschwindet, weil die Ungewißheit über sein Schicksal für immer bleibt. Ist es gestorben? Hat es gelitten? Man nährt die Hoffnung, daß es am Leben ist, und fragt sich doch immer, wie dieses Leben aussehen mag und weshalb das Kind sich nicht meldet. Jedesmal wenn das Telefon spätabends klingelte, raste Willies Herz vor Hoffnung und Furcht: Vielleicht würde er Jennifers Stimme hören, die ihn bat, sie irgendwo abzuholen, vielleicht aber auch die Stimme eines Polizisten, die ihn ins Leichenschauhaus bestellte, um eine Tote zu identifizieren.

Monate später fehlte von Jennifer noch immer jede Spur, aber Willie klammerte sich an den Gedanken, daß sie am Leben war. Ich weiß nicht mehr, wer ihm riet, eine Seherin aufzusuchen, die der Polizei ab und zu bei Ermittlungen half, weil sie die Gabe besaß, Leichen und verschwundene Personen zu finden, jedenfalls landeten wir beide irgendwann in der Küche eines ziemlich heruntergekommenen Hauses am Hafen. Die Frau sah nicht aus, wie man sich eine Hellseherin vorstellt, keine sternenbestickten Röcke und dick geschminkten Augen und keine Kristallkugel weit und breit: Sie war eine pummelige Person in Tennisschuhen und Küchenschürze, die uns eine Weile warten ließ, bis sie ihren Hund fertig gebadet hatte. Wir setzten uns in der Küche, die eng war, sauber und aufgeräumt, auf zwei gelbe Plastikstühle. Nachdem sie das Tier trockengerieben hatte, bot sie uns Kaffee an und nahm uns gegenüber auf einem Hocker Platz. Wir tranken einen Moment schweigend aus den Henkelbechern, dann erklärte Willie den Grund für unseren Besuch und zeigte ihr eine Reihe Fotos von seiner Tochter, einige, auf denen Jennifer noch mehr oder weniger gesund aussah, und die letzten, die in der Klinik aufgenommen worden waren, als sie bereits sehr krank war, mit Sabrina im Arm. Die Seherin betrachtete die Bilder eines nach dem anderen, schob sie dann auf den Tisch, legte ihre

Hände darüber und schloß für lange Minuten die Augen. »Ein paar Männer in einem Auto haben sie mitgenommen«, sagte sie schließlich. »Sie haben sie umgebracht. Ihre Leiche haben sie in einen Wald geworfen, in der Nähe des Russian River. Ich sehe Wasser und einen Turm aus Holz, wahrscheinlich ein Wachturm der Forstverwaltung.«

Willie, bleich geworden, zeigte keine Regung. Ich legte das Entgelt für ihre Dienste auf den Tisch, dreimal so viel wie für einen Arztbesuch, nahm meinen Mann am Arm und zog ihn hinter mir her zum Auto. Ich kramte den Schlüssel aus seiner Jackentasche, schob Willie auf den Beifahrersitz und fuhr mit zitternden Händen und vernebeltem Blick über die Brücke zurück nach Hause. »Du solltest das alles nicht glauben, Willie, das ist nicht wissenschaftlich, die blanke Scharlatanerie«, redete ich auf ihn ein. »Ich weiß schon«, sagte er, aber es war nicht wiedergutzumachen. Trotzdem vergoß er keine Träne, bis wir, viel später, einmal zusammen im Kino waren, um *Dead Man Walking* zu sehen, einen Film über die Todesstrafe, in dem in einer Szene in einem Wald ein Mädchen ermordet wird, fast so, wie die Seherin es beschrieben hatte. Durch die Stille und Dunkelheit gellte ein herzzerreißender Schrei, wie die Klage eines verwundeten Tieres. Er kam von Willie, der sich auf seinem Sitz krümmte, den Kopf gegen die Knie gepreßt. Wir tasteten uns aus dem dunklen Saal, und auf dem Parkplatz, im Auto, weinte er lange um seine verschwundene Tochter.

Im Jahr darauf luden Fu und Grace im Buddhistischen Zentrum zu einer Gedenkfeier für Jennifer ein, um ihrem tragischen Leben Würde zu geben und seinem Ende, das nicht zu klären war und die Familie auf ewig im ungewissen lassen würde, einen Abschluß. Unsere kleine Sippe, inklusive Tabra, Jason und Sally, Jennifers Mutter und einiger ihrer Freundinnen, versammelte sich im selben Saal, in dem wir Sabrinas ersten Geburtstag gefeiert hatten, vor einem Altar mit Fotos von Jennifer aus ihren besten Zeiten, Blumen,

Räucherstäbchen und Kerzen. In unsere Mitte wurde ein Paar Schuhe gestellt, um den neuen Weg zu symbolisieren, den Jennifer eingeschlagen hatte. Jason und Willie waren gerührt von der gutgemeinten Geste, mußten aber unwillkürlich grinsen, weil Jennifer diese Schuhe nie und nimmer angezogen hätte; ein Paar lila Latschen wären eher nach ihrem Geschmack gewesen. Die beiden kannten sie gut und malten sich aus, wie Jennifer, sollte sie von oben auf unsere traurige Versammlung herabsehen, sich vor Lachen ausschütten würde, weil sie alles, was nach New Age roch, albern fand und außerdem nicht zu denen gehörte, die sich beklagen; Selbstmitleid war ihr gänzlich fremd, sie war wagemutig und tapfer. Ohne die Süchte, die sie im Elend gefangenhielten, hätte sie ein Leben voller Abenteuer führen können, denn sie war stark wie ihr Vater. Von Willies drei Kindern hatte nur sie sein Löwenherz geerbt, und das hatte sie an ihre Tochter weitergegeben. Sabrina mag fallen, doch steht sie wie Willie immer wieder auf. Die Kleine, die ihre Mutter kaum gekannt hat, ihr Bild jedoch bereits vor der Geburt in sich trug, nahm auf Grace' Arm an der Feier teil. Am Ende gab Fu Jennifer einen buddhistischen Namen: U Ka Dai Shin, »Flügel aus Feuer, großes Herz«. Der Name paßte zu ihr.

Als wir während der Zeremonie eine Weile meditierten, glaubte Jason, die Stimme seiner Schwester zu hören, die ihm ins Ohr wisperte: »Was zur Hölle macht ihr da? Ihr habt doch keine Ahnung, was mit mir passiert ist! Ich könnte noch leben, oder? Dumm nur, daß ihr das nie wissen werdet.« Vielleicht hat Jason deshalb nie aufgehört, nach ihr zu suchen, und ist heute, nach so vielen Jahren, wegen der DNS-Proben, die es inzwischen gibt, entschlossener denn je, sie in den endlosen Unglücksarchiven der Polizei zu finden. Ich wiederum sah während der Meditation deutlich eine Szene vor Augen, in der Jennifer am Ufer eines Flusses saß, ihre Füße in die Strömung hielt und Steinchen ins

Wasser warf. Sie trug ein Sommerkleid und sah jung und gesund aus, nichts schien ihr weh zu tun. Sonnenstrahlen fielen durch das Blätterdach auf ihr blondes Haar und ihre schmale Gestalt. Unvermittelt rollte sie sich auf dem moosbedeckten Boden zusammen und schloß die Augen. Am Abend erzählte ich Willie, was ich gesehen hatte, und wir beschlossen beide, das für ihr wirkliches Ende zu halten und nicht, was die Seherin gesagt hatte: Sie ist sehr müde gewesen, ist eingeschlafen und nicht wieder aufgewacht. Am nächsten Morgen standen wir früh auf und fuhren zu zweit in den Wald, schrieben Jennifers Namen auf einen Zettel, verbrannten ihn und streuten die Asche dort in den Bach, wo wir auch deine ausgestreut hatten. Ihr beide habt euch in dieser Welt nicht gekannt, Paula, aber wir stellen uns gern vor, daß eure Geister zwischen diesen Bäumen ausgelassen umherschweifen wie Schwestern.

Im Jahr 1994 wurde in der Presse viel über Ruanda berichtet. Die Meldungen über den Völkermord waren unvorstellbar grauenvoll, sprachen von totgeschlagenen Kindern, von Schwangeren, denen die Bäuche aufgeschlitzt und die Föten herausgeschnitten worden waren, von ganzen Familien, die man hingemetzelt hatte, von ungezählten hungernden Waisen, die nicht wußten, wohin, von Dörfern, die mit all ihren Bewohnern niedergebrannt worden waren.

»Was kümmert es die Welt, was in Afrika passiert? Sind ja bloß ein paar schwarze Hungerleider«, empörte sich Celia mit dieser hitzigen Leidenschaft, die sie allem entgegenbrachte.

»Es ist schrecklich, Celia, aber dich bedrückt doch noch etwas anderes. Warum sagst du mir nicht, was eigentlich los ist...«, versuchte ich etwas aus ihr herauszubringen.

»Stell dir vor, meine Kinder würden mit Macheten in Stücke gehauen!« Und sie fing an zu weinen.

Etwas lastete schwer auf der Seele meiner Schwiegertochter. Sie gönnte sich keinen Augenblick Ruhe, hetzte tausend Verpflichtungen nach, ich glaube, sie weinte heimlich, und obwohl sie täglich dünner und ausgemergelter aussah, trug sie weiter eine burschikose Fröhlichkeit zur Schau. Sie hatte eine wahre Besessenheit für schlimme Pressemeldungen entwickelt und unterhielt sich mit Jason darüber, der als einziger der Familie täglich mehrere Zeitungen las und die Nachrichten mit journalistischem Spürsinn zu analysieren verstand. Er war der erste Mensch, den ich über den Zusammenhang von Religion und Terror reden hörte, lange bevor Fundamentalismus und Terrorismus praktisch zu Synonymen wurden. Er führte die Gewalt in Bosnien, im Nahen Osten und in Afrika, die Exzesse der Taliban in Afghanistan und andere, augenscheinlich nicht damit in Verbindung stehende Ereignisse auf einen Haß zurück, der sowohl rassistisch als auch religiös motiviert war.

Jason und Sally sprachen davon, auszuziehen, sobald sie eine Wohnung gefunden hätten, die für ihren schmalen Geldbeutel erschwinglich wäre, aber noch war ihre Suche erfolglos geblieben. Wir boten unsere Unterstützung an, allerdings nicht sehr nachdrücklich, weil es nicht aussehen sollte, als wollten wir sie rauswerfen. Wir hatten sie gern bei uns, sie waren unterhaltsam und sorgten für einen liebevollen Umgangston. Es war rührend, Jason zum erstenmal verliebt zu sehen und ihm zuzuhören, wenn er vom Heiraten sprach, auch wenn Willie überzeugt war, daß er und Sally kein gutes Paar abgaben. Ich weiß nicht, wie er darauf kam, die beiden schienen sich hervorragend zu verstehen.

Großmutter Hilda verbrachte viel Zeit in Kalifornien, und unter ihrem Einfluß verwandelte sich unser Haus in eine Spielhölle. Selbst meine Enkelkinder, diese Unschuldslämmer, die noch am Schnuller nuckelten, lernten, beim Kartenspielen zu schummeln. Sie brachte ihnen das Spielen so gründlich bei, daß Alejandro sich spätestens mit zehn Jahren seinen Lebensunterhalt mit einem Stapel Spielkarten hätte verdienen können. Einmal, er war noch ein Hänfling mit Nickelbrille und Hasenzähnen, mischte er sich unter einige zwielichtige Gestalten, die mit ihren Angeberkarren und Motorrädern am Strand kampierten. Die ärmellosen T-Shirts, die Tätowierungen, die Springerstiefel und die unvermeidlichen Bäuche strammer Biertrinker schreckten Alejandro nicht ab, hatte er doch gesehen, daß die Männer Karten spielten. Selbstbewußt ging er zu ihnen hin und bat darum, mitspielen zu dürfen. Die Antwort war schallendes Gelächter, aber er ließ nicht locker. »Wir spielen hier um Geld, Kleiner«, warnten sie ihn. Alejandro nickte; er fühlte sich sicher, weil er schon gegen Großmutter Hilda gewinnen konnte, und sehr reich, weil er fünf Dollar in kleinen

Münzen einstecken hatte. Sie luden ihn ein, sich dazuzusetzen, und boten ihm ein Bier an, das er freundlich ablehnte, denn er war mehr an den Karten interessiert. Nach zwanzig Minuten hatte mein Enkel die sieben Schlägertypen ausgenommen und räumte mit den Taschen voller Scheine triumphierend das Feld.

Wir führten nach Art der Chilenen ein Leben als Sippe, waren ständig zusammen. Großmutter Hilda hatte viel Spaß mit Celia, Nico und den Kindern; deren Gesellschaft war ihr tausendmal lieber als unsere, und sie verbrachte die meiste Zeit bei ihnen. Wir hatten sie darauf vorbereitet, daß Sabrinas Mütter lesbisch waren, Buddhistinnen und Vegetarierinnen, drei Eigenschaften, die ihr nichts sagten. Die vegetarische Ernährung schien ihr als einziges inakzeptabel, stand ihrer Freundschaft mit den beiden aber nicht im Weg. Mehr als einmal besuchte sie Fu und Grace im Buddhistischen Zentrum und versuchte sie zum Hamburgeressen, Margaritatrinken und Pokerspielen zu verleiten. Meine Mutter und Onkel Ramón, mein wundervoller Stiefvater, kamen oft aus Chile zu Besuch; manchmal schloß sich mein Bruder Juan an, der mit nachdenklich schräg gelegtem Kopf und der ernsten Miene eines Bischofs aus Atlanta anreiste, wo er Theologie studierte. Nachdem er vier Jahre seines Lebens dem Göttlichen gewidmet hatte, machte er seinen Abschluß mit Auszeichnung; dann entschied er, daß er zum Prediger nicht taugte, kehrte auf seine alte Stelle zurück und lehrt bis heute Politikwissenschaft an der Universität. Willie kaufte Lebensmittel auf dem Großmarkt und sorgte dafür, daß dieses Flüchtlingscamp etwas Warmes zu essen bekam. Ich sehe ihn noch vor mir, wie er in der Küche mit blutigen Messern Rinderviertel traktiert, säckeweise Pommes fritiert und Berge von Salat putzt. War er besonders in Fahrt, bereitete er zu den Klängen seiner Ranchera-Platten höllisch scharfe mexikanische Tacos zu. Die Küche sah danach aus wie die Copacabana an Aschermittwoch, aber die Tischgesellschaft leckte sich die Lippen, auch wenn sie die Folgen von zuviel Öl und Chili später zu spüren bekam.

Das Haus war wie verwunschen: je nach Bedarf dehnte es sich aus und zog sich zusammen. Auf halber Höhe in den Hang gebaut, bot es einen weiten Ausblick über die Bucht, hatte im Erdgeschoß vier Schlafzimmer und darunter eine Einliegerwohnung. Dort hatten wir 1992 dein Krankenzimmer eingerichtet, in dem du, abgeschieden vom Treiben der Familie, etliche Monate verbrachtest. Manchmal erwachte ich nachts vom Gemurmel meiner eigenen Erinnerungen und vom Wispern fremder Traumgespinste, stand leise auf und streifte durch die Räume, dankbar für die Ruhe und Wärme dieses Hauses. ›Nichts Schlimmes kann hier geschehen‹, dachte ich, ›alles Schlimme ist für immer vertrieben worden, Paulas Geist wacht über uns.‹ Zuweilen überraschte mich der Morgen mit seinen Wassermelonen- und Pfirsichfarben, und ich trat hinaus, um den Blick über die Landschaft am Fuß des Hügels schweifen zu lassen, über den Dunst, der von der Bucht aufstieg, und am Himmel zogen die Wildgänse nach Süden.

Celia war dabei, sich langsam von den Strapazen der drei Schwangerschaften zu erholen, als sie zur Hochzeit ihrer Schwester nach Venezuela reisen mußte. Damals besaß sie bereits eine Aufenthaltsgenehmigung, mit der sie die Vereinigten Staaten verlassen und erneut einreisen durfte. Nico und die drei Kinder zogen vorübergehend zu uns, ganz im Sinne von Großmutter Hilda, die oft fragt: »Wieso wohnen wir nicht alle zusammen, wie sich das gehört?« In Caracas war Celia unterdessen mit all dem konfrontiert, was sie durch ihre Heirat mit Nico hatte hinter sich lassen wollen, und es kann nicht angenehm für sie gewesen sein, denn als sie zurückkam, war sie restlos niedergeschlagen und entschlossen, den Kontakt zu einem Teil ihrer Verwandtschaft abzubrechen. Sie klammerte sich an mich, und ich machte mich bereit, sie gegen Gott und die Welt in Schutz zu nehmen, auch gegen sich selbst. Sie verlor wieder Gewicht, und schließlich hielten wir einen Familienrat ab und nötigten sie, einen Spezialisten aufzusuchen, der ihr eine Therapie und Antidepressiva verordnete. »Ich glaube weder an das eine noch an das andere«, sagte sie, aber die Behandlung half ihr, und bald griff sie wieder zur Gitarre und brachte uns mit ihren Einfällen zum Lachen und zum Haareraufen.

Auch wenn Celia immer wieder unerklärlich von Schwermut befallen wurde, blühte sie doch durch die Mutterschaft auf. Die Kinder sorgten für Trubel im Haus, und Großmutter Hilda erinnerte uns täglich daran, daß wir sie genießen sollten, weil sie viel zu schnell groß werden und fortgehen. Die drei Kleinen halfen Celia mehr als alle Medikamente in dieser Zeit. Alejandro, der eher schüchtern, aber ein helles Köpfchen war, brabbelte neunmalkluge Sätze im selben heiseren Tonfall wie seine Mutter. Als wir an Ostern mit dem Korb hinaus in den Garten gehen wollten, um zwischen den Büschen nach bunten Eiern zu suchen, flüsterte er mir ins Ohr, daß Hasen keine Eier legen, weil sie Säugetiere sind. »Ach ja? Und woher kommen dann die Ostereier?« fragte ich ihn selten dämlich, worauf er antwortete: »Von dir.« Nicole, die Jüngste, mußte sich ihrer Geschwister erwehren, kaum daß sie laufen gelernt hatte. Einmal hatte ich die schlechte Idee, Alejandro zum Geburtstag ein Set Ninja-Schwerter aus Plastik zu schenken, weil er mich auf Knien und mit einem Klimpern seiner Giraffenwimpern darum angefleht hatte. Erst mußte ich eine Sondergenehmigung bei seinen Eltern einholen – Waffen und Fernsehen waren in zeitgemäßen kalifornischen Kinderzimmern tabu –, weil man die Kleinen ja nicht in einer Seifenblase großziehen kann: Besser man härtet sie frühzeitig ab, dann sind sie später immun. Danach schärfte ich meinem Enkel ein, daß er seine Schwestern nicht angreifen durfte, aber ebensogut hätte ich ihm einen Lutscher in die Hand drücken und dazu sagen können, er dürfe ihn nicht in den Mund stecken. Es dauerte keine fünf Minuten, da hatte er Andrea einen Stich mit dem Messer versetzt, den sie ihm umgehend heimzahlte, und dann wandten sich beide Nicole zu. Im nächsten Moment sahen wir, wie Alejandro und Andrea kreischend das Weite suchten, gefolgt von Nicole mit einem Dolch in jeder Hand und heulend wie ein Film-Apache. Sie trug noch Windeln. Andrea war die malerischste der drei, ganz in rosa, dazu limettengrüne Flipflops und ihre goldenen Löckchen, die unter allerlei Kopfschmuck hervorschauten – Plastikdiademen, Geschenkband, Papierblumen. Sie lebte in ihrer Phantasiewelt. Außerdem besaß sie die Rosa Macht, einen magischen Ring mit einem rosafarbenen Stein, den Tabra ihr geschenkt hatte und der in der Lage war, Brokkoli in Erdbeereis zu verwandeln und dem Jungen, der sich in der großen Pause über sie lustig gemacht hatte, aus der Ferne einen Tritt in den Hintern zu geben. Einmal hatte die Lehrerin sie ausgeschimpft, da hatte Andrea sich vor sie hingestellt und mit dem mächtigen Ring an ihrem Finger auf sie gezielt: »Wage nicht, so mit mir zu reden! Ich bin Andrea!« Ein andermal kam sie völlig aufgelöst aus der Schule und drückte sich an mich.

»Das war so ein schrecklicher Tag«, schluchzte sie.

»Hatte der Tag denn keinen einzigen schönen Augenblick, Andrea?«

»Doch. Ein Mädchen ist hingefallen und hat sich die Zähne ausgeschlagen.«

»Aber, du lieber Himmel, was ist daran denn schön!«

»Daß ich es nicht war.«

Botschaften

In Spanien erschien *Paula* mit einem Foto von dir auf dem Umschlag, das Willie gemacht hatte, und darauf strahlst du und bist voller Leben, und dein schwarzes Haar umfließt dich wie eine Decke. Schon wenig später quollen in meinem Büro die Schubladen von Briefen über; Celia kam mit dem Ordnen und Beantworten nicht nach. Über die Jahre hatte ich immer wieder Zuschriften zumeist begeisterter Leser bekommen, wenn ich auch zugeben muß, daß nicht aus allen Schreiben einzig Wohlwollen gegenüber meinen Büchern sprach; manche waren Bittbriefe, etwa der eines Autors von sechzehn unveröffentlichten Romanen, der sich mir ritterlich als Geschäftspartner andiente und fünfzig Prozent der Tantiemen in Aussicht stellte, oder der Brief dieser beiden Chilenen in Schweden, die Tickets für ihre Heimreise von mir erbaten, weil sie von meinem Onkel Salvador Allende ins Exil getrieben worden waren. Aber das alles war kein Vergleich zu der Lawine aus Briefen, die nach dem Erscheinen von *Paula* über uns kam. Ich wollte jeden einzelnen davon beantworten, und sei es auch nur mit ein paar auf eine Karte gekritzelten Zeilen, denn alle kamen von Herzen und waren in blindem Vertrauen abgeschickt worden, erreichten mich zum Teil über meine Verleger, über meine Agentin, häufig über Bekannte oder über Buchhandlungen. Ich verbrachte halbe Nächte damit, Karten aus japanischem Seidenpapier zu basteln, das Miki Shima mir schenkte, und sie mit kleinen Verzierungen aus Silber und Halbedelsteinen aus Tabras Werkstatt zu versehen. Die Briefe waren so berührend, daß Jahre später, als das Buch in viele Sprachen übersetzt worden war, einige europäische Verlage eine Auswahl daraus veröffentlichten. Manche kamen von Eltern, die ein Kind verloren hatten, die meisten aber von jungen Leuten, die sich mit dir identifizierten, und es gab sogar junge Frauen, die darum baten, Ernesto kennenlernen zu dürfen, weil sie sich in den Witwer verliebt hatten, ohne ihm je begegnet zu sein. Groß, breitschultrig, dunkelhaarig und tragisch – er kam gut an bei den Frauen. An Trösterinnen wird es ihm nicht gemangelt haben: Er ist kein Heiliger und Enthaltsamkeit nie seine Stärke gewesen, wie er mir selbst gesagt hat und du von jeher wußtest. Zwar behauptet er, er wäre, hätte er sich nicht in dich verliebt, in ein Priesterseminar eingetreten, aber das nehme ich ihm nicht ab. Er braucht eine Frau an seiner Seite.

Weil ich mit den Briefen alle Hände voll zu tun hatte, blieb mir keine Zeit für das eigene Schreiben, und selbst der Austausch mit meiner Mutter ebbte ab. Statt der täglichen Briefe, die uns über die Jahrzehnte zusammengehalten hatten, redeten wir am Telefon miteinander oder schickten kurze Faxe, in denen wir alles Vertrauliche aussparten, weil sie vor der Neugier Außenstehender nicht sicher waren. Unsere Korrespondenz aus jener Zeit ist zum Gähnen. Kein Vergleich zu unseren Briefen mit ihrem Schneckentempo und ihrer Intimität, kein Vergleich zu der Freude, auf den Briefträger zu warten, den Umschlag zu öffnen, die von meiner Mutter gefalteten Seiten herauszuziehen und ihre Nachrichten mit zwei Wochen Verspätung zu lesen. Waren sie schlecht, spielte es schon keine Rolle mehr, und wenn sie gut waren, gaben sie noch immer Anlaß zur Freude.

Unter den Briefen meiner Leser war der einer jungen Krankenschwester, die dich auf der Intensivstation im Madrider Krankenhaus betreut hatte. Es war Celia, die ihn als erste öffnete und las. Sie brachte ihn mir, bleich im Gesicht, und zusammen lasen wir ihn noch einmal. Die Frau schrieb, nachdem sie das Buch gelesen habe, fühle sie sich verpflichtet, mir zu schildern, was tatsächlich geschehen sei. Die Schludrigkeit der Ärzte und ein Stromausfall, der dein Sauerstoffgerät betroffen habe, hätten dein Gehirn unwiderruflich geschädigt. Viele Personen im Krankenhaus hätten davon gewußt, jedoch versucht, es zu vertuschen, vielleicht in der Hoffnung, du werdest sterben, ehe es zu Nachforschungen käme. Über Monate hätten die Schwestern mich von früh bis spät im Korridor der verlorenen Schritte warten sehen und mir mehr als einmal die Wahrheit sagen wollen, dann aber die Konsequenzen gescheut. Nach dem Brief war mir tagelang übel. »Denk nicht daran, Isabel, es ist ja doch nicht mehr zu ändern. Es war Paula so bestimmt. Jetzt ist ihr Geist frei und muß den Kummer nicht erleiden, den das Leben stets bereithält«, schrieb meine Mutter, als ich ihr davon berichtete. ›Nach der Logik wären wir alle besser tot‹, dachte ich.

Dieses Buch der Erinnerung an dich weckte mehr Interesse beim Publikum und der Presse als all meine vorherigen Bücher zusammen. Ich unternahm viele Reisen, gab Hunderte Interviews, hielt Dutzende Vorträge, signierte Tausende Bücher. Eine Frau bat mich, Widmungen in neun Bücher zu schreiben, eine für jede ihrer Bekannten, die ein Kind verloren hatten, und eine für sie selbst. Ihre Tochter war nach einem Autounfall vom Hals abwärts gelähmt gewesen, und kaum daß sie mit dem Rollstuhl zurechtkam, stürzte sie sich in den Pool. Kummer über Kummer. Verglichen damit war meiner zu ertragen, denn wenigstens hatte ich dich pflegen können bis zum Schluß.

Die Verfilmung meines ersten Romans, *Das Geisterhaus*, wurde in den verheißungsvollsten Tönen angekündigt, weil etliche der großen Stars von damals mitspielten: Meryl Streep, Jeremy Irons, Glenn Close, Vanessa Redgrave, Winona Ryder und mein Liebling Antonio Banderas. Heute, ein paar Jahre später, wirkt diese Besetzung auf mich wie aus Stummfilmzeiten. Die Zeit ist gnadenlos.

Wegen des Romans waren etliche meiner Verwandten mütterlicherseits böse auf mich gewesen, die einen, weil sich unsere politischen Ansichten extrem unterscheiden, die anderen, weil sie meinten, ich hätte Familiengeheimnisse ausgeplaudert. »Schmutzige Wäsche wird zu Hause gewaschen«, ist ein Leitspruch in Chile. Als Vorlage zu dem Buch hatten mir meine Großeltern, einige Onkel und Tanten und andere extravagante Personen aus meiner vielköpfigen chilenischen Sippe gedient, und ich hatte viele Anekdoten, die mein Großvater über die Jahre erzählte, und auch die politischen Ereignisse der Zeit verarbeitet, aber im Traum wäre ich nicht auf die Idee gekommen, daß einige Leute das alles für bare Münze nehmen würden. Meine Darstellung der Ereignisse ist eigenwillig und überspitzt. Meine Großmutter konnte nie wie Clara del Valle mit der Kraft ihrer Gedanken den Billardtisch bewegen, und mein Großvater war auch kein Vergewaltiger und Mörder wie Esteban Trueba im Roman. Dessen ungeachtet sprach über viele Jahre ein Teil meiner Anverwandten nicht mit mir oder ging mir aus dem Weg. Ich hätte gedacht, der Film würde wie Salz in der Wunde sein, aber im Gegenteil: Das Kino ist so übermächtig, daß der Film zur offiziellen Geschichte meiner Familie geriet, und angeblich haben die Fotos von Meryl Streep und Jeremy Irons heute auf manchem Kaminsims die Porträts meiner Großeltern ersetzt.

In den Vereinigten Staaten raunte man, der Film werde die Oscars in Hollywood abräumen, aber schon ehe er anlief, gab es schlechte Kritiken, weil trotz des Themas die Rollen nicht mit Südamerikanern besetzt waren. Es hieß, wenn man früher einen Schwarzen auf der Leinwand benötigte, habe man einen Weißen mit Schuhcreme angemalt, und wenn man heutzutage einen Latino wolle, klebe man einem Weißen einen Schnauzbart an. Gedreht wurde in Europa, der Regisseur war Däne, das Geld kam aus Deutschland, die Schauspieler stammten aus Nordamerika und England, Filmsprache war Englisch. Chilenisch war wenig an dem Film, aber ich fand ihn eigentlich besser als das Buch und bedauerte, daß er schon im Vorfeld schlechtgeredet wurde. Monate vor dem Kinostart hatte der Regisseur Bille August Willie und mich zu den Dreharbeiten ins Studio nach Kopenhagen eingeladen. Die Außenaufnahmen wurden auf einer Finca in Portugal gemacht, die dadurch zur touristischen Sehenswürdigkeit avancierte, und die Innenaufnahmen in einem nachgebauten Haus in einem Studio in Dänemark. Möbel und Dekoration hatte man in Antiquitätenläden in London geliehen. Ich wollte ein emailliertes Döschen als Souvenir mitgehen lassen, aber alle Sachen trugen Nummern, und jemand führte Buch darüber. Also bat ich um den Kopf von Vanessa Redgrave, bekam ihn aber nicht. Diese Nachbildung aus Wachs, die in einer Szene in einer Hutschachtel hätte zu sehen sein sollen, wurde am Ende gar nicht verwendet, weil man fürchtete, sie werde im Publikum anstelle des gewünschten Gruseleffekts Heiterkeit hervorrufen. Was aus dem Kopf wohl geworden ist? Vielleicht steht er auf Vanessas Nachttisch, um sie an die Vergänglichkeit allen Seins zu gemahnen. Ich hätte ihn über Jahre gut gebrauchen können, um bei jedem Smalltalk das Eis zu brechen und um meine Enkel zu erschrecken. Zu Hause im Keller hatte ich schon Totenschädel, Piratenkarten und Schatztruhen versteckt – soll die Phantasie angeregt werden, geht nichts über eine Kindheit in Angst und Schrecken.

Eine Woche lang lebten Willie und ich auf Tuchfühlung mit den Stars und wie die wirklich wichtigen Leute. Jeder Schauspieler hatte einen Hofstaat aus Helfern um sich, Maskenbildner, Friseure, Masseure, Köche. Meryl Streep, schön und unnahbar, war in Begleitung ihrer Kinder und der jeweiligen Kindermädchen und Hauslehrer. Eine ihrer kleinen Töchter, die das Talent und das ätherische Aussehen ihrer Mutter geerbt hat, spielte ebenfalls in dem Film mit. Glenn Close, mit mehreren Hunden und deren Betreuerinnen am Set, hatte mein Buch sehr aufmerksam gelesen, um sich auf die Rolle der alten Jungfer Férula vorzubereiten, und wir unterhielten uns stundenlang angeregt. Sie fragte mich, ob die Beziehung zwischen Férula und Clara nicht vielleicht lesbisch sei, und ich wußte nicht darauf zu antworten, weil der Gedanke mich überraschte. In Chile hat es zu Beginn des zwanzigsten Jahrhunderts, also zu der Zeit, in der dieser Teil des Romans spielt, bestimmt Liebesbeziehungen zwischen Frauen gegeben, die aber aufgrund der gesellschaftlichen und religiösen Zwänge nie ausgelebt wurden.

Jeremy Irons war im richtigen Leben nicht ganz der unterkühlte englische Aristokrat, den wir von der Leinwand her kennen; er wäre gut als freundlicher Taxifahrer in einem Vorort von London durchgegangen: Er besaß einen ausgeprägt schwarzen Humor, nikotingelbe Finger und einen unerschöpflichen Fundus verrückter Geschichten, die er gern zum besten gab, etwa die, wie er einmal in der U-Bahn seinen Hund verloren hatte und sich die Wege von Hund und Herrchen einen ganzen Vormittag immer wieder kreuzten, weil beide aus dem Zug sprangen, sobald sie an irgendeiner Station den anderen erblickten. Ich weiß nicht, weshalb man ihm für den Film etwas in den Mund steckte wie einem Pferd, jedenfalls sind sein Gesicht und seine Stimme ein bißchen entstellt. Groß, vornehm, strahlend und mit kobaltblauen Augen trat Vanessa Redgrave auf und machte selbst ungeschminkt und mit einem Babuschka-Kopftuch einen umwerfenden Eindruck. Winona Ryder lernte ich erst später kennen; sie hatte etwas von einem hübschem Jungen, die Haare kurz, von ihrer Mutter geschnitten, und ich fand sie hinreißend, auch wenn sie beim Technikteam im Ruf stand, verwöhnt und launisch zu sein. Anscheinend hat das ihrer Karriere geschadet, die sich glänzend anließ. Antonio Banderas war ich zuvor schon ein paarmal begegnet, und ich war schüchtern und kindisch in ihn verschossen wie ein Teenager in einen Filmstar, obwohl er mit ein bißchen gutem Willen mein Sohn hätte sein können. Vor dem Haupteingang des Hotels wartete immer eine Traube halb erfrorener Autogrammjäger mit den Füßen im Schnee auf die Stars, die jedoch den Personaleingang benutzten, so daß die Fans sich mit meiner Unterschrift begnügen mußten. »Wer ist das?« hörte ich jemanden, der mit dem Finger auf mich zeigte, auf englisch fragen. »Bist du blind? Das ist Meryl Streep«, bekam er zur Antwort.

Als wir uns eben daran gewöhnt hatten, wie die Royals zu leben, waren die Ferien zu Ende, wir fuhren heim und versanken umgehend in völliger Anonymität: Wenn wir bei einem unserer berühmten »Freunde« anriefen, wurden wir gebeten, unseren Namen zu buchstabieren. Der Film hatte nicht in Hollywood, sondern, weil es eine deutsche Produktion war, in München Weltpremiere, wo wir uns einer Masse großgewachsener Menschen und gleißenden Blitzlichtern und Scheinwerfern stellen mußten. Alle Leute trugen Schwarz, und ich, farblich angepaßt, verschwand optisch unter der Gürtellinie der Umstehenden. Auf dem einzigen Pressefoto, auf dem ich zu sehen bin, wirke ich wie ein verhuschtes Mäuschen, schwarz auf schwarzem Grund, mit Willies amputierter Hand auf der Schulter.

Zehn Jahre nach dem Film *Das Geisterhaus* ereignete sich etwas, wovon ich dir nur an dieser Stelle berichten kann, oder ich muß für immer schweigen, denn es hat mit Ruhm zu tun, und der interessiert dich bekanntlich nicht, Tochter. Im Jahr 2006 durfte ich bei den Olympischen Winterspielen in Italien die olympische Flagge tragen. Das dauerte nur vier Minuten, aber die genügten, mich berühmt zu machen: Jetzt erkennen mich die Leute auf der Straße, und endlich bilden sich meine Enkel etwas darauf ein, mich als Großmutter zu haben.

Das kam so: Eines Tages rief mich Nicoletta Pavarotti an, die Frau des berühmten Tenors, die eine entzückende Person und vierunddreißig Jahre jünger als ihr weltberühmter Gatte ist, und teilte mir mit, ich sei eine der acht Frauen, die man dazu auserkoren hatte, bei der Eröffnungsfeier der Olympischen Spiele die Flagge zu tragen. Ich antwortete ihr, es müsse sich um einen Irrtum handeln, weil ich alles andere als sportlich bin; im Grunde wußte ich nicht, ob ich es ohne Gehhilfe einmal ums Stadion schaffen würde. Sie erklärte mir, es handele sich um eine große Ehre, man habe die Kandidatinnen sorgfältig ausgewählt, ihr Leben, ihre Weltanschauung und ihre Arbeit sehr genau unter die Lupe genommen. Außerdem werde die Flagge zum erstenmal ausschließlich von Frauen getragen, von drei Goldmedaillengewinnerinnen und fünf Vertreterinnen der Kontinente; ich sollte für Lateinamerika dabeisein. Natürlich war meine erste Frage, was ich anziehen sollte. Sie sagte, wir würden einheitlich gekleidet, und sie bat um meine Maße. Voll Entsetzen sah ich mich schon in einem wattierten, scheußlich pastellfarbenen Etwas, fett wie das Reifenwerbemännchen von Michelin. »Darf ich hohe Schuhe tragen?« wollte ich wissen und hörte ein Seufzen am anderen Ende der Leitung.

Mitte Februar reiste ich mit Willie und der übrigen Familie nach Turin, das im internationalen Vergleich eine schöne

Stadt ist, nicht aber für die Italiener, die sich selbst von Venedig oder Florenz nicht beeindrucken lassen. Menschenmassen säumten die Straßen und bejubelten die Träger des olympischen Feuers und jedes der achtzig in verschiedene Farben gekleideten Teams, die gegeneinander antreten würden. Die besten Sportler der Welt waren hier versammelt, hatten von Kindesbeinen an trainiert, ihr ganzes bisheriges Leben auf die Teilnahme an den Spielen hingearbeitet. Alle hätten den Sieg verdient gehabt, aber manches läßt sich nicht vorhersehen: Eine Schneeflocke, ein Zentimeter Eis oder die Stärke einer Windbö können über das Ergebnis eines Wettkampfs entscheiden. Und doch, mehr als alles, mehr als Training und Glück zählt am Ende das Herz, denn nur wer wirklich beherzt und entschlossen ist, kann olympisches Gold gewinnen. Leidenschaft ist das Geheimnis des Siegers. In Turins Straßen verkündeten Plakate das Motto der Spiele, »Hier lebt die Leidenschaft«. Und das ist mein größter Wunsch, bis zum letzten Atemzug mit Leidenschaft zu leben.

Im Stadion lernte ich die übrigen Fahnenträgerinnen kennen: Drei Sportlerinnen, die Schauspielerinnen Susan Sarandon und Sophia Loren und die beiden politischen Aktivistinnen Wangari Maathai, Friedensnobelpreisträgerin aus Kenia, und Somaly Mam, die gegen sexuelle Ausbeutung von Kindern in Kambodscha kämpft. Außerdem wurde ich eingekleidet. Es war nicht die Art Sachen, die ich normalerweise trage, aber so grauenvoll, wie ich sie mir ausgemalt hatte, waren sie auch nicht: Pullover, Rock und Mantel aus winterweißer Wolle, Schuhe und Handschuhe ebenfalls weiß, alles von einem dieser sündteuren Designer. Tatsächlich war es gar nicht so schlecht. Ich sah aus wie ein Kühlschrank, aber die anderen auch, außer Sophia Loren, die mit ihren paar siebzig noch immer groß, imposant, vollbusig und sinnlich ist. Ich weiß nicht, wie sie es schafft, schlank zu bleiben, denn während der vielen Stunden hinter den Kulissen futterte sie pausenlos Kekse, Nüsse, Bananen, Schokolade. Und ich weiß auch nicht, wie sie sonnengebräunt sein kann, ohne Falten zu haben. Sophia stammt aus einer anderen Epoche, hat nichts zu tun mit den Mannequins und Schauspielerinnen von heute, die aussehen wie Knochengestelle mit künstlichen Brüsten. Ihre Schönheit ist legendär und offensichtlich unverwüstlich. Vor einigen Jahren sagte sie in einer Fernsehsendung, ihr Geheimnis bestehe darin, sich gerade zu halten und keine »Greisengeräusche« von sich zu geben, also kein Seufzen, Grunzen, Husten, Schnaufen, keine Selbstgespräche und abgelassenen Darmwinde. Du brauchst dir keine Gedanken zu machen, Paula, du wirst ewig achtundzwanzig sein, aber ich bin hoffnungslos eitel und habe versucht diesen Rat eins zu eins zu beherzigen, wenn ich Sophia schon sonst in nichts nacheifern kann.

Am stärksten war ich von Wangari Maathai beeindruckt. Sie arbeitet mit Frauen in afrikanischen Dörfern und hat dafür gesorgt, daß über dreißig Millionen Bäume gepflanzt wurden, womit sich in einigen Gebieten das Klima und die Beschaffenheit des Bodens veränderte. Diese wundervolle Frau strahlt wie eine Sonne, und als ich sie sah, verspürte ich den unbändigen Wunsch, sie zu umarmen, was mir sonst nur bei gewissen jungen Männern passiert, aber nie bei einer Dame, wie sie eine ist. Ich drückte sie fest ans Herz und konnte sie nicht mehr loslassen; sie war selbst wie ein Baum, stark, solide, gelassen, nicht aus der Ruhe zu bringen. Verdutzt über meinen Gefühlsausbruch, schob Wangari mich vorsichtig von sich.

Die Olympischen Spiele wurden mit einem aufwendigen Spektakel eröffnet, an dem Tausende Personen Anteil hatten: Schauspieler, Tänzer, Statisten, Musiker, Techniker, Produzenten. Irgendwann gegen elf am Abend, als die Temperatur unter Null gesunken war, wurden wir zu unserem Startpunkt hinter den Kulissen gebracht und bekamen die riesige olympische Fahne. Die Lautsprecher verkündeten das Finale der Feier, und dann erklang der »Triumphmarsch« aus *Aida*, und das ganze Stadion sang mit. Sophia Loren ging vor mir. Sie ist einen guten Kopf größer als ich, ihre auftoupierte Haarmähne nicht mitgerechnet, und sie schritt elegant aus wie eine Giraffe in der Savanne, wobei sie die Fahne auf Schulterhöhe hielt. Ich trippelte auf Zehenspitzen hinterher und streckte den Arm hoch, so daß mein Kopf unter der verflixten Fahne war. Natürlich richteten sich alle Kameras auf Sophia Loren, was mir am Ende sehr gelegen kam, weil ich auf sämtlichen Pressefotos zu sehen bin, wenn auch bloß durch ihre Beine. Ich muß dir gestehen, ich war überglücklich, und Nico und Willie, die mir mit vor Stolz feuchten Augen von der Tribüne aus zujubelten, behaupten sogar, daß ich über dem Boden schwebte: Diese vier Minuten im Olympiastadion waren meine wunderbaren »minutes of fame«. Ich habe die Berichte und Fotos aus den Zeitungen ausgeschnitten, weil es das einzige ist, was ich nicht vergessen will, wenn alles übrige der senilen Tatterigkeit zum Opfer fällt.

Aber nehmen wir den Faden wieder auf, sonst gerät uns alles durcheinander, Paula. Wir schlossen Sally ins Herz, Jasons Freundin, eine zurückhaltende junge Frau, die wenig redete und sich nie in den Vordergrund drängte, aber immer aufmerksam und hilfsbereit war. Für die Kinder hatte sie ein Händchen wie eine gute Fee. Sie war klein, in unaufdringlicher Weise hübsch, mit glatten blonden Haaren, schminkte sich nicht und sah aus wie fünfzehn. Sie arbeitete in einer Einrichtung für straffällige Jugendliche, was Mut und Durchsetzungsfähigkeit erforderte. In aller Herrgottsfrühe stand sie auf und verließ das Haus, und wir sahen sie erst am Abend wieder, wenn sie sich hundemüde heimschleppte. Einige der Jugendlichen, für die sie zuständig war, saßen wegen bewaffneter Raubüberfälle, und sie waren zwar noch minderjährig, aber groß wie Riesenfaultiere; mir ist schleierhaft, wie die spatzenzarte Sally sich bei ihnen Respekt verschaffte. Als einer dieser Schlägertypen sie eines Tages mit einem Messer bedrohte, bot ich ihr eine etwas weniger gefährliche Stelle in meinem Büro an, wo Celia die Arbeit über den Kopf zu wachsen drohte. Die beiden waren gut befreundet, Sally unterstützte Celia immer gern mit den Kindern und leistete ihr Gesellschaft, weil Nico zehn Stunden am Tag mit Englischlernen und Arbeiten außer Haus verbrachte. Mit der Zeit lernte ich Sally besser kennen und mußte Willie recht geben, daß sie nur wenig mit Jason gemeinsam hatte. »Halt dich raus«, wies Willie mich an. Aber wie hätte ich mich raushalten sollen, wo die beiden doch bei uns wohnten und Sallys Brautkleid aus baiserfarbener Spitze in meinem Kleiderschrank hing. Sie wollten heiraten, sobald Jason seinen Abschluß hätte, das jedenfalls behauptete er, aber Sally ließ keine Ungeduld erkennen, die beiden wirkten eher wie ein Paar gelangweilter Mittfünfziger. Diese neumodischen, langen und entspannten Verlobungszeiten sind mir nicht geheuer; zur Liebe gehört ungeduldiges Verlangen. Großmutter Hilda, die das Unsichtbare wahrnahm, meinte, Sally würde Jason nicht aus Liebestollheit heiraten, sondern um weiter bei unserer Familie zu bleiben.

Der einzige vorübergehende Job, den Jason nach dem College fand, war der als absurd und viel zu warm angezogener Weihnachtsmann in einem Supermarkt. Zumindest verhalf ihm das zu der Einsicht, daß er besser weiterstudierte, um einen akademischen Abschluß zu bekommen. Er erzählte, die meisten Weihnachtsmänner seien arme Schlucker, die angetrunken zur Arbeit erschienen, und einige würden die Kinder befummeln. Deshalb entschied Willie, daß unsere Kinder einen eigenen Weihnachtsmann bekommen sollten, und kaufte sich ein herrliches Kostüm aus rotem Samt mit echtem Kaninchenfellbesatz, dazu einen glaubhaften Vollbart und Wildlederstiefel. Ich hatte für etwas Preisgünstigeres plädiert, mußte mir aber anhören, eine Allerweltsverkleidung ziehe er nicht an und außerdem lägen viele Jahre vor uns, in denen sich das Kostüm amortisieren werde. Für Weihnachten luden wir ein Dutzend Kinder mit ihren Eltern ein; zu festgelegter Stunde dämpften wir das Licht, jemand spielte auf der elektrischen Orgel ein Weihnachtslied, und Willie kletterte mit einem Sack voller Geschenke durchs Fenster. Die kleinsten Kinder stoben panisch auseinander, außer Sabrina, die vor nichts Angst hat. »Ihr habt aber viel Geld, wenn der Weihnachtsmann hierherkommt, der hat doch heute abend so viel zu tun«, sagte sie. Die größeren Kinder waren begeistert, bis eins von ihnen behauptete, es glaube nicht an den Weihnachtsmann, und Willie wütend schnaubte: »Dann kriegst du kein Geschenk, du kleiner Mistkäfer.« Das war das Ende vom Fest. Auf der Stelle argwöhnten die Kinder, daß Willie unter dem Bart steckte – wer sonst? –, aber Alejandro beendete die Diskussion mit einem schlagenden Argument: »Wir sollten das nicht wissen. Es ist wie mit dem Mäuschen, das eine Münze bringt, wenn uns ein Zahn ausfällt. Besser, unsere Eltern halten uns für doof.« Nicole war damals noch zu klein, um bei der Farce mitzuspielen, aber in den nächsten Jahren nagten die Zweifel schwer an ihr. Sie hatte schreckliche Angst vorm Weihnachtsmann, und an Heiligabend mußte jemand mit ihr im Bad bleiben, wo sie bibbernd wartete, bis wir ihr versicherten, daß der schlimme Alte in seinem Schlitten zum nächsten Haus weitergefahren war. Einmal kauerte sie mit langem Gesicht neben dem Klo und weigerte sich, ihre Geschenke auszupacken.

»Was hast du denn, Nicole?« wollte ich wissen.

»Sag mir die Wahrheit. Ist Willie der Weihnachtsmann?«

»Ich glaube, das fragst du ihn besser selbst«, sagte ich, weil ich fürchtete, sie werde ihr Vertrauen in mich verlieren, wenn ich sie jetzt anlog.

Willie nahm sie an der Hand, verschwand mit ihr in dem Zimmer, in dem das Kostüm lag, das er eben ausgezogen hatte, und gab alles zu, nachdem er ihr eingeschärft hatte, daß es ein Geheimnis nur zwischen ihnen beiden sei und sie es den anderen Kindern nicht weitersagen dürfe. Meine jüngste Enkeltochter kam zu uns zurück, verkroch sich mit demselben langen Gesicht in eine Ecke und rührte ihre Geschenke nicht an.

»Und was hast du jetzt, Nicole?« fragte ich wieder.

»Ihr habt die ganze Zeit über mich gelacht! Ihr habt mein Leben zerstört!« Damals war sie noch keine drei …

Ich sprach mit Jason darüber, wie sehr ich beim Schreiben von meiner früheren Tätigkeit als Journalistin profitiert hatte, und schlug ihm vor, als ersten Schritt in seiner literarischen Laufbahn das Journalistenhandwerk zu lernen. Ein Journalist muß recherchieren können, Sachverhalte auf den Punkt bringen, unter Druck arbeiten und die Sprache wirkungsvoll einsetzen; außerdem darf er den Leser nicht aus dem Blick verlieren, was Schriftstellern häufig unterläuft, weil sie in Gedanken bei der Nachwelt sind. Nachdem ich lange gedrängt und gegen seine Selbstzweifel angeredet hatte, bewarb Jason sich schließlich an verschiedenen Universitäten und war selbst überrascht, als er von allen eine Zusage erhielt und also frei war, an der renommiertesten Journalistenschule des Landes zu studieren, an der Columbia University in New York. Sein Fortgang entfernte ihn weiter von Sally, und ich rechnete damit, daß diese laue Beziehung nun vollständig abkühlen würde, auch wenn die beiden weiter von Heirat sprachen. Sally blieb uns erhalten, arbeitete mit mir und Celia zusammen, half mit den Kindern: Sie war die perfekte Tante. Jason zog 1995 aus mit dem Vorsatz, nach seinem Studium nach Kalifornien zurückzukommen; von allen Kindern Willies war Jason am meisten auf ein Leben im Clan erpicht. »Ich mag es, eine große Familie zu haben; diese Mischung aus Nordamerikanern und Latinos klappt wie am Schnürchen«, sagte er mir einmal. Dazu hatte er selbst seinen Teil beigetragen, indem er ein paar Monate in Mexiko verbrachte und schließlich sehr gut Spanisch sprach, mit demselben Gangsterakzent wie Willie. Wir sind immer gute Freunde gewesen, wir teilen die Schwäche für Bücher und saßen oft mit einem Glas Wein zusammen auf der Terrasse, erzählten einander die Handlung möglicher Romane und einigten uns, wer welchen schreiben würde. Für ihn waren du und Ernesto, Celia und Nico genauso seine Geschwister wie seine leiblichen, und am liebsten wäre ihm gewesen, wir wären immer zusammengeblieben; aber nach deinem Tod und Jennifers Verschwinden versanken wir in Trauer und die Bindungen rissen ab oder änderten sich. Heute, Jahre später, sagt Jason, die Familie sei vor die Hunde gegangen, aber ich erinnere ihn daran, daß Familien sich, wie fast alles auf der Welt, verändern und weiterentwickeln.

Celia und Willie stritten sich lautstark und leidenschaftlich, ob es nun um Kinkerlitzchen oder um Grundsätzliches ging.

»Schnall dich an, Celia«, sagte er im Auto zu ihr.

»Hinten ist das nicht vorgeschrieben.«

»Doch.«

»Nein!«

»Mir piepegal, ob es vorgeschrieben ist! Das ist mein Auto, und ich fahre! Schnall dich an oder steig aus!« schnaubte Willie, zornrot im Gesicht.

»Verdammt! Dann steig ich aus!«

Schon als Kind hatte sie dagegen rebelliert, sich von Männern etwas vorschreiben zu lassen, und Willie, dem ebenfalls schnell der Kragen platzt, sah in ihr das verzogene Gör. Er war häufig wütend auf sie, verzieh jedoch alles, sobald sie zur Gitarre griff. Nico und ich versuchten, die beiden auf Abstand zu halten, was aber nicht immer gelang. Großmutter Hilda sagte nichts; nur einmal meinte sie zu mir, Celia sei es nicht gewohnt, Zuneigung zu empfangen, aber mit der Zeit werde sie sich schon dareinfinden.

Tabra ließ sich die Fußbälle aus der Brust nehmen, und die beiden neuen Implantate, anstelle von Silikon mit einer weniger gemeingefährlichen Lösung gefüllt, sahen wie ganz normale Brüste aus. Übrigens hatte es der Arzt, der sie als erster operiert hatte, zum bekanntesten plastischen Chirurgen von Costa Rica gebracht, also war die Erfahrung, die er an meiner Freundin gesammelt hatte, nicht umsonst gewesen. Heute ist er bestimmt ein Greis und erinnert sich nicht mehr an die junge Nordamerikanerin, die sein erstes Versuchskaninchen gewesen ist. Sechs Stunden verbrachte Tabra im OP, das fossile Silikon mußte ihr von den Rippen geschabt werden, und als man sie aus der Klinik entließ, war sie so zerschlagen, daß wir sie bei uns daheim unterbrachten, um sie aufzupäppeln, bis sie wieder allein zurechtkam. Ihre Lymphdrüsen entzündeten sich, sie konnte die Arme nicht bewegen, und von der Narkose war ihr noch eine Woche lang übel. Außer wäßriger Suppe und Toastbrot behielt sie nichts bei sich. Damals studierte Jason schon in New York, und Sally war zusammen mit einer Freundin in eine Wohnung in San Francisco gezogen, aber Großmutter Hilda, Nico, Celia und die drei Kinder wohnten vorübergehend bei uns. Die Mansarde in Sausalito war ihnen zu eng geworden, und wir standen kurz davor, ihnen ein Haus zu kaufen, das zwar etwas entfernt lag und renoviert werden mußte, aber genügend Platz bot, einen Pool besaß und an buschbestandene Hügel grenzte, ideal für die Kinder. Willie und ich hatten das Haus also voll, und obwohl Tabra sich elend fühlte, war die Stimmung im allgemeinen ausgelassen, solange Celia oder Willie nicht auf Krawall gebürstet waren – dann genügte die kleinste Kleinigkeit für einen Streit. Einmal entzündete er sich an einer ziemlich ernsten Angelegenheit, die das Büro betraf: Celia beschuldigte Willie, in Geldangelegenheiten nicht aufrichtig zu sein, worauf er wie ein Springteufel an die Decke ging. Sie warfen sich wüste Beleidigungen an den Kopf, und ich konnte sie nicht beschwichtigen oder dazu bewegen, die Stimme zu senken und vernünftig miteinander zu reden. Binnen Minuten herrschte ein Lärmpegel wie bei einer Straßenschlacht, bis Nico den einzigen Schrei ausstieß, den wir je von ihm gehört haben, und uns damit zum Verstummen brachte. Dann knallte Willie die Tür hinter sich zu, daß die Wände wackelten. In einem der Schlafzimmer lag Tabra, noch immer benommen von der Operation und den Schmerzmitteln, hörte das Geschrei und glaubte zu träumen. Großmutter Hilda hatte sich mit den Kindern aus dem Staub gemacht, und sie hockten wahrscheinlich zwischen den Totenschädeln aus Gips und den Skunkbauten im Keller.

Celia hatte gemeint, mich gegen Willie in Schutz nehmen zu müssen, und ich hatte mich nicht eindeutig auf seine Seite gestellt, und so blieben ihre Anschuldigungen unwidersprochen in der Luft hängen. Allerdings hätte ich mir nicht träumen lassen, daß dieser Streit derart langwierige Folgen haben würde. Willie fühlte sich tief verletzt, nicht von Celia, sondern von mir. Als wir endlich darüber sprachen, sagte er, ich würde mit meiner Familie einen hermetischen Zirkel bilden und ihn ausschließen, ihm nicht einmal vertrauen. Ich versuchte alles wiedergutzumachen – unmöglich. Wir waren sehr tief gesunken. Über Wochen grollten wir einander. Diesmal konnte ich nicht weglaufen, weil ich die kranke Tabra und meine gesamte Familie im Haus hatte. Wortlos, zornig, unnahbar baute Willie eine Mauer um sich. Früh am Morgen fuhr er in die Kanzlei und kam spät wieder; er setzte sich allein vor den Fernseher und kochte nicht mehr für uns. Wir aßen jeden Tag Reis mit Spiegelei. Selbst von den Kindern ließ er sich nicht erweichen, sie schlichen auf Zehenspitzen um ihn herum und wurden es schließlich müde, nach Vorwänden zu suchen, um zu ihm zu gehen; der Großvater war ein alter Miesepeter geworden. Dennoch hielt unsere Abmachung, das Wort Scheidung nicht in den Mund zu nehmen, und allem Anschein zum Trotz wußten wir wohl beide, daß dies nicht das Ende war, es so nicht vorbei sein konnte. Abends schlief jeder an seiner Bettkante ein, doch immer wachten wir morgens eng umschlungen auf. Das half auf die Dauer bei der Versöhnung.

Nach dem, was ich dir erzählt habe, denkst du jetzt womöglich, daß Willie und ich nichts weiter taten, als streiten. Das stimmt natürlich nicht, Tochter. Nur wenn ich meine Sachen packte und bei Tabra schlief, also in unseren frostigsten Momenten, gingen wir nicht Hand in Hand. Sonst waren wir im Auto, auf der Straße und überall Hand in Hand unterwegs. Zu Anfang war uns das ein Bedürfnis gewesen, das allerdings, nachdem wir uns zwei Wochen kannten, aufgrund einer Schuhgeschichte zur Notwendigkeit wurde. Wegen meiner Statur habe ich von jeher hohe Ansätze getragen, aber Willie war beharrlich der Meinung, ich solle bequem gehen und nicht wie diese chinesischen Konkubinen von früher auf mitleiderregenden Füßchen stöckeln. Er schenkte mir Turnschuhe, die noch heute, achtzehn Jahre später, unbenutzt in ihrer Schachtel liegen. Ihm zuliebe kaufte ich mir ein Paar Sandalen, die ich im Fernsehen gesehen hatte. Im Werbespot spielten einige spindeldürre Models in Cocktailkleidern und mit hohen Absätzen Basketball, also haargenau, was ich brauchte. Ich entledigte mich der Schuhe, die ich aus Venezuela mitgebracht hatte, und ersetzte sie durch die Wundersandalen. Ein Reinfall: Sie rutschten mir von den Füßen, und ich fiel so oft auf die Nase, daß Willie mich aus Gründen elementarer Sicherheit immer fest an der Hand halten mußte. Außerdem finden wir einander sympathisch, was im menschlichen Miteinander nie ein Schaden ist. Willie gefällt mir, und ich zeige ihm das auf vielfältige Weise. Er hat mich gebeten, mein spanisches Liebesgeflüster nicht ins Englische zu übersetzen, weil es ihm dann nicht geheuer ist. Ich erinnere ihn hin und wieder daran, daß er noch nie von jemandem so sehr geliebt wurde wie von mir, auch von seiner eigenen Mutter nicht, und daß er, sollte ich das Zeitliche segnen, von allen guten Geistern verlassen in einem Altersheim enden werde, er mich also besser verhätscheln und dankbar für mich sein möge. Er gehört nicht zu den Männern, denen romantische Worte leicht über die Lippen kommen, aber da er so viele Jahre mit mir gelebt und mich nicht erwürgt hat, gefalle ich ihm wohl ebenfalls ein bißchen. Was das Geheimnis einer guten Ehe ist? Ich weiß es nicht, jedes Paar ist anders. Uns verbinden Ideen, ein ähnlicher Blick auf die Welt, Kameraderie, Loyalität, Humor. Wir sorgen füreinander. Wir haben denselben Tagesrhythmus, benutzen manchmal dieselbe Zahnbürste und mögen dieselben Filme. Willie sagt, wenn wir zusammen sind, vervielfachten sich unsere Kräfte, zwischen uns bestehe diese »spirituelle Verbindung«, die er spürte, als wir uns zum erstenmal sahen. Mag sein. Ich genieße es, mit ihm zu schlafen.

In Anbetracht unserer Schwierigkeiten beschlossen wir, einzeln zur Therapie zu gehen. Willie fand einen Therapeuten, mit dem er auf Anhieb gut zurechtkam, einen bärigen und bärtigen Koloß, den ich als meinen erklärten Gegner empfand, der jedoch mit der Zeit eine tragende Rolle in unserem Leben einnahm. Ich weiß nicht, welche Fragen Willie in seiner Therapie zu lösen versuchte, die dringlichsten betrafen wohl sein Verhältnis zu seinen Kindern. Ich begann in meiner damit, in alten Erinnerungen zu stochern und zu erkennen, daß ich ein schweres Päckchen zu tragen hatte. Ich mußte mich lange totgeschwiegenen Dingen stellen, mir eingestehen, daß der Fortgang meines Vaters, als ich drei war, eine Narbe hinterlassen hatte, die noch immer sichtbar war, meine feministische Einstellung und mein Verhältnis zu Männern davon geprägt worden waren, angefangen bei meinem Großvater und bei Onkel Ramón, gegen die ich mich stets aufgelehnt hatte, bis hin zu Nico, den ich weiter behandelte wie ein Kind, zu schweigen von Liebeleien und von meinen Ehemännern, denen ich mich nie mit Haut und Haar ausgeliefert hatte. Während einer Sitzung versuchte der Grüntee-Therapeut mich zu hypnotisieren. Es gelang ihm nicht, aber zumindest entspannte ich mich so weit, daß ich in meinem Herzen einen gewaltigen Block aus schwarzem Granit sehen konnte. Mir wurde bewußt, daß meine Aufgabe sein würde, mich von ihm zu befreien; ich würde ihn Stückchen für Stückchen kleinhacken müssen.

Um den dunklen Brocken loszuwerden, ging ich nicht nur zur Therapie und wanderte durch den lichten Wald, in dem deine Asche ausgestreut ist, sondern nahm außerdem Yogaunterricht und gönnte mir häufiger eine der ruhigen Akupunktursitzungen bei Doktor Shima, der mir durch sein Wissen und durch sein bloßes Dasein guttat. Dort auf seiner Liege, mit Nadeln überall, meditierte ich und verschwand in andere Sphären. Ich suchte dich, Tochter. Ich dachte an deine Seele, die während des langen Jahres 1992 in deinem reglosen Körper gefangen gewesen war. Manchmal spürte ich, wie sich eine Klaue um meine Kehle schloß und mir die Luft abschnürte oder meine Brust eng wurde wie unter der Last eines Sandsacks, oder ich fühlte mich in einem Loch begraben, aber dann erinnerte ich mich daran, daß ich meine Atmung dorthin lenken sollte, wo der Schmerz saß, ganz ruhig, wie man es während einer Entbindung tun soll, und sofort ließ die Beklemmung nach. Dann stellte ich mir eine Treppe vor, die mich aus dem Loch und ans Tageslicht führen würde, unter den offenen Himmel. Angst ist unvermeidlich, ich muß sie hinnehmen, aber ich darf nicht zulassen, daß sie mich lähmt. Einmal habe ich gesagt – oder vielleicht habe ich es irgendwo geschrieben –, nach deinem Tod hätte ich vor nichts mehr Angst, aber das ist nicht wahr, Paula. Ich fürchte mich davor, Menschen, die ich liebe, zu verlieren oder leiden zu sehen, fürchte den Verfall des Alters, die wachsende Armut, die Gewalt und Korruption in der Welt. In diesen Jahren ohne dich habe ich mit meiner Trauer zu leben gelernt, habe sie zu meiner Verbündeten gemacht. Nach und nach werden deine Abwesenheit und andere Verluste meines Lebens zu einem sanften Sehnen. Das ist es, was ich mit meinen unbeholfenen spirituellen Übungen zu erreichen versuche: die schlechten Gefühle abzuschütteln, die mich an einem unbeschwerten Fortschreiten hindern. Ich möchte meinen Zorn in Kreativität verwandeln und meine Schuldgefühle in ein augenzwinkerndes Eingeständnis meiner Schwächen; ich möchte den Hochmut und die Eitelkeit fortwischen. Illusionen mache ich mir keine, völlige Loslösung, lauterstes Mitgefühl und die Ekstase der Erleuchteten werde ich niemals erreichen, zur Heiligen tauge ich offensichtlich nicht, aber auf den Spatz in der Hand darf ich hoffen: darauf, mich weniger angebunden zu fühlen, meine Mitmenschen mehr zu mögen, mich an einem reinen Gewissen zu freuen.

Es ist ein Jammer, daß du Miki Shima nicht hast schätzen lernen können in jenen Monaten, als er dich häufig besuchte, um dir Akupunkturnadeln zu setzen und chinesische Kräuter zu geben. Du hättest dich genauso in ihn verliebt wie meine Mutter und ich das getan haben. Er putzt sich heraus wie ein Herzog, trägt gestärkte Hemden mit goldenen Manschettenknöpfen und seidene Krawatten. Als ich ihn kennenlernte, war sein Haar schwarz, aber einige Jahre später zeigten sich die ersten grauen Strähnen, wenngleich er noch immer keine einzige Falte hat, sein Teint dank seiner Wundersalben frisch bleibt wie der eines Säuglings. Er hat mir erzählt, daß seine Eltern sechzig Jahre in offener Verachtung füreinander zusammenlebten. Zu Hause sagte der Ehemann kein Wort, während die Frau, um ihn zu ärgern, ohne Punkt und Komma redete, ihn jedoch bediente, wie das bei japanischen Ehefrauen früher üblich war: Sie ließ ihm das Bad ein, schrubbte ihm den Rücken mit einer Bürste, fütterte ihn, fächelte ihm an Sommertagen Luft zu, »damit er nie behaupten konnte, sie habe ihre Pflichten vernachlässigt«, und er wiederum bezahlte alle Rechnungen und schlief jede Nacht zu Hause, »damit sie nicht behauptete, er sei ein Rumtreiber«. Eines Tages starb die Frau, obwohl er viel älter war als sie und eigentlich längst Lungenkrebs hätte haben müssen, denn er qualmte wie eine Dampflok. Sie, die in ihrem Haß stets zäh und unermüdlich gewesen war, erlag von jetzt auf gleich einem Herzanfall. Mikis Vater hatte in seinem Leben nie Wasser für Tee heiß gemacht, geschweige denn seine Strümpfe gewaschen oder die Matte zusammengerollt, auf der er schlief. Seine Kinder glaubten, er werde bald an Entkräftung sterben, aber Miki verschrieb ihm irgendwelche Kräuter, und es dauerte nicht lang, da setzte er Speck an, straffte sich, lachte und redete zum erstenmal seit Jahren. Heute steht er bei Sonnenaufgang auf, ißt eine Kugel Klebreis mit Tofu und Mikis famosen Kräutern, meditiert, stimmt einen Lobgesang an, macht Tai-Chi-Übungen und geht mit drei Päckchen Zigaretten in der Hosentasche zum Forellenangeln. Für den Weg zum Fluß braucht er zwei Stunden. Er kehrt mit einem Fisch heim, den er, mit Mikis Kräutermischung gewürzt, selbst zubereitet, und beschließt sein Tagwerk mit einem sehr heißen Bad und einer weiteren Zeremonie, mit der er seine Ahnen ehrt und nebenbei das Andenken seiner Frau in den Dreck zieht. »Er ist neunundachtzig und sieht aus wie der junge Frühling«, sagt Miki. Ich entschied, daß diese geheimnisvolle chinesische Medizin, die dem japanischen Greis die Jugend wiedergegeben hatte, mir auch diesen Felsklotz von der Seele nehmen konnte.

Einer unserer Psychologen – wir hatten etliche zur Hand – riet Willie und mir dazu, nicht nur Verpflichtungen, sondern auch vergnügliche Aktivitäten miteinander zu teilen. Unserem Leben fehle es an Leichtigkeit und Amüsement. Ich schlug Willie vor, Tanzstunden zu nehmen, denn wir hatten zusammen den australischen Film *Strictly Ballroom* gesehen, und ich malte mir aus, wie wir unter Kristallüstern miteinander tanzen würden, er im Smoking und in zweifarbigen Schuhen, ich in einem mit Pailletten und Straußenfedern besetzten Kleid, wir beide schwerelos, anmutig, demselben Rhythmus folgend, in perfekter Harmonie, wie wir sie eines Tages auch als Paar zu erreichen hofften. An jenem unvergeßlichen Oktobertag des Jahres 1987, als wir uns kennenlernten, führte Willie mich zum Tanzen in ein Hotel in San Francisco aus, was mir die Möglichkeit gab, meine Nase seiner Brust zu nähern und an ihm zu schnüffeln, worauf ich mich in ihn verliebte. Willie riecht nach gesundem Kind. Er allerdings erinnert sich nur daran, daß ich auszubrechen versuchte. Es sei wie der Versuch gewesen, eine wilde Stute zu bändigen. »Wird das ein Problem zwischen uns?« hat er mich offenbar gefragt. Und er versichert, ich hätte mit unterwürfigem Stimmchen geantwortet: »Aber nicht doch!« Das war etliche Jahre her.

Wir entschieden uns zunächst für Privatstunden, um uns vor anderen, fortgeschritteneren Tanzschülern nicht zu blamieren. Besser gesagt entschied ich das, denn Willie ist eigentlich ein guter Tänzer und war in jungen Jahren heiß begehrt und hat Wettbewerbe für Modetänze gewonnen; ich hingegen besitze auf der Tanzfläche die Anmut eines Niedrigflurbusses. Der Saal der Tanzschule war an allen vier Seiten von der Decke bis zum Boden verspiegelt, und die Tanzlehrerin entpuppte sich als neunzehnjährige Skandinavierin, deren Beine mir bis zum Haaransatz gingen, in schwarzen Strümpfen mit Naht steckten und in Riemchensandalen mit Pfennigabsatz. Wir würden mit Salsa beginnen, sagte sie. Sie winkte mich auf einen Stuhl, wickelte sich in Willies Arme und paßte den Einsatz der Musik exakt ab, um auf die Tanzfläche zu wirbeln.

»Der Mann führt«, lautete ihre erste Lektion.

»Wieso das?« fragte ich nach.

»Das weiß ich nicht, das ist so.«

»Ha!« triumphierte Willie.

»Ich finde das nicht gerecht«, beharrte ich.

»Was ist nicht gerecht?« wollte die Skandinavierin wissen.

»Ich glaube, wir sollten uns abwechseln. Mal sagt Willie, wo's langgeht, mal ich.«

Da ruft diese Kuh:

»Der Mann führt immer!«

Sie und mein Mann glitten zu den Klängen der lateinamerikanischen Musik über die Tanzfläche zwischen den großen Spiegeln, die ihre miteinander verschlungenen Körper bis in die Unendlichkeit vervielfältigten, die langen Beine in den schwarzen Strümpfen und Willies dümmliches Lächeln, während ich auf meinem Stuhl grummelte.

Nach der Tanzstunde hätte sich unser Streit im Auto um ein Haar zur Prügelei ausgewachsen. Willie behauptete, Beine und Bug der Lehrerin gar nicht bemerkt zu haben, ich würde mir das alles nur einbilden »Grundgütiger! Auf was für Ideen diese Frau kommt!« echauffierte er sich. Daß ich eine Stunde auf dem Stuhl gesessen und ihm beim Tanzen zugesehen hatte, sei logisch, da der Mann ja führe, und hätte er das erst gelernt, könne er mich mit der Anmut eines Kranichs beim Hochzeitstanz übers Parkett bugsieren. Er sagte es nicht wörtlich so, aber in meinen Ohren klang es nach Hohn. Mein Therapeut riet mir, nicht gleich die Flinte ins Korn zu werfen, Tanzen sei eine wirkungsvolle Übung für Leib und Seele. Was wußte der schon, ein buddhistischer Grünteetrinker, der bestimmt noch nie in seinem Leben getanzt hatte! Aber wie dem auch sei, wir gingen ein zweites und ein drittes Mal hin, ehe ich die Geduld verlor und der Tanzlehrerin ans Schienbein trat. In meinem ganzen Leben habe ich mich nicht derart gedemütigt gefühlt. Das Ende vom Lied war, daß wir auch die paar Grundbegriffe, die wir vom Tanzen kannten, einmotteten, und seither haben Willie und ich noch ein einziges Mal miteinander getanzt. Ich erzähle dir diese Episode, weil sie wie eine Allegorie unseres Charakters ist: sie veranschaulicht uns vom Scheitel bis zur Sohle.

Celia, Nico und die Kinder richteten sich in ihrem neuen Haus ein, und Celias Bruder zog zu ihnen. Er war ein großgewachsener junger Mann, ziemlich verwöhnt, aber doch angenehm, wußte noch nicht recht, was er wollte, und dachte daran, in den Vereinigten Staaten zu bleiben. Sein Verhältnis zu seiner Familie war wohl auch nicht das beste.

Unterdessen trug mir die Veröffentlichung von *Paula* unverdiente Preise und Ehrendoktortitel ein, ich wurde zum Mitglied verschiedener Akademien für Sprache ernannt, und man überreichte mir gar symbolisch die Schlüssel einer Stadt. Die Umhänge und Doktorhüte sammelten wir in einer Truhe, und Andrea verkleidete sich damit. Meine Enkeltochter war seit kurzem in der Weltenrettungsphase, eine ihrer Puppen hieß »Rettet den Thunfisch«. Ich hatte zum Glück noch im Ohr, was Carmen Balcells einmal zu mir gesagt hatte: »Ein Preis zeichnet weniger den Prämierten als den Prämierenden aus, also sieh zu, daß er dir nicht zu Kopf steigt.« Aber das war sowieso ausgeschlossen: Meine Enkel sorgten dafür, daß ich auf dem Teppich blieb, und Willie meinte, Lorbeeren, auf denen man sich ausgeruht hat, seien bloß noch für die Suppe gut.

Willie, Tabra und ich reisten zur chilenischen Filmpremiere von *Das Geisterhaus* nach Santiago de Chile. Damals gab es im Land noch viele, die mit Pinochet sympathisierten und sich nicht schämten, das offen zuzugeben. Heute sind es weniger geworden, denn der General hat unter seinen Anhängern einiges Prestige verloren, als seine Gaunereien, Steuerhinterziehungen und Bestechungen ans Licht kamen. Dieselben, die über Folterungen und Morde hinweggesehen hatten, verziehen ihm die abgezweigten Millionen nicht. Als der Film anlief, lag das Referendum, über das der Diktator gestolpert war, schon fast sechs Jahre zurück, aber vom Militär, der Presse und der Justiz wurde er weiter mit Samthandschuhen angefaßt. Die Rechte besaß die Mehrheit im Kongreß, das Land wurde auf der Grundlage einer Verfassung regiert, die auf Pinochet zurückging, und der genoß als Senator auf Lebenszeit Immunität und zusätzlich den Schutz eines Amnestiegesetzes. Es war eine Demokratie unter Vorbehalt, und man hatte sich politisch und gesellschaftlich darauf verständigt, das Militär nicht zu provozieren. Wenige Jahre später, 1998, wurde Pinochet in England verhaftet, wohin er gereist war, um Provisionen für Waffengeschäfte zu kassieren, sich ärztlich untersuchen zu lassen und mit seiner Freundin, der ehemaligen Premierministerin Margret Thatcher, den Fünfuhrtee zu nehmen. In der Weltpresse wurde er der Verbrechen gegen die Menschlichkeit beschuldigt; da fiel das juristische Gebäude, das er zu Hause zum eigenen Schutz errichtet hatte, in sich zusammen, und endlich wagten sich die Chilenen auf die Straße, um sich über ihn lustig zu machen.

Der Film wurde von der extremen Rechten als Ohrfeige empfunden, von den meisten Chilenen jedoch begeistert aufgenommen, vor allem von jungen Leuten, die unter strenger Zensur aufgewachsen waren und mehr über das Chile der siebziger und achtziger Jahre wissen wollten. Ich erinnere mich, daß bei der Premiere ein sehr rechtsgerichteter Senator zornig aufsprang und im Hinausgehen brüllte, der Film sei eine einzige Lüge gegen den Wohltäter des Vaterlandes, unseren General Pinochet. Vor der Presse sollte ich dazu hinterher etwas sagen. »Man weiß ja, daß der gute Mann nicht alle Tassen im Schrank hat«, sagte ich blauäugig ins Mikrofon, weil ich das verschiedentlich so gehört hatte. Zu schade, daß mir der Name des ehrenwerten Herrn entfallen ist. Trotz dieser Anfangsschwierigkeiten wurde der Film in Chile sehr erfolgreich und gehörte noch zehn Jahre später zu den beliebtesten Filmen im Fernsehen und auf Video.

Tabra, die an den entlegensten Orten der Erde, aber nie zuvor in Santiago de Chile gewesen war, zeigte sich angetan. Ich weiß nicht, was sie erwartet hatte, aber sie fand eine europäisch anmutende Stadt im Schutz einer großartigen Gebirgskulisse, gastfreundliche Menschen und köstliches Essen. Wir bewohnten eine Suite im besten Hotel am Platz, und bekamen dort jeden Abend eine Skulptur aus Schokolade serviert, in der einheimische Themen dargestellt waren, etwa der Kazike Caupolicán mit seiner Lanze und zweien oder dreien seiner Mapuche-Krieger. Tabra verleibte sich Caupolicán mühsam ein in der Hoffnung, ihn damit ein für allemal loszuwerden, aber es dauerte nicht lang, da hatte man ihn durch das nächste Kilo Schokolade ersetzt: durch einen Karren mit zwei Ochsen oder durch sechs von unseren Viehtreibern, unseren berühmten Guasos, zu Pferd und mit chilenischer Fahne. Woraufhin Tabra, die als Kind gelernt hatte, daß man seinen Teller leer ißt, tief Luft holte und zum Angriff überging, bis sie vor einer Nachbildung des Aconcagua die Waffen streckte, vor dem höchsten Gipfel der Andenkordillere, aus massiver Schokolade und so gewaltig wie der dunkle Felsblock, den ich, wenn ich meinem Therapeuten glauben durfte, in der Brust trug.

Willie und ich stellten überrascht fest, daß wir schon seit neun Jahren zusammen waren; inzwischen fühlten wir uns sicherer auf unserem Weg. Willie sagt, er habe vom ersten Moment an in mir die verwandte Seele gesehen und mich ganz akzeptiert. Aber bei mir ist es anders gewesen. Noch heute, eine Ewigkeit später, staune ich, daß wir uns in der Weite der Welt gefunden haben, uns zueinander hingezogen fühlten und die Hürden, die manchmal unüberwindlich schienen, aus dem Weg räumten, um ein Paar zu bleiben.

Die Kinder, diese kurzgeratenen Komiker, wie der spanische Humorist Gila sie genannt hat, waren das Vergnüglichste in unserem Leben. Sabrina hatte die dunklen Wolken, die über ihrer Geburt gehangen hatten, vertrieben, und die Gaben, die ihr gute Feen zum Ausgleich ihrer körperlichen Schwierigkeiten in die Wiege gelegt hatten, traten deutlich zutage: Mit Willenskraft stellte sie sich Herausforderungen, die einen Samurai das Fürchten gelehrt hätten. Was andere Kinder mühelos bewerkstelligten, sei es laufen oder einen Löffel Suppe essen, verlangte von ihr unvorstellbare Hartnäckigkeit, aber am Ende gelang es ihr immer. Sie hinkte, ihre Beine gehorchten ihr nicht recht, aber niemand zweifelte daran, daß sie einmal würde laufen können, schließlich hatte sie schon schwimmen gelernt, konnte an einem Ast baumeln und, mit einem Bein in die Pedale tretend, radfahren. Sie ist außergewöhnlich sportlich wie ihre Großmutter mütterlicherseits, Willies erste Frau; von der Hüfte aufwärts ist sie so stark und behende, daß sie heute in einem Rollstuhl Basketball spielt. Damals war sie ein zierliches und hübsches Kind, hatte eine Hautfarbe wie Kandiszucker und das Profil der berühmten Königin Nofretete. Sie lernte früher als jedes andere Kind sprechen und zeigte nie das geringste Anzeichen von Scheu, vielleicht weil sie es gewohnt war, unter vielen Menschen zu sein.

Alejandro wurde im Wesen seinem Vater sehr ähnlich und war äußerlich seiner Mutter wie aus dem Gesicht geschnitten. Er besaß Nicos Forschergeist und konnte mathematischen Gedankengängen folgen, noch ehe er sämtliche Konsonanten des Alphabets kannte. Weil er ein so hübscher kleiner Junge war, sprachen uns Leute auf der Straße an, um ihm Nettigkeiten zu sagen. An einem 2. April, das Datum weiß ich noch genau, waren er und ich allein im Haus, und er kam erschrocken zu mir in die Küche gerannt, wo ich eine Suppe kochte, klammerte sich an meine Beine und sagte: »Da ist jemand auf der Treppe.« Wir gingen zusammen nachsehen, liefen durchs ganze Haus, fanden aber niemanden, und als wir wieder nach oben in die Küche gehen wollten, blieb er bleich und stocksteif am Fuß der Treppe stehen.

»Da!«

»Was ist da, Alejandro?« Ich sah nur die Terrakottastufen.

»Sie hat lange Haare.« Und er verbarg sein Gesicht in meinem Rock.

»Das muß deine Tante Paula sein. Du brauchst keine Angst vor ihr zu haben, sie ist nur gekommen, um Hallo zu sagen.«

»Aber sie ist tot!«

»Das ist ihr Geist, Alejandro.«

»Aber du hast doch gesagt, der ist dort im Wald! Wie ist er hergekommen?«

»Im Taxi.«

Unterdessen hattest du dich wohl in Luft aufgelöst, denn der Knirps war bereit, an meiner Hand die Treppe hinaufzugehen. Wenn mich nicht alles täuscht, wurde die Legende von deinem Geist durch meine Mutter aufgebracht, die uns mehrmals im Jahr besuchte und stets einige Wochen blieb, weil die Reise von Santiago nach San Francisco an Marco Polos Fahrten erinnert und nicht mal eben so unternommen werden kann. Meine Mutter behauptete, nachts Geräusche zu hören, als würden Möbel gerückt. Die Geräusche kannten wir alle und hatten verschiedene Erklärungen dafür: Rehe sind im Garten und laufen auf der Terrasse herum, die Rohrleitungen knacken wegen der Kälte, die trockenen Holzböden knarren. Meine Freundin Celia Correas Zapata, die an der Universität von San José Literatur unterrichtet, seit über zehn Jahren meine Romane bespricht und gerade mit *Isabel Allende. Mein Leben, meine Geister* ein Buch über meine Arbeit schrieb, schlief einmal in deinem alten Zimmer und wurde um Mitternacht von einem starken Jasminduft geweckt, obwohl tiefer Winter war. Auch sie erwähnte die Geräusche, aber niemand maß ihnen große Bedeutung bei, bis ein deutscher Journalist, der ein langes Interview mit mir führte und bei uns übernachtete, steif und fest behauptete, er habe gesehen, wie sich das Bücherregal, lautlos und ohne daß die Bücher verrutscht seien, fast einen halben Meter von der Wand weg verschoben habe. Es hatte in der Nacht kein Erdbeben gegeben, und diesmal handelte es sich nicht um die Wahrnehmung lateinamerikanischer Frauen, sondern um die Aussage eines deutschen Mannes, dessen Wort Tonnengewicht besaß. Wir gewöhnten uns also an die Vorstellung, daß du uns zuweilen besuchtest, auch wenn die Putzfrau schon beim Gedanken daran die Nerven verlor. Als ich Nico erzählte, was Alejandro gesehen hatte, sagte er, der Kleine habe bestimmt etwas aufgeschnappt und den Rest habe seine kindliche Phantasie dann besorgt. Mein Sohn hat immer für alles eine rationale Erklärung und ruiniert mir damit die besten Anekdoten.

Andrea wehrte sich schließlich nicht mehr gegen ihre Brille, und wir konnten auf die Gummibänder und Sicherheitsnadeln verzichten, aber an ihrer sagenhaften Unbeholfenheit änderte sich nichts. Sie ging ein bißchen verloren durch die Welt, konnte weder unfallfrei Rolltreppe fahren noch eine Drehtür passieren. Am Ende einer Schulaufführung, in der sie als Hawaiimädchen mit Ukulele aufgetreten war, verbeugte sie sich tief und lange, nur dummerweise mit dem Popo zum Publikum. Für den respektlosen Gruß erntete sie einhelliges Gelächter, sehr zum Ärger der Familie und zum Entsetzen meiner Enkeltochter, die eine Woche vor Scham nicht vor die Tür gehen wollte. Andrea hatte das sonderbare kleine Gesicht eines Kuscheltiers, was durch ihren Lockenkopf noch betont wurde. Sie lief immer verkleidet herum. Ein ganzes Jahr trug sie eins meiner Nachthemden – rosa, versteht sich –, und es gibt ein Foto von ihr im Kindergarten mit Pelzstola, einem Geschenkband um die Brust, Brauthandschuhen und zwei Straußenfedern im Haar. Sie redete vor sich hin, weil sie die Stimmen der Figuren aus ihren Geschichten hörte, die sie nicht in Frieden ließen, und oft erschrak sie vor ihrer eigenen Phantasie. Bei uns im Flur hing hinten ein Spiegel an der Wand, und sie bat mich häufig, sie auf dem »Spiegelweg« zu begleiten. Ihre Schritte wurden zögerlicher, je näher wir kamen, denn dort lauerte ein Drache, aber just wenn das Untier zum Sprung ansetzte, kehrte Andrea aus dieser anderen Sphäre in unsre zurück. »Es ist bloß ein Spiegel, da gibt es kein Monster«, sagte sie, klang aber nicht sehr überzeugt. Im nächsten Augenblick war sie wieder in ihrer Geschichte und führte mich an der Hand auf ihrem ausgedachten Weg. »Dieses Mädchen wird entweder völlig verrückt oder schreibt irgendwann Romane«, urteilte meine Mutter. Ich war in dem Alter genauso gewesen.

Nicole machte einen Schuß, kaum daß sie laufen gelernt hatte, und war nun nicht mehr prall und kompakt wie ein Robbenbaby, sondern schwebte in gleichsam schwereloser Grazie. Sie besaß einen messerscharfen Verstand, ein gutes Gedächtnis, einen ausgeprägten Orientierungssinn, der sie nie im Stich ließ, und mit ihren Knopfaugen und dem Hasenzähnchenlächeln hätte sie selbst Graf Draculas Herz erweicht. Willie war machtlos gegen sie. Nicole konnte es nicht lassen, sich neben ihn zu setzen, wenn er Fernsehnachrichten sehen wollte, und hatte ihn im Handumdrehen überredet, auf einen Zeichentrickfilm umzuschalten. Willie wechselte das Zimmer, um seine Nachrichten zu sehen, und Nicole, die es nicht leiden konnte, allein zu bleiben, hinterher. Das wiederholte sich mehrmals am Tag. Einmal sah sie auf dem Bildschirm einen Elefantenbullen, der eine Elefantendame bestiegen hatte.

»Was machen die da, Willie?«

»Sie paaren sich, Nicole.«

»Was?«

»Sie machen ein Kind.«

»Nein, Willie, du verstehst das nicht, sie streiten.«

»Okay, Nicole, sie streiten. Kann ich jetzt Nachrichten sehen?«

Im nächsten Moment lief ein Elefantenbaby durchs Bild. Nicole schrie auf, lief näher ran, um besser zu sehen, drückte die Nase gegen den Bildschirm und drehte sich dann, die Hände in die Hüften gestemmt, zu Willie um.

»Das kommt davon, wenn man dauernd streitet!«

Weil alle Erwachsenen der Familie arbeiteten und nicht auf sie aufpassen konnten, mußte Nicole schon im Windelalter in den Kinderhort gehen. Anders als ihre Schwester, die immer einen Koffer mit ihren größten Schätzen mit sich herumschleppte – eine unendliche Menge Flitterkram, von dem sie nie auch nur ein Stück vergaß –, besaß Nicole keinerlei Sinn für Besitz, war frei und ungebunden wie ein Vögelchen.

Tabra, die Vagabundin der Sippe, reiste mehrmals im Jahr in abgelegene Erdteile, mit Vorliebe an Orte, von denen das Außenministerium Bürgern der Vereinigten Staaten abriet, weil sie gefährlich waren, wie etwa der Kongo, oder politisch eine extrem andere Haltung vertraten, wie etwa Kuba. Sie hatte die Welt kreuz und quer durchfahren, unter primitiven Bedingungen, bescheiden wie eine Pilgerin und allein, bis sie dem Mann begegnete, der bereit war, sie zu begleiten. Da ich die Fülle der Verehrer meiner Freundin nicht mehr auseinanderhalten kann und sich einige Anekdoten in meiner Erinnerung vermischen, gebietet es die elementare Vorsicht, daß ich seinen Namen ändere. Nennen wir ihn Alfredo López Gefiederte Echse. Er war der Klügsten einer und so hübsch, daß er sich unvermeidlich in jeder Fensterscheibe und jedem Spiegel in seiner Reichweite bewundern mußte. Seine olivfarbene Haut, sein athletischer Wuchs waren eine Augenweide vor allem für Tabra, die hingerissen verstummte, während er von sich selbst sprach. Sein Vater war Mexikaner aus Cholula und seine Mutter eine Indianerin vom Stamm der Komantschen in Texas, womit er sich bis an sein Lebensende des kräftigen schwarzen Schopfes sicher sein durfte, den er für gewöhnlich im Nacken zu einem Pferdeschwanz zusammenband, sofern Tabra ihm das Haar nicht flocht und mit Glasperlen und Federn verzierte. Von jeher war er neugierig aufs Reisen gewesen, sein schmaler Geldbeutel hatte es ihm jedoch nie erlaubt. Stattdessen hatte Gefiederte Echse sich ein Leben lang auf eine geheime Mission vorbereitet, von der er allerdings jedem erzählte, der ihm sein Ohr lieh: Moctezumas Federkrone aus einem Museum in Österreich zu stehlen und sie dem Volk der Azteken, ihren legitimen Eigentümern, zurückzugeben.

Er besaß ein schwarzes T-Shirt mit dem Spruch: KRONE ODER TOD, ES LEBE MOCTEZUMA. Willie fragte nach, ob die Azteken angedeutet hätten, daß sie seine Initiative unterstützten, was er verneinte, weil alles noch überaus geheim sei. Die Federkrone aus vierhundert Quetzalfedern war über fünf Jahrhunderte alt und vermutlich ein wenig mottenzerfressen. Bei einem Abendessen im Familienkreis fragten wir, wie er sie zu transportieren gedachte, woraufhin er uns nicht mehr besuchte; vielleicht glaubte er, wir wollten uns über ihn lustig machen. Tabra erklärte uns, die Imperialisten würden sich der Kulturschätze fremder Völker bemächtigen; die Briten zum Beispiel, die einst den Inhalt der ägyptischen Gräber geraubt und nach London gebracht hätten. Gefiederte Echse wiederum bewunderte das Quetzalcoatl-Tattoo an Tabras rechter Wade. Es konnte kein Zufall sein, daß sie diese Gottheit Mesoamerikas als Tätowierung trug, die gefiederte Schlange, die seine eigene Namensgebung inspiriert hatte.

Auf Echses Anregung hin, der sich als guter Komantsche von der Natur der Wüste gerufen fühlte, unternahmen die beiden einen Ausflug ins Tal des Todes. Ich warnte Tabra, das sei keine gute Idee, schon der Name des Ortes verheiße nichts Gutes. Sie saß tagelang am Steuer, warf sich dann das Zelt und die Taschen über die Schulter und stapfte mehrere Meilen dehydriert und mit Sonnenstich hinter ihrem Helden her, der heilige Steinchen für seine Rituale auflas. Meine Freundin sah davon ab, sich zu beklagen; sie wollte nicht, daß er ihr ihren desolaten körperlichen Zustand und ihr Alter vorwarf: sie war zwölf Jahre älter als er. Schließlich fand Gefiederte Echse den idealen Lagerplatz. Tabra, mittlerweile rotebeeterot und mit geschwollener Zunge, baute das Zelt auf und ließ sich, schlotternd vor Fieber, auf einen Schlafsack sinken. Der Verfechter der indianischen Sache schüttelte sie, damit sie aufstand und ihm Rührei mit Bohnen zubereitete. »Wasser, Wasser …«, brachte Tabra mühsam heraus. »Und wenn meine Mutter im Sterben gelegen hätte, meinem Vater hätte sie Bohnen gekocht«, zischte ihre wütende Echse.

Trotz der Erfahrungen im Tal des Todes, wo sie um ein Haar ihre versengten Knochen gelassen hätte, lud Tabra ihn nach Sumatra und Neuguinea ein, wohin sie auf der Suche nach Inspiration für ihren Ethnoschmuck und nach einem Schrumpfkopf für ihre Sammlung seltener Objekte reisen wollte. Gefiederte Echse, sehr auf seine körperliche Unversehrtheit bedacht, nahm eine schwere Tasche voller Cremes und Salben mit, von denen er niemandem etwas abgab, und einen dicken Wälzer über sämtliche Krankheiten und Unfälle, die einem Reisenden auf diesem Planeten begegnen können, sei es Beriberi oder der Angriff eines Pythons. In einem Dorf in Neuguinea bekam Tabra Husten; sie war bleich und erschöpft, vielleicht eine Spätfolge ihrer strapaziösen Brustoperation.

»Faß mich nicht an! Es könnte ansteckend sein. Vielleicht hast du was, das man bekommen kann, wenn man das Hirn der Vorfahren ißt«, sagte Gefiederte Echse, in höchstem Maße alarmiert, nachdem er in seiner Enzyklopädie des Unglücks nachgeschlagen hatte.

»Welcher Vorfahren?«

»Irgendwelcher Vorfahren. Es müssen nicht unsere gewesen sein. Die Leute hier essen das Hirn von Toten.«

»Sie essen nicht das gesamte Gehirn, nur winzige Stückchen zum Zeichen ihrer Hochachtung. Aber ich bezweifle, daß wir so etwas gegessen haben.«

»Manchmal weiß man nicht, was auf dem Teller ist. Außerdem haben wir Schweinefleisch gegessen, und die Schweine in Bukatingi fressen, was sie kriegen können. Hast du nicht gesehen, wie sie den Friedhof umwühlen?«

Die Beziehung von Tabra zu Alfredo López Gefiederte Echse war vorübergehend gestört, als er beschloß, zu einer früheren Geliebten zurückzukehren, die ihn davon überzeugte, nur ein reines Herz könne Moctezumas Krone wiedererlangen, und solange er mit Tabra verkehre, sei das seine beschmutzt. »Wieso ist die denn reiner als du?« wollte ich von meiner Freundin wissen, die ihren Obolus zum Budget der Kronenrettung bereits geleistet hatte. »Keine Bange, der kommt wieder«, sprach Willie ihr Trost zu. Da sei Gott vor, dachte ich, entschlossen, ihr die Erinnerung an diesen Unglücksvogel auszutreiben. Als ich jedoch Tabras traurigen Blick sah, hielt ich lieber meinen Mund. Echse war zurück, sobald ihm klargeworden war, daß die andere, wie rein sie auch sein mochte, nicht bereit war, ihn durchzufüttern. Seine Vorstellung ging zunächst in Richtung einer Ménage-à-trois, doch eine derart mormonenhafte Lösung hätte Tabra niemals akzeptiert.

Etwa um diese Zeit starb Tabras Ex-Mann, der Prediger aus Samoa, der am Ende hundertfünfzig Kilo wog und unter Bluthochdruck und galoppierender Diabetes litt. Man nahm ihm einen Fuß ab, und ein paar Monate später mußte ihm das Bein oberhalb des Knies amputiert werden. Tabra hat mir selbst erzählt, was sie während ihrer Ehe erdulden mußte; ich weiß, daß sie Jahre brauchte, um sich von dem Trauma zu erholen, das die Gewalttätigkeit dieses Mannes bei ihr hinterlassen hatte, der sie verführte, als sie noch ein Kind war, sie überredete, mit ihm zu fliehen, sie vom ersten Tag an brutal verprügelte, sie über Jahre in ständiger Angst hielt und nach der Scheidung von seinem Sohn nichts mehr wissen wollte. Tabra zog Tongi allein groß, ohne jede Unterstützung durch den Kindsvater. Und doch, als ich sie fragte, ob sie froh sei über seinen Tod, sah sie mich mit großen Augen an: »Warum sollte ich froh sein? Tongi ist traurig, und er hinterläßt noch viele andere Kinder.«

Verglichen mit Gefiederter Echse, ist mein Weggefährte Willie wie eine Mutter zu mir: Er behütet mich. Und verglichen mit Tabras Expeditionen ans Ende der Welt waren meine kleinen Arbeitsreisen ein Klacks, aber sie zehrten dennoch an mir. Ständig mußte ich ins Flugzeug steigen, mich der Viren und Bakterien der übrigen Passagiere erwehren, war wochenlang nicht zu Hause, tagelang damit beschäftigt, Reden vorzubereiten. Ich weiß nicht, wie ich Zeit zum Schreiben fand. Ich lernte, ohne Herzflattern vor Publikum zu sprechen, mich auf Flughäfen nicht zu verlaufen, mit dem Inhalt eines kleinen Koffers über die Runden zu kommen, mit einem Pfiff ein Taxi anzuhalten und Menschen zur Begrüßung anzulächeln, auch wenn ich Magenschmerzen hatte oder meine Schuhe drückten. Ich erinnere mich nicht, wo ich überall war, es spielt keine Rolle. Ich weiß, ich habe Europa bereist, Australien, Neuseeland, Lateinamerika, Teile Afrikas und Asiens und die ganzen Vereinigten Staaten mit Ausnahme von North Dakota. Im Flugzeug schrieb ich Briefe an meine Mutter, in denen ich ihr von meinen Erlebnissen erzählte, aber wenn ich diese Seiten ein Jahrzehnt später lese, ist es, als handelten sie von jemand anderem.

Das einzige, was mir lebhaft in Erinnerung geblieben ist, ist eine Szene in New York, im tiefsten Winter, die mich lange schmerzlich verfolgte und sich erst nach einer Reise nach Indien schließlich austreiben ließ. Willie hatte sich mir übers Wochenende angeschlossen, und wir kamen von einem Besuch bei Jason und seinen Freunden von der Universität zurück, jungen Intellektuellen in Lederjacken. In diesen Monaten, die Jason von Sally getrennt verbracht hatte, war von Heirat nicht mehr die Rede gewesen; wir hielten die

Verlobung für gelöst, denn Sally hatte das verschiedentlich angedeutet, und bei einem von Ernestos Besuchen in Kalifornien hatten wir von einer kurzen, aber heftigen Affäre mit ihm erfahren und daraus geschlossen, Sally sei frei von jeder Bindung. Aber Jason behauptete erneut, sie würden heiraten, sobald er seinen Abschluß hatte. Von ihrem Techtelmechtel mit Ernesto sollte er erst Jahre später erfahren. Da war die Lawine bereits ins Rollen gekommen, die seinen Glauben an unsere Familie, die er so sehr idealisiert hatte, für immer begraben würde.

Beim Abschied von Jason waren Willie und ich gerührt gewesen, hatten daran denken müssen, wie sehr dieser Junge sich verändert hatte. Als ich nach Kalifornien kam, hatte er die Nächte mit Lesen verbracht oder war mit seinen Freunden unterwegs gewesen, war nachmittags um vier aus dem Bett gekrochen, um dann, in eine schäbige Wolldecke gehüllt, auf der Terrasse zu rauchen, Bier zu trinken und zu telefonieren, bis ich ihm Beine machte, damit er aufs College ging. Jetzt war er drauf und dran, Schriftsteller zu werden, wie wir es immer prophezeit hatten, denn er besitzt wirklich Talent. Ich erinnerte mich mit Willie dieser alten Zeiten, während wir über die Fifth Avenue schlenderten, ringsum Lärm und Gewühl, Verkehr, Asphalt und Rauhreif, da fiel unser Blick vor dem Schaufenster eines Ladens, in dem eine Sammlung alter Schmuckstücke aus dem Rußland der Zarenzeit ausgestellt war, auf eine zitternde Frau, die am Boden lag. Es war eine Schwarze, sie war schmutzig, in Lumpen gehüllt, mit einer schwarzen Mülltüte zugedeckt, und sie weinte. Die Leute hasteten blicklos an ihr vorbei. Ihr Weinen war so trostlos, daß die Welt für mich gefror, wie eine Fotografie; selbst der Winterwind schien für einen Augenblick stillzustehen, so unauslotbar war das Leid dieser Frau. Ich ging neben ihr in die Hocke, gab ihr alles, was ich an Bargeld hatte, obwohl ich mir sicher war, daß jeden Moment ein Zuhälter auftauchen und es ihr abnehmen würde, und versuchte, mit ihr zu reden, aber sie sprach kein Englisch oder war bereits jenseits aller Worte. Wer war sie? Wie war sie in diesen Zustand des Verlassenseins geraten? Vielleicht stammte sie von einer karibischen Insel oder von den Küste Afrikas und war von der Brandung wahllos auf die Fifth Avenue gespült worden, fremd wie ein Meteorit, der aus einer anderen Sphäre auf die Erde fällt. Mir blieb das beklemmende Gefühl von Schuld, weil ich ihr nicht helfen konnte oder wollte. Wir gingen weiter, eilig, frierend; einige Blocks entfernt betraten wir ein Theater, und die Frau blieb zurück, verloren in der Nacht. Ich hätte mir damals nicht träumen lassen, daß ich sie nicht würde vergessen können, daß ihr Weinen als unerbittlicher Ruf in mir nachhallen würde, bis das Leben mir zwei Jahre später die Gelegenheit bot, auf ihn zu antworten.

Wenn sich Willie von der Arbeit loseisen konnte, setzte er sich ins Flugzeug, um sich irgendwo mit mir zu treffen und ein, zwei Nächte mit mir zu verbringen. Seine Kanzlei war ein Klotz am Bein, brachte ihm mehr Ärger als Befriedigung. Die Klientel bestand aus mittellosen Leuten, die bei der Arbeit verunglückt waren. Mit der zunehmenden Zahl meist illegaler Einwanderer aus Mexiko und Mittelamerika hatte auch die Fremdenfeindlichkeit in Kalifornien zugenommen. Willie kassierte einen Anteil an der Entschädigung, die er für seine Klienten aushandelte oder vor Gericht erstritt, aber diese Summen wurden immer kleiner und waren schwieriger zu erzielen. Wenigstens mußte er keine Miete zahlen, da uns das ehemalige Bordell in Sausalito, in dem seine Kanzlei untergebracht war, ja gehörte. Tong, sein Buchhalter, schaffte es mit wundersamen Taschenspielertricks, die Gehälter, Rechnungen, Steuern, Versicherungen und Bankkredite zu bezahlen. Dieser integre Chinese beschützte Willie wie einen geistig minderbemittelten Sohn, wobei seine Sparsamkeit und sein Geiz zeitweise sagenhafte Züge annahmen. Celia schwor Stein und Bein, daß

Tong abends, wenn wir gegangen waren, die Pappbecher aus dem Müll holte, sie ausspülte und wieder in die Küche stellte. Die Wahrheit ist, daß Willie ohne das Adlerauge und den Rechenschieber seines Buchhalters verloren gewesen wäre. Tong ging stramm auf die Fünfzig zu, sah aber aus wie ein junger Student, schlank, klein, mit einer Matte steifer Haare und immer in Jeans und Turnschuhen. Mit seiner Frau sprach er seit zwölf Jahren kein Wort, obwohl sie noch immer zusammen unter einem Dach wohnten, aber sie ließen sich auch nicht scheiden, weil sie ihre Ersparnisse nicht aufteilen wollten und panische Angst vor seiner Mutter hatten, einer winzigen und furchteinflößenden Greisin, die seit dreißig Jahren in Kalifornien lebte und glaubte, im Süden Chinas zu sein. Die gute Frau sprach nicht ein Wort Englisch, erledigte ihre Einkäufe auf den Märkten in Chinatown, hörte das Radio in Kantonesisch und las die in Mandarin erscheinende Tageszeitung von San Francisco. Tong und ich teilten die Zuneigung für Willie, sie verband uns, auch wenn keiner von uns beiden das Englisch des anderen verstehen konnte. Zu Beginn, als ich frisch eingetroffen war, um mit Willie zu leben, begegnete Tong mir mit atavistischem Argwohn, den er bei jeder sich bietenden Gelegenheit zum Ausdruck brachte.

»Was hat dein Buchhalter gegen mich?« fragte ich Willie schließlich.

»Nichts Bestimmtes. Alle Frauen, die ich bisher hatte, sind mich teuer zu stehen gekommen, und da er meine Bücher führt, wäre es ihm lieber, ich lebte im Zölibat.«

»Erklär ihm, daß ich seit meinem siebzehnten Lebensjahr für meinen Unterhalt selbst aufgekommen bin.«

Ich nehme an, daß er Tong das sagte, denn der begann mich mit etwas Respekt zu betrachten. Einmal überraschte er mich samstags im Büro dabei, wie ich die Toiletten putzte und staubsaugte; daraufhin verwandelte sich der Respekt in heimliche Bewunderung.

»Sie heiraten die. Sie putzt«, riet er Willie in seinem etwas limitierten Englisch. Er war der erste, der uns beglückwünschte, als wir unsere Hochzeitspläne bekanntgaben.

Diese lange Liebe mit Willie ist ein Geschenk gewesen in den reifen Jahren meines Lebens. Als ich mich von deinem Vater scheiden ließ, machte ich mich darauf gefaßt, meinen Weg fortan allein zu gehen, hielt ich es doch für fast ausgeschlossen, daß sich noch einmal jemand mir anschließen würde. Ich bin herrisch, ungebunden, auf meine Sippe fixiert und gehe einer wenig gewöhnlichen Arbeit nach, die erfordert, daß ich die Hälfte meiner Zeit allein, still und abgeschottet verbringe. Wenige Männer halten all das aus. Ich will mich hier nicht mit falscher Bescheidenheit schmücken, ich habe auch gute Eigenschaften. Fällt dir eine ein, Tochter? Also, laß mich überlegen ... Nur als Beispiel: Ich erfordere wenig Wartungsaufwand, bin gesund und liebevoll. Du sagtest immer, ich sei lustig und mit mir würde man sich niemals langweilen, aber das ist vorbei. Seit du gegangen bist, macht es mir keinen Spaß mehr, der Sonnensschein jeder Party zu sein. Ich bin introvertierter geworden, du würdest mich nicht wiedererkennen. Es ist ein Wunder, daß ich, als ich am wenigsten damit rechnete, den einzigen Mann fand, der mich auszuhalten in der Lage ist. Gleichzeitigkeit. Zufall. Schicksal würde meine Großmutter sagen. Willie vermutet, daß wir uns in früheren Leben geliebt haben und es in zukünftigen tun werden, aber du weißt ja, wie sehr mich der Gedanke an Karma und Wiedergeburt erschreckt. Ich ziehe es vor, dieses Experiment der Liebe auf ein einziges Leben zu beschränken, was auch schon ziemlich viel ist. Willie kommt mir noch immer so fremd vor! Morgens, wenn er sich rasiert und ich ihn im Spiegel sehe, frage ich mich oft, wer zum Teufel dieser viel zu weiße, viel zu große und nordamerikanische Mann ist und weshalb wir uns im selben Badezimmer befinden. Als wir uns kennenlernten, hatten wir sehr wenig gemeinsam und mußten nach und nach eine eigene Sprache – Spanglisch – finden, um uns zu verstehen. Vergangenheit, Kultur und Gewohnheiten trennten uns voneinander, und auch die Schwierigkeiten mit den Kindern, die sich in einer künstlich zusammengeschusterten Familie nicht vermeiden lassen, aber mit Händen und Füßen erkämpften wir den unverzichtbaren Raum für unsere Liebe. Sicher, um bei ihm in den Vereinigten Staaten bleiben zu können, ließ ich fast alles, was ich hatte, hinter mir, und paßte mich dem Schlachtengewirr seines Lebens an, aber auch er hat viele Zugeständnisse gemacht und vieles geändert, damit wir zusammenbleiben konnten. Von Beginn an hat er meine Familie in sein Herz geschlossen und meine Arbeit akzeptiert, hat mich begleitet, wo es möglich war, mich unterstützt und mich beschützt, auch zuweilen vor mir selbst; er kritisiert mich nicht, macht sich sanft über meine Ticks lustig, läßt sich nicht von mir unterbuttern, mißt sich nicht mit mir und hat mich, selbst wenn wir uns gestritten haben, immer mit Edelmut behandelt. Willie verteidigt seinen Bereich und macht weiter kein Gewese darum; er sagt, er habe einen kleinen Kreidekreis gezogen und darin sei er vor mir und der Sippe sicher: bis hierher und nicht weiter. Unter seinem ruppigen Äußeren verbirgt sich eine große Sanftheit; er ist gefühlvoll wie ein großer Hund. Ohne ihn könnte ich nicht so viel und so ruhig schreiben, wie ich es tue, denn er kümmert sich um all das, was mich schreckt, seien es meine Verträge, sei es unser gesellschaftliches Leben oder selbst das Instandhalten der mir rätselhaften Küchengeräte. Auch wenn es mich noch immer wundert, ihn an meiner Seite zu sehen, habe ich mich doch an seine raumfüllende Gegenwart gewöhnt und könnte nicht mehr ohne ihn leben. Willie füllt das Haus, er erfüllt mein Leben.

Im Frühjahr 1995 benutzte ein wahnsinniger Rassist einen mit zwei Tonnen Sprengstoff beladenen Lastwagen, um in Oklahoma City ein Regierungsgebäude in die Luft zu sprengen. Fünfhundert Menschen wurden verletzt, einhundertachtundsechzig getötet, darunter viele Kinder. Eine Frau lag eingeklemmt unter einem Zementblock, und um sie zu bergen, mußte ihr ohne Betäubung ein Bein amputiert werden. Celia war drei Tage lang vollkommen außer sich, sie sagte, die Unglückliche wäre besser gestorben, hatte sie bei der Tragödie doch nicht nur ihr Bein, sondern auch ihre Mutter und ihre beiden kleinen Kinder verloren. Celias Reaktion glich der, die sie auch gegenüber anderen schlimmen Nachrichten zeigte: Sie entbehrte jeden Schutzes gegen die äußere Welt. Trotz unserer langen Vertrautheit gelang es mir nicht, zu erraten, was in ihr vorging. Ich bildete mir ein, sie besser zu kennen, als sie sich selbst kannte, aber in der Seele meiner Schwiegertochter gab es vieles, was mir entging, wie ich einige Monate später feststellen sollte.

Willie und ich beschlossen, daß es Zeit war, Urlaub zu machen. Wir fühlten uns ausgepumpt, und mir gelang es nicht, die Trauer abzuschütteln, obwohl dein Tod über zwei Jahre und Jennifers Verschwinden schon fast ein Jahr zurücklagen. Noch wußte ich nicht, daß die Traurigkeit nie mehr ganz fortgeht, daß sie einem zur zweiten Haut wird; ohne sie wäre ich heute nicht die, die ich bin, und würde mich im Spiegel nicht wiedererkennen. Seit ich *Paula* abgeschlossen hatte, hatte ich nicht wieder geschrieben. Schon seit Jahren spukten in meinem Kopf Gedanken an einen Roman über den Goldrausch in Kalifornien um die Mitte des neunzehnten Jahrhunderts, aber für eine Aufgabe, die einen so langen Atem erforderte, fehlte mir der

Schwung. Nur wenige Menschen ahnten, wie es um mich bestellt war, denn nach außen hin blieb ich geschäftig wie immer, obwohl auf meiner Seele ein Schluchzen lag. Mir wurde das Alleinsein lieb, ich wollte niemanden sehen als meine Familie, andere Leute waren mir lästig, die Zahl der Freunde reduzierte sich auf drei oder vier. Ich fühlte mich ausgebrannt. Auch auf Lesereisen wollte ich nicht mehr gehen und erklären, was in meinen Büchern schon gesagt war. Ich brauchte Stille, aber sie zu finden wurde immer schwerer. Von weit her kamen Journalisten und besetzten mit ihren Kameras und Scheinwerfern unser Haus. Einmal stand eine Gruppe japanischer Touristen davor wie vor einer Sehenswürdigkeit, als eben ein Reporterteam aus Europa zu Gast war, das mich in einer riesigen Voliere neben einem majestätischen weißen Kakadu fotografieren wollte. Das Federvieh wirkte nicht freundlich gesinnt und besaß Krallen wie ein Kondor. Der mitgereiste Tiertrainer hätte den Vogel unter Kontrolle halten sollen, der seine Geschäfte aber gleichwohl auf den Möbeln erledigte und mir in der Voliere fast ein Auge ausgehackt hätte. Doch ich konnte nicht klagen: Meine Leser waren mir zugetan und meine Bücher überall gegenwärtig. Die Traurigkeit wurde in den schlaflosen Nächten offenbar, in der dunklen Kleidung, in dem Wunsch, irgendwo allein in einer Höhle zu hausen, im Fehlen jeglicher Inspiration. Umsonst rief ich die Musen. Selbst die armseligste von ihnen hatte mich verlassen. Für jemanden, der lebt, um zu schreiben, und von dem lebt, was er schreibt, ist die innere Dürre erschreckend. Einmal vertrödelte ich den Nachmittag mit ungezählten Tassen Tee in der Book Passage, als Ann Lamott vorbeikam, eine amerikanische Autorin, die wegen ihrer Geschichten voller Humor, Tiefgang und Glauben an das Göttliche und das Menschliche sehr beliebt ist. Ich erzählte ihr, ich sei blockiert, worauf sie die »Schreibblokkade des Schriftstellers« für Humbug erklärte, manchmal sei der Brunnen eben einfach leer, und man müsse ihn wieder auffüllen.

Bei der Vorstellung, daß mein Brunnen voll Geschichten und der Wunsch, sie zu erzählen, versiegen könnten, befiel mich Panik, schließlich mußte ich Geld verdienen und meiner Familie unter die Arme greifen. Nico arbeitete als Computeringenieur in einer anderen Stadt, wofür er jeden Tag über zwei Stunden auf dem Highway unterwegs war, und Celia schuftete in meinem Büro für drei, aber ihre Ausgaben wuchsen ihnen trotzdem über den Kopf; wir leben in einer der teuersten Gegenden der Vereinigten Staaten. Da besann ich mich meiner Lehrjahre als Journalistin: Wenn man mir ein Thema und Zeit zum Recherchieren gibt, kann ich über fast alles schreiben, außer über Politik und Sport. Ich nahm mir eine »Reportage« vor, die thematisch möglichst weit entfernt von meinem letzten Buch sein sollte, rein gar nichts mit Schmerz und Verlust zu tun haben würde, sondern nur mit den beglückenden Sünden des Lebens: mit Völlerei und Wollust. Da es nicht um »schöne Literatur« ging, würden die Launen der Muse weiter keine Rolle spielen, ich mußte bloß über Essen, Erotik und die Verbindung zwischen beidem recherchieren: über Aphrodisiaka. Dieses Vorhaben beruhigte mich soweit, daß ich Willies und Tabras Vorschlag, nach Indien zu reisen, annahm, obwohl nichts mich in die Ferne zog und schon gar nicht nach Indien, was das weiteste ist, wohin man von uns aus reisen kann, ehe man sich von der anderen Seite des Planeten unserem Zuhause wieder nähert. Ich glaubte mich außerstande, die unermeßliche Armut dieses Landes auszuhalten, staubtrockene Dörfer, spindeldürre Kinder, kleine Mädchen, die mit neun Jahren verheiratet, zu Sklavenarbeit oder Prostitution gezwungen werden, aber Willie und Tabra versprachen mir, daß Indien viel mehr sei als das, und wollten mich notfalls mit Gewalt mitnehmen. Außerdem hatte ich dir, Paula, versprochen, eines Tages nach Indien zu fahren, als du, überschäumend von Eindrücken, von einer Reise dorthin zurückkehrtest und schwärmtest, es könne keine reichere Quelle der Inspiration für einen Schriftsteller geben. Obwohl er wieder bei Tabra aufgekreuzt war, begleitete Alfredo López Gefiederte Echse uns nicht, weil er mit zwei Komantschen, seinen Stammesbrüdern, einen Monat in der Wildnis zu verbringen gedachte. Tabra mußte ein paar heilige, für die Rituale unerläßliche Trommeln für ihn kaufen.

Willie legte sich eine khakifarbene Entdeckerweste mit siebenunddreißig Taschen zu, einen Rucksack, einen Rancherhut und ein neues Objektiv für seine Kamera, in Größe und Gewicht einer kleinen Kanone ähnlich, während Tabra und ich dieselben Zigeunerinnenröcke wie eh und je einpackten, ideale Reisekleidung, weil man weder Knitterfalten noch Flecken darauf sieht. Wir machten uns auf den Weg, der eine halbe Ewigkeit später mit unserer Landung in Neu Delhi endete, wo wir in die klebrige Schwüle der Stadt und in ihr Gewirr aus Stimmen, Verkehr und plärrenden Radios eintauchten. Eine Million Hände griffen nach uns, aber Willies Kopf ragte zum Glück wie ein Periskop aus der menschlichen Brandung und erspähte in der Ferne das Schild mit seinem Namen in der Hand eines hochgewachsenen Mannes mit despotischem Schnauzbart und Turban. Das war Sirinder, der Fahrer, den wir über ein Reisebüro in San Francisco engagiert hatten. Mit seinem Stock bahnte er sich einen Weg zu uns, wählte ein paar Träger für unser Gepäck aus und bugsierte uns zu seinem alten Auto.

Wir verbrachten etliche Tage in Neu Delhi, Willie sterbenskrank mit einer Darminfektion und Tabra und ich damit, durch die Stadt zu schlendern und allerlei Flitterkram zu erwerben. »Ich glaube, deinem Mann geht es ziemlich schlecht«, meinte Tabra am zweiten Tag, aber ich wollte mit ihr in ein Handwerkerviertel, in dem sie Steine für ihre Werkstatt schneiden ließ. Am dritten Tag wies sie mich darauf hin, mein Mann sei bereits zu schwach zum Reden, da wir jedoch noch nicht in der Straße der Schneider gewesen waren, wo ich einen Sari zu kaufen gedachte, unternahm ich zunächst nichts. Ich war der Meinung, wir sollten Willie etwas Zeit lassen; Krankheiten gibt es zweierlei, die einen gehen von allein weg, die anderen sind tödlich. Am Abend deutete Tabra an, daß uns die Reise vermiest wäre, falls Willie starb. Angesichts der Gefahr, ihn an den Ufern des Ganges dem Feuer überantworten zu müssen, rief ich bei der Hotelrezeption an, und umgehend wurde uns ein kleiner Doktor mit geölten Haaren geschickt, der in einem spekkigen, backsteinfarbenen Anzug steckte und beim Anblick meines leichenhaften Gatten keinerlei Unruhe erkennen ließ. Seiner prall gefüllten Arzttasche entnahm er eine Spritze mit Glaskolben, wie mein Großvater sie 1945 benutzt hat, und schickte sich an, dem Patienten mit einer Nadel, die auf einem Wattebausch ruhte und allem Anschein nach nicht jünger als die Spritze war, eine milchige Flüssigkeit zu injizieren. Tabra wollte dazwischengehen, aber ich versicherte ihr, es lohne nicht, wegen einer möglichen Hepatitis einen Streit anzufangen, wenn die Zukunft des Patienten sowieso in den Sternen stand. Dem Doktor gelang das Wunder, Willie binnen zwanzig Stunden wieder auf die Beine zu bringen, und so konnten wir unsere Reise fortsetzen.

Indien war eine der Erfahrungen, die einem fürs Leben bleiben, viel gäbe es zu erzählen, aber diese Seiten sollen nicht zu einer Reisebeschreibung ausarten; es genügt, wenn ich sage, daß Indien mir half, den Brunnen aufzufüllen und meine Leidenschaft für das Schreiben neu weckte. Nur zwei entscheidende Erlebnisse möchte ich hier schildern. Durch das erste kam ich auf eine Idee, wie ich dein Andenken würde in Ehren halten können, und das zweite veränderte unsere Familie für immer.

Sirinder, unser Fahrer, war hinreichend abgebrüht und tollkühn, um den Autos, Bussen, Eseln, Fahrrädern und mehr als einer dürren Kuh im Stadtverkehr von Delhi auszuweichen. Niemand hatte es eilig – das Leben ist lang –, außer den Mopeds, die mit fünf Leuten beladen wie Torpedos kreuz und quer durch die Straße schossen. Sirinder erwies sich als Mann der wenigen Worte, und Tabra und ich lernten, ihm keine Fragen zu stellen, weil er nur Willie Antwort gab. Die Wege über Land waren schmal und kurvenreich, aber er fuhr, was die alte Kiste hergab. Begegneten sich zwei Fahrzeuge, sahen die Fahrer einander in die Augen und entschieden im Bruchteil einer Sekunde, wer das Alphamännchen war, worauf der Unterlegene den Weg freigab. Die Unfälle am Wegesrand bestanden immer aus zwei etwa gleich große Fahrzeugen, die frontal zusammengeprallt waren: Es war nicht beizeiten der Alphafahrer ermittelt worden. Sicherheitsgurte hatten wir keine, wegen dieser Sache mit dem Karma, schließlich stirbt niemand vor der Zeit. Und das war auch der Grund, weshalb wir die Scheinwerfer nicht benutzten. Sirinders Gespür sagte ihm, wann womöglich ein Fahrzeug in Gegenrichtung nahte; dann schaltete er die Lichter an und blendete es.

Außerhalb der Stadt war die Landschaft erst trocken und golden, dann staubig und rot. Die Dörfer wurden seltener, und endlos erstreckten sich die Ebenen, aber es gab doch immer etwas zu sehen. Willie war mit seinem Kamerakoffer unterwegs, inklusive Stativ und Kanonenrohr, alles ziemlich umständlich aufzubauen. Angeblich erinnert sich ein guter Fotograf nur an das Bild, das er nicht gemacht hat. Willie könnte sich an Tausende davon erinnern, etwa an das Foto vom gelbgestreiften und als Seiltänzer ausstaffierten Elefanten, der mutterseelenallein durch diese Einöde wankte. Eine Gruppe von Arbeitern, die einen Berg von einer Seite des Weges auf die andere schleppte, konnte er hingegen festhalten. Männer, nur spärlich mit einem Lendenschurz bekleidet, luden die Steine in Körbe, und Frauen trugen sie auf dem Kopf über den Weg. Die Frauen waren anmutig, schmal, trugen fadenscheinige Saris in leuchtenden Farben – magenta, zitronengelb, smaragdgrün – und bogen sich unter dem Gewicht der Steine wie Röhricht im Wind. Sie wurden als »Helferinnen« angesehen und verdienten halb so viel wie die Männer. In der Mittagspause hockten die Männer sich mit ihrem Blechgeschirr im Kreis auf die Erde, und die Frauen warteten etwas entfernt. Später aßen sie dann die Reste.

Wir waren viele Stunden über Land gefahren und müde, die Sonne sank bereits, über den Himmel spannten sich flammende Pinselstriche. In der Ferne ragte inmitten trokkener Äcker ein einsamer Baum, vielleicht eine Akazie, und darunter ahnten wir Gestalten, großen Vögeln gleich, die sich beim Näherkommen als eine Gruppe von Frauen und Kindern entpuppten. Was taten sie hier? Es gab weder ein Dorf noch eine Wasserstelle in der Nähe. Willie bat Sirinder anzuhalten, weil er sich die Beine vertreten wollte. Tabra und ich gingen auf die Frauen zu, die Anstalten machten, zurückzuweichen, aber dann siegte die Neugier über die Scheu, und bald standen wir alle zusammen, umringt von nackten Kindern, unter der Akazie. Die Frauen trugen staubige, zerschlissene Saris. Sie waren jung, hatten langes, dunkles Haar, trockene Haut, tief in den Höhlen sitzende, mit Kajal geschminkte Augen. Wie in vielen anderen Weltgegenden gibt es auch in Indien nicht die Vorstellung von einer persönlichen Sphäre, die wir im Westen so vehement verteidigen. Weil uns die gemeinsame Sprache fehlte, begrüßten die Frauen uns mit Gesten, und dann erforschten sie uns mit kühnen Finger, betasteten unsere Kleider, unser Gesicht, Tabras Haar, von einem dunklen Rotton, den sie vielleicht nie zuvor gesehen hatten, unseren Silberschmuck ... Wir streiften unsere Armreife ab, um sie ihnen anzubieten; kichernd wie kleine Mädchen, probierten sie sie aus. Es gab genug für alle, zwei oder drei für jede.

Eine der Frauen, sie wird etwa in deinem Alter gewesen sein, nahm mein Gesicht in beide Hände und küßte mich sanft auf die Stirn. Ich spürte ihre aufgesprungenen Lippen, ihren warmen Atem. Die Geste war so unerwartet, so innig, daß mir die Tränen kamen, die ersten seit langer Zeit. Die anderen Frauen streichelten mich wortlos, verwirrt von meiner Reaktion.

Weiter hinten gab Sirinder uns durch ein Hupen zu verstehen, daß es Zeit zum Aufbruch war. Wir verabschiedeten uns von den Frauen und gingen auf das Auto zu, aber eine von ihnen kam hinter uns her. Sie berührte mich am Rükken, ich drehte mich um, und sie hielt mir ein Paket hin. Ich glaubte, sie wolle mir etwas im Austausch für die Armreife schenken, und versuchte ihr durch Zeichen verständlich zu machen, daß das nicht nötig sei, aber sie drängte mich, das Paket zu nehmen. Es war sehr leicht, sah nur nach einem Bündel Lumpen aus, doch als ich die auseinanderschlug, fand ich darin ein neugeborenes Kind, winzig und dunkel. Es hatte die Augen geschlossen und roch wie kein anderes Kind, das ich je in den Armen gehalten hatte, ein herber Geruch nach Asche, Staub und Exkrementen. Ich küßte es auf die Wange, murmelte einen Segenswunsch und wollte es der Mutter zurückgeben, aber anstatt es zu nehmen, drehte die sich um und rannte zurück zu den anderen, und ich stand da, wiegte das Kind in den Armen und begriff nicht, was das bedeuten sollte. Im nächsten Moment war Sirinder bei mir und schrie, ich solle das loslassen, ich könne es nicht mitnehmen, es sei schmutzig, und dann riß er mir das Kind aus dem Arm und stapfte auf die Frauen zu, die ängstlich vor dem zornigen Mann zurückwichen. Deshalb beugte er sich hinab und legte das Neugeborene unter dem Baum in den Staub.

Willie war jetzt ebenfalls bei mir, und trug mich fast zum Wagen, gefolgt von Tabra. Sirinder ließ den Motor an, und wir fuhren davon, während ich mein Gesicht an der Brust meines Mannes verbarg.

»Wieso wollte diese Frau uns ihr Kind geben?« fragte Willie leise.

»Es war ein Mädchen. Kein Mensch will ein Mädchen«, erklärte Sirinder.

Es gibt Geschichten, die die Kraft haben zu heilen. Was an jenem Abend unter der Akazie geschah, löste den Knoten, an dem ich zu ersticken drohte, zerriß das Gespinst aus Selbstmitleid und zwang mich, in die Welt zurückzukehren und den Schmerz über meinen Verlust in Handlung zu verwandeln. Retten konnte ich dieses Mädchen nicht und nicht seine verzweifelte Mutter, die »Helferinnen« nicht, die den Berg Stein für Stein über die Straße trugen, nicht Millionen von Frauen wie sie oder wie diese eine, die ich nicht vergessen kann, die an einem Winterabend in New York weinend auf der Fifth Avenue lag, aber ich versprach, daß ich wenigstens versuchen würde, ihr Los zu erleichtern, so wie du es getan hättest, denn dir schien keine gute Tat unmöglich. »Du mußt mit deinen Büchern viel Geld verdienen, Mama, damit ich den Armen ein Obdach geben kann, und du bezahlst alles, hast du einmal ganz im Ernst zu mir gesagt. Was ich an Geld für *Paula* bekommen hatte und weiter bekam, lag unangetastet auf einem Bankkonto, bis mir einfallen würde, was damit zu tun wäre. In diesem Moment wußte ich es. Ich überlegte, daß ich, wenn ich das Grundkapital mit jedem weiteren Buch aufstockte, etwas würde bewegen können, und auch wenn es, gemessen an der Not der Menschen, nur wie ein Wassertropfen in der Wüste wäre, würde ich mich zumindest nicht mehr ohnmächtig fühlen. »Ich werde eine Stiftung gründen, um Frauen und Kindern zu helfen«, kündigte ich Willie und Tabra noch am selben Abend an. Ich hätte mir nicht träumen lassen, daß aus diesem Samenkorn mit den Jahren ein Baum wachsen würde wie jene Akazie.

Der Palast des Maharadschas, ein Traum in Marmor, erhob sich im Garten Eden, wo die Zeit nicht verstrich, das Wetter stets lind war und die Luft nach Gardenien duftete. Das Wasser der Springbrunnen plätscherte durch gewundene Kanäle, vorbei an Blumen, goldenen Vogelkäfigen, Sonnenschirmen aus weißer Seide und blau schillernden Pfauen. Mittlerweile gehörte der Palast einer internationalen Hotelkette, die klug genug gewesen war, seinen ursprünglichen Charme zu bewahren. Der Maharadscha, finanziell ruiniert, in seiner Würde jedoch ungebrochen, bewohnte einen Seitenflügel des Gebäudes, in dem er hinter einer Trennwand aus Schilf und violetten Bougainvilleen vor fremden Blicken geschützt war. Zu ruhiger Vorabendstunde pflegte er, eingerahmt von zwei Wächtern in imperialer Uniform, mit Säbeln am Gürtel und Federbusch am Turban, im Garten den Tee zu nehmen in Begleitung eines unreifen kleinen Mädchens, das nicht etwa seine Urenkelin, sondern seine fünfte Ehefrau war. In unserer Suite, die eines Königs würdig gewesen wäre, fand das Auge kein Fitzelchen Freifläche, um sich von der verschwenderischen Dekoration zu erholen. Der Balkon bot einen Blick über die ganze Pracht des Gartens und über die hohe Mauer, die ihn von den sich bis zum Horizont erstreckenden Elendsvierteln trennte. Nachdem wir wochenlang auf staubigen Wegen durchs Land gereist waren, konnten wir in diesem Palast nun alle viere von uns strecken, umwieselt von einem Heer lautloser Hotelangestellter, die unsere schmutzigen Kleider zum Waschen brachten, uns auf Silbertabletts Tee und Honigkuchen servierten und uns Schaumbäder einließen. Es war paradiesisch. Am Abend aßen wir köstliches indisches Essen, das Willie inzwischen nichts mehr anhaben konnte, und danach fielen wir ins Bett, bereit, nie wieder aufzustehen.

Das Telefon klingelte um drei in der Früh – das zeigten die grünen Ziffern des Reiseweckers, die im Dunkeln leuchteten – und holte mich aus einem heißen und schweren Traum. Ich streckte die Hand aus und tastete vergeblich nach dem Apparat, fand aber schließlich den Schalter der Nachttischlampe. Ich wußte nicht, wo ich war, noch was diese durchsichtigen, über meinem Kopf wehenden Schleier zu bedeuten hatten oder die geflügelten Dämonen, die von der bemalten Decke herabgeiferten. Ich spürte, wie die feuchten Laken mir an der Haut klebten, und ein süßlicher Geruch, den ich nicht einordnen konnte, stieg mir in die Nase. Das Telefon klingelte beharrlich weiter, und mit jedem Ton wuchs meine Beklemmung, denn nur ein schlimmes Unglück konnte einen Anruf um diese Uhrzeit rechtfertigen. »Jemand ist gestorben«, sagte ich laut. »Ruhig, ruhig«, redete ich mir gleich darauf zu. Nico konnte es nicht sein, ich hatte schon ein Kind verloren, und nach den Gesetzen der Wahrscheinlichkeit würde sich das in meinem Leben nicht wiederholen. Meine Mutter kam auch nicht in Frage, weil sie unsterblich ist. Vielleicht Nachricht von Jennifer … Hatte man sie gefunden? Das Klingeln lotste mich in die gegenüberliegende Zimmerecke, wo ich zwischen zwei Porzellanelefanten einen altertümlichen Apparat entdeckte. Von der anderen Seite des Planeten erreichte mich mit der Deutlichkeit einer bösen Vorahnung Celias unverwechselbare Stimme. Sie ließ mir nicht die Zeit, zu fragen, was passiert war.

»Es sieht aus, als wäre ich bisexuell«, verkündete sie mir mit bebender Stimme.

»Was ist?« kam es schlaftrunken von Willie.

»Nichts. Celia ist dran. Sie sagt, sie ist bisexuell.«

»Ach!« schnaufte mein Mann und schlief weiter.

Sie hatte mich wahrscheinlich angerufen, damit ich sie

rettete, aber mir fiel kein Zauber ein, der ihr in diesem Moment hätte helfen können. Ich bat meine Schwiegertochter, keine überstürzten Entscheidungen zu treffen, immerhin seien wir ja alle mehr oder weniger bisexuell, und wenn sie neunundzwanzig Jahre alt hatte werden müssen, um das herauszufinden, könne sie gut auch noch warten, bis wir zurück in Kalifornien seien. Eine solche Angelegenheit verdiene es, im Familienkreis besprochen zu werden. Ich verfluchte die Entfernung, die es mir verwehrte, ihr Gesicht zu sehen, und versprach ihr, daß wir versuchen würden, so schnell wie möglich nach Hause zu kommen, auch wenn ich um drei Uhr in der Früh nicht viel tun konnte, um unsere Flüge umzubuchen, ein Unterfangen, das in Indien schon tagsüber kompliziert genug ist. Meine Müdigkeit war wie weggeblasen, deshalb kehrte ich nicht in das schleierumwehte Bett zurück. Ich traute mich auch nicht, Tabra zu wecken, die ein anderes Zimmer auf demselben Stockwerk bewohnte.

Ich ging hinaus auf den Balkon, um auf einer buntbemalten Holzschaukel zwischen topasfarbenen Seidenkissen auf den Sonnenaufgang zu warten. Ein Kletterjasmin und ein Baum mit großen weißen Blüten verströmten diesen Kurtisanenduft, den ich im Zimmer wahrgenommen hatte. Celias Eröffnung verhalf mir zu einer sonderbaren Hellsicht, als könnte ich mich und meine Familie losgelöst, aus der Vogelperspektive betrachten. »Meine Schwiegertochter ist doch immer für eine Überraschung gut«, sagte ich mir leise. Das Wort »bisexuell« konnte bei ihr alles mögliche bedeuten, war aber in keinem Fall harmlos für die Meinen. Himmel, ich habe es hingeschrieben, ohne nachzudenken: die Meinen. So empfand ich sie alle, als meine, als mein Eigentum: Willie, meine Kinder, meine Schwiegertochter, meine Enkel, meine Eltern, selbst die Stiefkinder, mit denen ich mich von Scharmützel zu Scharmützel hangelte, gehörten mir. Es hatte mich so viel Mühe gekostet, sie zusammenzubringen, und ich war entschlossen, diese kleine Gemeinschaft gegen alle Schicksalsschläge und jede Pechsträhne zu verteidigen. Celia war eine unaufhaltsame Naturgewalt, niemand hatte Einfluß auf sie. Ich mußte mich nicht zweimal fragen, in wen sie sich verliebt hatte, die Antwort schien mir auf der Hand zu liegen. »Hilf uns, Paula, die Sache ist ernst«, flehte ich dich an, aber ich weiß nicht, ob du mich hörtest.

Das Desaster – wie soll ich es sonst nennen? – nahm Ende November seinen Lauf, genauer gesagt an Thanksgiving. Ich weiß, das klingt nach einem schlechten Scherz, aber man sucht sich die Tage für solche Angelegenheiten nicht aus. Willie und ich kehrten in aller Eile nach Kalifornien zurück, bis Flüge gefunden, die Tickets geändert und die Weiten der halben Welt umrundet waren, vergingen jedoch mehr als drei Tage. Als Celia nachts anrief, hatte ich Willie gesagt, was los war, aber am nächsten Morgen wußte er von nichts mehr, und ich mußte es ihm wiederholen. Er lachte darüber. »Diese Celia ist ein verrücktes Dumdumgeschoß«, sagte er, ohne sich klarzumachen, was die Mitteilung meiner Schwiegertochter für unsere Familie bedeuten konnte. Tabra mußte nach Bali weiter, und wir verabschiedeten uns ohne lange Erklärungen. In San Francisco holte Celia uns vom Flughafen ab, aber sie und ich sprachen die Sache erst an, als wir allein waren; Celia hätte Willie nicht ins Vertrauen ziehen wollen.

»Ich wäre nie auf die Idee gekommen, daß mir so was passiert, Isabel. Du weißt doch, wie ich über Schwule und Lesben gedacht habe.«

»Ich weiß, Celia, wie sollte ich das je vergessen. Hast du mit ihr geschlafen?«

»Mit wem?«

»Mit Sally, mit wem sonst.«

»Woher weißt du, daß sie es ist?«

»Ach, Celia, unter uns Pastorentöchtern: Habt ihr miteinander geschlafen?«

»Darum geht es doch nicht!« fuhr sie mich mit blitzenden Augen an.

»Ich finde schon, daß es darum geht, aber ich kann mich täuschen ... So ein Taumel geht vorbei, Celia, und er ist es nicht wert, daß man dafür eine Ehe zerstört. Du bist durcheinander, weil alles neu ist, weiter nichts.«

»Ich bin mit einem wunderbaren Mann verheiratet und habe drei Kinder, die ich um nichts in der Welt hergeben würde. Vielleicht kannst du dir vorstellen, daß ich lange darüber nachgedacht habe, ob ich es dir sagen soll. Das ist keine Entscheidung, die man auf die leichte Schulter nimmt. Ich will Nico und den Kindern nicht weh tun.«

»Mich wundert, daß du damit ausgerechnet zu mir kommst, ich bin deine Schwiegermutter. Meinst du nicht, daß du unbewußt …?«

»Komm mir nicht mit diesem Psycho-Quark! Du und ich haben uns immer alles erzählt«, fiel sie mir ins Wort. Und sie hatte recht.

Ich verbrachte eine Woche unter gräßlicher Anspannung, aber das war nichts verglichen mit dem, was Celia und Sally durchmachten, die entscheiden mußten, wie es weitergehen sollte. Sie hatten zusammen unter einem Dach gelebt, arbeiteten zusammen, teilten Kinder, Geheimnisse, Interessen und Vergnügungen miteinander, waren von ihrem Wesen her jedoch sehr verschieden, und vielleicht rührte daher die gegenseitige Anziehung. Großmutter Hilda hatte zu mir gesagt, daß »diese Mädchen sich sehr mögen«. In ihrer stillen, zurückhaltenden, fast unsichtbaren Art entging ihr nichts. Hatte sie mich warnen wollen? Unmöglich zu sagen, boshaft waren die Bemerkungen dieser taktvollen alten Dame jedenfalls nie gemeint.

Das Geheimnis, und was ich damit anfangen sollte, lastete schwer auf mir, während ich den Truthahn für Thanksgiving nach einem neuen Rezept vorbereitete, das mir meine Mutter geschickt hatte. Dazu wurde jede Menge Kräuter mit Olivenöl und Zitronensaft im Mixer püriert, man injizierte dem Vogel die grüne Paste mit einer Spritze zwischen Haut und Fleisch und ließ ihn dann achtundvierzig Stunden marinieren.

Sally gab die Arbeit in meinem Büro auf, aber wir sahen uns fast jeden Tag, wenn ich bei meinen Enkeln vorbeiging, weil sie viel Zeit dort verbrachte. Ich versuchte, sie und Celia nicht anzustarren, spürte aber einen Stich in der Brust, wenn die beiden einander zufällig berührten. Willie, von der langen Reise durch Indien und den Nachwehen seiner Darminfektion noch nicht ganz erholt, hielt sich im Hintergrund und hoffte, die Begierden würden sich in Luft auflösen.

Zum Glück bekam ich einen Termin bei meinem Therapeuten, den ersten seit langem, denn er war in den Süden von Kalifornien gezogen, zu Thanksgiving aber ein paar Tage in San Francisco, um mit seiner Familie zu feiern. Weil er seine Praxis nicht mehr hatte, trafen wir uns in einem Café, und während er seinen grünen Tee und ich meinen Cappuccino trank, setzte ich ihn über die letzten Folgen unserer Familien-Soap ins Bild. Er fragte mich, ob ich noch ganz bei Trost sei, was mir einfalle, in dieser Situation quasi als Kupplerin zwischen Celia und Sally zu fungieren; das sei kein Geheimnis, das zu wahren mir zustehe.

»Sie sind die Mutter, in diesem Fall eine Schlüsselfigur: Mutter von Nico, Stiefmutter von Jason, Schwiegermutter von Celia, Großmutter der Kinder. Und zukünftige Schwiegermutter von Sally, wenn das nicht passiert wäre.«

»Das bezweifele ich, ich glaube nicht, daß Sally Jason geheiratet hätte.«

»Darum geht es nicht, Isabel. Sie müssen den beiden die Stirn bieten und verlangen, daß sie Nico und Jason die Wahrheit sagen. Setzen Sie ihnen eine kurze Frist. Wenn die beiden es nicht sagen, müssen Sie es tun.«

Ich befolgte den Rat, und die Frist endete genau an dem langen Wochenende von Thanksgiving, das den Amerikanern heilig ist.

Zum Fest sollte die Familie erstmals seit Monaten wieder zusammenkommen, auch Ernesto hatte sich angekündigt und uns wissen lassen, er habe sich in eine Arbeitskollegin verliebt, sie heiße Giulia und er wolle sie nach Kalifornien mitbringen, um sie der Familie vorzustellen. Der Zeitpunkt war denkbar ungünstig. Ernesto würde zunächst allein aus New Jersey kommen und Giulia dann einen Tag später, was uns Gelegenheit gab, ihn schonend vorzubereiten. Wenigstens würden Fu und Grace mit Sabrina im Zentrum für Zen-Buddhismus feiern – drei Zeugen weniger. Willie und ich waren zu mitgenommen, um auch nur einen brauchbaren Rat zu geben. Ich verstehe bis heute nicht, wie wir dieses gräßliche Wochenende ohne Handgreiflichkeiten hinter uns brachten. Celia schloß sich mit Nico ein, und wie sie es ihm sagte, weiß ich nicht, nur daß sie es unmöglich diplomatisch tun oder die Kränkung abmildern konnte. Sie würde ihm und den Kindern weh tun, wovor sie solche Angst hatte. Ich glaube, Nico war sich der Tragweite dessen, was vorgefallen war, nicht von Anfang an bewußt, und er dachte, alles ließe sich mit etwas Phantasie und Toleranz wieder ins Lot bringen. Es sollte Wochen, wenn nicht Monate dauern, ehe er begriff, daß sein Leben sich unwiderruflich geändert hatte.

Zwischen Jason und Sally lagen nicht nur geographisch Welten. Man konnte sich schwer vorstellen, wie Sally im chaotischen New York ein Bohemeleben unter Intellektuellen führte und jede Nacht zum Tag machte oder Jason in Kalifornien im Schoß der Familie vor Langeweile einging wie eine Primel. Jahre später zeichnen die beiden im Gespräch ein sehr widersprüchliches Bild der Situation. Jason versicherte mir, er sei in Sally verliebt gewesen und überzeugt, sie würden heiraten, weshalb er völlig außer sich geriet, als sie ihm am Telefon sagte, was geschehen war. »Ich muß dir was gestehen«, hatte sie begonnen. Er dachte sofort, sie hätte ihn betrogen, und spürte, wie er zornig wurde, dachte dann aber, wenn sie bereit war, mit ihm darüber zu reden, könne es nichts Ernstes sein. Sie schaffte es, auszusprechen, daß es sich um eine Frau handelte, was Jason aufatmen ließ im Glauben, es nicht mit einem echten Rivalen zu tun zu haben, das waren doch solche Albernheiten, die Frauen aus Neugier ausprobierten, aber da sagte ihm Sally, daß sie in Celia verliebt war. Der zweifache Verrat traf Jason wie ein Tritt in die Magengrube. Er verlor nicht nur die Frau, die er noch immer für seine zukünftige Braut gehalten hatte, er verlor auch eine Schwägerin, an der er hing wie an einer Schwester. Er fühlte sich von den beiden Frauen verraten und verkauft und auch von Nico, weil er das nicht hatte verhindern können. An diesem vermaledeiten Wochenende tauchte Jason zu Hause auf; er war hager, hatte wer weiß wie viele Kilo abgenommen und sah übernächtigt aus. Er hatte einen Rucksack über der Schulter, war unrasiert, biß die Zähne aufeinander und roch nach Alkohol. Er mußte sich der Situation ohne Unterstützung stellen, weil jedem das eigene Hemd am nächsten war.

Sally holte Ernesto vom Flughafen ab und ging mit ihm einen Kaffee trinken, um ihn auf das einzustimmen, was ihn bei uns erwartete; er durfte nicht unvorbereitet in dieses Melodram hineinplatzen, sonst hätte er glauben müssen, wir seien alle wahnsinnig geworden. Wie er es Giulia wohl beigebracht hat? Seine neue Freundin war eine große, redelustige Blondine mit blauen Augen und besaß die Frische von jemandem, der auf das Leben vertraut. Ich hatte mit den Schwestern vom immerwährenden Durcheinander seit Jahren dafür gebetet, daß Ernesto eine neue Liebe fände, und Celia hatte dich mit derselben Aufgabe betraut, die du nicht nur erfüllt, sondern auch dazu genutzt hast, uns aus dem Jenseits einen Wink zu geben: Giulia hat am selben Tag Geburtstag wie du, am 22. Oktober, ihre Mutter heißt Paula, und ihr Vater ist am selben Tag im selben Jahr geboren wie ich. Zu viele Zufälle. Ich werde das Gefühl nicht los, daß du Giulia ausgesucht hast, damit sie deinen Mann glücklich macht. Ernesto und Giulia verbargen, so gut sie konnten, ihre Enttäuschung über den familiären Auflösungszustand. Trotz des Dramas, das wir durchlebten, fand Giulia sofort unsere Zustimmung: Sie war wie geschaffen für Ernesto, selbstbewußt, gut organisiert, fröhlich und liebevoll. Willie meinte, wir brauchten uns weiter keine Mühe zu geben, dieses Paar käme auch gut ohne unseren Segen aus, schließlich seien sie nicht mit uns verwandt. »Wenn sie heiraten, müssen wir sie nach Kalifornien holen«, entgegnete ich.

Unterdessen hatte das Fleisch des Truthahns durch die subkutane Kräuterbehandlung einen kranken Grünton angenommen, und als er aus dem Ofen kam, sah er so vergiftet aus wie die Atmosphäre, die wir im Haus atmeten. Nico und Jason waren zu schwer getroffen, um während des Trauerspiels, und dieser Tag war eine einziges Trauerspiel, auf der Bühne zu erscheinen. Alejandro und Nicole lagen mit Fieber im Bett; Andrea lief daumenlutschend herum und war zur Feier des Tages wie ein Würstchen in meinen Sari gewickelt. Willie war beleidigt, weil seine beiden Söhne sich nicht hatten blicken lassen. Ihm knurrte der Magen, aber niemand hatte sich um das Abendessen gekümmert, das an jedem normalen Thanksgiving ein Festbankett ist. In einem unkontrollierbaren Reflex packte er den grünen Truthahn am Bein und warf ihn in den Müll.

Der Kollaps der Familie geschah nicht von einem Tag auf den anderen, über Monate wußten Nico, Celia und Sally nicht ein noch aus, verloren aber zumindest die Kinder nie aus dem Blick. Sie bemühten sich, die drei, so gut es ging, aus dem Chaos herauszuhalten. Doch ein solches Drama ist auch bei aller Zuwendung der Welt nicht ohne Leiden durchzustehen. »Das macht nichts, sie können das später therapeutisch aufarbeiten«, versuchte Willie mich zu beruhigen. Celia und Nico wohnten notgedrungen noch eine Weile unter einem Dach, und Sally ging dort als »Tante« ein und aus. »Das ist ja wie in einem französischen Film, da halte ich mich lieber fern«, entsetzte sich Tabra. Auch ich war mit meiner Toleranz am Ende und zog es vor, die drei nicht mehr zu besuchen, auch wenn jeder Tag, an dem ich meine Enkel nicht sah, ein trübseliger Tag war.

Weil ich Nicos Nähe suchte, der mich jedoch kaum an sich heranließ, ging meine Beziehung zu Celia von Tränen und Umarmungen zu Anschuldigungen über. Sie warf mir vor, nichts zu verstehen, engstirnig zu sein und mich überall einzumischen. Weshalb ließ ich sie verdammt noch mal nicht in Frieden? Ihre Temperamentsausbrüche und ihre ruppige Art kränkten mich, aber dann rief sie zwei Stunden später an, entschuldigte sich, und wir versöhnten uns, bis alles von vorn anfing. Sie leiden zu sehen machte mir das Herz schwer. Die Entscheidung, die sie getroffen hatte, hatte einen hohen Preis, und alle Leidenschaft der Welt würde sie nicht davor bewahren, ihn zu bezahlen. Celia fragte sich, ob nicht etwas Perverses an ihr sei, das sie dazu brachte, das Beste, was sie besaß, zu zerstören, ihr Zuhause, ihre Kinder, eine Familie, in der sie geborgen war, es gut hatte, umsorgt, geliebt wurde. Ihr Mann hatte sie auf Händen getragen und war ein guter Ehemann gewesen, und doch hatte sie sich in dieser Ehe gefangen gefühlt, angeödet, hatte aus ihrer Haut gewollt, und ihr Herz hatte sich in Sehnsüchte geflüchtet, für die sie keine Worte fand. Sie erzählte mir, das nach außen so perfekte Gebäude ihres Lebens sei mit Sallys erstem Kuß wie ein Kartenhaus in sich zusammengefallen. Der habe ausgereicht, ihr klarzumachen, daß sie nicht weiter bei Nico bleiben konnte, und von diesem Augenblick an sei nichts wie zuvor gewesen. Sie wußte, selbst in Kalifornien, das sich gern als die liberalste aller Weltgegenden bezeichnete, würde man sie erbarmungslos ablehnen.

»Glaubst du, ich bin anormal, Isabel?«

»Nein, Celia. Ein Teil der Menschen ist homosexuell. Du hast es nur dummerweise ein bißchen spät gemerkt.«

»Ich weiß, daß ich alle meine Freunde verliere und meine Familie in Venezuela nicht mehr mit mir reden wird. Meine Eltern werden das niemals verstehen, du kennst diese Kreise doch.«

»Wenn sie dich nicht akzeptieren können, wie du bist, kannst du sie fürs erste nicht brauchen. Anderes geht vor, denk an deine Kinder.«

Sie gab die Arbeit in meinem Büro auf, weil sie, wie sie sagte, nicht von mir abhängig sein wollte, aber wenn sie die Entscheidung nicht getroffen hätte, hätte ich es tun müssen. Wir konnten nicht zusammenbleiben. Sie zu ersetzen war fast unmöglich, ich mußte drei Leute anstellen für die Arbeit, die sie allein getan hatte. Ich war an Celia gewöhnt, vertraute ihr blind, und sie hatte gelernt, mich von der Unterschrift bis hin zum Stil zu imitieren; wir hatten darüber Witze gemacht, daß sie mir eines nicht allzu fernen Tages die Bücher schreiben würde. Celia, Nico und Sally begannen einzeln und zusammen zur Therapie zu gehen. Celia bekam wieder Antidepressiva und Schlaftabletten, von denen sie wie betäubt war.

Um Jason dagegen machte sich niemand viele Gedanken; er hatte beschlossen, nach dem Studium in New York zu bleiben. Nach Kalifornien zog ihn nichts mehr, und er wollte weder Sally noch Celia je wiedersehen. Er fühlte sich allein, glaubte, seine gesamte Familie verloren zu haben. Er nahm weiter ab und wirkte anders als früher, aus dem jungenhaften Tagedieb war ein zorniger Mann geworden, der schlaflos bis tief in die Nacht durch die Straßen Manhattans streunte. Es mangelte ihm nicht an Nachtschwärmerinnen, denen er von seinem Unglück erzählte, damit sie ihn nachher im Bett trösteten. »Es hat sicher drei, vier Jahre gedauert, bis ich einer Frau wieder vertrauen konnte«, sagte er mir viel später, als wir über all das reden konnten. Auch sein Vertrauen in mich war dahin, weil ich nicht zu ermessen vermochte, wie sehr er litt. »Nimm es wie ein Mann«, hatte Willie ihm geantwortet, als Jason ihm einmal sein Herz ausschütten wollte: Willies liebster Rat, wenn es um die Gefühle seiner Söhne geht.

Und ich? Ich verlegte mich aufs Kochen und Stricken. Ich stand im Morgengrauen auf, bereitete Töpfe mit Essen zu, die ich Nico vorbeibrachte oder Celia aufs Autodach stellte, damit sie wenigstens etwas Warmes im Bauch hätten. Ich strickte und strickte mit dicker Wolle ein unförmiges und riesiges Etwas, laut Willie eine Jacke, um das Haus darin einzuwickeln.

Mitten in dieser Tragikomödie kündigten meine Eltern ihren Besuch an, und daß sie just während eines dieser aberwitzigen Gewitter landeten, von denen die kalifornischen Schönwetterperioden unterbrochen werden, war, als wollte die Natur den Gemütszustand unserer Familie illustrieren. Meine Eltern leben in einem hübschen Appartement in einer friedlichen Wohngegend von Santiago, zwischen edlen Bäumen, unter denen die Dienstmädchen in Häubchen und Schürze noch heute, im einundzwanzigsten Jahrhundert, mit gebrechlichen alten Damen und ondulierten Hunden spazierengehen. Die beiden werden von Berta umsorgt, die seit dreißig Jahren für sie arbeitet und in ihrem Alltag eine viel größere Rolle spielt als die sieben Kinder ihrer zusammengesetzten Familie. Willie hat einmal vorgeschlagen, sie sollten nach Kalifornien kommen, um ihren Lebensabend in unserer Nähe zu verbringen, aber für kein Geld der Welt ließen sich in den Vereinigten Staaten die Annehmlichkeiten und die Gesellschaft erkaufen, über die sie in Chile verfügen. Ich tröste mich über unsere Trennung hinweg mit dem Gedanken an den schnauzbärtigen Zeichenlehrer meiner Mutter, an ihre Freundinnen, die jeden Montag zum Tee kommen, an ihr Mittagsschläfchen zwischen gestärkten Leinenlaken, an die von Berta zubereiteten Festessen, denen sie in ihrem Haus voller Verwandter und Freunde vorsitzt. Hierzulande sind alte Menschen sehr einsam. Meine Mutter und Onkel Ramón besuchen uns mindestens einmal im Jahr, und ich fliege zwei- oder dreimal nach Chile, außerdem hören wir täglich über Brief oder am Telefon voneinander. Es ist fast ausgeschlossen, vor diesen beiden gewieften alten Leuten etwas geheimzuhalten, aber was mit Celia war, hatte ich ihnen verschwiegen, weil ich die irrige Hoffnung nicht aufgeben wollte, alles werde sich in absehbarer Zeit wieder einrenken – vielleicht war es ja nur ein jugendlicher Spleen. In der Korrespondenz mit meiner Mutter klafft während dieser Monate eine auffallende Lükke; um die Geschichte zu rekonstruieren, mußte ich alle Beteiligten einzeln und außerdem etliche Zeugen befragen. Jeder erinnert sich anders, aber wenigstens können wir frei darüber reden. Meine Eltern waren kaum in San Francisco angekommen, da merkten sie, daß etwas Gravierendes geschehen war, und es blieb nichts anderes übrig, als ihnen die Wahrheit zu sagen.

»Celia hat sich in Sally verliebt, Jasons Verlobte«, machte ich es kurz.

»Hoffentlich kommt das in Chile nicht raus«, hauchte meine Mutter, als sie aus ihrer Starre erwachte.

»Es kommt raus, so etwas läßt sich nicht geheimhalten. Außerdem passiert das in den besten Familien.«

»Schon, aber in Chile wird nicht darüber geredet.«

»Was wollt ihr jetzt tun?« fragte Onkel Ramón.

»Ich weiß nicht. Die komplette Familie ist in Therapie. Ein Heer von Psychologen verdient sich eine goldene Nase an uns.«

»Wenn wir irgendwie helfen können …«, sagte meine Mutter, wie immer bedingungslos loyal, auch wenn ihre Stimme zitterte, und dann meinte sie noch, wir sollten uns nicht einmischen und unsere klugen Ratschläge für uns behalten, weil die alles nur schlimmer machen würden.

»Geh ans Schreiben, Isabel, damit du etwas zu tun hast. Das ist die einzige Möglichkeit, wie du dich einigermaßen raushältst«, riet mir Onkel Ramón.

»Genau dasselbe sagt Willie.«

Meine Mitschwestern vom Durcheinander stellten zu den Kerzen für Sabrina und Jennifer auf ihre Hausaltäre eine weitere für den Rest meiner aus dem Tritt geratenen Familie und schlossen die Bitte, ich möge wieder zu schreiben beginnen, in ihre guten Wünsche ein, denn ich suchte schon zu lange nach Vorwänden, es nicht zu tun. Der 8. Januar nahte, und ich fühlte mich außerstande, einen Roman in Angriff zu nehmen; die nötige Disziplin konnte ich mir auferlegen, aber mir fehlte die Unbefangenheit, auch wenn mein Kopf von der Reise durch Indien mit Bildern und Farben getränkt war. Gelähmt fühlte ich mich nicht mehr, mein Brunnen der Inspiration war gefüllt, und ich war geschäftiger denn je, weil die Stiftungsidee Gestalt anzunehmen begann, aber für einen Roman braucht es brennende Leidenschaft, und die glomm zwar schon leise, mußte aber noch kräftig angefacht werden. Ich trug mich weiter mit dem Gedanken an ein »Buch der Sinne« über die Freuden guten Essens und fleischlicher Liebe. Mit Blick auf die emotionale Großwetterlage in meiner Familie mochte das sarkastisch wirken, aber so war es nicht gemeint. Ich war darauf gekommen, ehe Celia und Sally miteinander anbandelten. Ich hatte sogar schon einen Titel für das Buch, *Aphrodite*, offen genug, mir alle Freiheit zu lassen. Meine Mutter begleitete mich auf der Suche nach Anregung in die Pornoläden von San Francisco und erbot sich, mir bei dem Teil über die sinnliche Küche zu helfen. Ich fragte sie, woher ich erotische Rezepte nehmen sollte, worauf sie meinte, jedes mit Verführungskunst servierte Gericht wirke aphrodisierend, man müsse seine Zeit nicht mit Rhinozeroshorn und Schwalbennestern verschwenden, die auf dem Wochenmarkt so schwer zu bekommen seien. Meine Mutter stammt aus einer der katholischsten und borniertesten Gegenden der Welt, hatte in ihrem Leben nie ein Geschäft »für Erwachsene« betreten, wie das hier heißt, und ich mußte ihr aus dem Englischen die Bestimmung verschiedener Kleinteile aus Gummi übersetzen, über die sie sich kaputtlachte. Die Recherchen zu *Aphrodite* löste bei uns beiden erotische Träume aus. »Mit über siebzig denke ich noch immer daran«, gestand sie mir. Ich erinnerte sie, daß Großvater noch mit über neunzig daran gedacht hatte. Willie und Onkel Ramón dienten uns als Versuchskaninchen, an ihnen probierten wir die aphrodisierenden Gerichte aus, die genau wie Schwarze Magie nur wirken können, wenn das Opfer weiß, was ihm verabreicht wurde. Ein Austerngericht ohne Erklärung, daß es die Libido steigert, bleibt ohne spürbaren Effekt. Nicht alles in diesen Monaten war ein einziges Drama, wir hatten auch unseren Spaß.

Wenn wir Zeit fanden, unternahmen Tabra, meine Eltern und ich lange Spaziergänge in deinem Wald. Vom Regen war der Bach, in den wir deine Asche gestreut hatten, angeschwollen, und der Wald roch nach feuchter Erde und Baumrinde. Wir schritten kräftig aus, ich mit meiner Mutter schweigend vorneweg, Onkel Ramón und Tabra hinter uns ins Gespräch über Che Guevara vertieft. Für meinen Stiefvater ist Tabra eine der interessantesten und schönsten Frauen, die er je kennengelernt hat – das will etwas heißen –, und sie bewundert ihn aus vielerlei Gründen, vor allem aber, weil er dem Idol der Befreiungskämpfe einmal persönlich begegnet ist und sogar ein Foto mit ihm besitzt. Onkel Ramón hat ihr die Geschichte sicher schon zweihundertmal erzählt, aber weder wird Tabra es leid zuzuhören noch er, sie zu wiederholen. Es war, als würdest du uns aus den Baumkronen zulächeln, wir gingen mit dir zusammen spazieren. Ich verzichtete darauf, meinen Eltern zu erzählen, daß dein Gespenst uns einmal mit dem Taxi zu Hause besucht hatte; wir muteten den beiden schon genug zu.

Ich frage mich manchmal, woher mein Hang kommt, mit Geistern zu leben; es scheint, als sei anderen Menschen diese Angewohnheit fremd. Gewiß, auch ich bin nur selten einem Geist leibhaftig begegnet, und bei den wenigen Malen, bei denen das geschah, könnte ich nicht beschwören, daß ich nicht geträumt habe, aber ich zweifele nicht daran, daß dein Geist mich immer begleitet. Wie könnte ich dir sonst diese Seiten schreiben? Du machst dich auf die sonderbarsten Arten bemerkbar. Einmal zum Beispiel, als Nico eine neue Arbeit brauchte und ich dachte, ich sollte ein Unternehmen gründen, um ihn anzustellen. Ich war schon soweit, mit einem Buchhalter und zwei Anwälten zu reden, die mich mit Richtlinien, Gesetzen und Zahlen überhäuften. »Könnte ich doch Paula anrufen und um Rat fragen!« dachte ich eines Morgens laut. Im nächsten Moment kam die Post und darunter ein Brief an mich, dessen Schrift auf dem Umschlag so sehr der meinen glich, daß ich ihn unverzüglich öffnete. Darin fand ich wenige, mit Bleistift auf ein Ringbuchblatt geschriebene Zeilen: »Von nun an werde ich nicht mehr versuchen, anderer Leute Probleme zu lösen, ehe sie mich um Hilfe bitten. Ich werde mir nicht die Verantwortung für Dinge aufbürden, die mich nichts angehen. Ich werde Nico und meine Enkel nicht überbehüten.« Der Brief war von mir selbst unterschrieben, und das Datum lag sieben Monate zurück. Da fiel mir wieder ein, daß ich zum »Tag der Großeltern« mit meinen Enkeln in der Schule gewesen war und die Lehrerin alle gebeten hatte, einen Entschluß oder Wunsch aufzuschreiben und in einen Umschlag mit der eigenen Adresse zu stecken, den sie dann später wegschicken wollte. Daran ist nichts sonderbar. Sonderbar ist nur, daß der Brief eben eintraf, als ich mich nach einem Rat von dir sehnte. Es geschieht zu viel, für das es keine Erklärung gibt. Daß es Geistwesen geben könnte, ob real, erträumt oder im übertragenen Sinn, ist eine Vorstellung meiner Großmutter mütterlicherseits gewesen. Dieser

Familienzweig war immer originell und hat mir Stoff für mein Schreiben geliefert. *Das Geisterhaus* wäre niemals entstanden, hätte meine Großmutter mich nicht überzeugt, daß die Welt ein Ort voller Mysterien ist.

Die familiäre Situation klärte sich auf mehr oder weniger normale Art. Normal für Kalifornien. In Chile hätte der Skandal es auf die Klatschseiten der Zeitungen schaffen können, zumal Celia es für notwendig hielt, ihre Entscheidung auszuposaunen und die Vorteile gleichgeschlechtlicher Liebe zu predigen. Sie empfahl aller Welt, es auszuprobieren, es sei viel besser als Heterosexualität, und sie machte sich über die Männer und ihre launenhaften Anhängsel lustig. Ich mußte sie daran erinnern, daß sie einen Sohn hatte, den abzuwerten nicht angebracht war. Aber ich selbst redete auch zu viel, wir waren in aller Munde, die Gerüchte überschlugen sich. Leute, die wir kaum kannten, sprachen uns ihr Beileid aus, als wären wir in Trauer. Wahrscheinlich wußte ganz Kalifornien Bescheid. Zu viel Trara. Am Anfang hätte ich mich am liebsten in einer Höhle verkrochen, aber Willie redete mir zu, daß nicht die offenliegende Wahrheit uns verwundbar macht, sondern die Geheimnistuerei. Mit der Scheidung von Nico und Celia war die Sache nicht ausgestanden, waren wir doch weiter in ein Knäuel aus Bindungen verstrickt, die sich zwar stetig änderten, aber nicht gekappt wurden, weil die drei Kinder uns auf Gedeih und Verderb zusammenhielten. Nico und Celia verkauften das Haus, das wir so mühsam ergattert hatten, und teilten das Geld untereinander auf. Die Kinder würden eine Woche bei ihrer Mutter und die nächste bei ihrem Vater verbringen, also fortan aus dem Koffer leben, was allemal besser war, als die gerechte Lösung, sie in der Mitte durchzuschneiden. Celia und Sally fanden ein Häuschen, renovierungsbedürftig, aber ausgezeichnet gelegen, und richteten sich nach Kräften ein. Anfangs hatten sie es sehr schwer, weil ihre eigenen Familien und etliche Freunde ihnen den Rücken kehrten. Sie waren fast ganz auf sich allein gestellt, hatten wenig Geld und fühlten sich bewertet und abgeurteilt. Ich blieb in ihrer Nähe und versuchte ihnen zu helfen, oft genug hinter Nicos Rücken, weil der nicht begriff, weshalb ich weiter an meiner früheren Schwiegertochter hing, die der Familie so weh getan hatte. Celia hat mir erzählt, daß sie fast jeden Tag weinte, und Sally mußte sich Vorwürfe darüber anhören, daß sie eine Familie zerstört hatte, aber wie fast immer kam der Aufruhr im Lauf der Monate zum Erliegen.

Nico fand ein älteres Haus zwei Straßen von uns entfernt und brachte es mit neuen Fußböden, Fenstern und Bädern auf Vordermann. Es besaß einen von zwei mächtigen Palmen gekrönten Garten und Zugang zu einem kleinen See, an dem Wildgänse und Enten brüteten. Dort wohnte er mit Celias Bruder, der weiß der Himmel warum nicht zu seiner Schwester ziehen wollte und bei Nico für ein Jahr Unterschlupf fand. Der Junge wußte noch immer nichts mit seinem Leben anzufangen, vielleicht weil ihm die Arbeitserlaubnis fehlte und sein Touristenvisum, das er schon mehrmals verlängert hatte, bald endgültig ablaufen würde. Er war oft niedergeschlagen oder schlecht gelaunt, und wenn er rot sah, mußte Nico diesen früheren Schwager und weiterhin Hausgast mehr als einmal harsch in die Schranken weisen.

Celia und Sally hatten flexible Arbeitszeiten und daher weniger Umstände, die Kinder während der Wochen, wenn sie an der Reihe waren, zu versorgen als Nico, der allein war und zur Arbeit weit fahren mußte. Ligia, die Nicaraguanerin, die Nicole in den ersten Monaten ihres untröstlichen Brüllens im Schaukelstuhl gewiegt hatte, half ihm, und sollte das noch etliche Jahre lang tun. Sie holte meine Enkel von der Schule und dem angeschlossenen Kindergarten ab, den auch Nicole schon besuchen konnte, brachte die drei nach Hause und blieb bei ihnen, bis ich, wenn ich konnte, vorbeikam oder Nico zu Hause war, der versuchte, in der Woche, wenn er die Kinder hatte, früher Feierabend zu machen und die Stunden in den anderen Wochen auszugleichen. Ich habe Nico nie zerstreut oder ungeduldig gesehen, im Gegenteil, er war ein fröhlicher und gelassener Vater. Durch sein Organisationstalent hielt er den Laden am Laufen, aber er stand im Morgengrauen auf und ging sehr spät und hundemüde ins Bett. »Du hast nicht eine Minute für dich allein, Nico«, sagte ich einmal zu ihm, worauf er meinte: »Doch, Mama, auf dem Weg zum und vom Büro habe ich zwei Stunden allein und still im Auto. Je mehr Verkehr, desto besser.«

Zwischen Nico und Celia war die Gereiztheit mit Händen zu greifen. Nico verteidigte, so gut es ging, sein Terrain, aber um ehrlich zu sein, war ich ihm bei dieser undankbaren Aufgabe keine Hilfe. Als er die Klatschgeschichten und kleinen Illoyalitäten schließlich leid war, bat er mich, meine Freundschaft zu seiner Ex-Frau aufzukündigen, weil er, wie die Dinge standen, an zwei Fronten zu kämpfen hatte. Als Vater der Kinder fühlte er sich abgewertet und ohnmächtig und noch dazu von der eigenen Mutter überrollt. Celia kam zu mir, wenn sie etwas brauchte, und ich fragte nicht bei ihm nach, ehe ich etwas tat, wodurch ich manchmal ungewollt Regeln sabotierte, auf die die beiden sich geeinigt hatten und die Celia im nachhinein änderte. Außerdem log ich ihn an, um mich nicht rechtfertigen zu müssen, und er kam natürlich immer dahinter; etwa weil die Kinder ihm sofort erzählten, daß sie mich am Tag zuvor bei ihrer Mutter gesehen hatten.

Vom Gang der Ereignisse überfordert, kehrte Großmutter Hilda nach Chile zu ihrer einzigen Tochter Hildita zurück. Nicht ein kritisches Wort kam ihr über die Lippen; getreu ihrer Devise, Konflikten aus dem Weg zu gehen, hielt sie mit ihrer Meinung hinterm Berg, aber von Hildita weiß ich, daß sie alle drei Stunden eine ihrer geheimnisvollen grünen Glückspillen schluckte; die wirkten Wunder, und als Hilda im Jahr darauf wieder nach Kalifornien kam, konnte sie zu Celia und Sally so herzlich sein wie eh und je. »Diese Mädchen sind so gute Freundinnen, es ist eine Freude zu sehen, wie sie sich vertragen«, wiederholte sie, was sie lange zuvor zu mir gesagt hatte, als noch niemand ahnte, was auf uns zukam.

In der ersten Zeit telefonierte ich heimlich im Badezimmer, um mit Celia konspirative Treffen zu vereinbaren. Willie hörte mich wispern und argwöhnte schon, ich hätte einen Liebhaber, ein höchst schmeichelhafter Verdacht, denn man mußte mich nur nackt sehen, um zu wissen, daß ich mich niemandem außer ihm zeigen würde. Aber eigentlich hatte mein Mann für Eifersuchtsattacken keine Kapazitäten frei. Damals war er mit mehr Fällen denn je betraut, und in der Streitsache des jungen Mexikaners Jovito Pacheco, der in San Francisco von einem Baugerüst gestürzt war, wollte er sich noch immer nicht geschlagen geben. Als die Versicherung eine Entschädigung verweigerte, zog Willie vor Gericht. Die Auswahl der Geschworenen sei entscheidend, sagte er, die Feindseligkeit gegenüber Zuwanderern aus Lateinamerika habe zugenommen, und es sei schier unmöglich, wohlmeinende Geschworene zu finden. In seinen langen Jahren als Anwalt hatte Willie gelernt, stark übergewichtige Personen als Geschworene abzulehnen, weil die aus unerfindlichen Gründen immer gegen ihn stimmten, und die Rassisten und Fremdenhasser auszusortieren, die es von jeher gegeben hatte, deren Zahl aber von Tag zu Tag stieg. Feindseligkeiten zwischen Anglos und Mexikanern haben in Kalifornien eine lange Tradition, aber 1994 wurde ein Gesetz verabschiedet, die »Proposition 187«, das die Ressentiments noch schürte. Die Nordamerikaner begeistern sich für den Gedanken der Einwanderung, auf ihm gründet der amerikanische Traum – ein armer Schlucker, der mit einem Pappkoffer an diesen Küsten landet, kann es zum Millionär bringen –, aber sie verabscheuen die Einwanderer. Die Ablehnung, die auch Skandinavier, Iren, Italiener, Juden, Araber und andere Einwanderer erfahren haben, richtet sich verstärkt gegen Menschen dunkler Hautfarbe und besonders gegen Latinos, weil die zahlreich sind und sich nicht aufhalten lassen. Willie flog nach Mexiko-Stadt, mietete ein Auto, und genau wie in dem Brief beschrieben, den er bekommen hatte, kurvte er drei Tage über staubige Sträßchen bis in ein abgelegenes Dorf aus kleinen Lehmhütten. Mit Hilfe einer vergilbten Fotografie der Familie Pacheco identifizierte er seine Klienten: Eine zähe Großmutter, eine schüchterne Witwe und vier vaterlose Kinder, eins davon blind. Sie hatten nie Schuhe getragen, lebten ohne fließendes Wasser und Strom und schliefen auf Strohsäcken am Boden.

Willie überzeugte die Großmutter, von der die Familie mit fester Hand geführt wurde, daß sie allesamt nach Kalifornien kommen und vor Gericht auftreten sollten, und versprach, das nötige Geld zu schicken. Als er nach Mexiko-Stadt zurückkehren wollte, wurde ihm klar, daß fünfhundert Meter vom Dorf entfernt die Autobahn vorbeiführte, die keiner seiner Klienten je benutzt hatte: Deshalb waren auf der Wegbeschreibung nur Saumpfade erwähnt. Für den Rückweg brauchte er vier Stunden. Er trieb für die Familie Pacheco Visa für einen Kurzbesuch in den Vereinigten Staaten auf, verfrachtete alle sechs, schreckensstumm angesichts der Aussicht, sich in einem Metallvogel in die Lüfte zu erheben, in ein Flugzeug und brachte sie nach San Francisco. Dort mußte er feststellen, daß sie sich in keinem Motel wohl fühlten, einerlei wie bescheiden es sich ausnahm: Sie kamen mit Tellern und Besteck nicht zurecht – daheim aßen sie Tortillas – und hatten noch nie ein Wasserklosett gesehen. Willie mußte ihnen zeigen, wie man es benutzt, was bei den Kindern großes Gelächter und bei den zwei Frauen stummes Staunen hervorrief. Diese gigantische Stadt aus Beton, der dichte Verkehr und die vielen Leute, die ein unverständliches Kauderwelsch sprachen, schüchterten sie ein. Schließlich nahm eine andere mexikanische

Familie die sechs unter ihre Fittiche. Die Kinder saßen vor dem Fernseher und schauten mit großen Augen das Wunder, während Willie der Großmutter und der Witwe zu erklären versuchte, wie in den USA eine Gerichtsverhandlung abläuft.

Der große Tag kam, und Willie trat mit den Pachecos, die kein Wort Englisch verstanden, vor Gericht auf: vorneweg die Großmutter, in ihre Decke gehüllt und mit Sandalen, die ihr ständig von den breiten Bäuerinnenfüßen rutschten, und dahinter die Witwe mit den Kindern. In seinem Schlußplädoyer prägte Willie einen Satz, mit dem wir ihn noch Jahre später aufzogen: »Meine Damen und Herren Geschworene, wollen Sie zulassen, daß der Anwalt der Verteidigung diese arme Familie auf die Müllhalde der Geschichte wirft?« Aber selbst davon ließen sie sich nicht erweichen. Sie gaben den Pachecos nichts. »Weißen wäre das niemals passiert«, entrüstete sich Willie, bereit, in die nächste Instanz zu gehen. Er war wütend über den Ausgang der Verhandlung, aber die Familie nahm alles mit dem Gleichmut derer hin, die an Unglück gewöhnt sind. Sie erwarteten sehr wenig vom Leben und begriffen nicht, weshalb dieser Anwalt mit den blauen Augen sich die Mühe gemacht hatte, sie aus ihrem Dorf zu holen, um ihnen zu zeigen, wie ein Wasserklosett funktioniert.

Als Trostpflaster dafür, daß er ihnen nicht hatte helfen können, lud Willie die Familie zu einem Ausflug nach Disneyland in Los Angeles ein, damit sie wenigstens eine angenehme Erinnerung an die Reise mit nach Hause nähmen.

»Wozu in diesen Kindern Wünsche wecken, die sie doch nie erfüllen können?« versuchte ich ihm die Sache auszureden.

»Sie sollen wissen, was die Welt zu bieten hat, damit sie sich anstrengen. Ich bin aus dem miesen Ghetto meiner Kindheit rausgekommen, weil ich gemerkt habe, daß das nicht alles ist.«

»Du bist ein weißer Mann, Willie. Und, wie du selbst sagst, sind die Weißen im Vorteil.«

Meine Enkel bekamen Routine darin, jede Woche ihr Zuhause zu wechseln, und gewöhnten sich daran, ihre Mutter und Tante Sally als Paar zu sehen. Es war kein außergewöhnliches Arrangement für Kalifornien, das in puncto innerhäusliche Beziehung einiges zu bieten hat. Celia und Nico hatten den Lehrerinnen und Erzieherinnen ihrer Kinder erklärt, was geschehen war, und waren damit beruhigt worden, bis die drei in die vierte Klasse kämen, hätten achtzig Prozent ihrer Mitschüler Stiefmütter oder -väter, lebten nicht selten bei drei Erwachsenen des gleichen Geschlechts, hätten Adoptivgeschwister einer anderen Hautfarbe oder wohnten bei ihren Großeltern. Familien wie aus dem Bilderbuch gebe es nicht mehr.

Sally hatte die Kinder zur Welt kommen sehen und liebte sie sehr, und als ich sie Jahre später fragte, ob sie nicht eigene Kinder wolle, fragte sie zurück, wozu, sie habe doch schon drei. Sie ließ sich frohen Herzens auf ihre Rolle als Mutter ein, was mir mit meinen Stiefkindern nie gelungen ist, und schon deshalb habe ich immer Achtung für sie empfunden. Trotzdem war ich einmal so gemein, ihr vorzuwerfen, sie habe die Hälfte meiner Familie verführt. Wie konnte ich nur derart dummes Zeug reden? Sie war keine Sirene, die ihre Opfer anlockte, damit sie an den Klippen zerschellten – jeder war für sein Tun und seine Gefühle selbst verantwortlich. Und wer bin ich überhaupt, daß ich mir über andere ein Urteil erlaube? In meinem Leben habe ich schon manche Dummheit aus Liebe begangen, und wer weiß, ob ich nicht vor meinem Tod noch weitere begehe. Die Liebe ist ein Blitz, der uns unvermittelt trifft und uns verändert. So habe ich es mit Willie erlebt. Wie sollte ich Celia und Sally nicht verstehen können?

Damals bekam ich einen Brief von Celias Mutter, die

mich beschuldigte, ich hätte ihre Tochter mit meinen teuflischen Ideen verdorben und ihre »gottgefällige Familie befleckt, in der ein Irrtum immer Irrtum und eine Sünde immer Sünde genannt wird«, anders als ich das in meinen Büchern und durch meine Lebensführung verbreiten würde. Auf den Gedanken, daß Celia lesbisch sein könnte, kam sie wohl nicht; Celia hatte es ja dummerweise selbst nicht gewußt, hatte geheiratet und drei Kinder bekommen, ehe sie es sich eingestehen konnte. Weshalb aber hätte ich meine Schwiegertochter dazu anstiften sollen, meiner Familie derart weh zu tun? Ich wunderte mich sehr, daß mir jemand so viel Einfluß zuschrieb.

»Ein Glück!« war das erste, was Willie sagte, nachdem er den Brief gelesen hatte, »mit der müssen wir nie wieder ein Wort reden.«

»Von außen betrachtet, wirken wir ziemlich dekadent, Willie.«

»Du weißt nicht, was in anderen Familie hinter geschlossenen Türen vorgeht. Der Unterschied ist nur, daß bei uns alles ans Licht kommt.«

Mittlerweile war ich wegen meiner Enkel etwas beruhigt, denn ihre Eltern kümmerten sich liebevoll, in beiden Haushalten galten mehr oder weniger dieselben Regeln des Miteinanders, und die Schule gab ihnen Halt. Sie würden nicht traumatisiert, sondern verwöhnt enden. Alles wurde ihnen mit solcher Offenheit erklärt, daß die Kleinen zuweilen nicht fragten, weil die Antwort ausführlicher werden konnte, als ihnen lieb war. Ich gewöhnte mir an, sie fast täglich zu sehen, wenn sie bei Nico waren, und sie einmal in der Woche bei Celia und Sally zu besuchen. Nico war standhaft und konsequent, bei ihm herrschten klare Regeln, aber er war auch sehr liebevoll und geduldig mit seinen Kindern. Häufig überraschte ich ihn Sonntag morgens mit allen dreien schlafend in seinem Bett, und nichts rührte mich mehr, als wenn er mir mit den beiden Mädchen auf dem

Arm, und Alejandro an seinen Beinen hängend, die Tür öffnete. Bei Celia ging es entspannt zu, gab es Unordnung, Musik und zwei kratzbürstige Katzen, die ihre Haare über die Polstermöbel verteilten. Meistens bauten die Kinder im Wohnzimmer ein Zelt aus Wolldecken und kampierten dort die ganze Woche. Es war wohl Sally, die dafür sorgte, daß die Familie nicht aus den Fugen geriet, ohne sie hätte Celia in dieser turbulenten Zeit wahrscheinlich Schiffbruch erlitten; Sally hatte ein sicheres Gespür für die Bedürfnisse der Kinder, erahnte Schwierigkeiten, ehe sie auftraten, und hielt ihre schützende Hand über die drei, ohne sie einzuengen.

Ich reservierte »besondere Tage« für jedes meiner Enkelkinder, an denen sie aussuchen durften, was sie mit mir unternehmen wollten. So kam ich dreizehnmal in den Genuß des Zeichentrickfilms *Tarzan* und sah einen anderen, der *Mulan* hieß, siebzehnmal – ich konnte die Dialoge vorwärts und rückwärts mitsprechen. Die drei wollten immer dasselbe an ihrem besonderen Tag: Pizza, Eiscreme und Kino, nur einmal interessierte Alejandro sich für die als Nonnen verkleideten Männer, die er im Fernsehen gesehen hatte. Es handelte sich um eine Gruppe von Homosexuellen, Theaterleute, die in Nonnentracht und geschminkt durch die Straßen stolzierten, um Geld für wohltätige Zwecke zu sammeln. Die Geschmacklosigkeit bestand darin, daß sie das während der Karwoche taten. Die Nachrichten brachten die Meldung, weil die katholische Kirche ihre Gläubigen zu einem Tourismusboykott gegen San Francisco aufgerufen hatte, da die Stadt ein Sündenpfuhl wie Sodom und Gomorrha sei. Ich ging mit Alejandro einmal mehr in *Tarzan*.

Nico war sehr schweigsam geworden und hatte eine neue Härte im Blick. Der Zorn hatte ihn verschlossen gemacht wie eine Auster, er redete mit niemandem über das, was er empfand. Er war nicht der einzige, der litt, jeder hatte sein Teil abbekommen, aber er und Jason waren verlassen worden. Ich tröstete mich mit dem Gedanken, daß niemand aus Bosheit gehandelt hatte, wir waren in einen dieser Stürme geraten, die einem das Ruder aus der Hand schlagen. Was ist hinter geschlossenen Türen zwischen Celia und ihm vorgefallen? Welche Rolle hat Sally gespielt? Umsonst habe ich es ihm zu entlocken versucht, immer antwortet er mir mit einem Kuß auf die Stirn und irgendeiner Belanglosigkeit, um mich auf andere Gedanken zu bringen, aber ich gebe die Hoffnung nicht auf, daß ich es in meiner Todesstunde erfahren werde, wenn er es nicht wagen wird, seiner sterbenden Mutter den letzten Wunsch abzuschlagen. Nicos Leben bestand nur noch aus seiner Arbeit und den Kindern. Er war nie sehr kontaktfreudig gewesen, Bekanntschaften hatte er über Celia geschlossen und sie von sich aus nicht gepflegt. Er igelte sich ein.

Damals ließen wir unsere Fenster von einem Psychotherapeuten putzen, der wie ein Filmschauspieler aussah, gern Schriftsteller gewesen wäre und mehr damit verdiente, bei anderen Leuten Fenster zu putzen, als sich die lästigen Klagen seiner Patienten anzuhören. Eigentlich putzte nicht er die Fenster, sondern eine oder zwei prächtige Holländerinnen erledigten das, jedesmal andere, von ihm weiß der Himmel wo aufgegabelt, von der kalifornischen Sonne gebräunt, mit platinblonden Mähnen und knappen Shorts. Mit Lappen und Eimern bewaffnet, erklommen die Schönheiten die Leiter, während er sich zu mir in die Küche setzte, um mir die Handlung seines nächsten Romans zu erzählen. Mich machte das wütend, nicht nur wegen der blonden Dummchen, die schufteten, und er kassierte dafür, sondern auch, weil dieser Mann nicht einmal der müde Abklatsch von Nico war, aber beliebig viele Frauen haben konnte. Ich fragte ihn, wie er das anstellte, und er meinte: »Ich leihe ihnen mein Ohr, sie haben es gern, wenn man ihnen zuhört.« Ich gab die Information an Nico weiter. Trotz seiner Überheblichkeit war der Psychotherapeut immer noch besser als der Althippie, der unsere Fenster vorher geputzt hatte und ehe er eine Tasse Tee annahm, die Kanne akribisch nach Spuren von Blei absuchte, immer im Flüsterton sprach und einmal geschlagene fünfzehn Minuten versuchte, ein Insekt unbeschadet von einer Scheibe zu pflücken. Um ein Haar wäre er von der Leiter gefallen, als ich ihm eine Fliegenklatsche anbot.

Ich hing an Nico, und wir sahen uns fast täglich, aber er war zu einem Fremden für mich geworden, mehr und mehr zurückgezogen und distanziert, auch wenn er weiter untadelig höflich blieb. Diese Wohlerzogenheit begann mir bereits lästig zu werden, mir wäre es lieber gewesen, wir hätten einander die Augen ausgekratzt. Nach zwei oder drei Monaten hielt ich es nicht mehr aus und entschied, daß wir um eine Aussprache nicht länger herumkamen. Wir geraten sehr selten aneinander, teils weil wir unsere Gefühle nicht kundtun müssen, um uns gut zu verstehen, und teils weil uns Streit nicht liegt und wir keine Übung darin haben. In den fünfundzwanzig Jahre meiner ersten Ehe hat nie jemand die Stimme erhoben, meine Kinder sind in einer absurden britischen Kultiviertheit aufgewachsen. Außerdem meinen wir es gut miteinander und gehen davon aus, daß Kränkungen nur durch Fehler oder Unterlassung entstehen und nie, weil wir einander absichtlich verletzen wollen. Zum erstenmal erpreßte ich meinen Sohn, erinnerte ihn mit brüchiger Stimme daran, daß ich ihn bedingungslos liebte und was ich alles für ihn und seine Kinder getan hatte, seit sie auf der Welt waren, warf ihm vor, daß er sich entfernte und mich abwies … kurz: eine pathetische Ansprache. Allerdings mußte ich zugeben, daß er mir immer ein wunderbarer Sohn gewesen ist, sieht man von diesem einen Mal mit zwölf ab, als er sich den schlechten Scherz erlaubte, sich zu erhängen. Du wirst dich erinnern, dein Bruder baumelte mit hängender Zunge und einem dicken Strick um den Hals im Türrahmen, und weil ich erst den Sitzgurt nicht sah, der ihn hielt, wäre mir fast das Herz stehengeblieben. Das werde ich ihm niemals verzeihen! »Warum sagen wir nicht, was Sache ist?« fragte er freundlich, nachdem er mir eine geraume Weile zugehört hatte und nicht mehr vermeiden konnte, daß sein Blick zur Decke wanderte. Also gingen wir zum Frontalangriff über. An dessen Ende stand eine gesittete Vereinbarung: Er würde sich bemühen, in meinem Leben anwesender zu sein, ich würde mich bemühen, in seinem Leben abwesender zu sein. Also, weder kahl noch mit doppelter Perücke, wie man in Venezuela sagt. Ich dachte nicht daran, mich an meinen Teil der Abmachung zu halten, wie sich umgehend zeigte, als ich ihm vorschlug, Frauen kennenzulernen, da er zu jung sei fürs Zölibat: Was nicht benutzt wird, verkümmert.

»Ich weiß, daß du auf einem Fest in der Firma mit einem sehr netten Mädchen geplaudert hast, wer ist sie?«

»Woher weißt du das?«

»Ich habe meine Quellen. Wirst du sie anrufen?«

»Ich habe genug mit den drei Kindern zu tun, Mama. Ich habe keine Zeit für eine Romanze.« Und er lachte.

Ich war mir sicher, daß Nico jede Frau für sich gewinnen konnte: Er sah aus wie ein italienischer Renaissance-Edelmann, war von angenehmem Wesen, darin kam er nach seinem Vater, und kein bißchen auf den Kopf gefallen, darin kam er nach mir, aber wenn er sich nicht sputete, würde er in einem Trappistenkloster enden. Ich erzählte ihm von dem Psychotherapeuten und seinem Hofstaat aus Holländerinnen, die bei uns daheim die Fenster putzten, aber sie schienen ihn nicht weiter zu interessieren. »Halt dich raus«, sagte Willie wie immer. Aber natürlich würde ich mich nicht raushalten, nur mußte ich Nico noch etwas Zeit geben, sich die Wunden zu lecken.

Zweiter Teil

Herbstanfang

Das Wörterbuch nennt Herbst nicht nur die goldene Zeit des Jahres, sondern auch das Lebensalter, in dem man aufhört, jung zu sein. Willie stand kurz vor seinem sechzigsten Geburtstag, und auch ich hatte, noch entschlossenen Schrittes, die Fünfzig hinter mir gelassen, aber mein Jungsein endete mit dir, Paula, auf dem Korridor der verlorenen Schritte in diesem Madrider Krankenhaus. Ich erlebte das Älterwerden als eine Reise nach innen und als den Beginn einer neuen Freiheit: Ich konnte bequeme Schuhe tragen, mußte keine Diät mehr halten und nicht mehr der halben Welt gefallen, sondern nur noch denen, die mir wirklich etwas bedeuten. Früher waren meine Fühler stets darauf gerichtet, männliche Schwingungen in der Atmosphäre wahrzunehmen; mit über fünfzig wurden sie welk, und heute fühle ich mich nur noch zu Willie hingezogen. Und, ja, zu Antonio Banderas, aber das rein hypothetisch. Willie und ich veränderten uns körperlich und geistig. Willies sagenhaftes Gedächtnis ließ ihn jetzt manchmal im Stich, und er hatte nicht mehr die Telefonnummern sämtlicher Freunde und Bekannten im Kopf. Sein Rücken und seine Knie wurden steif, seine Allergien schlimmer, und ich gewöhnte mich daran, ihn schnaufen zu hören wie eine alte Lok. Er für sein Teil fand sich mit meinen Eigenheiten ab: daß emotionale Belastungen mir Bauchkrämpfe und Kopfschmerzen bereiten, ich mir keine blutrünstigen Filme anschauen kann, daß ich gesellschaftliche Verpflichtungen nicht mag, heimlich Schokolade in mich hineinstopfe, leicht aus der Haut fahre und mit zwei Händen Geld ausgebe, als würde es auf Bäumen wachsen. In diesem Herbst des Lebens lernten wir uns endlich ganz kennen und akzeptieren – unser Miteinander wurde reicher. Daß wir zusammen sind, kommt uns so natürlich vor wie das Atmen, und die sexuelle Begierde hat friedvolleren und sanfteren Begegnungen Platz gemacht. Keusch sind wir nicht geworden. Wir hängen aneinander, an Trennung denkt keiner mehr, was aber nicht heißen soll, daß wir nicht ab und zu streiten; ich gebe mein Schwert nicht aus der Hand, schließlich kann man nie wissen.

Als ich wieder einmal in New York war, Pflichtstation auf all meinen Lesereisen, machten Willie und ich einen Abstecher zu Ernesto und Giulia nach New Jersey. Das erste, was wir sahen, als sie uns die Tür öffneten, war ein kleiner Altar mit einem Kreuz, Ernestos Aikidowaffen, einer Kerze, zwei Rosen in einem Glas und einem Foto von dir. Die Wohnung wirkte genauso weiß und schlicht wie die Räume, die du in deinem kurzen Leben eingerichtet hast, vielleicht weil Ernesto deinen Geschmack teilte. »Sie wacht über uns«, sagte Giulia und deutete im Vorbeigehen wie selbstverständlich auf dein Porträt. Da begriff ich, daß die junge Frau klug genug gewesen war, dich als Freundin anzunehmen, statt mit deinem Andenken wetteifern zu wollen, und so gewann sie die Zuneigung von Ernestos Familie, die dich geliebt hatte, und unsere natürlich auch. Ich begann also damit, Pläne zu schmieden, wie die beiden zum Umzug nach Kalifornien zu bewegen wären, wo sie Teil der Sippe sein konnten. Der Sippe? Es war kaum noch etwas von ihr übrig: Jason in New York, Celia bei ihrer neuen Liebe, Nico verdrossen und unzugänglich, meine drei Enkel mit ihren Clownsköfferchen unterwegs, meine Eltern in Chile, und Tabra ständig in Ekken der Welt, von denen ich noch nie gehört hatte. Selbst Sabrina führte ihr eigenes Leben, und wir sahen sie wenig; sie kam schon allein mit der Gehhilfe klar und wünschte sich zu Weihnachten ein größeres Fahrrad.

»Uns kommt die Sippe abhanden, Willie. Wir müssen schleunigst etwas tun, oder wir enden wie so viele Amerikaner in einem Altersheim in Florida am Bridgetisch, wo es einsamer ist als auf dem Mond.«

»Hast du eine bessere Idee?« fragte er und dachte wahrscheinlich ans Sterben.

»Daß wir zu einer Last für die Familie werden, aber dafür müssen wir die erst vergrößern.«

Das meinte ich natürlich nicht ernst, denn wirklich beängstigend am Alter ist nicht die Einsamkeit, sondern das Abhängigwerden. Ich will meinen Sohn und meine Enkel nicht mit meinen Gebrechen belästigen, auch wenn ich nichts dagegen hätte, meine letzten Jahre in ihrer Nähe zu verbringen. Ich listete auf, was mit achtzig Jahren wichtig für mich sein würde: Gesundheit, finanzielle Unabhängigkeit, Familie, Hundedame, Geschichten. Gesundheit und Geld würden mir ermöglichen, zu leben wie und wo ich wollte, Familie und Hund würden mir Gesellschaft leisten, und die Geschichten würden dafür sorgen, daß ich den Mund hielt und etwas zu tun hatte, also niemandem auf die Nerven ging. Willie und ich haben eine Heidenangst davor, irgendwann den Verstand zu verlieren, und daß Nico oder womöglich jemand, den wir nicht kennen, über uns entscheidet. Ich habe dein Bild vor Augen, Tochter, wie du monatelang wildfremden Leuten ausgeliefert warst, ehe wir dich nach Kalifornien holen konnten. Wie oft haben ein Arzt, eine Krankenschwester oder ein Pfleger dich schlecht behandelt, ohne daß ich es mitbekam? Wie oft hast du dir in der Stille dieses Jahres gewünscht, rasch und in Frieden zu sterben?

Die Jahre vergehen leise, auf Zehenspitzen, machen sich flüsternd über uns lustig, und erschrecken uns plötzlich im Spiegel, schlagen uns aus dem Hinterhalt auf die Knie oder stoßen uns einen Dolch in den Rücken. Das Alter attackiert uns Tag für Tag, doch scheint mir, daß es mit jedem neuen Lebensjahrzehnt schlagartig hervortritt. Es gibt ein Foto von mir, auf dem bin ich neunundvierzig Jahre alt und stelle in Spanien mein Buch *Der unendliche Plan* vor; das Foto zeigt eine junge Frau, die herausfordernd die Hände in die Hüften stemmt, mit einem roten Schal um die Schultern, lakkierten Fingernägeln und langem Ohrgehänge aus Tabras Werkstatt. In ebendieser Situation, mit Antonio Banderas an meiner Seite und einem Glas Champagner in der Hand, wurde ich benachrichtigt, daß man dich ins Krankenhaus gebracht hatte. Ich machte mich sofort auf den Weg, dachte aber keinen Moment, daß dein Leben und mein Jungsein hier enden würden. Ein anderes Foto von mir, ein Jahr später, zeigt eine reife Frau mit kurzem Haar, traurigem Blick, dunkler Kleidung, ohne Schmuck. Mein Körper war mir schwer geworden, ich betrachtete mich im Spiegel und erkannte mich nicht wieder. Mein jähes Altern hatte nicht nur mit der Trauer zu tun, denn wenn ich die Fotoalben der Familie durchblättere, fällt mir ins Auge, daß ich auch nach meinem dreißigsten und dann nach meinem vierzigsten Geburtstag drastisch verändert aussah. Und so wird es weitergehen, nur daß es mir nicht mehr bloß alle zehn Jahre, sondern zu jedem Schaltjahr auffallen wird, das jedenfalls behauptet meine Mutter. Sie ist mir zwanzig Jahre voraus und macht die Bahn frei, zeigt mir, wie ich in jeder Etappe meines Lebens sein werde. »Nimm Kalzium und Hormone«, rät sie mir, »damit die Knochen dich nicht im Stich lassen wie mich.« Sie schärft mir ein, ich solle auf mich achten, gut zu mir sein, die Stunden auskosten, die doch so schnell vorbei sind, nicht mit dem Schreiben aufhören, damit mein Geist rege bleibt, und meine Yogaübungen machen, damit ich mich bücken kann und weiterhin allein in meine Schuhe komme. Auch rät sie mir, nicht zuviel Energie an jugendliches Aussehen zu verschwenden, denn wie sehr ich sie auch zu kaschieren versuchte, man sähe mir die Jahre doch an, und nichts sei erbärmlicher als eine Alte, die als Lolita daherkommt. Kein Zaubertrick stoppt den Verfall, er läßt sich nur ein bißchen aufhalten. »Über Fünfzig macht Eitelkeit nur noch Kummer«, versichert mir diese Frau, die immer als Schönheit galt. Aber mich schreckt die Häßlichkeit des

Alters, und ich werde mich gegen sie wehren, solange meine Gesundheit es erlaubt; deshalb habe ich mich liften lassen, denn noch ist die Salbe, die Zellen verjüngt, nicht gefunden. Ich bin nicht aus dem hervorragenden Grundstoff einer Sophia Loren und muß auf jede Hilfe zurückgreifen, die ich kriegen kann. Bei der Operation werden Muskelgewebe und Haut gelockert, was zu viel ist, schneidet man weg, und dann wird das Fleisch, straff wie das Trikot eines Tänzers, wieder an den Schädel genäht. Über Wochen fühlte ich mich wie unter einer Maske aus Holz, aber am Ende hat es sich gelohnt. Ein guter Chirurg kann der Zeit ein Schnippchen schlagen. Gegenüber Nico oder meinen Schwestern vom Durcheinander darf ich dieses Thema nicht anschneiden, weil die behaupten, das Alter besitze, selbst mit behaarten Warzen und Krampfadern, eine eigene Schönheit. Du warst derselben Ansicht. Alte haben dir immer besser gefallen als Kinder.

Apropos Schönheitschirurgie: An einem Mittwochmorgen rief Tabra mich ziemlich verstört in aller Frühe an, um mir zu sagen, eine ihrer Brüste sei verschwunden.

»Machst du Witze?«

»Sie ist verpufft. Eine Seite ist flach wie ein Brett, aber die andere ist wie neu. Weh tut es nicht. Meinst du, ich sollte zum Arzt gehen?«

Ich holte sie sofort ab und brachte sie zu dem Chirurgen, der sie operiert hatte und der uns versicherte, es sei nicht seine, sondern die Schuld des Implantatherstellers: Manchmal seien die Implantate fehlerhaft, gingen kaputt, und die Flüssigkeit ergieße sich in den Körper. Wir sollten uns keine Sorgen machen, es handele sich um Salzwasserlösung, die mit der Zeit ohne Gefahr für die Gesundheit versickere. »Aber so kann sie doch nicht bleiben: mit einer Brust!« protestierte ich. Das leuchtete dem Arzt ein, und ein paar Tage später ersetzte er den geplatzten Ballon, dachte allerdings nicht daran, einen Preisnachlaß für seine Dienste zu gewähren. Drei Wochen später verpuffte die andere Brust. Tabra kam am Abend in einen Poncho gehüllt zu uns.

»Wenn dieser Kurpfuscher nicht für deinen Busen haftet, zerre ich ihn vor Gericht! Er muß dich gratis operieren!« empörte sich Willie.

»Ich möchte ihn lieber nicht noch einmal bemühen, Willie, womöglich würde er das krumm nehmen. Ich war bei einem anderen Arzt.«

»Und der versteht etwas von Brüsten?« wollte ich wissen.

»Er ist sehr anständig. Stell dir vor, er reist jedes Jahr nach Nicaragua, um dort Kinder mit Gaumenspalte zu operieren.«

Tatsächlich leistete er hervorragende Arbeit, und Tabra wird feste Mädchenbrüste haben, bis sie mit hundert Jahren abtritt. Die Frauen ihrer Familie sind sehr langlebig. Ein paar Monate später tauchte der Name des ersten Chirurgen – der mit den fehlerhaften Implantaten – in der Presse auf. Man hatte ihm die Zulassung entzogen und war drauf und dran, ihn hinter Gitter zu bringen, weil er eine Patientin nach einer Operation ohne Aufsicht eine Nacht in seiner Praxis gelassen hatte, wo sie einen Herzanfall erlitt und starb. Mein Enkel Alejandro rechnete aus, was jede Brust von seiner Tante Tabra gekostet hatte, und schlug vor, zehn Dollar fürs Anschauen und fünfzehn fürs Anfassen zu nehmen, womit sich die Investition in näherungsweise drei Jahren und hundertfünfzig Tagen amortisiert hätte; aber Tabras Schmuckgeschäfte liefen gut, und sie mußte nicht zu solchen drastischen Maßnahmen greifen.

Mit Blick auf die prächtige Entwicklung ihres Unternehmens stellte Tabra einen Geschäftsführer ein, der ihr das Blaue vom Himmel versprach. Sie hatte ihr Geschäft aus dem Nichts aufgebaut, hatte mit Straßenverkauf begonnen und daraus Schritt für Schritt mit viel Fleiß, Zähigkeit und Talent ein Vorzeigeunternehmen geschaffen. Ich begriff nicht, wozu sie einen arroganten Hanswurst benötigte, der in seinem Leben noch kein Armband getragen, geschweige denn eines hergestellt hatte. Er konnte sich nicht einmal eines schwarzen Wuschelkopfs rühmen. Sie hatte viel mehr Ahnung als er. Das studierte Milchgesicht erwarb zunächst von einem Freund eine Computeranlage, wie die NASA sie benutzt, die keiner von Tabras asiatischen Flüchtlingen zu bedienen lernte, obwohl etliche von ihnen mehrere Sprachen beherrschten und eine solide Schulausbildung besaßen, und beschloß sodann, eine Gruppe von Beratern für die Leitungsebene sei unverzichtbar. Er suchte sie unter seinen Freunden aus und gewährte ihnen ein schönes Gehalt. Es dauerte kein Jahr, da geriet Tabras Unternehmen ins Trudeln wie Willies Kanzlei, weil mehr Geld abfloß, als eingenommen wurde, und eine Schar Angestellter bezahlt werden mußte, deren Tätigkeit allen rätselhaft blieb. Dazu kam eine landesweite wirtschaftliche Flaute und der Trend zu minimalistischen Schmuckstücken anstelle des großen Ethnoschmucks, den Tabra herstellte; es gab Diebstähle im Unternehmen und Mißmanagement. Diesen Moment wählte der Geschäftsführer, um sich aus dem Staub zu machen, und Tabra blieb auf einem Berg Schulden sitzen. Er fand eine Stelle als Berater in einem anderen Unternehmen, auf Betreiben derselben Leute, die er in seinem Führungsstab beschäftigt hatte.

Fast ein Jahr kämpfte Tabra gegen die Gläubiger und den Druck der Banken, aber schließlich mußte sie sich mit dem Konkurs abfinden. Sie verlor alles. Sie verkaufte ihr malerisches Haus im Wald für viel weniger, als sie dafür bezahlt hatte. Was sie besaß, bekamen die Banken, angefangen bei ihrem Lieferwagen bis hin zum Maschinenpark ihrer Werkstatt und dem überwiegenden Teil der Rohmaterialien, die sie ein Leben lang zusammengetragen hatte. Monate zuvor hatte sie mir Flakons voller Glasperlen und Halbedelsteine geschenkt, die im Keller darauf warteten, daß sie mir zeigte, was ich daraus machen konnte; wie hätte ich ahnen sollen, daß sie Tabra am Ende dazu dienen würden, wieder zu arbeiten. Willie und ich räumten dein ehemaliges Zimmer im Erdgeschoß aus, strichen es und boten es ihr an, damit sie wenigstens ein Dach über dem Kopf und eine Familie hatte. Sie zog mit den paar Möbeln und Kunstobjekten, die sie hatte retten können, zu uns. Wir besorgten einen großen Tisch, und an ihm fing sie wie dreißig Jahre zuvor noch einmal an, ihre Schmuckstücke einzeln von Hand zu fertigen. Fast täglich gingen wir spazieren und sprachen über das Leben. Sie beklagte sich nie und verfluchte auch den Geschäftsführer nicht, der sie ruiniert hatte. »Ich bin selber schuld, daß ich ihn angestellt habe. So etwas passiert mir nicht noch mal«, war alles, was sie dazu sagte. In den Jahren, in denen ich sie nun kenne, und das sind viele, ist meine Freundin krank gewesen, ist enttäuscht worden, hat all ihr Geld verloren und in tausenderlei Schwierigkeiten gesteckt, aber verzweifelt habe ich sie nur gesehen, als ihr Vater starb. Lange weinte sie um diesen geliebten Menschen, ohne daß ich ihr hätte helfen können. In der Zeit ihres wirtschaftlichen Ruins hingegen blieb sie ungerührt. Mit Humor und Courage schickte sie sich an, denselben Weg zurückzulegen, den sie in jungen Jahren schon einmal gegangen war, überzeugt, was sie mit zwanzig geschafft hatte, werde ihr mit fünfzig erneut gelingen. Zum Glück war sie in etlichen Ländern bekannt, wer sich für Ethnoschmuck interessiert, kennt ihren Namen, Galerien in Japan, England, der Karibik und an vielen anderen Orten zählen zu ihren Kunden, und es gibt einige leidenschaftliche Sammler, die schon über fünfhundert Stücke erworben haben und immer noch weitere kaufen.

Tabra erwies sich als idealer Hausgast. Aus Höflichkeit aß sie, was man ihr auf den Teller tat, und ohne unsere täglichen Wanderungen wäre sie kugelrund geworden. Sie war diskret, leise und gut gelaunt und amüsierte uns obendrein mit ihren Ansichten.

»Wale sind Machos. Ist die Walkuh empfängnisbereit, wird sie von Männchen eingekreist und vergewaltigt«, erzählte sie uns.

»Man kann Walfische nicht nach christlichen Moralvorstellungen beurteilen«, widersprach ihr Willie.

»Moral ist nicht teilbar, Willie.«

»Die Yanomami-Indianer im Amazonasurwald rauben die Frauen anderer Stämme und leben polygam.«

In diesem Fall, schloß Tabra, die großen Respekt vor Urvölkern hegt, könnten nicht dieselben moralischen Maßstäbe gelten wie für Wale. Und die politischen Diskussionen erst! Willie ist ein sehr fortschrittlich denkender Mensch, aber neben Tabra wirkt er wie ein Taliban. Tabras Konkurs fiel damit zusammen, daß Alfredo López Gefiederte Echse wieder einmal unverhofft von der Bildfläche verschwand, und um sich bei Laune zu halten, kehrte unsere Freundin zu ihrer Gewohnheit zurück, sich über Kontaktanzeigen in der Zeitung mit wildfremden Männern zu verabreden. Einer der Kandidaten schickte ein Foto von sich in einem bis zum Nabel aufgeknöpften Hemd und mit einem halben Dutzend Kreuzen an Goldkettchen vor der behaarten Brust. Das und dazu die Tatsache, daß er weiß war und sich sein Haupthaar am Hinterkopf deutlich lichtete, hätte ihr eigentlich genügen müssen, um ihn uninteressant zu finden, aber er schien nicht ganz dumm zu sein, und deshalb wollte sie ihm eine Chance geben. Sie trafen sich in einem Café, redeten eine ganze Weile miteinander und entdeckten Gemeinsamkeiten wie Che Guevara und andere Helden der Guerrillabewegung. Zu ihrer zweiten Verabredung erschien der Mann mit zugeknöpftem Hemd und einem hübsch verschnürten Geschenk. Sie packte es aus und fand einen aus Holz geschnitzten Penis von optimistischen Ausmaßen. Zu Hause warf sie ihn wutschnaubend in den Kamin, aber Willie überzeugte sie davon, es handele sich um ein Kunstobjekt, und wenn sie Kalebassen sammle, die in Neuguinea männliche Schamteile verhüllten, bestehe kein Grund, wegen dieses Geschenks eingeschnappt zu sein. Ihren Zweifeln zum Trotz ging sie noch einmal mit dem Anwärter aus. Bei diesem dritten Rendezvous fiel ihnen zur lateinamerikanischen Guerrilla nichts mehr ein, und sie schwiegen sehr lange, bis Tabra, um etwas zu sagen, fallen ließ, daß sie Tomaten mochte. »Ich mag DEINE Tomaten«, antwortete der Kerl und legte ihr eine Pranke auf die Brust, für die sie so viel Geld bezahlt hatte. Und da Tabra auf diesen Übergriff mit entsetzter Starre reagierte, fühlte er sich zum nächsten

Schritt ermächtigt und lud sie zu einer Orgie ein, bei der die Gäste sich entkleiden und sich Hals über Kopf auf eine Pyramide menschlicher Leiber stürzen, um es zu treiben wie die Römer zu Neros Zeiten. Kalifornisches Brauchtum offensichtlich. Tabra gab Willie die Schuld, der Penis sei kein Kunstgegenstand gewesen, sagte sie, sondern ein unsittliches Angebot und ein Angriff auf ihre Anständigkeit, genau wie sie vermutet habe. Es gab noch ein paar andere Kandidaten, mit denen Willie und ich viel Spaß hatten und Tabra etwas weniger.

Sie war allerdings nicht als einzige für Überraschungen gut. Etwa um diese Zeit erfuhren wir, daß Sally Celias Bruder geheiratet hatte, damit er sein Visum bekam und im Land bleiben konnte. Um die Einwanderungsbehörde von der Rechtmäßigkeit dieser Ehe zu überzeugen, gab es eine Feier mit Hochzeitstorte und ein Foto, auf dem Sally das berühmt-berüchtigte Sahnebaiserkleid trägt, das über Jahre in meinem Kleiderschrank gedöst hatte. Ich bat Celia, das Bild zu verstecken, denn wie sollte man den Kindern begreiflich machen, daß die Lebensgefährtin ihrer Mama den Onkel geheiratet hatte, aber Celia kann Geheimnistuerei nicht leiden. Sie sagt, über kurz oder lang komme doch alles heraus und nichts sei gefährlicher als die Lüge.

Nico wurde immer hübscher. Er trug das Haar lang wie ein Apostel und sah seinem Großvater ähnlicher denn je, die großen Augen mit den schläfrig langen Wimpern, die aristokratische Nase, das kantige Kinn, die schmalen Hände. Ich konnte nicht begreifen, daß die Frauen nicht in Scharen seine Haustür belagerten. Hinter Willies Rücken, der von diesen Dingen nichts versteht, nahmen Tabra und ich uns vor, eine Gefährtin für ihn zu finden, was haargenau das ist, was du unter diesen Umständen getan hättest, Tochter, beschwer dich also nicht.

»In Indien und an vielen anderen Orten der Welt werden Ehen arrangiert. Dort gibt es weniger Scheidungen als im Westen«, erklärte mir Tabra.

»Was nicht heißt, daß die Leute glücklicher sind, sondern nur, daß sie mehr aushalten«, wandte ich ein.

»Das System funktioniert. Aus Liebe zu heiraten bringt jede Menge Ärger mit sich, besser, man sucht zwei Menschen, die zueinander passen, im Lauf der Zeit lernen die sich schon lieben.«

»Ist zwar ein bißchen riskant, aber etwas Besseres fällt mir nicht ein«, mußte ich zugeben.

Solche Arrangements sind in Kalifornien nicht leicht herbeizuführen, wie Tabra selbst über Jahre erleben mußte, als keine einzige Heiratsvermittlung einen brauchbaren Mann für sie auftreiben konnte. Gefiederte Echse war noch der Brauchbarste gewesen, aber von dem fehlte weiter jede Spur. Wir durchforsteten regelmäßig die Presse danach, ob Moctezumas Federkrone in Mexiko aufgetaucht war – erfolglos. In Anbetracht von Tabras fruchtlosen Bemühungen wollte ich nicht auf Zeitungsannoncen oder Partnervermittlungen zurückgreifen; außerdem wäre das zu weit gegangen, schließlich hatte ich mich nicht mit Nico besprochen. Von meinen Freundinnen kam keine in Frage, die waren nicht jung genug, und keine Frau in den Wechseljahren würde sich meiner drei Enkel annehmen, da konnte Nico noch so hinreißend sein.

Wo ich ging und stand, war ich jetzt auf Brautschau, und mit der Zeit schärfte sich mein Blick. Ich forschte unter Freunden und Bekannten, musterte die jungen Frauen, die mich baten, Bücher für sie zu signieren, sprach sogar forsch zwei Mädchen auf der Straße an, aber die Methode erwies sich als wenig effektiv und ungeheuer zeitraubend. In diesem Tempo würde Nico noch mit siebzig allein sein. Ich besah mir die Frauen genau und sortierte sie am Ende eine nach der anderen wegen der unterschiedlichsten Gründe aus: zu ernst oder zu aufgekratzt, geschwätzig oder schüchtern, Raucherin oder Makrobiotikerin, angezogen wie ihre Mutter oder mit einer tätowierten Jungfrau von Guadalupe auf dem Rücken. Es ging um meinen Sohn, da konnte man die Entscheidung nicht auf die leichte Schulter nehmen. Ich war schon der Verzweiflung nah, als Tabra mich mit Amanda bekannt machte, einer Fotografin und Autorin, die für eine Reisezeitschrift eine Reportage mit mir im Amazonasgebiet machen wollte. Amanda war sehr interessant und sah gut aus, war aber verheiratet und wollte demnächst Kinder bekommen, schied für meine amourösen Ränke also aus. Im Gespräch kamen wir jedoch auf meinen Sohn, und ich erzählte ihr das gesamte Drama, denn was sich mit Celia zugetragen hatte, war längst kein Geheimnis mehr; Celia selbst hatte es in alle Winde verkündet. Amanda erklärte, sie kenne die ideale Kandidatin: Lori Barra. Sie war ihre beste Freundin, hatte ein großes Herz, keine Kinder, war hübsch und kultiviert, stammte aus New York und besaß ein Graphikdesignstudio in San Francisco. Sie hatte einen, nach Amandas Dafürhalten, unausstehlichen Freund, aber den würden wir schon irgendwie loswerden, und dann könne man sie mit Nico bekannt machen. Nicht so hastig, erst müsse ich sie mir gründlich ansehen, sagte ich. Amanda arrangierte ein gemeinsames Mittagessen, und ich nahm Andrea mit, weil mir schien, die junge Graphikerin solle eine ungefähre Ahnung davon kriegen, was auf sie zukam. Von meinen drei Enkeln war Andrea zweifellos die speziellste. Sie erschien als Bettlerin verkleidet, in rosa Lumpen, die um verschiedene Körperteile gewickelt waren, mit einem Strohhut, an dem welke Blumen steckten, und mit ihrer Rettet-den-Thunfisch-Puppe. Ich war drauf und dran, sie in einen Laden zu schieben, um ihr etwas Präsentableres zum Anziehen zu kaufen, hielt es dann aber doch für besser, daß Lori sie in ihrem Normalzustand kennenlernte.

Amanda hatte ihrer Freundin nichts von unseren Plänen erzählt, und ich Nico nichts, um keine schlafenden Hunde zu wecken. Das Mittagessen in einem japanischen Restaurant war ein gelungener Kniff und erregte keinen Verdacht bei Lori, die uns nur gern kennenlernen wollte, weil ihr Tabras Schmuck gefiel und sie ein paar von meinen Büchern gelesen hatte, zwei Pluspunkte für sie. Tabra und ich waren sehr angetan von ihr, sie war erfrischend unaffektiert und herzlich. Andrea musterte sie wortlos, während sie vergeblich versuchte, sich mit zwei Holzstäbchen rohen Fisch in den Mund zu schieben.

»In einer Stunde kann man jemanden nicht kennenlernen«, warnte mich Tabra danach.

»Sie ist ideal! Sie sieht Nico sogar ein bißchen ähnlich, beide sind groß, schlank, hübsch, feingliedrig und tragen schwarze Sachen: sie könnten Zwillinge sein.«

»Was kaum Grundlage für eine gute Ehe ist.«

»In Indien wird nach dem Horoskop entschieden, das ist auch nicht eben wissenschaftlich. Alles ist Glückssache, Tabra.«

»Wir müssen mehr über sie herausfinden. Man muß sie in schwierigen Situationen erleben.«

»Du meinst im Krieg oder so?«

»Das wäre das Beste, aber es ist keiner in Sicht. Was hältst du davon, wenn wir sie an den Amazonas einladen?« schlug Tabra vor.

Und so fand sich Lori, die uns ein einziges Mal über einen Teller Sushi hinweg gesehen hatte, mit uns in einem Flugzeug nach Brasilien wieder, als Assistentin von Amanda, der Fotografin.

Vor unserer Fahrt ins Amazonasgebiet malte ich mir aus, daß wir an sehr urtümliche Orte gelangen würden, an denen Loris Charakter wie der sämtlicher anderer Expeditionsteilnehmer offenbar würde, aber leider erwies sich die Reise als weit weniger gefährlich als erwartet. Amanda und Lori hatten alles bis in die Einzelheiten geplant, und wir erreichten mühelos Manaus, nachdem wir für einige Tage in Bahía gewesen waren, um Jorge Amado kennenzulernen. Tabra und ich hatten alle seine Bücher gelesen und wollten herausfinden, ob er als Mensch ebenso außergewöhnlich ist wie als Schriftsteller.

Amado und seine Frau, Zélia Gattai, empfingen uns herzlich und gastfreundlich bei sich zu Hause. Der vierundachtzigjährige Autor saß in einem Lehnsessel, war halb blind und ziemlich krank, jedoch weiterhin im Besitz des Humors und der Klugheit, die seine Romane auszeichnen. Er war der geistige Vater von Bahía, überall fanden sich Zitate aus seinen Büchern: in Stein gemeißelt, als Schriftzug an den Gebäuden der Stadtverwaltung, als Graffiti oder dick mit Farbe auf die Hütten der Armen gemalt. Plätze und Straßen trugen stolz die Titel seiner Bücher und Namen seiner Romanfiguren. Amado lud uns ein, die Gaumenfreuden seiner Heimat im Restaurant der schönen schwarzen Dadá zu probieren, die ihn nicht zu dem Roman *Doña Flor und ihre zwei Ehemänner* inspiriert hatte, da sie noch ein Kind war, als er ihn schrieb, die aber der Figur aus dem Buch glich wie ein Ei dem anderen: hübsch, klein und auf angenehme Weise fleischig, ohne fett zu sein. Diese zum Leben erweckte Doña Flor bewirtete uns mit über zwanzig köstlichen Gerichten und einer Auswahl ihrer Desserts, die in *punhetinha* genannten Törtchen gipfelten, was im lokalen Slang »Masturbation« heißt. Eine wahre Schatztruhe für mein Buch *Aphrodite*!

Der betagte Schriftsteller brachte uns außerdem in einen *terreiro*, ein Gotteshaus, dessen Schirmherr er war, damit wir an einem Gottesdienst des Candomblé teilnahmen, einer Religion, die vor Jahrhunderten von den Sklaven aus Afrika nach Brasilen gebracht wurde und dort heute mehr als zwei Millionen Anhänger hat, auch weiße Städter aus der Mittelschicht. Die Zeremonie hatte früh mit der Opferung einiger Tiere für die Gottheiten, die *Orixás*, begonnen, aber diesen Teil hatten wir verpaßt. Der Raum erinnerte an ein bescheidenes Klassenzimmer, geschmückt mit Krepp-Papier und Fotografien von *Mães*, Priesterinnen, die schon verstorben waren. Wir setzten uns auf harte Holzbänke, und kurz darauf kamen die Musiker und begannen auf ihren Trommeln einen unwiderstehlichen Rhythmus zu schlagen. In einer langen Reihe zogen weißgekleidete Frauen in den Saal, drehten sich mit erhobenen Armen um einen heiligen Pfosten und riefen die Orixás herbei. Eine nach der anderen fielen die Frauen in Trance. Kein Schaum vorm Mund, keine heftigen Krämpfe, keine schwarzen Schleier oder Schlangen, keine furchteinflößenden Masken oder bluttriefenden Hühnerköpfe. Die älteren Frauen brachten diejenigen, die, von den Göttern »bestiegen«, zu Boden fielen, in einen Nebenraum und führten sie dann, in die bunten Gewänder ihrer Gottheit gehüllt, wieder zurück, damit sie weiter bis zum Sonnenaufgang tanzten, wenn die Zeremonie mit einem üppigen Mahl aus dem gegrillten Fleisch der Opfertiere, Maniok und Süßspeisen endete.

Man hatte mir erklärt, daß jeder Mensch einem Orixá gehört – zuweilen auch mehreren – und jederzeit von seiner Gottheit beansprucht werden kann, in deren Dienst er sich dann zu stellen hat. Ich wollte herausfinden, welches meine Gottheit war. Vor Jahren hatte mich das Buch von Jean Shinoda Bolen, meiner Mitschwester vom Durcheinander, über die Göttinnen in jeder Frau etwas ratlos zurückgelassen. Vielleicht würde der Candomblé eindeutiger sein. Eine *Mãe de santo*, eine gewaltige Frau, die ein zeltgroßes mit Rüschen und Spitze verziertes Etwas trug, einen Turban aus mehreren Tüchern und einen Wasserfall aus Halsketten und Armbändern, führte das *jogo de búzios* für uns durch, das heißt, sie »warf die Muscheln«. Ich drängte Lori, sich als erste das Schicksal weissagen zu lassen, und die Muscheln sprachen rätselhaft von einer neuen Liebe zu »jemandem, den sie kennt, aber noch nicht gesehen hat«. Tabra und ich hatten viel von Nico gesprochen, unsere Absichten aber immer sorgsam zu verbergen gewußt; jedenfalls mußte Lori inzwischen eine Vorstellung von Nico haben, oder sie war mit ihren Gedanken immer anderswo gewesen. »Werde ich Kinder haben?« fragte sie nach. Drei, antworteten die Muscheln. Mir entfuhr ein erfreutes »Aha!«, aber Tabras Blick brachte mich wieder zur Vernunft. Dann war ich an der Reihe. Die Mãe de santo rieb die Muscheln lange zwischen den Händen, ließ mich darüber streichen und warf sie schließlich auf ein schwarzes Tuch. »Du gehörst zu Yemayá, der Göttin der Meere, Mutter von allem. Mit Yemayá beginnt das Leben. Sie ist stark, eine Hüterin, sie sorgt für ihre Kinder, ermutigt sie und tröstet sie über Kummer hinweg. Sie kann die Unfruchtbarkeit der Frauen heilen. Yemayá ist verständnisvoll, doch kann ihr Zorn fürchterlich sein wie ein Sturm auf dem offenen Meer.« Dann sagte sie noch, ich sei durch ein schweres Leid gegangen, das mich lange gelähmt habe, mir nun jedoch nach und nach leichter werde. Tabra, die an solche Sachen nicht glaubt, mußte zugeben, daß zumindest die Beschreibung der Mutter gut zu mir paßte. »Ein Glückstreffer«, war ihre Erklärung.

Vom Flugzeug aus gesehen, ist das Amazonasgebiet ein endloses Grün, vom Erdboden aus das Reich des Wassers: Nebelschwaden, Regen, Flüsse, breit wie Meere, Schweiß. Das Amazonasgebiet umfaßt sechzig Prozent der Fläche Brasiliens und Teile von Venezuela, Kolumbien, Peru und Ecuador, ein Gebiet größer als Indien. In einigen Regionen herrscht noch immer das »Gesetz des Dschungels«, wird mit Gold, Drogen, Holz und Wildtieren gehandelt, bringen die Banditen sich gegenseitig um und rotten die Ureinwohner ungestraft aus oder sorgen, falls das nicht gelingt, dafür, daß sie ihre angestammten Gebiete verlassen. Es ist eine Welt für sich, geheimnisvoll und faszinierend. Mir schien sie so unbegreiflich in ihren Ausmaßen, daß ich mir nicht hätte vorstellen können, sie je als Quelle der Inspiration zu nutzen, aber Jahre später konnte ich viel von dem, was ich sah, in meinem ersten Jugendbuch verwenden.

Die Einzelheiten unserer Reise müssen hier unerwähnt bleiben, aber man kann sagen, daß sie kaum die gewünschten Gefahren bot und wir uns umsonst auf ein Tarzan-Abenteuer eingestellt hatten. Der Tarzangeschichte am nächsten kam noch, daß sich eine verlauste schwarze Affendame in mich verliebte, die mich frühmorgens vor meiner Zimmertür erwartete, auf meine Schulter kletterte, mir ihren Schwanz um den Hals ringelte und mit ihren Feenfingerchen mein Haar nach Flöhen absuchte. Es war eine delikate Romanze. Alles übrige war ein Spaziergang für Ökotouristen: Die Moskitos waren erträglich, die Piranhas nagten uns nicht an, und wir mußten uns nicht vor Giftpfeilen in acht nehmen. Für Schmuggler, Soldaten und Drogenhändler waren wir Luft. Von Malaria blieben wir verschont. Es bohrten sich keine Würmer unter unsere Haut, und in unsere Harnwege schlüpften keine nadelfeinen Fische. Alle vier Teilnehmerinnen überstanden die Expedition gesund und wohlbehalten. Und doch war das kleine Abenteuer ein voller Erfolg, denn ich lernte Lori kennen.

Lori bestand alle Prüfungen mit Bestnote. Sie war genau, wie Amanda sie beschrieben hatte: ein klarer Kopf und ein freundliches Wesen. Diskret und effektiv machte sie ihren Gefährtinnen die Reise angenehmer, kümmerte sich um lästigen Kleinkram und sorgte dafür, daß die unvermeidlichen Reibereien nicht eskalierten. Sie besaß gute Manieren, die für ein gesundes Miteinander unverzichtbar sind, lange Beine, die jedenfalls nicht schaden, und ein herzliches Lachen, das Nico zweifellos den Kopf verdrehen würde. Daß sie ein paar Jahre älter war als er, hatte nur Vorteile, denn Erfahrung ist immer gut, und sie sah sehr jung aus. Sie war hübsch, hatte ein markantes Gesicht, wundervolle dunkle Locken und goldbraune Augen, was alles weiter keine Rolle spielte, weil mein Sohn auf Äußerlichkeiten überhaupt keinen Wert legt; er neckt mich, weil ich Make-up benutze, und will nicht glauben, daß ich abgeschminkt wie ein Polizeiobermeister aussehe. Ich beobachtete Lori mit Argusaugen und stellte ihr sogar ein paar Fallen, konnte jedoch keinen einzigen Makel an ihr finden. Das beunruhigte mich ein bißchen.

Nach zwei Wochen landeten wir erschöpft in Rio de Janeiro, von wo aus wir heim nach Kalifornien fliegen sollten. Wir hatten Zimmer in einem Hotel an der Copacabana, aber anstatt uns am weißen Sandstrand in die Sonne zu legen, wollten wir lieber eine Favela besuchen, um eine Vorstellung davon zu bekommen, wie die Armen hier lebten, und um eine Wahrsagerin für ein zweites jogo de búzios aufzusuchen, weil Tabra nicht aufhörte, mich mit meiner Göttin Yemayá aufzuziehen. Zusammen mit einer brasilianischen Journalistin und einem Fahrer machten wir uns in einem Kleinbus auf den Weg durch einige auf Hügeln gelegene

Siedlungen bittersten Elends, in die kein Polizist, geschweige denn ein Tourist seinen Fuß setzte. In einem wesentlich bescheideneren terreiro als in Bahía empfing uns eine ältere Priesterin in Jeans. Sie wiederholte dasselbe Ritual mit den Muscheln, das ich in Bahía gesehen hatte, und sagte ohne Zögern, daß ich der Göttin Yemayá angehörte. Die beiden Hellseherinnen konnten sich unmöglich abgesprochen haben. Diesmal mußte Tabra sich die spöttischen Bemerkungen verkneifen.

Wir verließen die Favela und kamen auf dem Rückweg an einem kleinen Lokal vorbei, wo landestypisches Essen nach Gewicht verkauft wurden. Mir schien das pittoresker, als auf der Hotelterrasse Krabbencocktail zu Mittag zu essen, deshalb bat ich den Fahrer anzuhalten. Der Mann blieb im Wagen bei der Fotoausrüstung, während wir fünf Frauen uns vor dem Tresen in die Schlange stellten und darauf warteten, daß man uns das Essen mit einem Holzlöffel auf einen Pappteller häufte. Ich weiß nicht mehr, weshalb ich, gefolgt von Lori und Amanda, nach draußen ging, vielleicht um den Fahrer zu fragen, ob er auch etwas haben wolle. Auf der Schwelle des Lokals merkte ich, daß die Straße, die vorher voller Verkehr und Leben gewesen war, sich geleert hatte, es fuhren keine Autos, die Läden wirkten geschlossen, die Leute waren verschwunden. Auf der gegenüberliegenden Straßenseite, etwa zehn Meter entfernt, wartete ein junger Mann in einer blauen Hose und einem kurzärmligen T-Shirt auf den Bus. Von hinten näherte sich ein ähnlich aussehender Mann, ebenfalls jung, in einer dunklen Hose und dem fast gleichen T-Shirt, und hielt unverhohlen eine große Pistole in der Hand. Er hob die Waffe, zielte auf den Kopf des anderen und drückte ab. Einen Moment begriff ich nicht, was geschehen war, weil der Schuß nicht knallte wie im Kino, sondern dumpf und trocken klang. Ein Schwall Blut trat aus, ehe der Getroffene stürzte. Und als er auf der Boden lag, schoß der Mörder noch viermal auf ihn.

Dann ging er ruhig und herausfordernd die Straße hinunter davon. Ich näherte mich wie ferngelenkt dem blutenden Mann am Boden. Zweimal durchlief ein heftiges Zucken seine Körper, und dann lag er still, während die Lache aus glänzendem Blut um ihn größer und größer wurde. Ich schaffte es nicht mehr, mich hinunterzubeugen, weil meine Freundinnen und der Fahrer, der sich während des Verbrechens hinter das Lenkrad geduckt hatte, mich zum Wagen zerrten. Im nächsten Moment war die Straße wieder voller Menschen, ich hörte Schreie, Hupen, sah die Kunden aus dem Lokal laufen.

Die brasilianische Journalistin drängte uns, in den Wagen zu steigen, und wies den Fahrer an, uns durch Seitenstraßen zum Hotel zu bringen. Ich dachte, sie wolle dem Verkehrsstau ausweichen, der zweifellos entstehen würde, aber sie sagte, wir müßten der Polizei entgehen. Wir brauchten vierzig endlose Minuten für die Strecke. Unterwegs fielen mich Bilder vom Militärputsch in Chile an, die Toten in den Straßen, das Blut, der plötzliche Gewaltausbruch, dieses Gefühl, daß jeden Moment etwas geschehen kann, das dein Leben beendet, daß niemand sicher ist, nirgends. Im Hotel erwarteten uns mehrere Fernsehteams; auf unerklärliche Weise hatte die Presse Wind von dem Geschehenen bekommen, aber mein Verleger, der ebenfalls da war, erlaubte uns nicht, mit irgend jemandem zu reden. Er führte uns schleunigst in ein Zimmer und wies uns an, dort zu bleiben, bis er uns direkt zum Flugzeug bringen konnte, denn dieser Mord konnte zwar auch eine Abrechnung zwischen Kriminellen sein, aber die Art, wie er vonstatten gegangen war, am hellichten Tag auf offener Straße, deutete eher darauf hin, daß es sich um eine der berüchtigten Exekutionen der Polizei handelte, die damals völlig ungestraft das Gesetz in die eigenen Hände nahm. In der Presse und in der Öffentlichkeit wurde darüber gesprochen, aber es gab nie Beweise, und wenn es doch einmal welche gab, verschwanden sie immer rechtzeitig. Als bekannt wurde, daß eine Gruppe von Ausländerinnen, darunter ich – meine Bücher sind einigermaßen bekannt in Brasilien –, Zeuge des Verbrechens geworden war, nahmen die Journalisten an, wir könnten den Mörder identifizieren. Wenn dem so wäre, versicherte man uns, würde mehr als einer versuchen, das zu verhindern. Wenige Stunden später saßen wir im Flugzeug nach Kalifornien. Die brasilianische Journalistin und der Fahrer mußten sich wochenlang versteckt halten.

Dieser Vorfall war die Feuerprobe für Lori. Als wir uns im Auto davonmachten, zitterte sie in Amandas Armen. Zweifellos ist es schrecklich, zu sehen, wie jemand, von fünf Schüssen getroffen, auf der Straße verblutet, aber Lori war in New York zwei- oder dreimal überfallen worden und viel in der Welt herumgekommen, sie war nicht zum erstenmal mit Gewalt konfrontiert. Wir anderen hatten die Szene stumm ertragen, Lori aber konnte sie nicht aushalten. Sie reagierte so heftig, daß im Hotel ein Arzt gerufen werden mußte, der ihr ein Beruhigungsmittel gab. Diese heitere junge Frau, die in den Wochen zuvor auch in anstrengenden Situationen ihr Lächeln und in ungemütlicher Lage ihre gute Laune behalten hatte, die wagemutig im Fluß zwischen Piranhas geschwommen war und vier betrunkenen Russen Bescheid gestoßen hatte, als sie ihr und Amanda auf die Pelle rückten – wobei sie Tabra und mich respektvoll wie zwei ukrainische Großmütterchen behandelten –, diese junge Frau brach unter den fünf Schüssen zusammen. Vielleicht würde Lori mit links meine drei Enkelkinder bemuttern und unsere seltsame Familie im Zaum halten, aber als ich sie in diesem Zustand sah, wurde mir klar, daß sie viel verletzlicher war, als es auf den ersten Blick scheinen mochte. Sie würde ein bißchen Unterstützung brauchen.

Die Reise zum Amazonas hatte meine Phantasie angefacht. In wenigen Wochen schrieb ich *Aphrodite* zu Ende, ergänzte das Buch um die erotischen Rezepte aus Dadás Küche in Bahía und um einige neue, die meine Mutter sich ausgedacht hatte, und dann bat ich Lori, den Band zu gestalten, ein guter Vorwand, um sie weiter aus der Deckung zu locken.

Amanda war meine Helfershelferin. Einmal nahmen wir drei auf Loris Anregung hin an einem buddhistischen Retreat teil, was hieß, daß wir nach langen Meditationssitzungen in Zellen mit Wänden aus Reispapier auf Matten am Boden schliefen. Zum Meditieren saßen wir stundenlang auf sogenannten Zafus, runden, harten Kissen, die für die spirituelle Übung unerläßlich sind. Wer das Kissen durchhält, hat den halben Weg zur Erleuchtung gemeistert. Die Marter wurde dreimal täglich unterbrochen, um Körner zu essen und bedächtig im Kreis zu gehen, in tiefem Schweigen durch einen japanischen Garten mit zwergenhaften Nadelbäumen und sehr ordentlich hingelegten Steinen. In unserer schmucklosen Zelle erstickten wir abends unser Lachen mit den Zafus, aber dann kam eine Dame mit grauen Zöpfen und sehr hellen Augen und gemahnte uns an die Regeln. »Was soll das für eine Religion sein, wenn man nicht einmal lachen darf?« wollte Amanda wissen. Ich war etwas beunruhigt, weil Lori diese Stätte des Friedens und Gemurmels zu genießen schien, was zu Nicos unaufgeregtem Wesen zwar passen mochte, sich mit der Aufgabe, drei Kinder großzuziehen, aber schlecht vertrug. Amanda sagte, Lori habe zwei Jahre in Japan gelebt und den Zen-Ballast noch nicht restlos abgeworfen, es bestehe aber kein Grund zur Sorge, das würde sich schon auswachsen.

Ich lud Lori zusammen mit Amanda und Tabra zu uns nach Hause zum Essen ein und stellte ihr Nico und die beiden Kinder vor, die sie noch nicht kannte und die, verglichen mit Andrea, fast harmlos wirkten. Lori hatte ich erzählt, Nico habe noch an der Scheidung zu knabbern und werde bestimmt nicht leicht eine neue Frau finden, weil keine, die noch ganz bei Trost sei, einen Mann mit drei kleinen Kindern wolle. Gegenüber Nico ließ ich beiläufig fallen, ich hätte die ideale Frau für ihn gefunden, nur sei sie leider älter als er und habe so etwas wie einen Freund, wir müßten also weitersuchen. »Ich glaube, das ist meine Sache«, entgegnete er lächelnd, aber ein Schatten der Panik durchhuschte seinen Blick. Willie gestand ich das Vorhaben, hatte er es doch sowieso bereits erraten, und anstatt mir wie üblich zu sagen, ich solle mich raushalten, legte er sich mächtig ins Zeug, um für Lori ein vegetarisches Menü zu zaubern, denn sie hatte ihm auf den ersten Blick gefallen, er meinte, sie habe Klasse und würde ausgezeichnet in unseren Clan passen. Dir hätte sie auch gefallen, Tochter, ihr habt viel gemeinsam. Bei Tisch wechselten Lori und Nico nicht ein Wort miteinander, ja sahen sich nicht einmal an. Amanda und Tabra waren mit mir einig, daß wir grandios gescheitert waren, aber einen Monat später offenbarte mir mein Sohn, er sei mehrmals mit Lori ausgegangen. Mir ist bis heute schleierhaft, wie er das einen ganzen Monat vor mir geheimhalten konnte.

»Seid ihr verliebt?« fragte ich ihn.

»Das fände ich etwas früh«, antwortete er, vorsichtig wie immer.

»Für die Liebe ist es nie zu früh, schon gar nicht in deinem Alter, Nico.«

»Ich bin gerade mal dreißig!«

»Dreißig? Ehrlich? Du hast dir doch erst gestern beim Rollschuhfahren die Knochen gebrochen und mit deiner Schleuder Eier auf Leute gefeuert! Die Zeit verfliegt, mein Sohn, man sollte sie nicht verplempern.«

Jahre später erzählte mir Amanda, am Tag nachdem mein Sohn Lori kennengelernt hatte, habe er sich mit einer gelben Rose in der Hand vor ihrem Studio die Beine in den Bauch gestanden, und als sie endlich zum Mittagessen herauskam und ihn dort wie einen Säulenheiligen unter der sengenden Sonne stehen sah, habe er behauptet, er sei »zufällig vorbeigekommen«. Er kann nicht lügen, die Verlegenheitsröte verriet ihn.

Bald schon war der Mann, mit dem Lori ein Techtelmechtel hatte, ohne Aufhebens von der Bildfläche verschwunden. Er war ein ziemlich bekannter Reisefotograf, fünfzehn Jahre älter als sie, hielt sich für unwiderstehlich und mochte es auch gewesen sein, ehe die Eitelkeit und die Jahre ihn etwas peinlich wirken ließen. War er nicht auf einer seiner Reisen um die Welt, zog Lori zu ihm in seine Wohnung in San Francisco, in eine Mansarde ohne Möbel, aber mit einem überwältigenden Blick, wo die beiden höchst eigenwillige Flitterwochen verbrachten, die mehr an einen Bußaufenthalt im Kloster erinnerten. Lori ertrug klaglos den krankhaften Kontrollzwang dieses Mannes, seine Junggesellenmarotten und die betrübliche Tatsache, daß die Wände mit leichtbekleideten asiatischen Mädchen tapeziert waren, die er fotografierte, wenn er nicht im Antarktiseis oder Saharasand unterwegs war. Sie hatte sich an die Regeln des Zusammenlebens zu halten: Stille, Verbeugungen, keine Schuhe in der Mansarde, nichts anfassen, nicht kochen, weil er die Gerüche nicht ertrug, niemanden anrufen und erst recht niemanden einladen, das wäre eine unverzeihliche Respektlosigkeit gewesen. Man hatte auf Zehenspitzen zu gehen. Einziger Vorteil des guten Mannes war seine ständige Abwesenheit. Was fand Lori nur an ihm? Ihre Freundinnen begriffen es nicht. Zum Glück war sie es langsam leid, mit den asiatischen Kindern zu konkurrieren, und konnte sich ohne Schuldgefühle trennen, nachdem Amanda und andere Freundinnen sich alle Mühe gegeben hatten, den Fotografen lächerlich zu machen und Nicos reale und auch einige angedichtete Vorzüge über den grünen Klee zu loben. Beim Abschied sagte er, sie solle sich an keinem der Orte blicken lassen, an denen sie zusammengewesen waren.

Ich erinnere mich an den Morgen, als die Liebe zwischen Nico und Lori spruchreif wurde. An einem Samstag überließ er uns die Kinder, für die es nichts Besseres gab, als bei den Großeltern zu übernachten, was Süßigkeiten und Fernsehen bis zum Überdruß bedeutete, und am Sonntagmorgen kam er die drei wieder abholen. Mir genügte ein Blick auf seine scharlachroten Ohren, ein sicheres Zeichen, daß er mir etwas verheimlichen will, um zu erraten, daß er die Nacht mit Lori verbracht hatte und es ihm also, so gut kannte ich ihn, ernst war. Drei Monate später wohnten sie zusammen.

Am Tag, als Lori mit ihren Sachen zu Hause bei Nico ankam, legte ich ihr einen Brief aufs Kopfkissen, in dem ich sie in unserer Sippe willkommen hieß und ihr sagte, daß wir sie erwartet hatten, wußten, daß sie irgendwo war und wir sie nur hatten finden müssen. Nebenbei gab ich ihr einen Rat, mit dem ich, hätte ich ihn selbst beherzigt, ein Vermögen an Therapiekosten hätte sparen können: die Kinder so hinzunehmen, wie man Bäume hinnimmt, dankbar, weil sie ein Segen sind, aber ohne Erwartungen oder Wünsche; man erwartet von Bäumen nicht, anders zu sein, man liebt sie, wie sie sind. Wieso ist mir das mit meinen Stiefsöhnen Lindsay und Harleigh nie gelungen? Hätte ich die beiden hingenommen wie Bäume, ich hätte mich vielleicht weniger mit Willie gestritten. So aber versuchte ich nicht nur, sie zu ändern, sondern wies mir selbst die undankbare Rolle zu, den Rest der Familie und unser Haus zu beschützen in den Jahren, als die beiden an der Nadel hingen. Außerdem schrieb ich in dem Brief an Lori, es sei unsinnig, das Leben der Kinder kontrollieren oder sie zu sehr behüten zu wollen. Wenn ich dich nicht vor dem Tod hatte behüten können, Paula, wie sollte ich Nico und meine Enkel vor dem Leben behüten? Noch ein Rat, den ich nicht beherzige.

Um mit Nico zu leben und sich in die Sippe einzufügen, mußte Lori ihr Leben vollständig umkrempeln: aus der stilbewußten jungen Frau in der perfekten Singlewohnung in San Francisco wurde eine Ehefrau und Mutter in einem Vorort mit sämtlichen damit einhergehenden lästigen Pflichten. Früher hatte sie jede Kleinigkeit ihres Lebens unter Kontrolle, nun schlug sie sich mit dem Chaos herum, das in einem Haushalt mit Kindern unvermeidlich ist. Sie stand im Morgengrauen auf und fuhr, nachdem alle versorgt waren, in ihr Graphikstudio in San Francisco oder war Stunden auf dem Highway unterwegs zu ihren Kunden in anderen Städten. Ihr blieb keine Zeit mehr zum Lesen, zum Fotografieren, für die Reisen, die sie immer unternommen hatte, ihre vielen Freundschaften und ihre Yoga- und Zenübungen, aber sie war verliebt und übernahm klaglos die Rolle der Ehefrau und Mutter. Im Nu wurde sie von der Familie geschluckt. Damals wußte Lori das nicht, aber es sollte fast zehn Jahre dauern, bis sie – als die Kinder aus dem Gröbsten raus waren – durch eine bewußte Willensanstrengung ihre frühere Identität zurückerobern konnte.

Lori veränderte Nicos Leben und seine Behausung. Die wuchtigen Möbel, Plastikblumen und grellen Bilder verschwanden. Sie richtete die Wohnung neu ein und legte den Garten an. Das früher kerkerhafte Wohnzimmer strich sie venezianischrot – ich fiel fast in Ohnmacht, als ich die Farbprobe sah, aber das Ergebnis wirkte sehr elegant –, sie kaufte schlanke Möbel und verteilte seidene Sitzkissen hier und da wie in einer Zeitschrift für schöneres Wohnen. Die Bäder dekorierte sie mit Familienfotos, Kerzen und flauschigen Handtüchern in Grün und Brombeerblau. Im Schlafzimmer standen Orchideen, an den Wänden hingen Halsketten, es gab einen Schaukelstuhl, alte Lampen mit geklöppelten Schirmen und eine japanische Truhe. Man merkte ihr Händchen überall, auch in der Küche, wo sie die Pizzas aus der Mikrowelle und die Coca-Cola-Flaschen durch italienische Gerichte ihrer sizilianischen Urgroßmutter und durch Tofu und Yoghurt ersetzte. Nico kocht eigentlich gern, sein Leibgericht ist Paella Valenciana, die er von dir gelernt hat, aber als er allein war, fehlte es ihm an Zeit und Elan, um sich an den Herd zu stellen. Mit Lori fand er beides wieder. Sie schuf eine Atmosphäre der Geborgenheit, die bitter vermißt worden war, und Nico blühte auf; nie zuvor hatte ich ihn so froh und ausgelassen erlebt. Die beiden gingen Hand in Hand und küßten sich, von den Kindern kaum einmal nicht ausgespäht, hinter geschlossenen Türen, und Tabra, Amanda und ich beglückwünschten uns zu unserer Wahl. Manchmal schneite ich bei ihnen zum Frühstück herein, weil mir der Anblick dieser glücklichen Familie den ganzen Tag verschönte. Die Morgensonne schien in die Küche, durchs Fenster sah man den Garten und ein Stück weiter den See mit den Wildenten. Nico stellte einen Berg Pfannkuchen her, Lori schnitt Obst, und die Kinder, mit verwuschelten Haaren und im Schlafanzug, mampften fröhlich drauflos. Die drei waren noch sehr klein und allem gegenüber aufgeschlossen. Die Stimmung war heiter und liebevoll, ein Segen nach den Krankheiten und Todesfällen, der Scheidung und den Streitereien, die wir so lange hatten ertragen müssen.

Ich sagte eben, ich sei »manchmal« bei Nico und Lori hereingeschneit, aber um ehrlich zu sein, hatte ich einen Schlüssel und war schlecht erzogen: Ich tauchte unangemeldet auf, wann ich wollte, mischte mich ins Leben meiner Enkel ein, behandelte Nico wie ein kleines Kind ... kurz, ich war eine unausstehliche Schwiegermutter. Einmal kaufte ich einen Teppich und legte ihn den beiden, ohne sie um Erlaubnis zu fragen, ins Wohnzimmer, wofür ich sämtliche Möbel umstellen mußte. Ich dachte nicht darüber nach, daß jemand, dem es eingefallen wäre, als kleine Überraschung meine Wohnung umzudekorieren, von mir eins über den Schädel bekommen hätte. Du hättest mir den Teppich zurückgebracht und Tacheles mit mir geredet, Paula, allerdings hätte ich auch nie gewagt, dir einen Perserteppich von drei auf fünf Metern aufzudrängen. Lori bedankte sich dafür, bleich zwar, aber höflich. Ein andermal kaufte ich den beiden feine Küchenhandtücher und warf ihre alten Lappen fort, ohne zu ahnen, daß sie Loris verstorbener Großmutter gehört hatten und von ihr seit zwanzig Jahren wie Schätze gehütet wurden. Unter dem Vorwand, meine Enkel wachküssen zu wollen, stahl ich mich in aller Frühe in ihr Haus. Und so begegnete Lori nicht selten, wenn sie frühmorgens halbbekleidet das Bad verließ, im Flur ihrer Schwiegermutter. Außerdem traf ich mich heimlich mit Celia, was in gewisser Weise ein Verrat an Lori war, auch wenn ich das unmöglich so sehen konnte. Immer spielte das Schicksal mir einen Streich, und Nico erfuhr von diesen Begegnungen. Sicher, ich sah Celia und Sally viel seltener als früher, aber ich brach den Kontakt nie ganz ab, weil ich überzeugt war, wir würden mit der Zeit in ein friedlicheres Fahrwasser finden. Auf meiner Seite sammelten sich Ausflüchte und Heimlichtuereien, bei Nico sammelte sich der Groll. Lori verstand die Welt nicht mehr, alles um sie her war in Bewegung, nichts davon klar und eindeutig. Sie konnte nicht nachvollziehen, daß mein Sohn und ich in allem offen miteinander umgingen, es sei denn, es betraf Celia. Lori war es, die uns schließlich drängte, ehrlich zu sein, weil sie die dicke Luft nicht länger ertrug und sich fragte, wie lange wir das reinigende Gewitter noch hinauszögern wollten. Ich muß wohl nicht betonen, daß wir mehr als eins erlebten.

»Ich kann den Kontakt zu Celia nicht vollständig abbrechen, erwarte aber, daß wir zivilisiert und so wenig wie möglich miteinander umgehen. Sie ist ungehobelt und bringt mich mit ihrer fiesen Art und damit, daß sie ständig die Spielregeln ändert, auf die Palme. Alles, was wir gemeinsam haben, sind die Kinder, aber wenn du dich einmischst, gerät alles durcheinander«, erklärte mir Nico.

»Ich verstehe dich ja, aber für mich ist es anders. Du bist mein Sohn, und ich liebe dich. Meine Freundschaft mit Celia hat mit dir und Lori nichts zu tun.«

»Doch, Mama. Dir macht es etwas aus, wenn Celia Probleme hat. Und was ist mit mir? Immerhin ist alles wegen ihr, wie es ist, sie hat unsere Familie kaputtgemacht, hat getan, was sie tun wollte, und das bleibt nicht ohne Folgen.«

»Ich will keine Teilzeitgroßmutter sein, Nico. Ich muß die Kinder auch sehen können, wenn sie bei Celia und Sally sind.«

»Das kann ich dir nicht verbieten, aber du solltest wissen, daß es mich kränkt und aufregt. Du behandelst Celia wie die verlorene Tochter. Aber sie wird Paula niemals ersetzen, falls es das ist, was du willst. Du fühlst dich ihr gegenüber in der Schuld, weil sie bei dir war, als meine Schwester starb, aber ich war auch da. Je weiter du auf Celia zugehst, desto weiter gehen Lori und ich von dir weg, so ist das nun mal.«

»Ach, Nico! Für zwischenmenschliche Beziehungen gibt es keine starren Regeln, man kann sie neu erfinden, wir könnten Pioniere sein. Mit der Zeit verraucht der Zorn, und die Wunden heilen …«

»Ja, aber das wird mich Celia nicht näherbringen, das darfst du mir glauben. Hast du etwa viel mit meinem Vater zu tun oder Willie mit seinen Ex-Frauen? Wir haben eine Scheidung hinter uns. Ich möchte einen Sicherheitsabstand zu Celia, damit ich durchatmen und mein eigenes Leben führen kann.«

An einem denkwürdigen Abend kamen Nico und Lori zu mir, um mir zu sagen, daß ich mich zu sehr in ihr Leben einmischte. Sie bemühten sich, es mir schonend beizubringen, aber vor Schreck blieb mir trotzdem fast das Herz stehen. Dann bekam ich einen kindischen Wutanfall, überzeugt, mir widerfahre das schlimmste Unrecht. Mein Sohn verbannte mich aus seinem Leben! Er verlangte von mir, seine Erziehungsregeln nicht zu untergraben: weder Eiscreme vor dem Abendessen noch Geld oder Geschenke, wenn es keinen echten Anlaß gab, noch Fernsehen um Mitternacht. Wozu hat man dann eine Großmutter? Wollte er, daß ich völlig vereinsamte? Willie zeigte sich solidarisch, amüsierte sich aber im Grunde über mich. Lori sei schließlich genauso unabhängig wie ich, sagte er, sie habe jahrelang allein gelebt und sei es nicht gewohnt, daß Leute uneingeladen durch ihre Wohnung spazierten. Und was mir einfalle, einer Designerin einen Teppich ins Wohnzimmer zu legen!

Sobald ich meiner Verzweiflung einigermaßen Herr geworden war, rief ich in Chile bei meinen Eltern an, die erst das Problem nicht recht verstanden, weil die Beziehungen in chilenischen Familien allgemein so sind, wie ich sie Nico und Lori hatte aufnötigen wollen. Aber dann besannen sie sich darauf, was in den Vereinigten Staaten üblich ist: »Tochter, man kommt auf diese Welt, um alles zu verlieren. Sich von materiellen Dingen zu trennen ist ein Klacks, schwierig ist es, die Gefühle gehen zu lassen«, sagte meine Mutter bekümmert, denn ihr war es nicht anders ergangen, keins ihrer Kinder oder Kindeskinder lebt in ihrer Nähe. Ihre Worte lösten neues Zeter und Mordio aus, bis Onkel Ramón mich mit der Stimme der Vernunft unterbrach und daran erinnerte, daß Lori viele Zugeständnisse hatte machen müssen, um mit Nico zusammensein zu können: Sie hatte Stadt und Wohnung gewechselt, ihren Lebensstil verändert, sich an drei Stiefkinder und eine neue Verwandtschaft gewöhnt, aber am schlimmsten sei, daß ihr ständig die Schwiegermutter im Nacken sitze. Die beiden brauchten Luft und Raum, damit ihre Liebe gedeihen konnte, und mußten sich bewegen, ohne daß ich alles mitbekam. Er riet mir, mich unsichtbar zu machen, schließlich müßten Kinder sich von der Mutter freischwimmen oder sie würden ihr Lebtag nicht erwachsen. Und wenn ich es noch so gut meinte, sagte er, ich würde immer die Übermutter sein, eine Rolle, gegen die alle übrigen zwangsläufig aufbegehrten. Er hatte recht: Ich nehme in der Sippe unverhältnismäßig viel Raum ein, und mich zurückzunehmen wie Großmutter Hilda ist mir nicht gegeben. Willie bezeichnet mich als einen Wirbelsturm in einer Flasche.

Damals fiel mir ein Film von Woody Allen wieder ein, in dem er mit seiner Mutter, einem alten Dragoner mit einem Berg rostrot gefärbter Haare und Eulenaugen, zu einer Zaubervorführung ins Theater geht. Der Magier bittet um einen Freiwilligen aus dem Publikum, den er verschwinden lassen will, und ohne lange darüber nachzudenken, klettert die Frau auf die Bühne und krabbelt in eine Kiste. Der Zauberer macht seinen Hokuspokus, und die Frau löst sich für immer in Luft auf. Man sucht sie in der Zauberkiste, hinter den Kulissen, im ganzen Gebäude und auf der Straße – nichts. Am Ende sind Polizisten, Detektive, Feuerwehrmänner im Einsatz, aber alles Suchen bleibt ohne Erfolg. Überglücklich denkt ihr Sohn, er sei sie nun ein für allemal los, aber dann erscheint ihm die vermaledeite Alte auf einer Wolke, allgegenwärtig und unfehlbar wie Jehova. So eine war ich offenbar, eine Mamme aus einem jüdischen Witz. Unter dem Vorwand, meinen Sohn und meine Enkelkinder unterstützen und behüten zu wollen, hatte ich mich in eine Boa constrictor verwandelt. »Kümmer dich um deinen Mann, der Ärmste muß langsam genug haben von deiner Familie«, sagte meine Mutter noch. Willie? Genug von mir und meiner Familie? Darüber hatte ich nie nachgedacht. Aber es stimmte, Willie hatte dein Sterben und meine lange Trauer durchstehen müssen, die mein Wesen verändert und mich für mehr als zwei Jahre von ihm entfernt hatte, er hatte den Ärger mit Celia ausgehalten, Nicos Scheidung, meine ständigen Reisen, mein besessenes Schreiben, das mich immer mit einem Bein in einer anderen Welt gefangenhielt, und alles mögliche andere. Es war an der Zeit, daß ich den Karren voller Leute losließ, den ich, seit ich neunzehn war, hinter mir herzog, und mich mehr um Willie kümmerte. Ich gab mir einen Ruck, warf Nicos Hausschlüssel in den Müll und nahm mir vor, seinem Leben fernzubleiben, ohne allerdings ganz daraus zu verschwinden. An diesem Abend kochte ich Pasta mit Meeresfrüchten, eins von Willies Lieblingsgerichten, öffnete unsere beste Flasche Weißwein und erwartete ihn in einem roten Kleid. »Gibt's was zu feiern?« fragte er verdutzt, als er heimkam und ließ die schwere Aktentasche auf den Boden plumpsen.

Lori in ihrem Element

Wir erlebten eine Zeit, in der viele familiäre Beziehungen neu austariert wurden. Mein Wunsch, eine Familie oder mehr noch eine kleine Sippe zu gründen und zu erhalten, war in mir wohl schon angelegt, als ich mit zwanzig Jahren zum erstenmal heiratete; er verstärkte sich mit unserem Fortgang aus Chile, denn als mein erster Mann und ich mit den Kindern nach Venezuela kamen, hatten wir dort weder Freunde noch Verwandte, außer meinen Eltern, die ebenfalls in Caracas Asyl suchten; endgültig zu einem Bedürfnis wurde dieser Wunsch, als ich in die USA einwanderte. Bevor ich in sein Leben trat, hatte Willie keine Ahnung, was es heißt, eine Familie zu haben; mit sechs Jahren hatte er seinen Vater verloren, seine Mutter war in eine spirituelle Privatwelt geflüchtet, zu der ihm der Zugang verwehrt blieb, seine beiden ersten Ehen scheiterten, und seine Kinder gerieten sehr früh in den Bann der Drogen. Zu Anfang konnte er nur schwer nachvollziehen, daß ich meine Kinder unbedingt zu mir holen, so nah wie möglich bei ihnen leben und noch andere Menschen in dieses kleine Grüppchen aufnehmen wollte, um die große und unzertrennliche Familie zu bilden, von der ich immer geträumt hatte. Willie hielt das für eine romantische Träumerei, unmöglich in die Praxis umzusetzen, aber in unseren gemeinsamen Jahren ist ihm nicht nur klargeworden, daß diese Art des Zusammenlebens die auf der Erde am weitesten verbreitete ist, sondern er hat auch Gefallen daran gefunden. Die Sippe hat ihre Schattenseiten, aber auch sehr viele Vorteile. Sie ist mir tausendmal lieber als der amerikanische Traum von der völligen individuellen Freiheit, mit der man es in dieser Welt zwar vielleicht zu etwas bringt, aber um den Preis von Entfremdung und Einsamkeit. Deshalb und wegen allem, was wir mit ihr erlebt hatten, war es schwer für mich, Celia zu verlieren. Sicher, sie hatte uns allen weh getan, hatte die Familie, die wir so mühsam zusammengeführt hatten, völlig aus dem Gleis geworfen, aber mir fehlte sie trotzdem.

Nico versuchte Celia auf Abstand zu halten, und nicht allein, weil das zwischen Geschiedenen eben so ist, sondern auch, weil er spürte, daß sie sein Territorium besetzte. Ich war unfähig, das nachzuempfinden, dachte, ich müsse mich nicht zwischen den beiden entscheiden, meine Freundschaft mit Celia habe mit ihm nichts zu tun. Damit verweigerte ich ihm die vorbehaltlose Unterstützung, die ich ihm als Mutter schuldig gewesen wäre. Er fühlte sich von mir verraten, und heute kann ich mir vorstellen, wie sehr ihn das verletzt haben muß. Offen darüber reden, konnten wir nicht, weil ich der Wahrheit auswich und er dann schnell den Tränen nah war und ihm jedes Wort im Hals steckenblieb. Wir bedeuteten einander viel und wußten nicht, wie wir mit einer Situation umgehen sollten, in der wir uns zwangsläufig verletzten. Nico schrieb mir viele Briefe. Wenn er allein mit dem Papier war, gelang es ihm, sich auszudrücken, und ich konnte ihm zuhören. Wie sehr du uns damals gefehlt hast, Paula! Du hast es immer verstanden, für Klarheit zu sorgen. Zu guter Letzt beschlossen wir, gemeinsam zur Therapie zu gehen, wo wir reden und weinen, uns die Hand geben und einander verzeihen konnten.

Während dein Bruder und ich unserem Miteinander auf den Grund gingen, unserer Vergangenheit und unser beider Blick darauf nachspürten, suchte Lori ihn von den Verletzungen zu heilen, die er aus der Scheidung davongetragen hatte; er fühlte sich geliebt und begehrt, und das veränderte ihn. Die beiden unternahmen lange Wanderungen, besuchten Museen, gingen ins Theater und ins Kino, sie machte ihn mit ihren Freunden bekannt, fast ausnahmslos Künstlern, und weckte in ihm ein Interesse am Reisen, das sie selbst schon in sehr jungen Jahren besessen hatte. Den Kindern schuf sie ein heiteres Zuhause, genau wie Sally in der anderen Wohnung. Andrea schrieb in einem Schulaufsatz: »Drei Mütter haben ist besser als eine.«

Im Verlauf von einem oder zwei Jahren brach Loris Geschäftsgrundlage weg. Die Kunden glaubten, der gestalterische Blick ließe sich durch ein Computerprogramm ersetzen, und Tausende Graphiker verloren ihre Arbeit. Lori gehörte zu den besten. Ihre Gestaltung meines Buchs *Aphrodite* war so gelungen, daß sie von Verlagen in über zwanzig Ländern übernommen wurde. Wegen der Ausstattung, nicht wegen des Inhalts erregte das Buch Aufmerksamkeit. Das Thema wurde eher belächelt, und außerdem war gerade ein neues Medikament auf den Markt gekommen, das endgültige Abhilfe bei männlichen Potenzproblemen versprach. Wozu mein albernes Handbuch studieren und im durchsichtigen Negligé Austern auftischen, wenn eine kleine blaue Pille dieselbe Wirkung tat? Der Tenor der Briefe, die mir einige Leser wegen *Aphrodite* schrieben, unterschied sich erheblich von dem der Zuschriften nach *Paula*. Ein siebenundsiebzigjähriger Gentleman lud mich zu Stunden höchster Lust mit ihm und seiner Sexsklavin ein, und ein junger Libanese schickte mir dreißig Seiten über die Vorzüge des Lebens im Harem. Und unterdessen wurde in den Vereinigten Staaten einzig und allein über die Affäre von Präsident Bill Clinton mit einer pummeligen Angestellten des Weißen Hauses geredet, ein Skandal, der die Erfolge seiner Regierung überschattete und die Demokraten später die Wiederwahl kosten sollte. Die Flecken auf einem Kleid und einem Höschen waren für die amerikanische Politik am Ende wichtiger als die bemerkenswert guten Wirtschaftsdaten und die Innen- und Außenpolitik eines der fähigsten Präsidenten, die das Land je hatte. Die nachfolgende juristische Untersuchung hätte der Inquisition alle Ehre gemacht und kostete den Steuerzahler den lächerlichen Betrag von einundfünfzig Millionen Dollar. Damals lud mich ein Radiosender zu einem Live-Programm ein, in dem ich Hörerfragen beantworten sollte. Einer fragte mich, wie ich die Sache sähe, und ich antwortete, als den teuersten Blowjob in der Geschichte der Menschheit. Der Satz sollte mich auf Jahre hinaus verfolgen. Man konnte die Angelegenheit unmöglich vor den Kindern geheimhalten, weil noch die schlüpfrigsten Details durch die Presse gingen.

»Was ist Oralverkehr?« fragte Nicole, weil sie das ständig im Fernsehen hörte.

»Oral? Das ist, wenn man drüber spricht«, antwortete Andrea, die den großen Wortschatz der guten Leserin besitzt.

Damals nahm eine Zeitschrift mein Buch zum Anlaß für eine Reportage bei uns zu Hause, die Lori managen mußte, weil ich partout nicht begriff, was geplant war. Drei Tage vor dem Termin tauchten zwei Künstler auf, die Lichtmessungen durchführten, Farbproben nahmen und Polaroids machten. Für die eigentliche Reportage kamen sieben Leute in zwei Lieferwagen mit vierzehn vollgestopften Kisten, aus denen sie von Messern bis hin zu einem Teesieb alles mögliche hervorzauberten. Solche Invasionen sind bei uns keine Seltenheit, aber ich werde mich nie an sie gewöhnen. Diesmal waren auch eine Innenarchitektin und zwei Küchenchefs mit von der Partie, die sich unserer Küche bemächtigten, um darin ein von meinem Buch inspiriertes Menü herzustellen. Die einzelnen Gänge entstanden in nervtötender Langsamkeit, weil jedes Salatblatt drapiert wurde wie die Feder am Hut der Queen. Willie machte das so nervös, daß er die Flucht ergriff, aber Lori schien zu begreifen, warum der verflixte Salat im genau richtigen Winkel zwischen Tomate und Spargelspitze zu liegen kommen mußte. Unterdessen ersetzte die Innenarchitektin die von Willie eigenhändig gepflanzten Blumen im Garten durch andere, buntere. Nichts davon war nachher in der Zeitschrift zu sehen, die Fotos zeigen ausschließlich Details: eine halbe Venusmuschel und ein Zitronenschnitz. Ich fragte, wozu sie die japanischen Servietten, die Schöpfkellen aus Schildpatt und die venezianischen Gartenlaternen mitgebracht hatten, aber Lori brachte mich mit einem rügenden Blick zum Schweigen. Das alles dauerte den ganzen Tag, und weil wir uns über das Essen erst hermachen durften, nachdem es fotografiert war, leerten wir fünf Flaschen Weißwein und drei Flaschen Rotwein auf nüchternen Magen. Am Ende hatte selbst die Innenarchitektin einen sitzen. Lori, die nur Jasmintee getrunken hatte, mußte die vierzehn Kisten zurück in die Lieferwagen schleppen.

Lori hielt sich länger über Wasser als andere Graphiker, aber es kam der Tag, an dem sich die roten Zahlen in ihren Büchern nicht mehr ignorieren ließen. Da schlug ich ihr vor, sich ganz um die Stiftung zu kümmern, die ich nach meiner Rückkehr aus Indien, angeregt durch dieses kleine Mädchen unter der Akazie, gegründet hatte und die von Lori eine Zeitlang stundenweise betreut worden war. Jedes Jahr geht ein beträchtlicher Teil meiner Einnahmen an die Stiftung, versuche ich deine Idee, mit den Erträgen aus meinen Büchern Gutes zu tun, ein bißchen in die Tat umzusetzen. In dem Jahr, das du schlafend verbrachtest, habe ich viel von dir gelernt, Tochter; reglos und stumm hast du mir weiter zu Einsichten verholfen wie in den achtundzwanzig Jahren zuvor. Nur wenige Menschen bekommen je die Gelegenheit, still und in sich gekehrt den eigenen Erinnerungen nachzuhängen. Ich konnte meine Vergangenheit Revue passieren lassen, mir klarmachen, wer ich eigentlich bin, wenn ich alle Eitelkeit ablege, und wer ich gern wäre in den Jahren, die mir auf dieser Welt noch bleiben. Ich übernahm deinen Leitspruch: »Man hat nur, was man gibt«, und es überraschte mich zu sehen, daß darin meine Zufriedenheit gründet. Lori ist genauso integer und mitfühlend wie du; sie würde dem Vorhaben, zu »geben, bis es weh tut«, wie du das gesagt hast, gerecht werden. Wir setzten uns an den Séancentisch meiner Großmutter und sprachen tagelang, bis die Aufgabe deutliche Formen annahm: die ärmsten Frauen der Erde mit allen uns zur Verfügung stehenden Mitteln unterstützen. Die rückständigsten und elendsten Gesellschaften der Erde sind die, in denen Frauen keine Chancen bekommen. Hilft man einer Frau, müssen ihre Kinder nicht verhungern, und wenn es den Familien bessergeht, profitiert die Dorfgemeinschaft, aber diese so offensichtliche Erkenntnis wird bei aller Menschenliebe ignoriert, denn für jeden Dollar, der in Frauenförderung fließt, gehen zwanzig Dollar an Männer.

Ich erzählte Lori von der Frau, die ich mit einer Mülltüte zugedeckt auf der Fifth Avenue hatte weinen sehen, und von Tabras jüngsten Erlebnissen in Bangladesh, wo meine Stiftung mehrere Schulen für Mädchen in abgelegenen Dörfern unterhielt und eine kleine Krankenstation für Frauen. Tabra war mit einer befreundeten Zahnarzthelferin hingefahren, die für zwei Wochen in der Station hatte arbeiten wollen. Sie hatten Koffer voller Medikamente, Spritzen, Zahnbürsten und andere Spenden dabei, die sie von befreundeten Zahnärzten gesammelt hatten. Kaum im Dorf angekommen, sahen sie, daß sich schon eine Warteschlange vor der Krankenstation gebildet hatte, die ein stickiges, von Moskitos heimgesuchtes Gebäude war, in dem es kaum mehr als die nackten Wände gab. Die erste Patientin hatte mehrere faule Backenzähne und war wegen der monatelangen Schmerzen nahe daran, den Verstand zu verlieren. Tabra betätigte sich als Helferin, während ihre Freundin, die noch nie einen Zahn gezogen hatte, der Frau mit flatterndem Puls und weichen Knien die Betäubungsspritzen setzte und die faulen Backenzähne zog. Als sie fertig war, küßte die Patientin ihr vor Erleichterung und Dankbarkeit die Hände. An diesem ersten Tag behandelten sie fünfzehn Patientinnen, zogen neun Backen- und etliche Schneidezähne, alles unter den Blicken der Männer des Dorfes, die sie umringten und ihren Senf dazu gaben. Am nächsten Morgen kamen Tabra und die Zahnarzthelferin früh in die Krankenstation und trafen dort ihre erste Patientin vom Vortag, deren Gesicht auf die Größe einer Wassermelone angeschwollen war. Ihr Ehemann war bei ihr und schrie herum, man habe ihm die Ehefrau ruiniert, und schon liefen die Männer des Dorfes zusammen und forderten Rache. Zu Tode erschrocken gab die Zahnarzthelferin der Frau Antibiotika und Schmerzmittel und flehte zu Gott, daß ihre Patientin durchkommen möge. »Was habe ich bloß getan? Sie ist völlig entstellt!« jammerte sie, als das Ehepaar gegangen war. »Aber nicht von der Operation. Ihr Mann hat sie gestern abend windelweich geprügelt, weil sie nicht rechtzeitig zu Hause war, um für ihn zu kochen«, erklärte der Dolmetscher.

»So ergeht es den meisten Frauen, Lori. Sie sind immer die Ärmsten der Armen; sie erledigen zwei Drittel der Arbeit auf der Welt, besitzen aber weniger als ein Prozent des Vermögens«, sagte ich.

Bis dahin hatte die Stiftung das Geld relativ spontan verteilt oder dem Druck der guten Sache nachgegeben, aber dank Lori legten wir jetzt Prioritäten fest: Bildung, weil sie in jeder Hinsicht der erste Schritt zur Unabhängigkeit ist, Schutz, weil viele Frauen aus Angst nicht frei handeln können, und Gesundheit, ohne die das Vorherige wenig nutzt. Ich nahm noch Geburtenkontrolle in die Liste auf, die für mich entscheidend gewesen ist, denn hätte etwas so Grundlegendes wie die Zahl meiner Kinder nicht in meiner Macht gestanden, ich hätte nichts von dem tun können, was ich getan habe. Zum Glück wurde die Pille erfunden, sonst hätte ich ein Dutzend Kinder bekommen.

Lori begeisterte sich für die Stiftung, und bald zeigte sich, daß sie für diese Aufgabe wie geschaffen ist. Sie besitzt den nötigen Idealismus, ist vorausschauend und gewissenhaft und scheut keine Mühe, die in diesem Fall groß ist. Durch sie wurde mir klar, daß es nichts bringt, Geld hierhin und dorthin zu geben, die Ergebnisse müssen überprüft und Projekte auf Jahre hinaus unterstützt werden – nur so ist die Hilfe wirklich nützlich. Außerdem mußten wir uns beschränken, konnte es nicht darum gehen, in abgelegenen Gegenden ohne jede Kontrollmöglichkeit Heftpflaster zu verteilen oder uns mehr aufzuladen, als wir bewältigen konnten: Besser wir gaben mehr Geld an weniger Organisationen. Innerhalb eines Jahres strukturierte Lori die Stiftung um, und ich konnte alles an sie delegieren; sie bittet mich nur, die Schecks zu unterschreiben. Sie leistet hervorragende Arbeit, hat damit nicht nur die Mittel, die wir vergeben, sondern auch unser Stiftungskapital vervielfacht, und verwaltet heute mehr Geld, als wir uns je hätten träumen lassen. Alles wird für unsere Vorhaben verwendet, und damit setzen wir deinen Plan in die Tat um, Paula.

Die mongolischen Reiter

Um die Jahresmitte hatte ich einen spektakulären Traum und schrieb ihn auf, um ihn später meiner Mutter zu erzählen, wie sie und ich das von jeher tun. Nichts ist langweiliger, als sich anderer Leute Träume anzuhören, Psychologen lassen sich das teuer bezahlen. Aber Träume sind für uns von entscheidender Bedeutung, weil sie uns dabei helfen, die Wirklichkeit zu verstehen und ans Licht zu bringen, was in den Nischen unserer Seele begraben liegt.

Ich stand am Fuß einer zerklüfteten Steilküste, auf einem weißen Sandstrand, das Meer war dunkel und der Himmel von einem blanken Indigoblau. Plötzlich tauchten hoch oben auf der Klippe zwei gewaltige Schlachtrosse mit ihren Reitern auf. Pferde und Reiter waren ausstaffiert wie altertümliche asiatische Krieger – aus der Mongolei, aus China oder Japan – mit Standarten aus Seide, Troddeln und Fransen, Federn und heraldischem Zierrat, eine pompöse, in der Sonne funkelnde Zurschaustellung von Kampfkraft. Erst tänzelten die Pferde am Rand des Abbruchs, dann bäumten sie sich auf, wieherten und schnellten in einem engelsgleichen Flug ins Leere, Umhänge, Federn und Banner beschrieben einen weiten Bogen vor dem Himmel, und mir stockte der Atem beim Anblick dieser tollkühnen zentaurenhaften Wesen. Es war eine rituelle Tat, kein Selbstmord, eine Demonstration von Wildheit und Entschlußkraft. Kurz bevor sie den Boden berührten, senkten die Pferde den Kopf, trafen mit der Schulter auf, machten sich rund und überschlugen sich in einer Wolke aus goldenem Sand. Und als Staub und Getöse sich legten, erhoben sich die fuchsroten Pferde mit ihren Reitern auf dem Rücken wie in Zeitlupe und galoppierten am Strand entlang dem Horizont entgegen. Tage später, als mir die Bilder noch frisch vor Augen standen und ich versuchte, ihnen einen Sinn zu geben, begegnete ich einer Frau, die Bücher über Träume geschrieben hat. Ihre Deutung ähnelte dem, was die Muscheln des jogo de búzios in Brasilien gesagt hatten: Ein langer und dramatischer Zusammenbruch habe meine Willenskraft auf die Probe gestellt, doch sei ich wieder auf die Füße gekommen, hätte wie diese Pferde den Staub abgeschüttelt und liefe der Zukunft entgegen. Am Boden hatten die Pferde sich abzurollen gewußt, und die Reiter waren im Sattel geblieben. Sie sagte, die überstandenen Prüfungen hätten mich gelehrt zu fallen und ich solle mich nicht mehr fürchten, denn ich würde immer wieder auf die Füße kommen. »Denk an diese Pferde, wenn du spürst, daß deine Kräfte schwinden«, sagte sie.

Ich dachte einige Tage später an sie bei der Premiere eines Theaterstücks, das auf meinem Buch *Paula* basiert.

Unterwegs ins Theater kamen wir bei der Folsom Street Fair in San Francisco vorbei. Nichtsahnend gerieten wir in diese Parade der Sadomasochisten hinein: So weit das Auge reichte, waren die Straßen überfüllt von Menschen in der extravagantesten Aufmachung. »Freiheit! Freiheit, zu tun, wozu ich Bock habe!« brüllte ein Herr in einer Mönchskutte, die vorn klaffte und den Blick auf einen Keuschheitsgürtel freigab. Tätowierungen, Masken, russische Revolutionärsmützen, Ketten, Peitschen, Büßerhemden aller Art. Lippen und Fingernägel der Frauen waren schwarz oder grün angemalt, sie trugen Stiletto-Stiefel, Strapse aus schwarzem Latex, kurz, alles, was dieser absonderliche Kult an Symbolen zu bieten hat. Etliche fettleibige Riesinnen schwitzten in Hosen und Westen aus Leder mit aufgenähten Hakenkreuzen und Totenköpfen. Damen und Herren trugen Ringe oder Metalldornen durch Nase, Lippen, Ohren oder Brustwarzen. Weiter nach unten wagte ich nicht zu schauen. Über der Kühlerhaube eines Autos aus den sechziger Jahren lag eine barbusige junge Frau mit gefesselten Händen, der eine andere, als Vampir verkleidete Frau eine Reitgerte über Brust und Arme zog. Es war kein Spaß, die Gefesselte war übel zugerichtet, und ihre Schreie hallten durchs ganze Viertel. All das unter den amüsierten Blicken zweier Polizisten und etlicher fotografierender Touristen. Ich wollte einschreiten, aber Willie packte mich am Kragen, hob mich hoch und trug mich als strampelndes Etwas davon. Ein Stück weiter trafen wir auf einen dickbauchigen Koloß, der einen Zwerg an Halsband und Hundeleine führte. Wie sein Herrchen trug auch der Zwerg Springerstiefel und sonst nichts als ein nietenbesetztes Futteral aus schwarzem Leder um sein bestes Stück, gehalten von dünnen Riemchen, die in der Poritze verschwanden. Der Kleine kläffte uns an, aber der Koloß grüßte sehr freundlich und bot uns Lutscher in Penisform an. Willie blieb wie angewurzelt stehen, ließ mich los und schaute mit offenem Mund dem Paar hinterher. »Sollte ich je einen Roman schreiben, wird dieser Zwerg meine Hauptfigur«, sagte er unvermittelt.

Zu Beginn des Theaterstücks *Paula* standen die Schauspieler im Kreis, hielten sich an den Händen und beschworen deinen Geist, und als am Ende der Brief vorgelesen wurde, auf den du »Zu öffnen, falls ich sterben sollte« geschrieben hattest, konnte auch Willie die Tränen nicht mehr zurückhalten. Eine schwerelose, anmutige Tänzerin in einem weißen Nachthemd spielte die Titelrolle. Manchmal lag sie ausgestreckt auf einer Bahre, im Koma, dann wieder tanzte sie als Geist zwischen den anderen Schauspielern. Sie sprach erst ganz am Ende, als sie ihre Mutter bat, ihr das Sterben leichter zu machen. Vier Schauspielerinnen verkörperten verschiedene Stationen meines Lebens, vom Kind bis zur Großmutter, und reichten sich als Erkennungsmerkmal einen roten Seidenschal weiter. Ernesto und Willie wurden vom selben Schauspieler dargestellt, ein anderer spielte Onkel Ramón und entlockte dem Publikum ein Lachen, als er meiner Mutter seine Liebe erklärte und behauptete, in direkter Linie von Jesus Christus abzustammen, ja, sehen Sie doch nur das Mausoleum von Jesús Huidobro auf dem katholischen Friedhof von Santiago! Wir verließen schweigend das Theater in der Gewißheit, daß du weiter unter uns Lebenden gegenwärtig warst. Hast du dir je träumen lassen, einmal so viele Menschen zu berühren?

Am nächsten Tag gingen wir durch den Wald deiner Asche, um ein bißchen bei dir und Jennifer zu sein. Der Sommer war vorüber, der Boden von raschelndem Laub bedeckt, viele Bäume trugen die Farben des Reichtums, von dunklem Kupfer bis zu strahlendem Gold, und die Luft kündete schon vom bevorstehenden Regen. In der aus Bäumen geformten Kapelle setzten wir uns auf den Stamm eines Mammutbaums. Ein Eichhörnchenpaar spielte zu unseren Füßen mit einer Eichel, lugte ohne Scheu zu uns herauf. Ich konnte dich unversehrt sehen, ehe die Krankheit ihr Zerstörungswerk getan hat: mit drei Jahren singend und tanzend in Genf, mit fünfzehn bei der Verleihung irgendeiner Urkunde, mit sechsundzwanzig im Brautkleid. Die Pferde aus meinem Traum, die gestürzt und wieder aufgestanden waren, kamen mir in den Sinn, denn ich bin in meinem Leben viele Male gefallen und wieder aufgestanden, aber kein Sturz ist so hart gewesen wie dein Tod.

Eine denkwürdige Hochzeit

Im Januar 1999, zwei Jahre nach ihrer ersten gemeinsamen Nacht, gaben Nico und Lori sich das Jawort. Nico hatte Lori ein wenig drängen müssen, weil sie es nicht für notwendig hielt, aber er war der Meinung, die Kinder hätten zu viele unliebsame Überraschungen erlebt und würden sich sicherer fühlen, wenn sie beide verheiratet wären. Celia und Sally hatten sie von jeher zusammen gesehen und zweifelten nicht an ihrer Liebe, aber sie fürchteten wohl, Lori könne sich jeden Moment aus dem Staub machen. Nico hatte recht, niemand freute sich so sehr über diese Hochzeit wie die Kinder. »Jetzt gehört Lori noch mehr zu uns«, sagte Andrea zu mir. Angeblich braucht es acht Jahre, sich in die Rolle der Stiefmutter einzufinden, und am schwersten fällt es einer kinderlosen Frau, die sich einem Mann anschließt, der Vater ist. Für Lori war es nicht leicht, ihr Leben zu ändern und die Kinder anzunehmen, sie fühlte sich vereinnahmt. Dennoch lud sie sich auch die undankbaren Aufgaben auf, sei es Wäsche waschen oder Schuhe für Andrea kaufen, die ausschließlich grüne Plastiklatschen trug, aber keinesfalls beliebige Plastiklatschen, nein, sie mußten aus Taiwan sein. Lori ackerte, um die perfekte Mutter zu sein, ließ sich nicht den kleinsten Fehler durchgehen, dabei wäre soviel Eifer gar nicht nötig gewesen, denn die Kinder liebten sie für dieselben Dinge, für die wir alle sie liebten: für ihr Lachen, ihre Gutmütigkeit, ihre Neckereien, ihr Wuschelhaar, ihr großes Herz, und weil man mit ihr Pferde stehlen kann.

Geheiratet wurde in San Francisco: ein ausgelassenes Fest, das in einer allgemeinen Swing-Tanzstunde gipfelte, die einzige Gelegenheit, bei der Willie und ich wieder miteinander getanzt haben seit der demütigenden Erfahrung mit dieser skandinavischen Tanzlehrerin. Willie, im Smoking, sah haargenau aus wie Paul Newman in ich weiß nicht mehr welchem Film. Ernesto und Giulia waren aus New Jersey gekommen, Großmutter Hilda und meine Eltern aus Chile. Jason kam nicht, weil er arbeiten mußte. Er war nach wie vor allein, auch wenn es ihm nicht an Frauen für eine Nacht mangelte. Er sagte, er suche nach jemandem, der so vertrauenswürdig sei wie Willie.

Wir lernten Loris Freunde kennen, die aus allen Himmelsrichtungen angereist waren. Mit den Jahren sind etliche von ihnen trotz des Altersunterschieds auch sehr gute Freunde von Willie und mir geworden. Als wir nachher die Fotos vom Fest bekamen, fiel mir auf, daß sie alle wie Mannequins aus Modezeitschriften aussahen; nie zuvor habe ich so viele schöne Menschen zusammen gesehen. Die meisten von ihnen waren Künstler mit Talent und ohne Allüren: Designer, Graphiker, Karikaturisten, Fotografen, Filmemacher. Willie und ich hatten uns vom Fleck weg mit Loris Eltern angefreundet, für die ich keine Ausgeburt des Teufels war wie für Celias Verwandtschaft, auch wenn ich bei meinem Toast auf unsere Kinder so taktlos war, auf die körperliche Liebe zwischen ihnen anzuspielen. Nico hat mir das bis heute nicht verziehen. Die Barras sind einfache und herzliche Menschen, haben italienische Wurzeln und wohnen seit über fünfzig Jahren in einem kleinen Häuschen in Brooklyn, wo ihre vier Kinder aufgewachsen sind, einen Block von den früheren Residenzen der Mafiabosse entfernt, die an ihren Marmorspringbrunnen, griechischen Säulen und Engelsstatuen zwischen den anderen Gebäuden des Viertels leicht zu erkennen sind. Loris Mutter, Lucille, verliert nach und nach ihr Augenlicht, nimmt das aber nicht zu tragisch, was weniger mit Stolz als damit zu tun hat, daß sie niemandem zur Last fallen will. In ihren eigenen vier Wänden findet sie sich problemlos zurecht, und in ihrer Küche macht ihr keiner etwas vor: Fast blind kocht sie noch immer nach den Rezepten, die von Generation zu Generation weitergegeben wurden. Ihr Mann Tom, ein Bilderbuchgroßvater, umarmte mich mit aufrichtiger Zuneigung.

»Ich habe gebetet, daß Lori und Nico heiraten«, gestand er mir.

»Damit sie nicht länger in Sünde leben?« nahm ich ihn auf den Arm, wohlwissend, daß er gläubiger Katholik ist.

»Auch, aber vor allem wegen der Kinder«, antwortete er todernst.

Inzwischen war er im Ruhestand, aber früher hatte Tom eine Apotheke im Viertel betrieben. Das hatte ihn gegen Anstrengung und Überraschungen abgehärtet, denn er war mehr als einmal überfallen worden. Obwohl er nicht mehr jung ist, schippt er im Winter weiter Schnee und steigt im Sommer auf eine Klappleiter, um die Decken zu streichen. Er hat sich unerschrocken mit etlichen reichlich sonderbaren Bewohnern angelegt, die im Laufe der Jahre eine kleine Wohnung im ersten Stock seines Hauses bewohnten, darunter mit einem Gewichtheber, der ihn mit einem Hammer bedrohte, mit einem Wahnsinnigen, bei dem sich bis zur Decke alte Zeitungen stapelten, zwischen denen ein Trampelpfad von der Wohnungstür zum Klo und von dort zum Bett führte. Und dann gab es noch einen, der platzte – ich weiß nicht, wie ich das sonst nennen soll – und die Wände beschmiert mit Exkrementen, Blut und Organen hinterließ, was Tom saubermachen mußte. Was geschehen war, blieb unbegreiflich, denn es fanden sich keine Reste von Sprengstoff, es muß wohl eine Art Selbstzerstörungsphänomen gewesen sein. Trotz dieser und anderer makabrer Erfahrungen ist Lucilles und Toms Vertrauen in die Menschheit ungebrochen.

Sabrina, die schon fünf war, tanzte die ganze Nacht in den Armen unterschiedlicher Leute, während ihre vegetarischen Mütter die Gunst der Stunde nutzten und heimlich an Schweinerippchen und Lammkarrees nagten. Alejandro, in Anzug und Totengräberkrawatte, hatte dem Brautpaar die Ringe gebracht, zwischen den Brautjungfern Andrea und Nicole in bernsteinfarbenen Prinzessinnenkleidchen, ein hübscher Kontrast zu dem langen, maulbeerfarbenen Kleid der Braut, die strahlend schön war. Nico war überglücklich und erinnerte in seinem schwarzen Anzug und dem Maohemd und mit den im Nacken zusammengebundenen Haaren mehr denn je an einen florentinischen Edelmann aus dem Cinquecento. Es war ein Schluß, wie ich ihn nie in einem meiner Romane werde verwenden können: Sie heirateten und lebten froh und glücklich. Das sagte ich zu Willie, während er Swing tanzte und ich ihm zu folgen versuchte. Der Mann führt, wie diese skandinavische Schnepfe schon sagte.

»Wenn mich jetzt der Schlag trifft, soll es mir recht sein, meine Aufgabe auf Erden ist erledigt: Mein Sohn ist unter der Haube.«

»Glaub das bloß nicht, jetzt werden die beiden dich erst recht brauchen«, sagte er.

Als der Abend ausklang und die Gäste sich verabschiedeten, krabbelte ich unter einen Tisch, dessen Decke bis zum Boden hing, und hinter mir her krabbelten ein gutes Dutzend Kinder, die berauscht waren von all den Süßigkeiten, aufgedreht von der Musik und zerzaust wie Vogelscheuchen vom vielen Herumbalgen. Unter ihnen hatte sich herumgesprochen, ich würde alle Geschichten der Welt kennen, man bräuchte mich nur zu fragen. Sabrina wollte eine Geschichte mit einer Seejungfrau hören. Also erzählte ich ihnen von dieser klitzekleinen Seejungfrau, die in ein Whiskyglas gefallen und von Willie versehentlich verschluckt worden war. Die Beschreibung der Reise dieser armen Kreatur durch die Innereien des Großvaters, ihrer Seefahrt durch die Gedärme, in denen alle Arten von Hindernissen und ekligen Gefahren lauerten und es unzählige Abenteuer zu bestehen galt, bis die Seejungfrau in den Urin geriet, von dort weiter in die Kanalisation und schließlich in die Bucht von San

Francisco, machte die Kinder stumm vor Staunen. Am Tag darauf kam Nicole mit schlaftrunkenen Augen zu mir und meinte, die Geschichte von dieser kleinen Seejungfrau habe ihr kein bißchen gefallen.

»Ist das eine wahre Geschichte?« wollte sie wissen.

»Nicht alles daran ist wahr, aber unwahr ist auch nicht alles.«

»Wieviel ist unwahr und wieviel wahr?«

»Da bin ich überfragt, Nicole. Der Kern der Geschichte ist wahr, und bei meiner Arbeit als Geschichtenerzählerin kommt es nur darauf an.«

»Seejungfrauen gibt es nicht, also stimmt gar nichts an deiner Geschichte.«

»Und woher willst du wissen, daß diese Seejungfrau nicht vielleicht eine Bakterie war? Zum Beispiel?«

»Eine Seejungfrau ist eine Seejungfrau und eine Bakterie eine Bakterie«, schnaubte sie.

Tong nahm zum erstenmal in den dreißig Jahren, die er als Buchhalter für Willie arbeitete, eine private Einladung an. Wir hatten uns längst damit abgefunden, ihn nicht mehr zu uns zu bitten, weil er doch nie erschien, aber die Hochzeit von Nico und Lori war selbst für den menschenscheuen Tong ein bedeutendes Ereignis. »Muß man hingehen?« fragte er Lori, und die antwortete mit ja, was sich bisher nie jemand getraut hatte. Er kam allein, weil ihn seine Frau endlich, nachdem sie Jahre im selben Bett geschlafen und nie ein Wort miteinander gewechselt hatten, um die Scheidung gebeten hatte. Beflügelt von meinem Erfolg mit Nico und Lori, dachte ich, auch eine Frau für Tong finden zu können, aber er ließ mich wissen, daß er eine Chinesin wolle, und in deren Community fehlt es mir an Kontakten. In San Francisco stand ihm allerdings das größte und berühmteste chinesischen Viertel der westlichen Welt zur Verfügung; als ich jedoch fallenließ, dort werde er sicher fündig, erklärte er mir, er wolle eine Frau, die nicht von Amerika verunreinigt sei. Ihm schwebte eine unterwürfige, stets zu Boden starrende Gattin vor, die ihm seine Leibspeisen kochte, ihm die Nägel schnitt, ihm einen männlichen Nachkommen schenkte und nebenbei der Schwiegermutter als Haussklavin diente. Wer ihm diesen Floh ins Ohr gesetzt hatte, weiß ich nicht, habe allerdings seine Mutter im Verdacht, diese winzige Greisin, vor der wir alle zitterten. »Und Sie glauben, Tong, daß es solche Frauen auf der Welt noch gibt?« fragte ich ihn fassungslos. Statt mir zu antworten, führte er mich zu seinem Computerbildschirm und zeigte mir eine endlose Liste von Fotos und Beschreibungen von Frauen, die bereit waren, einen Unbekannten zu heiraten, um ihrem Land oder ihrer Familie zu entfliehen. Sortiert waren sie nach Hautfarbe, Nationalität, Religion und, für den anspruchsvolleren Kunden, nach Körbchengröße. Hätte ich früher von diesem Selbstbedienungsladen weiblicher Reize gewußt, ich hätte mir um Nico nicht so viele Sorgen gemacht. Obwohl, wenn ich es recht bedenke, war es besser gewesen, nichts davon zu wissen; Lori hätte ich in einer solchen Liste nie gefunden.

Tongs Zukünftige wurde zu einem langwierigen und komplizierten Büroprojekt. Wir teilten uns damals einträchtig das Bordell von Sausalito: Willies Kanzlei im Erdgeschoß, mein Büro im ersten Stock und Lori mit der Stiftung im zweiten. Loris Sinn für Eleganz hatte auch diesem alten Haus gutgetan, sie hatte die Plakate meiner Bücher rahmen lassen, Teppiche aus Tibet ausgelegt, weiß-blaue Porzellanübertöpfe für die Pflanzen besorgt und eine Küche eingerichtet, aus der jederzeit Tee wie im Savoy serviert werden konnte. Tong suchte die Kandidatinnen aus, die wir dann genau unter die Lupe nahmen: Die schaut, als wäre nicht gut Kirschen essen mit ihr, die ist evangelikal, die schminkt sich wie ein Flittchen usw. Wir achteten darauf, daß der Buchhalter sich nicht von Äußerlichkeiten blenden ließ, weil Fotos lügen, wie er selbst nur zu gut wußte, immerhin hatte Lori sein Bild am Computer sehr geschönt, hatte ihn größer gemacht, jünger und weißer, was in China offenbar gut ankommt. Tongs Mutter richtete sich in der Küche ein, um Sternzeichen zu vergleichen, und als wir endlich eine junge Krankenschwester aus Kanton fanden, die uns allen ideal erschien, ging die alte Dame zu einem weisen Astrologen in Chinatown, der ebenfalls sein Plazet gab. Das Foto zeigte eine lächelnde junge Frau mit rosigen Wangen und lebhaftem Blick, ein Gesicht, das man am liebsten küssen wollte.

Nachdem Tong und seine ausgeschaute Braut über Monate förmliche Briefe gewechselt hatten, verkündete Willie, er werde mit seinem Buchhalter nach China fahren, um die

Zukünftige kennenzulernen. Ich hatte zu viel zu tun und konnte nicht mit, obwohl ich vor Neugier fast verging. Ich bat Tabra, zu mir zu ziehen, weil ich nachts nicht gern allein im Haus bin. Sie hatte ihr Geschäft inzwischen wieder auf die Beine gebracht und wohnte nicht mehr bei uns, sondern in einem Häuschen mit einem Hof, der an goldene Hügel grenzte, wo sie das Gefühl von Abgeschiedenheit haben konnte, das ihr so kostbar ist. Das Zusammenleben mit unserer Sippe muß eine Quälerei für sie gewesen sein, sie braucht die Einsamkeit, aber sie willigte doch ein, mir Gesellschaft zu leisten, solange mein Mann fort war. Für eine Weile hatte Tabra es aufgegeben, über Kontaktanzeigen einen Partner zu suchen, weil sie Tag und Nacht arbeitete, um ihre Schulden loszuwerden, aber auf Gefiederte Echse hoffte sie noch immer, und der kreuzte ab und zu unvermittelt in ihrem Gesichtsfeld auf. Dann ertönte plötzlich seine Stimme auf ihrem Anrufbeantworter: »Es ist jetzt halb fünf, ruf mich bis fünf Uhr an, oder du hörst nie wieder von mir.« Tabra kam um Mitternacht hundemüde nach Hause und fand diese nette Nachricht vor, die sie über Wochen um den Schlaf brachte. Zum Glück zwang ihre Arbeit sie zum Reisen, sie war lange auf Bali, in Indien und an anderen fernen Orten, von denen sie mir in ihrem typischen, leicht spöttischen Ton köstliche Briefe voller Abenteuer schickte.

»Schreib ein Reisebuch, Tabra«, bat ich sie mehr als einmal.

»Ich mache Schmuck, ich bin keine Schriftstellerin«, wehrte sie ab, »aber wenn du Halsketten herstellen kannst, kann ich wahrscheinlich auch ein Buch schreiben.«

Willie nahm seinen schweren Fotokoffer nach China mit, und es gelangen ihm einige sehr gute Aufnahmen, vor allem Porträts, für die er ein Faible hat. Wie immer ist das bemerkenswerteste Foto das eine, das er nicht hat machen können. In einem entlegenen Dorf in der Mongolei, wohin er allein gereist war, damit Tong ein paar Tage mit dem Mädchen verbringen konnte, ohne ihn ständig als Anstandswauwau dabeizuhaben, sah er eine uralte Frau mit bandagierten Füßen, wie sie früher in diesem Teil der Welt beim weiblichen Teil der Bevölkerung üblich waren. Er näherte sich ihr, um sie mit Gesten zu fragen, ob er ihre »goldenen Lilien« fotografieren dürfe, und die alte Frau lief schreiend, so schnell ihre deformierten Füßchen sie trugen, davon. Sie hatte bestimmt noch nie jemanden mit blauen Augen gesehen und dachte wohl, das sei der Tod, der sie holen wollte.

Mein Mann wertete die Reise als Erfolg, die zukünftige Braut sei perfekt, haargenau, was sein Buchhalter suchte: schüchtern, folgsam und ohne jeden Schimmer über die Rechte, die Frauen in Amerika genießen. Sie wirkte gesund und kräftig und würde Tong bestimmt den so heiß ersehnten Sohn schenken. Ihr Name war Lili, sie verdiente ihren Lebensunterhalt als OP-Schwester, arbeitete sechzehn Stunden am Tag, sechs Tage die Woche für umgerechnet zweihundert Dollar im Monat. »Sie weiß schon, warum sie da weg will«, meinte Willie, als wäre ein Leben mit Tong und seiner Mutter dagegen ein Zuckerschlecken.

Ich hatte mich auf ein paar ungestörte Wochen gefreut, die ich ganz dem Buch über den Goldrausch in Kalifornien widmen wollte, mit dem ich endlich begonnen hatte. Vier Jahre hatte ich es vor mir hergeschoben. Ich wußte bereits, wie es heißen sollte, *Fortunas Tochter*, hatte einen Berg historischer Artikel gelesen und sogar schon ein Bild für den Umschlag ausgewählt. Die Hauptperson war eine junge Chilenin, Eliza Sommers, etwa 1833 geboren, die ihrem vom Goldfieber gepackten Geliebten nachreist. Für ein junges Mädchen war das zu jener Zeit ein tollkühnes Abenteuer, aber ich bin überzeugt, daß Frauen aus Liebe zu wahren Heldentaten fähig sind. Eliza wäre es im Traum nicht eingefallen, des Goldes wegen um die halbe Welt zu reisen, aber sie zögert nicht, es wegen eines Mannes zu tun. Aus meinem Vorhaben, in Ruhe zu schreiben, wurde jedoch nichts, weil Nico erkrankte. Um ihm zwei Weisheitszähne zu ziehen, war eine kurze Vollnarkose nötig, was für Menschen mit Porphyrie riskant ist. Nach der OP stand er vom Behandlungsstuhl auf, ging bis zur Anmeldung, wo Lori auf ihn wartete, und spürte noch, wie ihm schwarz vor Augen wurde. Seine Knie sackten weg, wie ein gefällter Baum stürzte er nach hinten und schlug mit Nacken und Rücken gegen die Wand. Bewußtlos blieb er am Boden liegen. Das war der Beginn monatelangen Leidens für ihn und Bangens für den Rest der Familie, vor allem für Lori, die nicht genau wußte, was vorging, und für mich, die ich es zu genau wußte.

Meine schlimmsten Erinnerungen bauten sich in mir zu hohen Brechern auf. Ich hatte mir eingebildet, nachdem ich dich verloren hatte, könne nichts mich mehr übermäßig treffen, aber die verschwindend geringe Möglichkeit, daß dem Kind, das mir geblieben war, etwas Ähnliches widerfahren könnte, warf mich aus der Bahn. Ich spürte eine Last auf der Brust, ein Felsengewicht, das mich erdrückte, mir den Atem nahm. Ich fühlte mich ausgeliefert, dünnhäutig, hätte, wo ich ging und stand, in Tränen ausbrechen können. Nachts, wenn alle schliefen, hörte ich ein Raunen zwischen den Wänden, in den Türrahmen war ein Jammern gefangen, ein Seufzen in den leeren Zimmern. Wahrscheinlich war es meine eigene Angst. Überall in unserem Haus lauerte der in dem langen Jahr deines Sterbens gesammelte Schmerz. Ein Bild hat sich mir für immer ins Gedächtnis gebrannt. Ich will in dein Zimmer gehen, da sehe ich deinen Bruder, mit dem Rücken zu mir, wie er so selbstverständlich deine Windel wechselt wie bei einem seiner Kinder. Er spricht mit dir, als könntest du ihn hören, erzählt von den Zeiten in Venezuela, als ihr beide noch Teenies wart und du ihm den Rücken freihieltest, wenn er etwas angestellt hatte, und ihm aus der Patsche halfst, wenn er irgendwo Ärger bekam. Nico bemerkte mich nicht. Ich stahl mich aus dem Zimmer und schloß leise die Tür. Dieser Sohn ist immer bei mir gewesen, wir haben zusammen den elementarsten Schmerz erlebt, überwältigende Mißerfolge, flüchtige Triumphe; wir haben uns gestritten und einander geholfen, kurz, ich glaube, daß nichts uns trennen kann.

Wochen vor dem Zwischenfall beim Zahnarzt war Nico zur jährlichen Kontrolluntersuchung gewesen, und seine Porphyrie-Werte waren nicht gut, hatten sich seit dem Vorjahr verdoppelt. Nach dem Zusammenbruch stiegen sie in beunruhigender Weise weiter, und Cheri Forrester, die ihn stets im Auge behielt, zeigte sich besorgt. Zu den anhaltenden Schmerzen im Rücken – er konnte die Arme nicht heben und sich nicht bücken – kam die Belastung durch seine Arbeit, das hundsmiserable Verhältnis zu Celia, das Hickhack mit mir, weil ich es oft nicht schaffte, ihn, wie ich es mir vorgenommen hatte, in Ruhe zu lassen, und eine so bleierne Müdigkeit, daß er im Stehen einschlief. Seine

Stimme war nur noch ein Flüstern, als ginge selbst diese Anstrengung über seine Kräfte. Porphyrie-Schübe werden manchmal von persönlichkeitsverändernden Stimmungsschwankungen begleitet. Nico, der mit seiner heiteren Gemütsruhe in normalen Zeiten dem Dalai Lama Konkurrenz machen kann, kochte jetzt oft innerlich vor Zorn, weil er sich aber außergewöhnlich gut zu beherrschen weiß, merkte man das kaum. Er weigerte sich, über seine Krankheit zu reden, wollte nicht mit Samthandschuhen angefaßt werden. Also beschränkten sich Lori und ich darauf, ihn zu beobachten, und fragten nicht nach, um ihm nicht noch mehr zu nerven, baten ihn jedoch, wenigstens seine Arbeit aufzugeben, für die er weit fahren mußte, ohne daß sie ihm Spaß gemacht hätte oder eine Herausforderung war. Wegen seiner besonnenen Art, seines Gespürs und seiner mathematischen Kenntnisse dachten wir, er könne sich am Aktienmarkt betätigen, aber das schien ihm zu riskant. Ich erzählte ihm den Traum von den Pferden, als Sinnbild, daß man fallen und wieder aufstehen kann, und er meinte, das sei ja schön und gut, aber nicht er habe das geträumt.

Gesundheitlich konnte Lori nichts für ihn tun, aber sie unterstützte ihn und stand ihm unbeirrt bei, obwohl sie selbst Hilfe hätte brauchen können, denn sie wünschte sich unbedingt ein Kind und hatte eine quälende Fruchtbarkeitsbehandlung begonnen. Vor ihrer Heirat hatte sie natürlich mit Nico über Kinder gesprochen. Sie konnte ihren Kinderwunsch nicht aufgeben, so lange schon hatte sie auf eine wahre Liebe gewartet, um ihn sich zu erfüllen, aber Nico widersetzte sich zunächst, weil er seinen Nachkommen womöglich Porphyrie vererbte, aber vor allem, weil er bereits drei Kinder hatte. Er war sehr jung Vater geworden, hatte die Freiheiten und Abenteuer, die Loris erste fünfunddreißig Lebensjahre gefüllt hatten, nie erlebt, und wollte die Liebe, die ihm so unverhofft begegnet war, in vollen Zügen genießen, Gefährte sein, Liebhaber, Freund und Ehemann.

In den Wochen, in denen die Kinder bei Celia und Sally waren, lebten Nico und Lori als Liebespaar, doch in der übrigen Zeit waren sie ausschließlich Eltern.

Sie sagte, Nico begreife ihr Gefühl der Leere nicht, und hatte, vielleicht zu Recht, den Eindruck, niemand sei bereit, im familiären Puzzle auch nur ein Steinchen zu verschieben, um Platz für sie zu schaffen – sie fühlte sich wie eine Fremde. Wurde ein mögliches weiteres Kind nur erwähnt, konnte sie die Ablehnung spüren, und das war zum großen Teil meine Schuld, weil ich sie zunächst nicht bestärkte. Ich brauchte über ein Jahr, bis mir klar wurde, wie wichtig es ihr war, Mutter zu werden. Zwar gab ich mir Mühe, ihr nicht reinzureden, weil ich sie nicht verletzen wollte, aber mein Schweigen sprach Bände: Ich dachte, ein kleines Kind werde ihr und Nico das bißchen Freiraum nehmen, das sie hatten, und fürchtete außerdem, es werde meinen Enkeln den Rang ablaufen. Zu allem Unglück malte eines der Mädchen zum Muttertag mit viel Liebe eine Karte und schenkte sie Lori, und kurz darauf wollte sie das Geschenk zurück, um es Celia zu geben. Für Lori war das wie ein Stich ins Herz, auch wenn Nico tausendmal beteuerte, das Kind sei noch zu klein, um sich klarzumachen, was es getan hatte. Loris Pflichtbewußtsein wirkte fast wie eine Buße; sie kümmerte sich geradezu verzweifelt um die Kinder und tat alles für sie, als wollte sie wettmachen, daß sie die drei nicht als die eigenen empfand. Und das waren sie nicht, sie hatten ja eine Mutter, aber wie sie Sally adoptiert hatten, waren sie auch ohne weiteres bereit, Lori zu lieben.

In dieser Zeit wurden etliche von Loris Freundinnen schwanger, war sie von einem halben Dutzend Frauen umgeben, die stolz ihre Bäuche vorzeigten, es gab kein anderes Gesprächsthema mehr, die Luft roch nach Nachwuchs, und Lori fühlte sich immer stärker unter Druck, weil ihre Chancen auf ein Kind mit jedem Monat schwanden, wie ihr der Spezialist erklärte, bei dem sie in Behandlung war. Lori kam es nie in den Sinn, auf ihre Freundinnen eifersüchtig zu sein, im Gegenteil machte es ihr Freude, sie zu porträtieren, und so entstand eine außergewöhnliche Serie von Bildern zum Thema Schwangerschaft, die hoffentlich eines Tages als Buch erscheint.

Nico und Lori gingen zusammen zur Therapie, und dort besprachen sie diese Angelegenheit sicher gründlich. Einer Eingebung folgend, rief Nico in Chile bei Onkel Ramón an, auf dessen Urteil er blind vertraut, und bekam zu hören: »Wie kannst du von Lori erwarten, daß sie die Mutter deiner Kinder ist, wenn du nicht bereit bist, der Vater von ihren zu sein?« Diesem Sinn für Gerechtigkeit konnte Nico sich nicht entziehen. Er gab nicht nur nach, sondern begeisterte sich sogar für die Idee; doch am Ende fiel die ganze Last der Entscheidung wieder auf Lori zurück. Klaglos unterzog sie sich allein der Fruchtbarkeitsbehandlung, die ihr körperlich und emotional schwer zu schaffen machte. Immer hatte sie sich vernünftig ernährt, hatte Sport getrieben und versucht, ein gesundes Leben zu führen, und jetzt fühlte sie sich von diesem Bombardement aus Medikamenten und Hormonen wie verseucht. Die Versuche schlugen wieder und wieder fehl. »Wenn die Wissenschaft versagt, muß man es in die Hände von Pater Hurtado legen«, riet meine treue Freundin Pía in Chile. Aber weder ihre Gebete noch die Kniffe meiner Mitschwestern vom Durcheinander, noch die Bitten an dich, Paula, zeigten Wirkung. Und damit verging ein ganzes langes Jahr.

Ein neues Haus für die Geister

Auf der Kuppe desselben Hügels, an dem unser Haus lag, wurde ein etwa ein Hektar großes Grundstück mit über hundert alten Eichen und einem atemberaubenden Blick über die Bucht zum Verkauf ausgeschrieben. Willie ließ mich nicht in Frieden, bis ich einwilligte, es zu erwerben, obwohl ich das für reichlich überflüssig hielt. Er aber ging in dem Vorhaben auf, das einzig wahre Geisterhaus zu bauen. »Du hast die Mentalität einer Schloßherrin, du brauchst etwas mit Stil. Und ich brauche einen Garten«, sagte er. Umzuziehen schien mir eine Schnapsidee, schließlich besaß das Haus, in dem wir seit über zehn Jahren lebten, seine Geschichte und ein geliebtes Gespenst, ich konnte nicht zulassen, daß Unbekannte in diesen vier Wänden hausten, aber Willie stellte sich meinen Argumenten gegenüber taub und trieb seine Pläne voran. Tag für Tag stieg er den Hügel hinauf, um jede Phase des Baus zu fotografieren; es wurde nicht ein Nagel eingeschlagen, ohne daß die Kamera es festhielt, während ich mich an mein altes Nest klammerte und von dem neuen nichts wissen wollte. Pflichtschuldig ging ich ein paarmal mit hin, verstand aber die Pläne nicht, sah nur ein Gewirr von Balken und Säulen, düster und zu groß. Ich wollte mehr Fenster und Oberlichter. Willie mutmaßte, ich sei in den alten Iren verliebt, der die Dachfenster anfertigte, denn für unsere beiden Häuser zusammen bestellte ich fast ein Dutzend bei ihm; eins mehr, und die Dächer wären wie Kekse zerbröselt. Wer sollte dieses Riesenschiff sauberhalten? Außerdem brauchte man einen Maschinisten, der das Gewirr aus Rohren und Stromkabeln verstand und wußte, wie die Heizkessel, Ventilatoren und sonstigen Klimaveränderungsgerätschaften zu bedienen wären. Es gab zu viele Zimmer, unsere Möbel würden in den riesigen Räumen völlig verloren herumstehen. Willie überhörte mein Genörgel, erfüllte aber meine Wünsche nach größeren Fenstern und zusätzlichen Oberlichtern, und als das Haus schließlich fertig war und nur noch der Anstrich fehlte, nahm er mich mit zur Besichtigung.

Ich staunte nicht schlecht: Das war viel mehr als ein Haus, es war eine Liebeserklärung, eine Art Taj Mahal nur für mich. Mein Geliebter hatte sich ein chilenisches Landhaus ausgedacht mit dicken Wänden und ockerfarbenen Dachpfannen, mit kolonialen Bögen, schmiedeeisernen Balkongittern, einem spanischen Springbrunnen und einem Häuschen hinten im Garten, in dem ich würde schreiben können. Das alte Haus meiner Großeltern in Santiago, das mich zu meinem ersten Buch inspiriert hatte, ist niemals so gewesen, weder so groß noch so schön, noch so lichtdurchflutet, wie ich es im Roman beschrieben hatte. Was Willie gebaut hatte, war das Haus meiner Phantasie. Es erhob sich stolz am höchsten Punkt des Hügels, ringsum standen Eichen und im gepflasterten Hof des Eingangsbereichs drei Palmen – drei gertenschlanke Damen mit grünen Federhüten –, die mit einem Kran in die vorbereiteten Pflanzlöcher gehievt worden waren. Vom Balkon hing ein Holzschild: DAS GEISTERHAUS. Meine vorherige Behausung war im Nu vergessen, ich fiel Willie um den Hals und nahm den Ort in Besitz. Für die Fassade suchte ich eine Pfirsichfarbe, für die Innenwände einen Ton wie Vanilleeis aus. Kurz glich das Haus einer Torte, aber wir engagierten eine Frau, die im siebten Monat schwanger war und mit Leiter, Hammer, Schweißbrenner und Säure den Wänden, Türen und Gittern zu Leibe rückte und sie binnen einer Woche um ein Jahrhundert altern ließ. Hätten wir ihr nicht Einhalt geboten, sie hätte das gesamte Haus in Trümmer gelegt, ehe sie in unserem Patio niedergekommen wäre. Das Ergebnis ist ein historisches Unding: Ein chilenisches Landhaus aus dem neunzehnten Jahrhundert auf einem kalifornischen Hügel mitten im einundzwanzigsten Jahrhundert.

Anders als ich, die ich meinen Koffer stets griffbreit hatte, um das Weite zu suchen, dachte Willie nur ein einziges Mal ernsthaft daran, sich scheiden zu lassen, nämlich während unseres Umzugs. Sicher, ich führte mich auf wie ein Feldwebel, aber dafür waren wir auch nach zwei Tagen eingerichtet, als würden wir schon seit einem Jahr dort wohnen. Die komplette Sippe packte mit an, vorneweg Nico mit seinem Werkzeuggürtel, um Lampen zu montieren und Bilder aufzuhängen, bis hin zu unseren Freunden und den Enkeln, die Tassen und Teller in die Küchenschränke räumten, Umzugskartons zusammenfalteten und säckeweise Müll wegbrachten. In dem Aufruhr wärst du fast verlorengegangen, Paula. Zwei Tage später erklärten wir die Arbeit für beendet, und wir vierzehn, die wir uns beim Umzug den Rücken krumm geschuftet hatten, aßen am »Tisch der Schloßherrin«, wie Willie ihn von Anfang an nannte, zwischen Blumen und Kerzen zu Abend: Krabbensalat, chilenischen Schmorbraten und zum Nachtisch gebrannten Karamelpudding. Kein Essen vom Chinesen mehr. Damit weihten wir einen Lebensstil ein, den wir bisher nicht gepflegt hatten.

Wenn ich meine neue Stellung als Schloßherrin genoß, so war das doch nichts im Vergleich zu Willie, der eine Aussicht braucht, Platz ringsum und hohe Decken, um sich auszubreiten, eine großzügige Küche für seine Experimente, einen Grillplatz für die unglücklichen Rehe, die ihm die liebsten Filets liefern, und einen schön angelegten Garten für seine Pflanzen. Trotz der mannigfachen Allergien, die ihn von klein auf heimsuchten, geht er mehrmals am Tag nach draußen, um seine Nase in Blüten zu stecken, die Triebe an jedem Busch zu zählen und tief den kräftigen Duft von Lorbeer, den frischen der Minze, den herben der Kiefern und des Rosmarins einzuatmen, während sich die

Raben am Himmel, schwarz und weise, über ihn lustig machen. Siebzehn neue Rosensträucher hat er gepflanzt, um die zu ersetzen, die in unserem alten Haus geblieben sind. Als ich ihn kennenlernte, besaß er siebzehn Rosen in Kübeln, die ihm über Jahre auf dem Weg der Scheidungen und Umzüge gefolgt waren, aber als er vor unserer Liebe die Waffen streckte, pflanzte er sie in den Garten. Nun schnitt er schon im ersten Jahr Sträuße für mein Häuschen, den einzigen Ort, wo er sie hinstellen kann, weil sie ihn umbringen, wenn er zu lang in ihrer Nähe ist. Meine Freundin Pía kam aus Chile, um unser Haus zu segnen, und brachte, verborgen in ihrem Koffer, einen Ableger von »Paulas Rose« mit, die in ihrem Garten neben der kleinen Kapelle wächst, und zwei Jahre später sollte uns der neue Strauch mit einer Unzahl rosa überhauchter Blüten erfreuen. Aus ihrem Dorf Santa Fe de la Segarra schickt Carmen Balcells mir Woche für Woche einen übertriebenen Strauß Blumen, den ich ebenfalls aus Willies Reichweite verschwinden lassen muß. Meine Agentin ist spendabel wie die Ritter des alten spanischen Weltreichs. Einmal schenkte sie mir einen Koffer voll magischer Schokoladentäfelchen: Auch zwei Jahre später tauchen noch welche davon in meinen Schuhen oder einer meiner Handtaschen auf; sie vermehren sich auf geheimnisvolle Weise im Dunklen.

Von Mai bis September heizen wir unseren Pool auf Suppentemperatur, und das Haus füllt sich mit eigenen und fremden Kindern, die sich aus dem Nichts materialisieren, und mit Besuchern, die unangemeldet wie der Briefträger vor der Tür stehen. Dann sind wir weniger eine Familie als ein Dorf. Berge feuchter Handtücher, verwaiste Badeschlappen, Plastikspielzeug; Obstpyramiden, Keksteller, verschiedene Käse und Salate auf dem großen Tisch in der Küche; Rauch und Fett von den Grillrosten, auf denen Willie die Filets, Rippchen, Hacksteaks und Würstchen tanzen läßt. Überfluß und Radau gleichen die Zurückgezogenheit der Wintermonate aus, die Einsamkeit und Stille, die unantastbare Zeit des Schreibens. Der Sommer gehört den Frauen: Wir kommen im Garten zusammen, zwischen den verschwenderischen Blumen und den Bienen in ihren gelbgestreiften Trikots, bräunen uns die Beine und haben ein Auge auf die Kinder, kommen in der Küche zusammen und probieren neue Rezepte aus, kommen im Wohnzimmer zusammen und lackieren uns die Zehennägel oder tauschen in speziellen Treffen mit Freundinnen Kleider aus. Meine Garderobe stammt fast ausnahmslos von Lea, einer einfallsreichen Designerin, die alles schräg schneidet und lang, so daß es sich nach Bedarf dehnen und raffen läßt und von einer Schar Freundinnen unterschiedlichster Größe getragen werden kann, sogar von Lori mit ihrer Mannequinfigur, nachdem sie schließlich das in New York unvermeidliche Schwarz in Schwarz gegen die Farben von Kalifornien eingetauscht hat. Selbst Andrea zieht meine Sachen an, wenn auch niemals Nicole, die für Kleidung ein unerbittliches Auge besitzt. In die Sommermonate fallen die Geburtstage der halben Familie und vieler naher Freunde und werden zusammen gefeiert. Es ist die Zeit der Feste, der Klatschgeschichten und des Lachens. Die Kinder backen Kekse und stellen für zwischendurch Quarkspeisen, Fruchtshakes und Eiscreme her. Wahrscheinlich gibt es in jeder Kommune jemanden, der sich die undankbaren Aufgaben aufhalst. In unserer ist es Lori: Wir müssen sie mit Zähnen und Klauen daran hindern, allein die Berge von Schalen, Tassen und Tellern zu spülen. Wenn wir nicht aufpassen, kann es passieren, daß sie auf allen vieren den Fußboden wischt.

Das Beste ist, daß wir einen Monat nach unserem Einzug dieselben unerklärlichen Geräusche hörten, die uns in unserem früheren Haus geweckt hatten, und als meine Mutter aus Chile kam, sah sie, wie sich nachts die Möbel bewegten. Das hatte diesem Haus gefehlt, um seinen Namen zu rechtfertigen. Du bist uns beim Umzug nicht verlorengegangen, Tochter.

Es war Zeit, Ernesto und Giulia zu uns zu rufen, die seit Monaten mit dem Gedanken spielten, nach Kalifornien zu ziehen, um Teil unserer Sippe zu werden und unser altes Haus zu übernehmen, das sie erwartete. Als die beiden zwei Jahre zuvor geheiratet hatten, war außer ihren Familien auch unsere zu Gast gewesen, Jason inbegriffen, der damals noch nichts von dem kurzen, längst vergangenen Techtelmechtel zwischen Ernesto und Sally wußte. Ernesto sollte es ihm irgendwann kleinlaut gestehen. Giulia hingegen wußte davon, ist aber keine Frau, die auf Vergangenes eifersüchtig ist. Sie sah hinreißend aus in ihrem schlichten Brautkleid aus weißem Satin und tat, als bemerkte sie das unangebrachte Benehmen mancher Gäste nicht, die ihr um ein Haar das Hochzeitsfest ruiniert hätten. Obwohl Ernestos Familie glücklich mit ihr ist, verschwand ständig jemand von ihnen schniefend im Bad, weil er sich an dich erinnerte. Mir ging es anders. Ich war aufrichtig froh, weil mir von Beginn an schien, daß du Giulia selbst ausgesucht hast, damit dein Mann nicht allein bleibt; du hast das manchmal im Scherz angekündigt. Weshalb sprachst du über den Tod? Welche Vorahnungen hattest du? Ernesto sagt, ihr hättet gespürt, daß eurer Liebe nicht viel Zeit bleiben würde, ihr sie gierig ausschöpfen mußtet, ehe sie euch entrissen würde.

Ernesto und Giulia führten in New Jersey ein angenehmes Leben, beide hatten eine gute Arbeit, aber sie fühlten sich allein und folgten schließlich meiner Einladung, in unser früheres Haus zu ziehen. Um das Geschenk annehmen zu können, brauchte Ernesto eine Anstellung in Kalifornien, und da ein Engel seine schützende Hand über ihn hält, fand er eine Stelle nur zehn Minuten von seinem neuen Zuhause entfernt. Zwei Monate dauerte es, dann hatten die beiden ihre Wohnung verkauft und in einem mit ihren Sachen beladenen Transporter den Kontinent überquert. Sie betraten ihr neues Zuhause am selben Tag im Mai, an dem wir dich etliche Jahre zuvor aus Spanien geholt hatten, damit du bei uns beschließen konntest, was dir an Lebenszeit blieb. Mir schien das ein eindeutig gutes Omen. Es fiel uns auf, weil Giulia mir ein Album schenkte, in das sie nach Datum die Briefe einsortiert hatte, die ich dir 1991 nach Madrid geschickt hatte, als du frisch verheiratet gewesen warst, und dann die, die ich 1992 an Ernesto schrieb, als du krank in Kalifornien lagst und er in New Jersey arbeiten mußte. »Hier werden wir sehr glücklich sein«, sagte Giulia, als sie ihr Haus betrat, und ich zweifelte nicht daran, daß sie recht behalten würde.

Wir hatten uns noch nicht vollständig vom Filmglamour erholt, der uns kurz gestreift hatte, da kam *Von Liebe und Schatten* in die Kinos, die Verfilmung meines zweiten Romans. Die Hauptdarstellerin, Jennifer Connelly, sieht dir so ähnlich – die schlanke Gestalt, der lange Hals, die dichten Brauen, das glatte dunkle Haar –, daß ich den Film nicht bis zum Ende anschauen konnte. In einer Szene liegt sie im Krankenhaus, und ihr Geliebter, Antonio Banderas, hebt sie aus dem Bett und stützt sie im Badezimmer. Ich erinnere mich an ebendiese Szene zwischen Ernesto und dir, kurz bevor du ins Koma fielst. Zum erstenmal sah ich Jennifer Connelly in einem Restaurant in San Francisco, wo ein Treffen zwischen uns vereinbart worden war. Als sie durch die Tür kam, in Jeans, darüber eine gestärkte weiße Bluse, das Haar zu einem Pferdeschwanz zusammengebunden, glaubte ich zu träumen, denn das warst du, auferstanden in unversehrter Schönheit. Mir schien *Von Liebe und Schatten* – in Argentinien gedreht, weil in Chile das Erbe der Diktatur noch schwer lastete – ein ordentlicher Film zu sein, und ich bedauerte, daß er kaum Beachtung fand, auch wenn er noch heute auf Video zu haben ist und im Fernsehen läuft. Erzählt wird die auf wahren Ereignissen basierende politische Geschichte von fünfzehn Campesinos, die vom Militär verhaftet wurden und verschwanden, aber im Kern ist es ein Liebesroman. Willie bekam ihn zu seinem fünfzigsten Geburtstag von einer Freundin geschenkt und las ihn im Urlaub; später bedankte er sich bei der Freundin mit einem Kärtchen, auf dem steht: »Die Autorin sieht die Liebe wie ich.« Und deshalb, wegen der Liebe, die er auf diesen Seiten spürte, wollte er mich kennenlernen, als ich auf einer Lesereise nach Kalifornien kam. Bei unserer ersten Begegnung sprach er mich auf die Hauptfiguren an, fragte, ob sie wirklich gelebt hätten oder von mir erfunden worden seien, ob ihre Liebe die Wechselfälle des Exils überstanden habe und sie je nach Chile zurückgekehrt seien. Diese Zweifel begegnen mir ständig: Nicht nur Kinder wollen wissen, wieviel Wahres an der Fiktion ist. Ich setzte zu einer Erklärung an, aber nach wenigen Sätzen unterbrach er mich: »Sprich nicht weiter, ich will es nicht wissen. Wichtig ist nur, daß du das geschrieben hast und also an diese Art Liebe glaubst.« Später gestand er mir, er sei immer überzeugt gewesen, daß eine solche Liebe möglich sein müsse, obwohl ihm bis dahin nichts widerfahren war, das auch nur entfernt daran erinnerte. Mein zweiter Roman hat mir Glück gebracht, durch ihn habe ich Willie kennengelernt.

Als der Film anlief, war in Europa bereits mein Roman *Fortunas Tochter* erschienen, in dem sich nach Ansicht einiger Kritiker feministische Ideen widerspiegeln. Eliza streift das enge viktorianische Korsett ab, trifft völlig unvorbereitet auf eine Männerwelt, in der sie nur bestehen kann, indem sie in die Rolle eines Mannes schlüpft, und in dieser Entwicklung gewinnt sie etwas sehr Kostbares: Freiheit. Darüber hatte ich während des Schreibens nicht nachgedacht, ich glaubte, es ginge einfach um den Goldrausch und diese Melange aus Abenteurern, Banditen, Predigern und Prostituierten, aus der San Francisco hervorgegangen ist, aber die feministische Deutung scheint mir berechtigt, weil sich darin meine Überzeugungen ausdrücken und mein Verlangen nach Unabhängigkeit, das für mein Leben entscheidend gewesen ist. Um das Buch zu schreiben, fuhr ich mit Willie kreuz und quer durch Kalifornien, sog mich mit seiner Geschichte voll und versuchte, mir diese Zeit im neunzehnten Jahrhundert auszumalen, als die Nuggets am Grund der Flüsse und in den Felsritzen funkelten und die Habgier der Menschen befeuerten. Trotz der Highways sind die Entfernungen riesig, zu Pferd oder zu Fuß über schmale Bergpfade müssen sie einem endlos erschienen sein. Die großartige Landschaft Kaliforniens, seine Wälder, die schneebedeckten Gipfel, die reißenden Flüsse laden zum Schweigen ein und erinnern mich an die verwunschenen Regionen Südchiles. Die Geschichte und die Menschen meiner beiden Heimatländer, Chile und Kalifornien, sind sehr verschieden, aber in Landschaft und Klima ähneln sie sich. Wenn ich von einer Reise nach Hause komme, habe ich häufig den Eindruck, dreißig Jahre meines Lebens im Kreis gelaufen und am Ende wieder in Chile gelandet zu sein; dieselben regennassen und stürmischen Wintermonate, dieselben trockenen und heißen Sommer, dieselben Bäume, schroffen Küsten, dasselbe kalte und dunkle Meer, die endlosen Hügelketten, der wolkenlose Himmel.

Auf *Fortunas Tochter* folgte *Porträt in Sepia*, ein Roman, der ebenfalls Chile mit Kalifornien verbindet. Es geht darin um das Erinnern. Auch ich bin eine ewig Verpflanzte, wie Pablo Neruda das genannt hat; meine Wurzeln wären längst vertrocknet, zehrten sie nicht vom reichen Nährboden der Vergangenheit, der in meinem Fall notwendig auch einen Teil Erdachtes enthält. Vielleicht nicht nur in meinem Fall, denn angeblich laufen im Gehirn, wenn man sich an etwas erinnert, fast genau die gleichen Prozesse ab, wie wenn man sich etwas ausdenkt. Die Anregung zu der Romanhandlung stammte aus einem entfernten Zweig meiner Familie: Dort hatte der Ehemann von einer der Töchter sich in seine Schwägerin verliebt. In Chile werden solche Vorkommnisse in der Familie nicht an die große Glocke gehängt; alle können Bescheid wissen, dennoch spinnt man ein verschwörerisches Netz des Schweigens, um nach außen hin den Schein zu wahren. Vielleicht hat deshalb niemand gern einen Schriftsteller in der Familie. Was ich in dem Roman erzähle, spielte sich auf einem hübschen Landgut am Fuß der Anden ab, und die Beteiligten, die gutherzigsten Menschen der Welt, hatten ein solches Unglück nicht verdient. Aber ich glaube, sie hätten es leichter verkraften können, wenn sie offen darüber geredet und, anstatt sich mit ihrem Geheimnis zu verkriechen, Türen und Fenster aufgerissen hätten, damit ein frischer Luftzug den muffigen Geruch hätte fortwehen können. So war es eins dieser Dramen von Liebe und Verrat, die sich, wie in einem russischen Roman, begraben unter vielen Schichten von Konvention entwickeln. Willie hat recht, wenn er sagt, daß hinter den geschlossenen Kellertüren der Familie so manche Leiche modert.

Ich hatte das Buch nicht als Fortsetzung von *Fortunas Tochter* geplant, auch wenn es zur selben Zeit spielt, aber etliche Figuren, wie Eliza Sommers, der chinesische Arzt Tao Chi'en, die Matriarchin Paulina del Valle und andere mehr, drängten auf die Seiten, ohne daß ich es hätte verhindern können. Etwa um die Mitte des Buchs wurde mir klar, daß ich beide Romane mit dem *Geisterhaus* verbinden und so eine Art Trilogie schaffen konnte, die mit *Fortunas Tochter* beginnt und *Porträt in Sepia* als Brückenschlag benutzt. Dumm war nur, daß in einem der Bücher Severo del Valle ein Bein im Krieg verliert und im nächsten Buch auf beiden Füßen steht; irgendwo im Getümmel der literarischen Irrtümer ist also ein amputiertes Bein unterwegs. Für alles, was Kalifornien betraf, konnte ich einfach auf meine Recherchen für den vorangegangenen Roman zurückgreifen, aber das übrige mußte ich in Chile herausfinden mit Hilfe von Onkel Ramón, der monatelang Geschichtsbücher wälzte und sich durch alte Akten und Zeitungen grub. Es war ein guter Vorwand, um meine Eltern häufiger zu besuchen, die beide die Achtzig überschritten hatten und ein bißchen wackeliger wirkten als früher. Zum erstenmal befiel mich der beängstigende Gedanke, eines nicht allzu fernen Tages verwaist und ohne sie zu sein. Was sollte ich nur tun, wenn ich nicht mehr an meine Mutter schreiben konnte? In jenem Jahr gab sie mir die Pakete mit meinen Briefen, in Weihnachtspapier eingeschlagen, zurück, weil es ihr möglich schien, daß sie bald sterben würde. »Nimm, verwahr sie gut. Wenn mich der Schlag trifft, sollten sie nicht in fremde Hände geraten.« Seitdem gibt sie mir die Briefe Jahr für Jahr und versichert sich, daß Nico und Lori sie nach meinem Tod dem Feuer überantworten werden. Unsere sündige Indiskretion wird ein Raub der Flammen sein: In diesen Briefen schreiben wir über alles, was uns in den Sinn kommt, und bewerfen noch dazu andere Leute mit Dreck. Weil meine Mutter eine so gute Briefschreiberin ist und ich ihr ja antworten muß, steht mir eine üppige Korrespondenz zur Verfügung, in der alle Ereignisse noch frisch sind; ohne sie könnte ich dieses Buch niemals schreiben. Durch unseren Briefwechsel soll die Verbindung lebendig bleiben, die zwischen uns besteht, seit meine Mutter mich empfangen hat, aber er dient auch dazu, dem Gedächtnis auf die Sprünge zu helfen, diesem nebelhaften Wabern, in dem die Erinnerungen sich verflüchtigen, sich durchmischen und sich wandeln, bis wir am Ende unserer Tage feststellen, daß wir nur erlebt haben, was wir uns in Erinnerung rufen können. Was ich nicht aufschreibe, entgleitet mir, es ist, als wäre es nie geschehen, deshalb fehlt in diesen Briefen nichts, was von Bedeutung war. Manchmal ruft meine Mutter mich an, weil sie mir dringend etwas erzählen muß, und das erste, was mir einfällt, ist, sie zu bitten, daß sie es mir schreibt, damit es nicht verlorengeht. Sollte sie vor mir sterben, wovon man ausgehen muß, kann ich jeden Tag zwei Briefe lesen, einen von ihr, einen von mir, bis ich hundertfünf bin, und da ich bis dahin sicher tief in seniler Verwirrung stecke, wird alles neu für mich sein. Dank unserer Briefe werde ich zweimal leben.

Nico hatte sich von der Verletzung am Rücken erholt, seine Porphyrie-Werte begannen zu sinken, und er dachte ernsthaft darüber nach, sich eine neue Arbeit zu suchen. Außerdem machte er Yoga und trieb Sport: Ohne Not hob er Gewichte, schwamm durch die eisigen Wasser der Bucht von San Francisco nach Alcatraz und zurück, strampelte auf dem Rad sechzig Meilen bergauf, rannte von einem Ort zum anderen, als wäre der Teufel hinter ihm her ... Er bekam Muskeln an Stellen, wo sie nicht vorgesehen sind, und konnte in der Yoga-Position »Der Baum« Pfannkuchen backen: auf einem Bein, das andere angewinkelt und den Fuß auf die Innenseite des Oberschenkels gestützt, einen Arm in die Höhe gestreckt und mit dem anderen im Teig rührend, während er laut und vernehmlich OOOOM sagte. Irgendwann kam er morgens zum Frühstück bei mir vorbei, und ich erkannte ihn nicht. Aus dem Renaissance-Edelmann war ein Gladiator geworden.

Loris Versuche, schwanger zu werden, schlugen alle fehl, und tieftraurig verabschiedete sie sich von diesem Traum. Die Fruchtbarkeitsbehandlung und das viele Wühlen in ihrem Unterleib hatten sie arg mitgenommen, aber das war nichts, verglichen mit ihren seelischen Schmerzen. Zwischen Nico und Celia herrschte fast offene Feindschaft, und die Reibereien machten Lori stark zu schaffen, weil sie sich von Celia angegriffen fühlte. Über deren ruppige Art konnte sie nicht hinwegsehen, auch wenn Nico ihr noch so oft sein Mantra wiederholte: »Nimm es nicht persönlich, für die eigenen Gefühle ist jeder selbst verantwortlich, das Leben ist nicht gerecht.« Ich glaube nicht, daß ihr das viel weiterhalf. Aber zumindest bemühten sich beide Paare darum, die Kinder aus ihren Schwierigkeiten herauszuhalten.

Die Rolle der Stiefmutter ist undankbar, zu diesem Klischee habe auch ich mit meinem Tropfen Galligkeit beigetragen. Man findet nicht eine einzige gute Stiefmutter in Märchen oder bekannten literarischen Werken, sieht man von Pablo Nerudas Stiefmutter ab, die der Dichter »Mamadre« nennt. Im allgemeinen wird an Stiefmüttern kein gutes Haar gelassen, aber Lori bemühte sich so liebevoll um meine Enkel, daß die sie mit ihrem untrüglichen Kinderinstinkt genauso ins Herz schlossen wie Sally und außerdem zu allererst zu ihr kommen, wenn sie etwas brauchen, weil auf Lori immer Verlaß ist. Heute können sie sich ein Leben ohne ihre drei Mütter nicht mehr vorstellen. Jahrelang wünschten sie sich, ihre vier Eltern, Nico und Lori, Celia und Sally, würden zusammenwohnen, und das möglichst im Haus der Großeltern, aber von diesem Wunschtraum ist keine Rede mehr. Die Kinderjahre meiner Enkel waren vom Hin und Her zwischen den Paaren bestimmt, immer waren die drei unterwegs wie kleine Rucksackreisende. Wenn sie bei dem einen Elternpaar waren, vermißten sie das andere. Meine Mutter fürchtete, dieses Arrangement werde die Kinder unwiderruflich zu Vagabunden machen, aber mir kommen sie beständiger vor als die meisten anderen Menschen, die ich kenne.

Das Jahr 2000 klang in einem schlichten Ritual aus, in dem wir von Loris und Nicos nie geborenem Kind und von anderen Kümmernissen Abschied nahmen. An einem verschneiten Tag brachen wir mit einer von Loris Freundinnen in die Berge auf, mit einer jungen Frau, die wie eine Verkörperung der Erdgöttin Gaia ist. Wir hatten Taschenlampen und Ponchos dabei, falls die Dunkelheit uns überraschte. Von der Kuppe eines Hügels deutete Gaia einen Abhang hinunter und tief im Tal auf ein weites kreisrundes, perfekt gelegtes Labyrinth aus Steinen. Über einen Trampelpfad stiegen wir hinab, rechts und links ragten grau die Hänge, darüber spannte sich ein weißer Himmel, vor dem schwarze

Vögel kreuzten. Loris Freundin sagte, wir seien zusammengekommen, um den einen und anderen Kummer abzustreifen, seien hier, um Lori zu begleiten, doch fehle keinem von uns ein Anlaß zur Traurigkeit, der hierbleiben könne. Nico hatte ein Foto von dir dabei, Willie eins von Jennifer, Lori ein Kästchen und ein Foto ihrer kleinen Nichte. Wir schritten die von den Steinen markierten Wege ab, langsam, jeder in seine eigenen Gedanken versunken, während vor dem fahlen Himmel die düsteren Vögel krächzend mit den Flügeln schlugen. Manchmal begegneten wir einander in dem Labyrinth, und ich merkte, daß wir alle vor Kälte zitterten und ergriffen waren.

In der Mitte war aus Steinen ein kleiner Hügel aufgeschichtet, wie ein Altar, auf dem andere Wanderer ihre schon vom Regen durchweichten Erinnerungen zurückgelassen hatten: Botschaften auf Zetteln, eine Feder, welke Blumen, eine Medaille. Wir setzten uns dort im Kreis und deponierten unsere Schätze. Lori steckte zwischen die Steine das Foto ihrer Nichte, die mit ihrer Familienähnlichkeit und -ausstrahlung dem Kind glich, das sie sich so sehr gewünscht hatte. Sie erzählte uns, sie und ihre Schwester hätten sich schon als kleine Mädchen ausgemalt, daß sie in der Nachbarschaft wohnen und zusammen ihre Kinder großziehen würden; sie wünschte sich eine Tochter, Uma, und einen Sohn, Pablo. Jetzt habe sie wenigstens das Glück, daß Nico seine Kinder mit ihr teile, und sie wolle versuchen, ihnen eine verläßliche Freundin zu sein, sagte sie noch. Aus dem Kästchen holte sie drei Blumenzwiebeln und grub sie ein. Neben die erste legte sie einen Stein für Alejandro, dem Minerale gefallen, neben die zweite ein rosafarbenes Herz für Andrea, die der Phase dieser scheußlichen Farbe noch immer nicht entwachsen war, und neben die dritte einen lebenden Wurm für Nicole, die alle Tiere liebt. Willie legte wortlos das Foto von Jennifer auf den Altar und beschwerte es mit kleinen Steinen, damit der Wind es nicht forttrug.

Nico erklärte, er lasse dein Bild da, damit du bei dem Kind wärst, das nicht geboren worden war, und bei den anderen Kümmernissen, die hierbleiben sollten, aber seine Traurigkeit wolle er nicht hergeben. »Ich vermisse meine Schwester, und das wird immer so sein, bis an mein Lebensende«, sagte er. So viele Jahre später ist die Trauer um dich noch immer, wie sie war, Paula. Man muß nur ein wenig an der Oberfläche kratzen, und sie bricht wieder hervor, frisch wie am ersten Tag.

Doch nur durch ein Ritual in einem Labyrinth in den Bergen läßt sich ein unerfüllter Kinderwunsch nicht überwinden, selbst wenn man noch so oft zur Therapie geht und sich gut zuredet. Fast kommt es einem wie grausame Ironie vor, daß andere Frauen Schwangerschaften verhüten oder abtreiben, es Lori aber vom Schicksal verwehrt wurde, Kinder zu bekommen. Sie konnte keine austragen, damit mußte sie sich abfinden, denn selbst die vielversprechende Methode, ihr eine fremde befruchtete Eizelle einzupflanzen, schlug fehl, aber noch blieb die Möglichkeit der Adoption. Es gibt unendlich viele Kinder ohne Familie, die darauf warten, daß jemand sie mit offenen Armen aufnimmt. Nico war überzeugt, das werde Loris Schwierigkeiten wie Zeitmangel, Arbeitsüberlastung und fehlenden Raum für sich noch verschärfen. »Wenn sie sich jetzt schon gefangen fühlt, um wieviel schlimmer wäre es mit einem Säugling«, sagte er zu mir. Ich wußte ihm keinen Rat zu geben. Die Entscheidung, vor der sie standen, war vertrackt, wer von den beiden auch immer nachgab, würde es dem anderen vorwerfen, sie, weil Nico ihr etwas Wesentliches vorenthielt, Nico, weil sie ihm ein adoptiertes Kind aufnötigte.

Nico und ich pflegten zusammen in einem Café zu frühstücken, um einander über unseren Alltag und die Geheimnisse des Herzens auf dem laufenden zu halten. Ein Jahr hindurch wurden diese vertrauten Gespräche von Loris

Kinderwunsch und den Fragen einer Adoption beherrscht. Er verstand nicht, daß der Wunsch, Mutter zu werden, wichtiger sein sollte als ihre Liebe, die durch diese Obsession in Gefahr geriet. Für ihn waren sie beide wie dafür geschaffen, einander zu lieben, sie ergänzten sich in allem, sagte er, und verfügten über die nötigen Mittel, um ein unbeschwertes Leben zu führen, aber anstatt sich an dem zu freuen, was sie hatten, litt Lori unter dem, was ihr fehlte. Ich erklärte ihm, daß unsere Spezies ohne dieses Bedürfnis, gegen das wir Frauen nichts vermögen, längst ausgestorben wäre. Welchen vernünftigen Grund sollte es geben, seinen Körper den Strapazen einer Schwangerschaft und Geburt auszusetzen, den Nachwuchs bis zur Selbstaufgabe zu verteidigen wie eine Löwin, ihm jahrelang jeden Augenblick des Lebens zu widmen, bis er auf eigenen Füßen steht, und ihm dann aus der Ferne traurig nachzublicken, weil man ihn verloren hat, denn früher oder später gehen die Kinder fort. Nico wandte ein, daß der Wunsch nach Kindern weder so unumstößlich noch so eindeutig bei allen Frauen vorhanden sei: Manche Frauen stehen nicht unter diesem biologischen Mandat.

»Paula wollte zum Beispiel nie Kinder«, erinnerte er mich.

»Vielleicht fürchtete sie sich vor den Folgen der Porphyrie, nicht nur wegen des Risikos für sie selbst, sondern auch weil sie die Krankheit an ihre Kinder hätte vererben können.«

»Sie hat lange vor dem ersten Verdacht auf Porphyrie schon gesagt, daß Kinder nur aus der Ferne liebenswert sind und es andere Möglichkeiten der Selbstverwirklichung gibt als die, Mutter zu werden. Außerdem wird bei manchen Frauen der Mutterinstinkt nie wach. Wenn sie schwanger werden, fühlen sie sich von einem fremden Wesen okkupiert, das von ihnen zehrt, und später lieben sie das Kind nicht. Kannst du dir vorstellen, welche Narbe auf der

Seele von jemandem bleibt, der von Geburt an abgelehnt wird?«

»Sicher, Nico, es gibt Ausnahmen, aber der ganz überwiegende Teil der Frauen wünscht sich Kinder und opfert sich auf, wenn sie da sind. Man muß nicht befürchten, daß die Menschheit an Kindermangel zugrunde geht.«

Lili kam mit einem drei Monate gültigen Verlobtenvisum aus China und mußte Tong innerhalb dieser Frist heiraten oder in ihre Heimat zurückkehren. Sie war eine muntere und hübsche Frau, wirkte, obwohl um die dreißig, wie Anfang Zwanzig und war so wenig von der westlichen Kultur verunreinigt, wie ihr zukünftiger Ehemann sich das wünschte. Zudem sprach sie kein Wort Englisch; besser so, dann würde man sie leichter unter der Fuchtel halten können, urteilte die Schwiegermutter in spe, die vom ersten Tag an die traditionelle Methode gebrauchte, der Schwiegertochter das Leben unerträglich zu machen. Lilis Mondgesicht und ihre strahlenden Augen schienen uns unwiderstehlich, sogar meine Enkel verliebten sich in sie. »Armes Kind, sie wird es nicht leicht haben, sich einzuleben«, meinte Willie, als er erfuhr, daß Lili im Morgengrauen aufstand, um die Hausarbeit zu erledigen und die komplizierten Gerichte vorzubereiten, wie ihre winzige, aber drachenhafte Schwiegermutter das von ihr verlangte, die sie herumschubste und anschrie. »Wieso schicken Sie die Alte nicht zum Teufel?« versuchte ich Lili in Zeichensprache zu fragen, aber sie verstand mich nicht. »Halt dich raus«, kam die alte Leier von Willie, und dann behauptete er noch, ich wisse nichts über die chinesische Kultur; aber ein bißchen mehr als er weiß ich schon, zumindest habe ich Amy Tan gelesen. Diese Braut aus dem Katalog war nicht so verhuscht, wie Willie nach dem ersten Kennenlernen behauptet hatte, da war ich mir sicher. Sie besaß die Bodenständigkeit und das breite Kreuz der Bauersfrau, aus ihrem Blick und ihren Gesten sprach Entschlossenheit; sie hätte Tongs Mutter ungespitzt in den Boden rammen können und Tong hinterher, hätte sie das gewollt. Von einem süßen Täubchen keine Spur.

Kurz bevor Lilis Dreimonatsvisum abzulaufen drohte, teilte Tong uns mit, daß sie heiraten würden. Als Anwalt und Freund erinnerte Willie ihn daran, daß die junge Frau nur einen einzigen Grund für diesen Schritt hatte, weil sie nämlich in den Vereinigten Staaten bleiben wollte, und hier brauchte sie bloß für zwei Jahre einen Ehemann: Danach konnte sie sich scheiden lassen und würde ihre Aufenthaltserlaubnis trotzdem bekommen. Tong hatte sich das reiflich überlegt, er war nicht so naiv, anzunehmen, das Mädchen aus dem Internet habe sich auf den ersten Blick in ihn verliebt, wie sehr Lori sein Porträt auch retouchiert haben mochte, doch fand er das Arrangement für beide Seiten vorteilhaft: Er bekam die Chance auf einen Sohn, sie die auf ein Visum. Man würde ja sehen, was von beidem sich zuerst einstellte, jedenfalls war er bereit, es drauf ankommen zu lassen. Willie riet ihm, vorab einen Ehevertrag zu schließen, andernfalls könne Lili ihm einen Teil des Vermögens abknöpfen, das er in einem arbeitsamen Leben zusammengeknausert hatte, die zukünftige Braut aber stellte klar, daß sie nichts unterschreiben würde, was sie nicht lesen konnte. Also gingen die beiden zu einem Anwalt in Chinatown, der ihr das Papier übersetzte. Als sie die Tragweite dessen begriff, was da von ihr verlangt wurde, lief Lili rotebeterot an und erhob zum ersten Mal ihre Stimme gegen Tong. Was ihm und diesem Winkeladvokaten einfalle, ihr zu unterstellen, sie würde nur wegen des Visums heiraten! Sie sei gekommen, um mit Tong eine Familie zu gründen! Und sie beschämte den Bräutigam und den chinesischen Anwalt zutiefst. Tong und Lili heirateten ohne Vertrag. Als Willie mir das berichtete, sprühte er Funken vor Zorn, er konnte nicht fassen, daß sein Buchhalter ein solcher Esel war, wie hatte er nur derart dämlich sein können, jetzt war er geliefert, er hatte doch mitbekommen, wie Willie von sämtlichen Frauen ausgenommen worden war, die seinen Weg gekreuzt hatten, und so weiter und so fort die schlimmsten Unkenrufe. Dies eine

Mal hatte ich das Vergnügen, ihm einen guten Rat geben zu dürfen: »Halt dich raus.«

Lili meldete sich zu einem Englisch-Intensivkurs an und war nur noch mit Kopfhörer unterwegs, um sich noch im Schlaf mit Englisch berieseln zu lassen, aber das Lernen erwies sich als mühevoller und langwieriger als erwartet. Sie suchte Arbeit und fand trotz ihrer soliden Ausbildung und ihrer Erfahrung als Krankenschwester nichts, weil sie die Sprache nicht beherrschte. Wir baten sie, bei uns zu putzen und die Kinder von der Schule abzuholen, weil Ligia mittlerweile nicht mehr arbeitete; eins nach dem anderen hatte sie ihre Kinder aus Nicaragua zu sich geholt, hatte dafür gesorgt, daß sie auf die höhere Schule gingen, und als alle im Beruf standen, konnte sie endlich aufhören zu arbeiten. Bei uns würde Lili ein bißchen Geld verdienen können, bis sie etwas gefunden hätte, was ihren Fähigkeiten angemessen war. Sie nahm das Angebot dankbar an, als würden wir ihr einen Gefallen tun, obwohl sie eigentlich uns einen tat.

Die Kommunikation mit Lili gestaltete sich am Anfang überaus vergnüglich: Ich klebte ihr Zeichnungen an den Kühlschrank, aber Willie schrie sie lauthals auf englisch an, und sie antwortete immer nur mit »No!« und ihrem bezauberndsten Lächeln. Einmal kam Roberta zu Besuch, eine transsexuelle Freundin, die vor ihrer Geschlechtsumwandlung Offizier der Marines gewesen war und Robert geheißen hatte. Robert hatte in Vietnam gekämpft und die Tapferkeitsmedaille bekommen, der Tod Unschuldiger hatte ihm aber schwer zugesetzt, weshalb er den Dienst quittierte. Dreißig Jahre hatte er seine Frau geliebt, die ihm auf dem Weg, selbst zur Frau zu werden, beistand und mit ihm zusammenblieb, bis sie an Brustkrebs starb. Wenn man den Fotos glauben darf, war Roberta früher ein haariges Mannsbild mit kantigem Unterkiefer und einer Nase wie ein Preisboxer. Er hatte eine Hormonbehandlung über sich ergehen lassen, verschiedene Schönheitsoperationen, Elektroepilation zur Beseitigung der Körperhaare und schließlich eine Genitaloperation, aber das Ergebnis war wohl nicht restlos überzeugend, jedenfalls starrte Lili Roberta mit offenem Mund an und nahm dann Willie am Arm, um ihn hinter geschlossener Tür etwas auf chinesisch zu fragen. Mein Mann mutmaßte, daß es um das Geschlecht unserer Freundin ging, und begann Lili die Angelegenheit im Flüsterton auseinanderzulegen, steigerte die Lautstärke aber nach und nach, bis er schließlich aus Leibeskräften so etwas brüllte wie, es handele sich um einen Mann mit der Seele einer Frau. Ich wäre fast vor Peinlichkeit gestorben, aber Roberta nippte weiter wohlerzogen an ihrem Tee, knabberte Gebäck und tat, als vernähme sie das Geschrei der Irren hinter der Tür nicht.

Meine Enkel und unsere Hündin Olivia adoptierten Lili. Unser Haus war nie sauberer gewesen, sie desinfizierte es, als sollte in unserem Eßzimmer eine Operation am offenen Herzen stattfinden. So wurde sie Teil unserer Sippe. Mit ihrer Heirat verschwand ihre Scheu; sie atmete tief durch, streckte sich, machte den Führerschein und kaufte sich ein Auto. Für Tong war sie ein Sonnenschein, noch heute sieht er, obwohl älter geworden, besser aus, weil Lili ihm elegante Sachen kauft und ihm die Haare schneidet. Was nicht heißt, daß die beiden sich nicht streiten, denn er behandelt sie wie ein Despot. Ich wollte Lili mit Händen und Füßen klarmachen, daß sie ihm das nächste Mal, wenn er sie anschreit, den Wok über den Schädel ziehen soll, aber sie hat mich wohl nicht verstanden. Nur Kinder fehlen ihnen noch, weil sie Schwierigkeiten mit der Fruchtbarkeit hat und er nicht mehr der Jüngste ist. Ich riet ihnen, ein Kind in China zu adoptieren, aber dort bekommt man keine Jungen, und »kein Mensch will ein Mädchen«. Dasselbe, was ich in Indien zu hören bekam.

Magie für die Enkel

Als ich *Porträt in Sepia* beendet hatte, holte mich ein Versprechen ein, das ich nicht länger aufschieben konnte: drei Abenteuerromane für Alejandro, Andrea und Nicole zu schreiben, einen für jeden von ihnen. Wie früher meinen Kindern hatte ich auch meinen Enkeln von Beginn an nach einem ausgeklügelten System Geschichten erzählt: Sie gaben mir drei Stichworte oder Themen vor, und ich hatte zehn Sekunden Zeit, mir eine Geschichte auszudenken, die alle drei miteinander verband. Die Kinder sprachen sich ab, um mir die verrücktesten Begriffe zu nennen, und wetteten, daß ich nicht in der Lage sein würde, sie miteinander zu verbinden, aber da ich schon 1963 mit dir, Paula, angefangen hatte, war ich mindestens so gut in Übung, wie die drei gutgläubig waren, und fand immer eine Lösung. Schwierig wurde es erst eine Woche später, wenn sie mich baten, die Geschichte von der hibbeligen Ameise, die ins Tintenfaß geraten war und zufällig die ägyptische Schrift entdeckt hatte, Wort für Wort zu wiederholen. Ich konnte mich überhaupt nicht mehr an das gelehrte Insekt erinnern und hockte selber in der Tinte, wenn sie mich drängten, doch in meinem Kopfcomputer nachzusehen. »So ein Ameisenleben ist das Letzte, immer nur schuften und der Königin dienen. Wißt ihr was? Ich erzähle euch lieber vom Mörderskorpion«, und ehe sie merkten, wie ihnen geschah, war ich mitten in der Geschichte. Doch es kam der Tag, an dem auch das nicht mehr fruchtete; da versprach ich ihnen, daß ich drei Bücher schreiben würde zu den Themen, die sie mir vorgaben, genau wie wir das mit den spontanen Geschichten vor dem Schlafengehen immer getan hatten.

Das erste Thema, das meine Enkel mir nannten, hatte sich bereits in vielen früheren Geschichten abgezeichnet:

Die Rettung der Natur. Stoff für das Abenteuer *Die Stadt der wilden Götter* fand ich in meinen Reiseerlebnissen am Amazonas. Inzwischen weiß ich, daß ich meinen Brunnen der Inspiration durch Reisen füllen kann, sollte er je noch einmal versiegen wie nach deinem Tod. Meine Phantasie wird wach, wenn ich meine gewohnte Umgebung verlasse, anderen Menschen und Lebensarten begegne, Sprachen, die ich nicht spreche, Ereignissen, die ich nicht vorhersehen kann. Daß der Brunnen sich füllt, merke ich an dem Aufruhr, in den meine Träume geraten. Die angesammelten Eindrücke und Geschichten verwandeln sich in lebhafte Traumbilder, manchmal in heftigen Albdruck, der von der Ankunft der Musen kündet. Am Amazonas tauchte ich in eine alles verschlingende Natur ein, überall Grün, überall Wasser, ich sah Kaimane, groß wie Kanus, blaßrosa Delphine, Rochen, die wie Teppiche durch das teefarbene Wasser des Río Negro schwebten, Piranhas, Affen, unglaubliche Vögel und alle Arten von Schlangen, sogar eine Anakonda, tot zwar, aber doch eine Anakonda. Ich hätte nicht gedacht, daß mir je etwas davon nützlich sein würde, weil es nicht zu den Romanen paßte, die ich bisher geschrieben hatte, doch als ich mir ein Jugendbuch vornahm, konnte ich aus dem vollen schöpfen. Alejandro war mein Vorbild für Alexander Cold, die Hauptfigur, und seine Freundin Nadia Santos ist eine Mischung aus Andrea und Nicole. Im Buch reist Alex mit seiner Großmutter Kate, einer Reiseschriftstellerin, ins Amazonasgebiet, wo er Nadia kennenlernt. Die beiden gehen im Urwald verloren, treffen auf einen Stamm »unsichtbarer« Indianer und auf eine Art prähistorischer Bestien, die in einem Tepui leben, einem dieser atemberaubenden Tafelberge, die es in dieser Gegend gibt. Auf die Idee mit den Urzeitbestien kam ich, weil ich in einem Restaurant in Manaus hörte, wie sich eine Gruppe von Wissenschaftlern über ein riesiges, menschenähnliches Fossil unterhielt, das man im Urwald gefunden hatte. Es war nicht klar, zu welchem Tier die Knochen gehörten, ob zu einem Affen oder zu etwas wie einem tropischen Yeti. Davon ausgehend, war es nicht schwer, sich die Ungetüme vorzustellen. Die unsichtbaren Indianer gibt es tatsächlich, ihre Stämme leben wie in der Steinzeit, und sie bemalen ihre Körper zur Tarnung in den Farben des Waldes und bewegen sich so lautlos, daß du drei Meter neben ihnen stehen kannst und sie nicht siehst. Viel von dem, was man mir auf meiner Reise über Korruption, Geldgier, illegale Geschäfte, Gewalt und Schmuggel erzählt hatte, floß in die Handlung ein, aber bestimmend für das Buch und seinen Tonfall ist der Ort, an dem es spielt: der Urwald.

Wenige Wochen nachdem ich mit dem ersten Band der Trilogie begonnen hatte, mußte ich mir eingestehen, daß ich meiner Phantasie nicht so kühn freien Lauf zu lassen vermochte, wie es dem Vorhaben gutgetan hätte. Es fiel mir schwer, in die Haut dieser beiden Jugendlichen zu schlüpfen, die mit Unterstützung ihrer »Totemtiere«, wie sie in der mündlichen Überlieferung vieler Eingeborenenstämme eine Rolle spielen, ein außergewöhnliches Abenteuer zu bestehen hatten. An die Schrecken meiner eigenen Kindheit, als ich weder über mein Dasein noch über die Welt ringsum die geringste Macht besaß, kann ich mich gut erinnern. Ich fürchtete mich vor sehr konkreten Dingen, etwa davor, daß mein Vater, der schon so lange fort war, daß selbst sein Name in Vergessenheit geraten war, zurückkäme und mich einforderte, oder davor, daß meine Mutter starb und ich in einem düsteren Waisenhaus von nichts als Kohlsuppe leben müßte, aber weit mehr fürchtete ich mich vor den Kreaturen, die mein eigenes Denken gebar. Ich glaubte, der Teufel erscheine nachts in den Spiegeln, die Toten würden aus ihren Gräbern steigen, wenn die Erde bebte, was in Chile ständig passiert; auf dem Speicher bei uns zu Hause gab es Vampire, in den Schränken fette, boshafte Kröten und zwischen den Vorhängen in der Stube unerlöste Seelen; unsere Nachbarin war eine Hexe und der Rost in den Wasserleitungen das Blut geopferter Menschen. Ich wußte sicher, daß das Gespenst meiner Großmutter mir über die Brotkrümel oder die Form der Wolken verschlüsselte Botschaften schickte, aber das jagte mir keine Angst ein, es war eine meiner wenigen beruhigenden Vorstellungen. Die Erinnerung an diese ätherische und heitere Frau ist mir immer ein Trost gewesen, selbst heute noch, obwohl ich schon fünfundzwanzig Jahre älter bin, als sie je geworden ist. Weshalb umgab ich mich nicht mit libellengleich geflügelten Elfen oder edelsteinbeschuppten Nixen? Weshalb war alles so gruselig? Ich wüßte es nicht zu sagen, vielleicht leben die meisten Kinder mit einem Fuß in solchen Albtraumgefilden. Für meine Jugendbücher halfen mir meine makabren Kinderphantasien kaum weiter, schließlich ging es nicht darum, sie mir ins Gedächtnis zu rufen, sondern sie noch einmal am eigenen Leib zu erfahren, wie man sie als Kind erfährt, mit ihrer ungedämpften Wucht. Ich mußte wieder das Kind werden, das ich gewesen war, dieses stille, von der eigenen Vorstellungswelt gepeinigte Mädchen, das wie ein Schatten durch das Haus des Großvaters geisterte. Dazu war es nötig, den rationalen Schutzwall einzureißen und meinen Geist und mein Herz zu öffnen. Eine schamanistische Erfahrung könnte mir dabei helfen, überlegte ich, ausgelöst vom Ayahuasca, einem Gebräu, das aus der Banisteriopsis-Liane gewonnen und von den Indianern am Amazonas verwendet wird, um Visionen hervorzurufen.

Willie wollte nicht, daß ich allein Kopf und Kragen riskierte, und blieb wie so oft in unserem gemeinsamen Leben an meiner Seite, ohne lange nachzufragen. Wir tranken von dem dunklen, übelriechenden Aufguß nur knapp eine Drittel Tasse, aber er schmeckte so ekelhaft bitter, daß wir ihn kaum runterbekamen. Wahrscheinlich stimmt etwas mit meiner Hirnrinde nicht – ich gehe ja immer ein wenig verquer durchs Leben –, jedenfalls verpaßte mir das Ayahuasca, das anderen Menschen einen sanften Schubs ins Reich der Geister versetzt, einen Fußtritt, der mich so weit fortschleuderte, daß ich erst zwei Tage später wieder nach Hause fand. Eine Viertelstunde nachdem ich es getrunken hatte, setzte mein Gleichgewichtssinn aus, und ich legte mich auf den Boden, von dem ich fürs erste nicht mehr hochkam. Ich geriet in Panik und rief nach Willie, der es schaffte, an meine Seite zu robben, worauf ich mich an seine Hand klammerte wie an einen Rettungsring im schlimmsten Sturm, der sich denken läßt. Ich konnte weder sprechen noch die Augen öffnen. Ich verlor mich in einem Strudel geometrischer Figuren und leuchtender Farben, faszinierend zunächst, dann nur noch zu viel. Ich hatte das Gefühl, mich von meinem Körper zu lösen, mein Herz wollte zerspringen, und schreckliche Angst überkam mich. Da war ich wieder das Kind, gefangen zwischen den Dämonen in den Spiegeln und den unerlösten Seelen in den Vorhängen.

Kurz darauf verflüchtigten sich die Farben, und der schwarze Fels tauchte auf, der schon fast vergessen in meiner Brust ruhte, bedrohlich wie mancher Gipfel in den bolivianischen Anden. Ich wußte, ich mußte ihn bezwingen oder ich würde sterben. Ich versuchte, darüber zu klettern, aber er war glitschig, ich wollte ihn zur Seite rollen, aber er war riesenhaft, ich begann, Brocken herauszubrechen, aber das war eine Aufgabe ohne Ende, und unterdessen wuchs in mir die Gewißheit, daß dieser Felsblock alle Schlechtigkeit der Welt enthielt, daß er voller böser Geister war. Ich weiß nicht, wie lange ich damit zu tun hatte, in diesem Zustand hat die Zeit nichts gemein mit der, die von den Uhren gemessen wird. Plötzlich spürte ich einen Schub wie von einem Stromschlag, ich stieß mich mit aller Kraft vom Boden ab und erhob mich über den Fels. Für einen kurzen Augenblick fand ich in meinen Körper zurück: Ich krümmte mich vor Ekel, tastete nach dem Eimer, den ich bereitgestellt hatte, und erbrach Galle. Übelkeit, Durst, Sand im Mund, Starre. Ich spürte oder begriff, was meine Großmutter gemeint hatte, als sie sagte, der Raum sei voller Geistwesen und alles geschehe gleichzeitig. Die Bilder überlagerten sich, waren durchsichtig wie diese auf Klarsichtfolie gedruckten Darstellungen im Biologiebuch. Ich irrte durch Gärten, in denen bedrohliche Pflanzen mit fleischigen Blättern wuchsen, Pilze, die Gift ausschwitzten, böse Blumen. Ich entdeckte ein vierjähriges Mädchen, zusammengekauert, völlig verängstigt, streckte die Hand aus, wollte sie hochheben, und sie war ich. Verschiedene Zeiten und Menschen wechselten von einem Bild ins andere. Ich traf auf mich selbst in unterschiedlichen Phasen meines Lebens und in anderen Leben. Ich begegnete einer Alten mit grauen Haaren, winzig, aber aufrecht und mit loderndem Blick; auch sie kann ich selbst gewesen sein, in ein paar Jahren, aber da bin ich nicht sicher, denn diese Greisin war umgeben von einer wirren Menschenmenge.

Mit einemmal war dieser bevölkerte Raum fort und um mich nur noch Weiß und Stille. Ich glitt dahin, ein Adler mit weit ausgebreiteten Schwingen, unter die der Wind griff, und ich sah hinab auf die Welt, war frei, mächtig, allein, stark, gleichmütig. Lange verweilte dieser große Vogel im Weiß und stieg dann an einen anderen Ort, noch großartiger, in dem jede Form verschwand und alles einzig Geist war. Kein Adler mehr, keine Erinnerungen und Gefühle; es gab kein Ich, ich löste mich in Stille auf. Hätte ich auch nur einen Funken Bewußtsein oder Willen in mir gespürt, ich hätte dich gesucht, Paula. Viel später entdeckte ich ein kleines Rund, wie eine Silbermünze, und schnellte darauf zu wie ein Pfeil, passierte den Durchgang und war mühelos im völligen Nichts, einem flirrenden und tiefen Grau. Es gab kein Empfinden, keinen Geist, nicht das geringste eigene Selbst, dennoch spürte ich ein göttliches und absolutes Sein. Ich war im Innern der Göttin. Es war der Tod oder die Seligkeit, von der die Propheten sprechen. Wenn Sterben so ist, bist du in einer unerreichbaren Dimension, und es ist absurd, wenn ich mir vorstelle, du würdest mich durch meinen Alltag begleiten, mir bei meinen Aufgaben, hochfliegenden Plänen, meinen Ängsten und Eitelkeiten zur Seite stehen.

Unendlich viel später kehrte ich wie eine erschöpfte Pilgerin auf demselben Weg zurück in die vertraute Wirklichkeit, auf dem ich sie verlassen hatte: Ich passierte die kleine silberne Mondscheibe, schwebte in der Sphäre des Adlers, sank hinab ins Weiß und hinein in die psychedelischen Bilder, bis ich schließlich wieder in meinen geschundenen Körper gelangte, der seit zwei Tagen sterbenskrank lag, von Willie umsorgt wurde, der schon befürchtete, seine Frau in der Welt der Geister für immer verloren zu haben. Willie war durch das Ayahuasca weder der Seligkeit noch dem Tod begegnet, hatte vielmehr in einer bürokratischen Vorhölle gesteckt, wo er Akten hin und her räumte, bis die Wirkung der Droge nach ein paar Stunden nachließ. Unterdessen hatte ich auf dem Boden gelegen, wo er mir dann ein Kissen unter den Kopf schob und mich zudeckte, hatte gezittert, wirres Zeug genuschelt und immer wieder Schaum erbrochen, der von Mal zu Mal heller wurde. Am Anfang war ich aufgeregt gewesen, aber dann lag ich entspannt und reglos, ich schien nicht zu leiden, sagt Willie.

Am dritten Tag war ich wieder ganz bei Bewußtsein, blieb im Bett und ließ diese ungewöhnliche Reise Revue passieren. Ich wußte, daß ich die Trilogie jetzt würde schreiben können, denn sollte meine Phantasie ins Stocken geraten, würde ich mich an meine Erfahrung mit dem Ayahuasca erinnern, die ähnlich heftig war wie mein Erleben als Kind. Diese Drogenreise erfüllte mich mit etwas, das ich nur Liebe nennen kann, mit einem Gefühl des Einsseins: Ich hatte mich im Göttlichen aufgelöst, gespürt, daß es keine Trennung gab zwischen mir und allem übrigen, alles war licht gewesen und still. In mir blieb die Gewißheit, daß wir Geistwesen sind und alle Materie Illusion ist, was sich nicht beweisen läßt, was ich aber schon manches Mal für kurze Momente empfunden habe, beim Anblick überwältigender Landschaften, im Zusammensein mit einem geliebten Menschen oder während der Meditation. Ich nahm den Adler für dieses Menschenleben als mein Totemtier an, diesen Vogel, den ich aus großer Höhe hatte hinabspähen sehen. Nur der Abstand erlaubt es mir, Geschichten zu erzählen, weil ich die Eckpunkte und Verbindungslinien erkennen kann. Es sieht aus, als sei ich gemacht, um immer weiterzuerzählen. Mir taten alle Knochen weh, aber hellsichtiger bin ich nie gewesen. Von allem, was ich je erlebt habe, ist allein dein Tod mit dem vergleichbar, was ich beim Besuch in der Sphäre der Schamanen empfand. Beide Male geschah etwas Unerklärliches und Tiefes, das mich verwandelte. Nach deiner letzten Nacht und nach diesem mächtigen Trank bin ich nicht mehr dieselbe gewesen: Ich verlor die Angst vor dem Tod und erlebte die Unendlichkeit des Geistes.

Am Dienstag, dem 11. September 2001, kam ich gerade aus der Dusche, als das Telefon klingelte. Es war meine Mutter, die so früh am Morgen aus Chile anrief, entsetzt von der Nachricht, die wir noch nicht gehört hatten, weil es in Kalifornien drei Stunden früher ist als an der gegenüberliegenden Küste des Landes und wir eben erst aufgestanden waren. Erst dachte ich, meine Mutter rede vom Jahrestag des Militärputschs in Chile, ein anderer terroristischer Anschlag gegen eine Demokratie, dessen wir uns jedes Jahr wie eines Todestags erinnern: Dienstag, 11. September 1973. Dann schalteten wir den Fernseher ein und sahen tausend und einmal die Bilder von den Flugzeugen, die in die Türme des World Trade Center fliegen, Bilder, die in mir die Erinnerung an die Bomben auf den Regierungspalast La Moneda in Chile weckten, wo Salvador Allende an jenem anderen 11. September starb. Wir eilten zur Bank, um Bargeld abzuheben, deckten uns mit Trinkwasser, Benzin und Lebensmitteln ein. Der Flugverkehr wurde eingestellt, Tausende Reisende hingen fest, Hotels waren überfüllt und behalfen sich mit zusätzlichen Betten auf den Fluren. Ich hätte zu einer Lesereise nach Europa aufbrechen sollen, die ich absagen mußte. Die Telefonleitungen waren überlastet, Lori erreichte zwei Tage ihre Eltern nicht, und ich kam nicht mehr nach Chile durch. Nico und Lori zogen mit den Kindern zu uns, die in dieser Woche bei ihnen waren und nicht zur Schule gingen, weil der Unterricht abgesagt worden war. Zusammen fühlten wir uns sicherer.

In Manhattan konnte tagelang niemand zur Arbeit gehen. In der Luft hing eine Staubwolke, und aus zerstörten Rohren traten giftige Gase aus. Der erste Schock war noch nicht überwunden, da erhielten wir Nachricht von Jason. Er berichtete, in New York bessere sich die Lage langsam. In der Nacht war er mit einer Schippe und einem Helm bis zur Unglückszone gegangen, um den Rettungstrupps zu helfen, die am Ende ihrer Kräfte waren. Er hatte viele Dutzend Helfer gesehen, die stundenlang in den Ruinen gearbeitet hatten, mit weißen Tüchern um den Hals zu Ehren der in den Türmen gefangenen Opfer, die zum Abschied mit Taschentüchern aus den Fenstern gewunken hatten. Weithin sah man den Rauch über den Ruinen. Die New Yorker fühlten sich geprügelt. Sirenen heulten, Rettungswagen fuhren leer vorbei, denn lebend war niemand mehr zu bergen, und hinter den Absperrungen der Feuerwehr drängten sich unzählige Kamerateams. Man rechnete mit einem weiteren Angriff, aber niemand dachte ernsthaft daran, die Stadt zu verlassen; New York hatte seinen Ehrgeiz nicht verloren, war stark geblieben und blickte nach vorn. Am Ort des Unglücks traf Jason viele andere Freiwillige – auf jeden in den Trümmern begrabenen Menschen kamen etliche, die gekommen waren, ihn zu suchen. Jeder Lastwagen mit einem neuen Bergungstrupp wurde von der Menschenmenge mit Rufen begrüßt. Freiwillige Helfer brachten Wasser und Essen. Wo zuvor stolz die Türme geragt hatten, klaffte ein rauchendes schwarzes Loch. »Wir sind in einem Albtraum«, sagte Jason.

Die Bombardierung Afghanistans ließ nicht lange auf sich warten. Die Raketen regneten auf die Gebirgshänge, unter denen sich eine Handvoll Terroristen versteckt hielten, denen niemand Auge in Auge gegenübertreten wollte, und vor dem Getöse verstummte die Welt. Der Winter hielt Einzug, in den Flüchtlingslagern starben Frauen und Kinder vor Kälte: Kollateralschäden. In den Vereinigten Staaten griff unterdessen die Paranoia um sich, Post wurde nur noch mit Handschuhen und Mundschutz geöffnet, weil sie womöglich mit Pockenviren oder Anthrax verseucht war, mutmaßlichen Massenvernichtungswaffen. Angesteckt vom Horror der anderen, besorgte ich Cipro, ein starkes Antibiotikum, das meinen Enkeln bei einem möglichen biologischen Angriff das Leben retten würde, aber Nico sagte, wenn man den Kindern beim ersten Anzeichen einer Erkältung dieses Medikament verabreichte, würde es bei einer ernsthaften Erkrankung nichts mehr nutzen. Das sei mit Kanonen auf Spatzen geschossen. »Immer mit der Ruhe, Mama, man kann sich nicht gegen alles wappnen«, sagte er. Und da dachte ich an dich, Tochter, an den Militärputsch in Chile und an so viele andere für mein Leben ausschlaggebende Momente. Auf die wesentlichen Ereignisse, auf diejenigen, die den Lauf des Lebens bestimmen, habe ich keinen Einfluß, also lasse ich besser los. Die kollektive Hysterie hatte mich diese erschreckende Lektion über Wochen vergessen lassen, aber Nicos Bemerkung brachte mich auf den Boden der Tatsachen zurück.

Während der Recherchen zu meiner Jugendbuchtrilogie lernte ich in der Book Passage Juliette kennen, eine junge, sehr schöne und sehr schwangere Amerikanerin, die Mühe hatte, den unglaublichsten Kugelbauch, den ich je gesehen habe, im Gleichgewicht zu halten. Sie erwartete Zwillinge, aber nicht ihre eigenen, sondern die eines fremden Paares; sie habe nur ihren Bauch ausgeliehen, sagte sie. Das ging auf ihre selbstlose Initiative zurück, aber als ich die Geschichte dahinter hörte, blieb mir die Spucke weg.

Mit vierundzwanzig Jahren hatte Juliette die Universität beendet und reiste nach Griechenland, ein naheliegendes Ziel für jemanden, der Kunstgeschichte studiert hat, und dort lernte sie auf der Insel Rhodos Manoli kennen, einen Bilderbuchgriechen mit langen Haaren, Prophetenbart und samtweichem Blick, dessen entwaffnendem Wesen sie auf der Stelle erlag. Manoli trug sehr knappe Shorts, und wenn er sich bückte oder beim Sitzen die Beine übereinanderschlug, konnte man einen Blick auf seine Schamteile erhaschen. Die müssen ganz außergewöhnlich gewesen sein, jedenfalls verfolgten ihn die Frauen in leichtem Trab durch die engen Gassen von Lindos, seinem Heimatort. Manoli war ein begnadeter Erzähler und konnte zwölf Stunden am Stück auf dem Platz oder im Café verbringen, wo ein Schwarm Zuhörer an seinen Lippen hing. Schon die Geschichte seiner eigenen Familie klang wie ein Roman: Die Türken hatten dem Großvater und der Großmutter vor den Augen ihrer sieben Kinder die Köpfe abgeschlagen, dann mußten die Kinder zusammen mit vielen hundert anderen griechischstämmigen Gefangenen vom Schwarzen Meer bis in den Libanon wandern. Auf dem Todesmarsch starben sechs der Geschwister, nur Manolis Vater, der damals sechs Jahre alt war, überlebte.

Unter den zahlreichen sonnengebräunten Touristinnen, die sich gern mit ihm im heißen griechischen Sand gerekelt hätten, wählte Manoli Juliette, die Schöne, die so unschuldig wirkte. Den Inselbewohnern hatte er als unverbesserlicher Junggeselle gegolten, und sie staunten nicht schlecht, als er ihr einen Heiratsantrag machte. Er war schon einmal verheiratet gewesen, kurioserweise mit einer Chilenin, die am Tag der Hochzeit mit einem Yoga-Lehrer durchgebrannt war. Der genaue Hergang war ungeklärt, es wurde gemunkelt, der Rivale habe Manoli LSD in den Wein gemischt, und als der am nächsten Tag in einer psychiatrischen Klink wieder zu sich kam, sei seine flatterhafte Braut bereits über alle Berge gewesen. Er hörte nie wieder etwas von ihr. Um ein zweites Mal zu heiraten, mußte er sich offiziell bestätigen lassen, daß seine erste Frau vor der Ehe geflüchtet war, schließlich war sie nicht aufzutreiben, um die Scheidungspapiere zu unterzeichnen.

Manoli bewohnte ein altes Haus am Rand der Steilküste, das Jahrhunderte hindurch den Inselwachen als Ausguck über das Ägäische Meer gedient hatte. Erblickten sie feindliche Schiffe am Horizont, stiegen sie auf ein Pferd, das stets gesattelt bereitstand, und eilten in die fünfzig Kilometer entfernte, von den Göttern gegründete Stadt Rhodos, um Alarm zu schlagen. Manoli hatte Tische nach draußen gestellt und das Haus in ein Restaurant verwandelt. Jedes Jahr bekam es einen neuen weißen Anstrich und die Fensterläden und Türen einen braunen, wie es in dem idyllischen Ort üblich ist, wo keine Autos fahren und sich alle Leute mit Vornamen kennen. Das von einer eigenen Akropolis gekrönte Lindos hat sich seit Jahrhunderten kaum verändert, sieht man von der mittelalterlichen Burg ab, die mittlerweile in Ruinen liegt. Juliette zögerte nicht zu heiraten, obwohl ihr von Beginn an bewußt war, daß dieser Mann sich nicht würde anbinden lassen. Um der quälenden Eifersucht zu entgehen und der Demütigung, über Dritte von seinen Eskapaden zu erfahren, sagte sie ihm, er könne Affären haben, soviel er wolle, aber niemals hinter ihrem Rücken – sie zog es vor, Bescheid zu wissen. Manoli bedankte sich für die Großmut, war aber zum Glück lebenserfahren genug, ihr nie eine Untreue zu gestehen. So lebte Juliette gelassen und verliebt. Sechzehn Jahre verbrachten die beiden zusammen in Lindos.

Das Restaurant hielt sie während der Sommermonate auf Trab, aber im Winter schlossen sie es und nutzten die Zeit zum Reisen. Manoli war in der Küche ein Zauberer. Alles kam frisch auf den Tisch, Fleisch und Fisch vom Grill und verschiedene Salate. Er selbst suchte früh am Morgen, wenn die Boote vom Fang zurückkamen, jeden einzelnen Fisch aus und wählte unter dem Gemüse, das mit Eseln von den Feldern gebracht wurde, was er brauchte; er hatte einen guten Ruf auf der Insel. Vom Dorf bis zu der Klippe, an der das Restaurant lag, war es ein gemächlicher Spaziergang von zwanzig Minuten. Die Gäste hatten keine Eile, die malerische Landschaft lud zum Betrachten ein. Die meisten blieben bis zum Morgen, verfolgten den Lauf des Mondes über der Akropolis und dem Meer. In ihren luftigen weißen Baumwollkleidern und den Sandalen, mit ihrem tief kastanienbraunen Haar, das sich offen über ihre Schultern ergoß, und dem klassisch schönen Profil übte Juliette eine noch größere Anziehung aus als Manolis gutes Essen. Sie glich einer Vestalin in einem antiken griechischen Tempel, um so erstaunlicher war es, daß sie mit amerikanischem Akzent sprach. Sie glitt mit dem Tablett in der Hand zwischen den Tischen hindurch, immer sanftmütig und freundlich trotz des Tumults der Gäste, die sich auf der Terrasse drängten oder davor auf einen freien Tisch warteten. Nur zweimal platzte ihr der Kragen, und beide Male waren amerikanische Touristen daran schuld. Beim erstenmal ließ ein von zuviel Sonne und Ouzo geröteter Dickwanst dreimal hintereinander sein Essen zurückgehen, weil es nicht genau dem entsprach, was er sich vorgestellt hatte, wobei er auch noch ausfällig wurde. Juliette hatte schon einen langen Abend hinter sich und kippte dem Kerl den vierten Teller kommentarlos über den Kopf. Bei der zweiten Gelegenheit war eine Schlange beteiligt, die sich am Tischbein empor- und auf die Salatschüssel zuschlängelte, inmitten des hysterischen Gekreischs einer Gruppe Texaner, die bei sich daheim ganz bestimmt schon weit größere Exemplare gesehen hatten. Jedenfalls bestand kein Anlaß, die anderen Gäste mit einem solchen Geschrei aufzuschrecken. Juliette nahm ein großes Küchenmesser und hieb die Schlange mit vier sauberen Schlägen in fünf Stücke. »Ihre Languste kommt sofort«, war alles, was sie dazu sagte.

Juliette ertrug gut gelaunt Manolis Marotten – kein einfacher Ehemann –, denn er war der lustigste und leidenschaftlichste Mann, dem sie je begegnet war. Verglichen mit ihm, war keiner sonst der Rede wert. Manche Frauen drückten Manoli vor Juliettes Augen den Zimmerschlüssel ihres Hotels in die Hand, den er immer mit einem hinreißenden Scherz zurückgab, nachdem er sich die Zimmernummer eingeprägt hatte. Die beiden hatten zwei Kinder, die so hübsch waren wie die Mutter: Aristoteles und vier Jahre später Achill. Der kleinere trug noch Windeln, als sein Vater eines Tages nach Thessaloniki aufbrach, um einen Arzt aufzusuchen, weil ihm die Knochen weh taten. Juliette blieb mit den beiden Kindern in Lindos und hielt das Restaurant am Laufen; sie nahm das Unwohlsein ihres Mannes nicht weiter wichtig, denn sie hatte ihn nie klagen hören. Manoli rief sie jeden Tag an und erzählte ihr Belanglosigkeiten, seine Gesundheit erwähnte er mit keinem Wort. Auf ihre Fragen antwortete er ausweichend und versprach, in weniger als einer Woche nach Hause zu kommen, wenn die Ergebnisse der Untersuchungen vorlägen. An dem Tag jedoch, an dem sie ihn zurückerwartete, sah sie früh morgens Freunde und Nachbarn in einer langen Reihe den Hügel heraufkommen. Da spürte sie, wie sich eine Klaue um ihre Kehle schloß, und erinnerte sich, daß ihrem Mann am Tag zuvor die Stimme in einem Schluchzen erstickt war, als er sagte: »Du bist eine gute Mutter, Juliette.« Sie hatte lange über diesen Satz gegrübelt, weil der so gar nicht zu Manoli paßte, der ihr gegenüber mit Rührseligkeiten immer gegeizt hatte. In diesem Moment fiel es ihr wie Schuppen von den Augen, daß das ein Abschied gewesen war. Die Beileidsmienen der vor ihrer Tür versammelten Männer und die Umarmungen der Frauen bestätigten es. Manoli war an einem sich rasend wachsenden Krebs gestorben, von dem niemand etwas geahnt hatte, weil er die Marter seiner zerstörten Knochen klaglos ertrug. Aufs Festland war er gereist, weil er wußte, daß seine Stunde gekommen war, und aus Stolz nicht wollte, daß seine Frau und seine Kinder ihn sterben sahen. Die Einwohner von Lindos legten zusammen und kauften Flugtickets für Juliette und die Kinder. Die Frauen des Dorfs packten ihr einen Koffer, schlossen das Haus und das Restaurant ab, und eine von ihnen begleitete Juliette nach Thessaloniki.

Die junge Witwe fragte in den Krankenhäusern der Stadt nach, weil sie noch nicht einmal sicher wußte, wo ihr Mann sich befand, bis man sie schließlich in einen Keller führte, der nicht mehr als ein Erdhöhle war, wie man sie zum Lagern von Wein benutzte, und dort lag, nur von einem Laken bedeckt, ein Leichnam auf einem Holztisch. Im ersten Moment empfand sie Erleichterung, weil sie dachte, sie sei Opfer einer bösen Verwechslung geworden. Dieser gelbe, ausgemergelte Leib mit dem schmerzverzerrten Gesicht glich in nichts dem heiteren und lebenslustigen Mann, mit dem sie verheiratet war, aber dann hielt der Krankenpfleger neben ihr die Lampe in die Höhe, und Juliette erkannte Manoli. In den nächsten Stunden mußte sie aus tiefsten Tiefen

Kräfte freisetzen, fand eine Grabstelle auf dem Friedhof und bestattete ihren Mann ohne Zeremonie. Dann ging sie mit ihren Kindern auf einen Platz mit Bäumen und Tauben und erklärte ihnen, daß sie ihren Vater nie mehr wiedersehen, ihn aber oft an ihrer Seite spüren würden, weil Manoli immer auf sie aufpaßte. Achill war noch zu klein, um das Ausmaß des Verlusts zu begreifen, aber für Aristoteles war es ein Schock. In derselben Nacht fuhr Juliette aus dem Schlaf hoch, weil sie auf den Mund geküßt wurde. Sie spürte deutlich die weichen Lippen, den warmen Atem, das Kitzeln der Barthaare ihres Mannes, der gekommen war, ihr den Abschiedskuß zu geben, den er ihr verwehrt hatte, als er allein im Krankenhaus im Sterben lag. Was sie zu ihren Söhnen gesagt hatte, um sie zu trösten, war zur unumstößlichen Gewißheit geworden: Manoli würde auf seine Familie achtgeben.

Das Dorf Lindos stand der jungen Witwe und ihren Kindern bei, doch über kurz oder lang mußten sie sich aus dieser Umarmung lösen. Juliette konnte das Restaurant unmöglich allein führen, und weil sie auf der Insel keine andere Arbeit fand, entschloß sie sich, nach Kalifornien zurückzukehren, wo sie jedenfalls auf die Unterstützung ihrer Eltern zählen konnte. Für die Kinder, die ihr ganzes bisheriges Leben mit bloßen Füßen in den weißen Gassen des Dorfs herumgetollt waren, wo jeder sie kannte und ein Auge auf sie hatte, war die Umstellung gewaltig. Juliette fand eine kleine Wohnung, die Teil eines Kirchenprojekts war, und eine Anstellung in der Book Passage. Sie war noch nicht fertig eingerichtet, da diagnostizierte man bei ihrer Mutter eine unheilbare Krankheit, und wenige Monate später mußte Juliette sie begraben. Im Jahr darauf starb ihr Vater. So viel Tod war um sie gewesen, daß sie, als sie von dem Paar erfuhr, das eine Leihmutter suchte, nicht lange nachdachte und sich in der Hoffnung meldete, dieses Leben in ihr werde sie über die vielen Verluste hinwegtrösten und ihr Wärme geben. Als ich Juliette kennenlernte, war sie von der Schwangerschaft gezeichnet, ihre Beine waren geschwollen und ihre Wangen fleckig, sie hatte Ringe unter den Augen und war sehr müde, aber froh. Sie arbeitete weiter in der Buchhandlung, bis sie auf ärztliche Weisung daheim bleiben mußte, und verbrachte die letzten Schwangerschaftswochen, vom Gewicht ihres Bauchs erdrückt, auf dem Sofa. Aristoteles und Achill hatten in nicht einmal vier Jahren ihren Vater und ihre amerikanischen Großeltern verloren; ihr kurzes Leben war vom Tod geprägt gewesen. Sie klammerten sich an ihre Mutter, die ihnen als einzige geblieben war, in der verständlichen Angst, daß auch sie ihnen noch genommen würde, deshalb wunderte es mich um so mehr, daß Juliette das Risiko dieser Schwangerschaft eingegangen war.

»Wer sind denn die Eltern der Zwillinge?« wollte ich wissen.

»Ich kenne sie kaum. Der Kontakt kam über eine Selbsthilfegruppe zustande, mit der ich mich einmal die Woche treffe. Erwachsene und Kinder, die einen Todesfall zu bewältigen haben. Die Gruppe hat uns sehr geholfen, Aristoteles und Achill verstehen jetzt, daß sie nicht die einzigen Kinder ohne Vater sind.«

»Du hattest mit dem Paar vereinbart, ein Kind auszutragen, nicht zwei. Wieso willst du ihnen eins zusätzlich überlassen? Gib ihnen eins, und das andere nehme ich.«

Sie lachte und erklärte mir, sie habe auf keines von beiden ein Anrecht, es gäbe Absprachen und sogar rechtskräftige Verträge über die Eizellen und Spermien, die Elternschaft und alles sonstige Drum und Dran, ich würde mir also nicht einfach einen der beiden Zwillinge unter den Nagel reißen können. Ein Jammer, es war anders als bei einem Wurf junger Hunde.

Juliette ist die Göttin Aphrodite, ist ganz Weichheit und Fülle: Kurven, Brüste, ein Mund zum Küssen. Hätte ich sie früher kennengelernt, ihr Bild hätte den Umschlag meines Buchs über Essen und Liebe geschmückt. Sie und die beiden griechischen Kinder, wie ihre Söhne bei uns heißen, sind wie selbstverständlich Teil unserer Familie geworden, und wenn ich heute meine Enkel zähle, rechne ich noch zwei dazu. So wuchs die Sippe, diese gesegnete Gemeinschaft, in der die Freude sich vervielfacht und das Leid geteilt wird. Aristoteles und Achill bekamen Stipendien für die renommierteste Privatschule im County, und durch einen Glücksfall konnte Juliette ein Häuschen mit Garten in unserer Nachbarschaft mieten. Jetzt leben alle, Nico, Lori, Ernesto, Giulia, Juliette, Willie und ich, nur wenige Straßen voneinander entfernt, und die Kinder können zu Fuß oder mit dem Rad zwischen den Häusern wechseln. Die ganze Familie half Juliette beim Umzug, und während Nico herumklempnerte, Lori Bilder aufhängte und Willie den Grillplatz herrichtete, rief ich Manoli herbei, damit er über die Seinen wachte, wie er es seiner Frau mit jenem postumen Abschiedskuß versprochen hatte.

An einem Sommertag – wir saßen zusammen an unserem Pool, und Willie brachte dem kleinen Achill, der wasserscheu war, aber vor Neid fast verging, wenn er sah, wie die anderen Kinder herumplanschten, das Schwimmen bei – fragte ich Juliette, wie sie, die doch so mütterlich war, neun Monate zwei Kinder hatte austragen können, sie zur Welt gebracht und noch am selben Tag hergegeben hatte.

»Es waren nicht meine Kinder, sie waren nur für eine Weile in mir. Solange habe ich mich um sie gesorgt und hatte sie lieb, aber nicht auf diese besitzergreifende Art, wie ich Aristoteles und Achill liebe. Ich habe ja von Anfang an gewußt, daß ich mich von ihnen trennen würde. Nach der Geburt hatte ich sie kurz im Arm, habe sie geküßt, ihnen Glück gewünscht und sie dann an die Eltern weitergegeben, die sie sofort mitgenommen haben. Meine milchvollen Brüste taten weh, mein Herz nicht. Ich habe mich für die

Eltern gefreut, die beiden hatten sich so dringend Kinder gewünscht.«

»Würdest du es noch einmal tun?«

»Nein, ich bin fast vierzig, und eine Schwangerschaft zehrt doch sehr. Höchstens für dich würde ich es noch einmal tun, Isabel.«

»Für mich? Da sei Gott vor! Das letzte, was ich mir in meinem Alter wünsche, ist ein Säugling«, lachte ich.

»Warum hast du mich dann gebeten, einen Zwilling für dich zu stehlen?«

»Nicht für mich, er wäre für Lori gewesen.«

Jason und Judy

In den Augen meiner Mutter ist Willies beste Eigenschaft, daß er »anstellig« ist. Ihr wäre es im Traum nicht eingefallen, Onkel Ramón im Büro anzurufen, damit er auf dem Nachhauseweg Sardinen für das Abendessen besorgt, oder ihn zu bitten, die Schuhe auszuziehen, auf einen Stuhl zu steigen und mit einem Staubwedel über die Schränke zu gehen, was Willie alles anstandslos tut. In meinen Augen ist das Bewundernswerteste an ihm seine trotzige Zuversicht. Willie ist nicht unterzukriegen. Ich habe ihn manches Mal am Boden gesehen, aber dann rappelt er sich hoch, klopft sich den Staub ab, rückt seinen Hut zurecht und setzt seinen Weg fort. Er hat so viele Schwierigkeiten mit seinen Kindern gehabt, daß ich an seiner Stelle in eine unheilbare Depression verfallen wäre. Nicht nur wegen Jennifer hat er gelitten, auch seine beiden Söhne haben ihm mit ihren dramatischen Drogenkarrieren zugesetzt. Willie hat ihnen immer beigestanden, aber mit den Jahren erkennen müssen, daß es aussichtslos ist; deshalb klammert er sich an Jason.

»Wieso hast du als einziger etwas von mir gelernt? Bei den anderen heißt es immer nur: Gib, gib, gib«, sagte Willie einmal zu ihm.

»Sie glauben, das sei ihr gutes Recht, weil sie deine Kinder sind, aber mir bist du nichts schuldig. Du bist nicht mein Vater, warst aber immer für mich da. Wie sollte es mir also egal sein, was du mir sagst?«

»Ich bin stolz auf dich«, grummelte Willie und verkniff sich ein Lächeln.

»Was keine Kunst ist, deine Meßlatte hängt nicht sehr hoch, Willie.«

Jason ist zu einem echten New Yorker geworden, arbeitet in dieser schnellebigsten Stadt der Welt mit Erfolg, hat Freunde, schreibt und hat die gesuchte junge Frau gefunden, die »so vertrauenswürdig ist wie Willie«. Judy hat in Harvard studiert und veröffentlicht im Internet und in Frauenzeitschriften Artikel über Sexualität und Beziehungen. Ihre Mutter ist Koreanerin, ihr Vater Amerikaner, sie ist schön, klug und ähnlich klar auf Unabhängigkeit bedacht wie ich. Die Vorstellung, daß jemand für ihren Lebensunterhalt aufkommt, ist ihr ein Greuel, was auch damit zu tun hat, daß sie mit ansehen mußte, wie ihre Mutter, die kaum Englisch sprach, von ihrem Vater drangsaliert wurde, bis er sie schließlich wegen einer Jüngeren sitzenließ. Judy gewöhnte es Jason ab, das durchlebte Trauerspiel einzusetzen, um junge Frauen zu verführen. Seine Geschichte von der Verlobten, die ihn wegen seiner Schwägerin verlassen hatte, war noch für jede gewünschte Verabredung gut gewesen, eine weibliche Schulter und mehr, um daran Trost zu suchen, hatte ihm nie gefehlt, aber bei Judy verfing diese Methode nicht, denn die hatte früh gelernt, auf eigenen Füßen zu stehen, und nichts übrig für Selbstmitleid. Sie bedauerte, was ihm passiert war, fühlte sich aber nicht deshalb zu ihm hingezogen. Als die beiden sich kennenlernten, lebte sie seit vier Jahren mit einem anderen Mann zusammen, war jedoch nicht glücklich mit ihm.

»Liebst du ihn?« fragte Jason.

»Weiß nicht.«

»Wenn die Frage so schwer zu beantworten ist, dann liebst du ihn wohl eher nicht.«

»Was weißt denn du! Was fällt dir überhaupt ein, das zu sagen!« fuhr sie ihn an.

Die beiden küßten sich, aber dann sagte Jason, er werde sie nicht mehr anfassen, bevor sie den anderen nicht verlassen hätte; er wolle nicht noch einmal wie Dreck behandelt werden. Nach weniger als einer Woche war sie aus der Traumwohnung, in der sie lebte, in ein dunkles und sehr weit vom Zentrum entferntes Loch gezogen – in New York offenbar der größtmögliche Liebesbeweis. Dennoch dauerte es ziemlich lange, bis die Beziehung der beiden sich festigte, Jason mißtraute den Frauen im allgemeinen und einem Bund fürs Leben im besonderen, schließlich hatten sich seine Eltern, Stiefmütter und -väter ein-, zwei- und sogar dreimal scheiden lassen. Irgendwann sagte Judy zu ihm, er solle sie nicht für das büßen lassen, was Sally ihm angetan hatte. Das und die Tatsache, daß sie ihn liebte, obwohl er sich gegen jede Verbindlichkeit sträubte, rüttelte ihn wach. Endlich konnte er seine Abwehrhaltung aufgeben und über das Vergangene lachen. Heute schreiben Sally und er sich sogar ab und zu E-Mails. »Ich bin froh, daß sie so lange mit Celia zusammen ist; das heißt doch, sie hat mich nicht aus einer Laune heraus verlassen. Etliche Leute haben darunter gelitten, aber am Ende hatte der ganze Schlamassel auch etwas für sich«, sagte Jason zu mir.

Außerdem ist Judy für ihn der anständigste Mensch, den er kennt, jedes Getue und jede Bosheit seien ihr fremd, sagt er. Über die Unmenschlichkeit der Welt ist sie immer aufs neue überrascht, weil sie selbst nie auf die Idee käme, jemandem absichtlich zu schaden. Sie liebt Tiere. Als die beiden sich kennenlernten, führte Judy herrenlose Hunde aus in der Hoffnung, daß jemand sein Herz an ihre Schützlinge verlor. Gerade hatte sie Toby in Obhut, ein jämmerliches Geschöpf, das aussah wie eine haarlose Maus, seinen Urin nicht halten konnte und zuweilen epileptische Anfälle bekam; dann streckte der Hund stocksteif alle viere in die Höhe und schäumte aus dem Maul. Alle vier Stunden mußte er seine Medikamente bekommen, man war wirklich gestraft mit ihm. Es war der vierte Hund, um den Judy sich kümmerte, doch durfte man kaum hoffen, daß jemand sein Herz an Toby den Schrecklichen verlor und ihn bei sich aufnahm, also brachte Judy den Hund zu Jason, damit der beim Schreiben Gesellschaft hatte. Am Ende behielten sie den armen Kerl.

Jason schrieb schon seit über einem Jahr für ein Männermagazin, eins von denen mit farbigen Hochglanzfotos von Mädchen mit lasziv geöffneten Mündern und Schenkeln, als man ihn mit einer Reportage über ein ungewöhnliches Verbrechen beauftragte. Ein junger Mann hatte in der Wüste von New Mexiko seinen besten Freund umgebracht. Die beiden hatten zelten wollen, sich jedoch verirrt, das Wasser war ihnen ausgegangen, und aus Angst vor dem Verdursten, hatte der eine den anderen um einen schnellen Tod gebeten, und der hatte ihn erstochen. Der genaue Hergang blieb ungeklärt, aber der Richter kam zu der Überzeugung, der Täter sei vor Durst nicht bei Sinnen gewesen, und setzte ihn gegen eine minimale Geldstrafe auf freien Fuß. Die Reportage erwies sich als keine leichte Aufgabe, denn obwohl die Vorgänge Aufsehen erregt hatten, gipfelten sie doch nicht in einem spektakulären Gerichtsprozeß, und weder der Angeklagte noch seine Freunde oder Angehörigen waren bereit, mit Jason zu sprechen, der sich mit dem begnügen mußte, was er am Ort des Geschehens fand und was die Ranger und die Polizei ihm sagten. Trotz des spärlichen Materials gelang ihm eine Reportage, die packend und spannungsreich war wie ein Krimi. Die Zeitschrift war seit einer Woche erschienen, als ein Verlag bei Jason anfragte, ob er nicht ein Buch über den Fall schreiben wolle, man zahlte ihm einen für einen Erstling außergewöhnlich hohen Vorschuß, und das Buch erschien unter dem Titel *Journal of the Dead*, Tagebuch des Toten. Der Text erregte die Aufmerksamkeit einiger Filmproduzenten, und Jason verkaufte die Filmrechte. Über Nacht war er drauf und dran, ein zweiter Truman Capote zu werden. Vom Journalismus gelang ihm spielend der Übergang zur Schriftstellerei, genau wie ich es nach seiner ersten Kurzgeschichte, die er mir zeigte, vermutet hatte, als er mit achtzehn in eine Wolldecke gewickelt bei Willie herumlungerte, wie ein Schlot rauchte und nachmittags um vier sein erstes Bier trank. Das war die

Zeit, als er sich nicht von der Familie hatte lösen wollen und uns nachmittags im Büro anrief, um zu fragen, wann wir nach Hause kämen und was wir ihm zu essen kochen würden. Jetzt ist er der einzige, der ohne jede Unterstützung auskommt. Mit dem, was ihm Buch und Film eintrugen, wollte er eine Wohnung in Brooklyn kaufen. Judy schlug vor, sich zur Hälfte daran zu beteiligen, und stellte unter den großen Augen von Jason und der übrigen Familie einen sechsstelligen Scheck aus. Sie hat seit ihrer Jugend hart gearbeitet, weiß ihr Geld gut anzulegen und ist genügsam. Jason hat mit ihr das große Los gezogen, aber sie will ihn erst heiraten, wenn er aufhört zu rauchen.

Fu und Grace hatten Sabrina nicht offiziell adoptiert, weil sie das nicht für notwendig gehalten hatten, aber dann wurde Jennifers früherer Lebensgefährte aus dem Gefängnis entlassen, wo er wegen irgendeiner Schweinerei gelandet war, und bekundete die Absicht, seine Tochter zu sehen. Er hatte sich nie zu einem Bluttest bereit gefunden, um die zweifelhafte Vaterschaft zu klären, und wie die Dinge lagen, hatte er sowieso jedes Recht an dem Kind verwirkt, aber seine Stimme am Telefon schreckte die Mütter auf. Der Mann wollte das Mädchen an den Wochenenden zu sich nehmen, was sie keinesfalls erlauben wollten, ob er nun der Vater war oder nicht, denn sein Vorstrafenregister und sein Lebenswandel waren ihnen nicht geheuer. Es war an der Zeit, daß Sabrina auch von Rechts wegen ihre Tochter würde. Das Verfahren fiel mit dem Tod von Grace' Vater zusammen, der fünfundsiebzigjährig nach einem Leben als Raucher mit kaputter Lunge in einem Krankenhaus in Oregon am Beatmungsgerät hing. Oregon ist der einzige Bundesstaat, in dem niemand nach dem Gesetz ruft, wenn ein Kranker, für den keine Hoffnung auf Besserung besteht, den Moment seines Todes selbst wählt. Grace' Vater dachte wohl, weiter dieses Hundeleben zu führen würde ein Vermögen verschlingen und sei die Sache nicht wert. Er rief seine Kinder zu sich, die von fern anreisten, und erklärte ihnen mit Hilfe seines Computers, er habe sie hergebeten, um sich zu verabschieden.

»Wo willst du denn hin, Papa?«

»In den Himmel, falls man mich reinläßt«, erschien auf dem Bildschirm.

»Und wann gedenkst du zu sterben?« fragten sie amüsiert nach.

»Wie spät ist es?« wollte der Patient daraufhin wissen.

»Zehn.«

»Sagen wir um die Mittagszeit. Was meint ihr?«

Und Punkt zwölf, als er sich von jedem seiner fassungslosen Nachkommen einzeln verabschiedet und sie damit getröstet hatte, diese Lösung sei für sie alle und vor allem für ihn die beste, weil er nicht jahrelang künstlich beatmet werden wolle und sehr neugierig auf das sei, was sich auf der anderen Seite des Todes befinde, kappte er die Verbindung und ging – froh.

Für Sabrinas Adoption war eine Richterin aus San Francisco gekommen, vor der wir als Familie aussagten. Vor der Tür eines Saals im Rathaus sah man in einen langen Gang, und über den näherte sich unsere phänomenale Enkeltochter zum ersten Mal ohne Gehhilfe. Mühevoll arbeitete sich das kleine Persönchen auf dem endlosen gefliesten Weg voran, gefolgt von den beiden Müttern, die sie nicht anfaßten, aber aufpaßten, um sie zu halten, falls sie hinfiele. »Habe ich nicht gesagt, daß ich laufen würde?« sagte Sabrina mit diesem triumphierenden Gesichtsausdruck, mit dem sie jeden ihrer hartnäckig erkämpften Erfolge feiert. Sie war herausgeputzt mit Schleifen im Haar und rosa Turnschuhen. Sie sagte allen hallo, tat, als sähe sie Willies Rührung nicht, stellte sich für die Familienfotos in Pose, bedankte sich, daß die ganze Sippe gekommen war, und verkündete feierlich, von nun an heiße sie mit Vornamen Sabrina und mit Nachnamen so wie Jennifer und hintendran wie ihre Adoptivmütter. Dann drehte sie sich zu der Richterin um und sagte: »Wenn wir uns das nächste Mal sehen, bin ich eine berühmte Schauspielerin.« Und wir waren uns alle sicher, daß sie das schaffen würde. Sabrina, die in der makrobiotisch und spirituell orientierten Oase des Zentrums für Zen-Buddhismus aufgewachsen ist, will einzig und allein Filmstar werden, und ihr Lieblingsessen sind blutige Hacksteaks. Mir ist ein Rätsel, wie sie es schafft, jedes Jahr eine Einladung für die Oscar-Verleihung in Hollywood zu bekommen. In der Gala-Nacht sehen wir sie im Fernsehen, wie sie mit einem Stift in der Hand oben auf der Galerie sitzt und sich zu den Stars Notizen macht. Sie bereitet sich auf den Tag vor, wenn es an ihr ist, über den roten Teppich zu gehen.

Fu und Grace sind inzwischen kein Paar mehr, wie sie es über ein Jahrzehnt gewesen sind, fühlen sich aber durch Sabrina und ihre lange Freundschaft so stark miteinander verbunden, daß es nicht lohnt, sich zu trennen. Ihr Puppenhäuschen auf dem Anwesen der Buddhisten, um das sie sehr beneidet werden, weil es immer Anwärter auf ein kontemplatives Leben abseits der materialistischen Pfade gibt, haben sie umgebaut. Neue Wände wurden eingezogen, in der Mitte ist ein Zimmer für Sabrina entstanden, und die beiden wohnen rechts und links davon. Man muß über das Mobiliar und das überall herumliegende Spielzeug krabbeln, will man sich in den winzigen Zimmern bewegen, die sie sich obendrein mit Mack teilen, einem kalbgroßen Blindenhund, den sie für Sabrina besorgt haben. Sie liebt ihn sehr, braucht ihn aber nicht, sie kommt allein klar. Ein Jahr strenger Prüfungen war vonnöten, bis Mack ihnen ausgehändigt wurde; Fu und Grace mußten einen Kurs besuchen, um sich mit ihm zu verständigen, sie bekamen ein Album mit Welpenbildern von Mack und wurden gewarnt, daß man unangemeldete Kontrollbesuche durchführen werde, denn wenn sie sich nicht ausreichend kümmerten, müßten sie den Hund wieder abgeben. Endlich war er dann da: ein falber Labrador mit Augen wie Trauben und klüger als die meisten Menschen. Einmal nahm Grace ihn ins Krankenhaus mit, damit er sie auf ihrem Rundgang durch die Krankenzimmer begleitete, und konnte sehen, daß Mack selbst die Todkranken ein wenig aufzumuntern verstand. Ein Patient, der an Wahnvorstellungen litt und schon sehr lange in seiner eigenen Hölle schmorte, hatte eine verkrüppelte Hand, die er immer in der Tasche verbarg. Der Hund lief schwanzwedelnd ins Krankenzimmer, legte seinen schweren Kopf des zahmen Untiers auf die Knie des Unglücklichen und vergrub seine Schnauze in dessen Pyjamatasche, bis der die Hand, für die er sich so schämte, herauszog und Mack sie abzulekken begann. Vielleicht hatte nie jemand diesen Menschen auf so liebevolle Art berührt. Der Blick des Kranken traf den von Grace, und für einen Moment schien es ihr, daß er den Kerker verließ, in dem er gefangen war, und sich dem Licht näherte. Seither hat der Hund im Krankenhaus viel zu tun, bekommt ein Schild mit der Aufschrift VOLONTÄR um den Hals und wird auf Visite geschickt. Die Patienten verstecken die Nachtischkekse vom Abendessen für Mack, und er ist pummelig geworden. Verglichen mit ihm, ist meine Olivia nur ein Haarknäuel mit Fliegengehirn.

Während Grace und der Hund im Krankenhaus arbeiten, leitet Fu weiterhin das Zentrum für Zen-Buddhismus, in dem sie bestimmt eines Tages Äbtissin wird, obwohl sie nie Interesse an diesem Posten bekundet hat. Diese Frau mit dem kahlgeschorenen Kopf und dem japanischen Mönchshabit imponiert mir jedesmal wieder wie bei unserer ersten Begegnung. Fu ist nicht das einzige bemerkenswerte Exemplar ihrer Familie. Sie hat eine blinde Schwester, die fünfmal verheiratet war, elf Kinder geboren hat und im Fernsehen interviewt wurde, weil sie mit dreiundsechzig Jahren gerade Nummer zwölf zur Welt gebracht hatte, einen großen, drallen Jungen, der in dem Bericht an der etwas welken Brust der Mutter zu sehen war. Der letzte Ehemann ist zweiundzwanzig Jahre jünger als sie, weshalb die wagemutige Dame medizinische Hilfe in Anspruch nahm, um in einem Alter schwanger zu werden, in dem andere für die Urenkel strikken. Auf die Frage der Reporter, warum sie das getan hatte, sagte sie: »Damit mein Mann nicht allein ist, wenn ich sterbe.« Mir schien das sehr nobel, jedenfalls will ich, wenn ich sterbe, lieber, daß es Willie hundeelend geht und er mich vermißt.

Es muß um diese Zeit gewesen sein, als wir nach San Francisco zu einer Cocktailparty eingeladen wurden, zu der ich nur mitging, weil Willie mich darum bat. Eine Cocktailparty ist für jedermann eine schwere Prüfung, Paula, für jemanden meiner Statur jedoch eine ungleich schwerere, zumindest in einem Land der großen Menschen; in Thailand mag es anders sein. Es empfiehlt sich, solche Veranstaltungen zu meiden, weil die Gäste stehen, dicht an dicht, ohne Luft, mit ihrem Glas in der einen und irgendeinem unmöglich zu identifizierenden Hors d'œuvre in der anderen Hand. Mit hohen Schuhen reiche ich den Frauen bis zum Brustbein, den Männern bis zum Bauchnabel; die Kellner tragen die Tabletts über meinen Kopf hinweg. Einsfünfzig groß zu sein birgt keinerlei Vorteil, außer, daß man schneller unten ist, wenn man etwa hat fallen lassen, und daß ich mir in Minirockzeiten Kleider aus vier Krawatten deines Vaters nähen konnte. Während Willie also in einem Kreis langbeiniger Frauen, die an seinen Lippen hingen, am Buffet stand, Langustenschwänze verzehrte und Geschichten aus seiner Jugend zum besten gab, als er um die Welt reiste und auf Friedhöfen schlief, verkrümelte ich mich in eine Ecke, damit niemand auf mich trat. Ich kann bei solchen Gelegenheiten nichts essen, weil ich eigene wie fremde Flecken anziehe. Ein überaus freundlicher Gentleman kam in meine Nähe, erspähte meinen Umriß auf dem Teppichmuster und bot mir von seiner angelsächsischen Anhöhe herab ein Glas Wein an.

»Hi, ich bin David, sehr erfreut.«

»Isabel, die Freude ist ganz meinerseits«, und ich starrte gebannt auf das Glas; Rotweinflecken gehen aus weißer Seide nie mehr raus.

»Was machen Sie so?« versuchte mein Gegenüber die Unterhaltung in Gang zu bringen.

Der möglichen Antworten auf diese Frage sind viele. Ich hätte sagen können, daß ich hier stand, stumm wie ein Fisch, und meinen Mann verfluchte, weil er mich hergeschleppt hatte, entschied mich jedoch für etwas weniger Philosophisches:

»Ich schreibe Romane.«

»Ach! Wie aufregend! Wenn ich im Ruhestand bin, schreibe ich auch einen Roman.«

»Sagen Sie bloß! Und was tun Sie jetzt?«

»Ich bin Zahnarzt«, und er reichte mir seine Karte.

»Wenn ich im Ruhestand bin, ziehe ich auch Zähne«, gab ich zurück.

Alle Welt denkt offenbar, Romane zu schreiben sei wie Geranien umtopfen. Zehn Stunden am Tag verbringe ich festgenagelt am Schreibtisch, drehe und wende die Sätze tausend und einmal, um etwas auf die wirkungsvollste Weise zu erzählen. Ich durchleide die Handlung, schlüpfe in die Haut meiner Helden, recherchiere, studiere, korrigiere, sehe Druckfahnen durch, beantworte Übersetzerfragen und reise außerdem durch die Welt, um wie ein fliegender Händler meine Bücher anzupreisen.

Als wir auf dem Nachhauseweg über die großartige, vom hellen Mond beleuchtete Golden Gate Bridge fuhren, erzählte ich Willie unter Hyänengelächter, was dieser Zahnarzt zu mir gesagt hatte; nur fand mein Mann das gar nicht komisch.

»Ich habe nicht vor, bis zur Rente zu warten. Meinen Roman fange ich bald an«, verkündete er.

»Grundgütiger! Manche Leute sind an Dreistigkeit kaum zu überbieten! Und darf man erfahren, wovon dein Romänchen handeln wird?«

»Von einem Zwerg, der nichts als Sex im Kopf hat.«

Ich dachte schon, mein Mann hätte endlich den chilenischen Humor für sich entdeckt, aber er meinte es ernst. Einige Monate später begann er, von Hand auf gelbes liniertes Papier zu schreiben. Er lief mit dem Block unter dem Arm herum und zeigte das Geschriebene jedem, der es sehen wollte, außer mir. Er schrieb in Flugzeugen, in der Küche, im Bett, während ich gnadenlos über ihn herzog. Ein sexbesessener Zwerg! Welch brillante Eingebung! Durch seine irrationale Zuversicht, die ihm im Leben schon so oft geholfen hatte, behielt Willie auch diesmal Oberwasser und überhörte die chilenischen Sticheleien, die für gewöhnlich wie ein Tsunami alles niedermachen, was ihnen in die Quere kommt. Ich hatte geglaubt, der literarische Eifer werde ihm vergehen, sobald er mit den Tücken der Kunst konfrontiert wäre, aber nichts hielt ihn auf. Er beendete ein scheußliches Buch, in dem eine enttäuschte Liebe, eine Rechtsstreitigkeit und der Zwerg miteinander vermischt sind und den Leser verwirren, der nie weiß, ob er eine Liebesgeschichte, die Lebenserinnerungen eines Anwalts oder einen Haufen hormonbedingter Phantasien eines verklemmten Pubertierenden vor sich hat. Die Freundinnen, die das Buch lasen, redeten Klartext mit Willie: Man mußte den gottverdammten Zwerg rauswerfen, bei sorgfältiger Überarbeitung wäre der Rest des Buchs dann vielleicht zu retten. Die Freunde rieten ihm, die Liebesgeschichte rauszuwerfen und sich mehr auf die Sudeleien des Zwergs zu konzentrieren. Jason sagte, er solle die Liebesgeschichte, die Gerichtsverhandlungen und den Zwerg vergessen und etwas schreiben, das in Mexiko spiele. Mit mir geschah etwas Unerwartetes: Das verkorkste Buch steigerte meine Bewunderung für Willie, weil er durch das Schreiben mehr denn je seine wesentlichen Stärken unter Beweis gestellt hatte: Willenskraft und Durchhaltevermögen. In den Jahren, die ich mit Schreiben verbracht habe, habe ich ein bißchen gelernt – zumindest wiederhole ich meine Fehler nicht, auch wenn ich mir immer wieder neue einfallen lasse –, deshalb bot ich mich meinem Mann als Lektorin an. Willie hörte sich meine Bemerkungen mit einer Demut an, die ich aus anderen Lebensbereichen nicht an ihm kenne, und überarbeitete das Manuskript, aber auch diese zweite Version schien mir an grundsätzlichen Problemen zu kranken. Schreiben hat viel mit Zaubern gemeinsam, es ist nicht damit getan, das Kaninchen aus dem Hut zu ziehen, man muß dabei auch elegant und glaubhaft wirken.

Mit einer Großmutter wie der meinen, die mich früh an den Gedanken gewöhnte, daß die Welt ein magischer Ort ist und jeder, der etwas anderes behauptet, dem menschlichen Größenwahn unterliegt, weil wir doch über kaum etwas Macht besitzen, sehr wenig wissen und ein Blick auf die Geschichte genügt, um die Beschränktheit der Vernunft zu begreifen, muß es einen nicht wundern, wenn ich alles für möglich halte. Vor sehr, sehr langer Zeit, als sie noch lebte und ich ein verschüchtertes kleines Ding war, ließen diese wunderbare Frau und ihre Freundinnen mich an ihren Séancen teilnehmen, bestimmt hinter dem Rücken meiner Mutter. Sie legten zwei dicke Kissen auf den Stuhl, damit ich über den Rand des Tischs schauen konnte, desselben Eichentischs mit den Löwenfüßen, der heute in meinem Besitz ist. Auch wenn ich noch sehr klein war und mit dieser Zeit keine Erinnerungen, sondern einzig Phantasien verbinde, sehe ich deutlich, wie der Tisch unter dem Einfluß der von jenen Damen herbeigerufenen Seelen in die Höhe hüpft, wiewohl er bei mir daheim nie einem Mucks getan hat, schwer und unverrückbar wie ein toter Büffel an seinem Platz bleibt und die bescheidenen Funktionen des gemeinen Möbelstücks erfüllt. Das Mysteriöse ist kein literarisches Mittel, um meine Bücher zu würzen, wie mir von manchen Kritikern unterstellt wird, sondern gehört zum Leben. Tiefe Mysterien, wie Jean, meine Mitschwester vom Durcheinander, es erlebte, als sie barfuß über glühende Kohlen lief. »Es ist eine Erfahrung, die dich verändert, weil sie sich rational oder wissenschaftlich nicht erklären läßt. In dem Moment wurde mir klar, daß wir unglaubliche Fähigkeiten besitzen; wir wissen, wie man geboren wird, ein Kind zur Welt bringt und stirbt, und genauso wissen wir auch, mit den glühenden Kohlen umzugehen, die so oft auf unserem Weg liegen. Seit ich das erlebt habe, sehe ich der Zukunft gelassen entgegen, ich kann die schlimmsten Krisen durchstehen, wenn ich mich nicht anspanne und mich vom Geist leiten lasse«, sagte sie darüber. Und ebendas tat Jean, als ihr Sohn in ihren Armen starb: Sie ging über das Feuer, ohne sich zu verbrennen.

Nico fragt mich, weshalb ich an Wunder, Träume, Geister und andere zweifelhafte Phänomene glaube; seine praktische Vernunft verlangt nach schlüssigeren Beweisen, als die Geschichten einer Urgroßmutter sie liefern könnten, die seit über fünfzig Jahren unter der Erde liegt, aber mich verleitet die Fülle all dessen, wofür ich keine Erklärung habe, zum Gedanken an Magie. Wunder? Mir scheint, sie geschehen ständig, schon daß unsere Sippe noch immer zusammen in einem Kahn schippert, kommt mir wie eines vor, aber dein Bruder meint, sie seien nur eine Mischung aus Aufnahmefähigkeit, Wunschdenken und der Bereitschaft, an sie zu glauben. Du hingegen warst von derselben spirituellen Unruhe erfüllt wie meine Großmutter, und weil du im katholischen Glauben aufgewachsen warst, suchtest du in ihm Erklärungen für die täglichen Wunder. Viele Zweifel plagten dich. Das letzte, was du zu mir sagtest, ehe du ins Koma fielst, war: »Ich suche Gott und finde ihn nicht. Ich liebe dich, Mama.« Ich möchte gern glauben, daß du ihn jetzt gefunden hast, Tochter, und daß du vielleicht überrascht warst, weil er anders war, als du erwartet hast.

Hier, in dieser Welt, die du hinter dir gelassen hast, wurde Gott von den Männern als Geisel genommen. Sie haben einige abwegige Religionen geschaffen, und mir ist unbegreiflich, wie diese Religionen die Jahrhunderte überdauern konnten und selbst heute noch neue Anhänger finden. Sie sind gnadenlos, predigen Liebe, Gerechtigkeit und Erbarmen und begehen in deren Namen Unmenschlichkeiten. Die sehr hohen Herren Religionsvertreter rümpfen mißbilligend die Nase und verurteilen Freude, Lust, Wißbegierde und Phantasie. Viele Frauen meiner Generation mußten sich eine eigene Spiritualität schaffen, die zu ihnen paßt, und hättest du länger gelebt, wärst du womöglich irgendwann auch diesen Weg gegangen, denn die Götter des Patriarchats sind zweifellos nichts für uns: Sie lassen uns für die Versuchungen und Sünden der Männer büßen. Wieso fürchten sie uns so? Mir gefällt die Vorstellung von einer allumfassenden und mütterlichen Gottheit, die mit der Natur, mit allem Lebendigen, verbunden ist, ein ewiges Sich-Erneuern und -Weiterentwickeln. Meine Göttin ist ein Ozean, und wir nur Wassertropfen, aber auch ein Ozean besteht aus Wassertropfen.

Mein Freund Miki Shima ist Anhänger des alten japanischen Schintoismus, einer Religion, die behauptet, daß wir vollkommene Geschöpfe sind, geschaffen von der Göttin Mutter, um in Freude zu leben; keine Schuld, keine Buße, keine Hölle, keine Sünde, kein Karma und keinerlei Notwendigkeit, Opfer zu bringen. Das Leben ist dazu da, sich daran zu erfreuen. Vor ein paar Monaten reiste Miki nach Osaka, um zusammen mit hundert Japanern und fünfhundert Brasilianern, die in Karnevalsstimmung antanzten, an einer zehntägigen schintoistischen Fortbildung teilzunehmen. Der Tag begann um vier am Morgen mit Gesängen. Wenn die Meisterinnen und Meister vor der Menschenmenge, die in dem riesigen, schlichten Holztempel zusammenkam, sagten, jeder einzelne hier sei vollkommen, bedankten sich die Japaner mit einer Verbeugung, während die Brasilianer vor Freude jaulten und herumhüpften wie bei einem Tor für Brasilien bei der Fußballweltmeisterschaft. Jeden Morgen geht Miki hinaus in seinen Garten, verbeugt sich und begrüßt den neuen Tag und die Millionen Geister, die ihn beleben, mit einem kurzen Gesang, dann frühstückt er Reis und Kräutersuppe und fährt lachend mit dem Auto in seine Praxis. Einmal hielt ihn eine Polizeistreife an, weil sie glaubten, er sei betrunken. »Ich bin nicht betrunken, ich mache meine spirituellen Übungen«, erklärte Miki den Polizisten. Die dachten, er wolle sie auf den Arm nehmen. Freude ist verdächtig.

Vor kurzem ging ich mit Lori zum Vortrag eines katholischen Theologen aus Irland. Obwohl sein Englisch gewöhnungsbedürftig und ich ahnungslos war, nahm ich doch etwas aus dieser Veranstaltung mit, die mit einer kurzen Meditationsübung begann. Der Ire bat die Anwesenden, die Augen zu schließen, sich zu entspannen, sich auf die Atmung zu konzentrieren, kurz, was in solchen Fällen üblich ist, und forderte uns dann auf, an unseren Lieblingsplatz zu denken – ich wählte einen Baumstamm in deinem Wald – und an eine Gestalt, die sich uns nähert und uns gegenüber Platz nimmt. Wir sollten uns in den grenzenlosen Blick dieses Gegenübers versenken, das uns liebt, wie wir sind, mit unseren Unzulänglichkeiten und unseren Stärken, ohne über uns zu richten. Das, sagte der Mann, sei das Antlitz Gottes. Mir war eine Frau um die sechzig erschienen, eine rundliche Afrikanerin: ein draller Körper und das Gesicht ein einziges Lächeln, der Blick keck, die Haut schimmernd und glatt wie poliertes Ebenholz, nach Rauch und Honig duftend, eine so mächtige Gestalt, daß selbst die Bäume sich zum Zeichen der Hochachtung neigten. Sie sah mich an, wie ich dich, wie ich Nico und wie ich meine Enkel angesehen hatte, als ihr klein wart: ein vorbehaltloses Annehmen. Ihr wart vollkommen, von den durchsichtigen Öhrchen bis hin zum Geruch aus der benutzten Windel, und ich wünschte, daß ihr eurem Wesen immer treu bleiben würdet, wollte euch vor allem Bösen beschützen, euch an der Hand nehmen und führen, bis ihr gelernt hättet, auf den eigenen Füßen zu stehen. Diese Liebe war nichts als Glück und Freude, trotz der darin enthaltenen, beängstigenden Gewißheit, daß jeder Augenblick, der verstrich, euch ein bißchen veränderte und von mir entfernte.

Schließlich waren meine Enkelkinder alt genug, um sie auf Porphyrie zu untersuchen. In Kalifornien hatten meine Mitschwestern vom Durcheinander, in Chile Pía und meine Mutter seit Jahren für meine Familie gebetet, während ich mich gefragt hatte, ob das etwas helfen würde. Man hat schon die strengsten Tests gemacht, die Ergebnisse sind jedoch widersprüchlich, und so bleibt unklar, ob Beten etwas bewirkt, was für jeden, der sein Leben damit zubringt, für das Wohl der Menschheit zu beten, ein Tiefschlag sein muß, meine Schwestern vom Durcheinander und mich selbst jedoch nicht entmutigt. Wir beten weiter, nur für den Fall. Lucille, Loris Mutter, wurde ein Tumor in der Brust diagnostiziert, als ich eben auf Lesereise durch den tiefen Süden der Vereinigten Staaten war, Heimat des christlichen Extremismus. Willie wiederum saß zur selben Zeit in der Sportmaschine eines Freundes und ließ sich in dieser Blechlibelle kreuz und quer über die Anden von Kalifornien nach Chile fliegen, ein Unternehmen für Irre.

Vierzig Millionen Amerikaner nennen sich wiedergeborene Christen – born again Christians –, und die meisten von ihnen leben in der Mitte und im Süden des Landes. Minuten bevor ich auf die Bühne mußte, kam ein Mädchen zu mir und bot mir an, für mich zu beten. Ich bat sie, anstatt für mich, für Lucille zu beten, die gerade im Krankenhaus war, und für meinen Mann Willie, der in irgendeiner Andenschlucht sein Leben lassen konnte. Sie nahm meine Hände, schloß die Augen und stimmte laut einen Singsang an, womit sie weitere Leute anlockte, die sich dem Kreis anschlossen, voller Inbrunst Jesus anriefen und in jedem Satz die Namen von Lucille und Willie nannten. Nach der Lesung rief ich Lori an, um zu fragen, wie es ihrer Mutter gehe, und erfuhr, daß die Operation nicht stattgefunden hatte, weil Lucille, ehe man sie in den OP brachte, noch einmal untersucht worden war und man den Tumor nicht gefunden hatte. Acht Mammographien und eine Ultraschalluntersuchung hatte man an diesem Morgen mit ihr gemacht. Nichts. Der Chirurg, der die Handschuhe bereits übergestreift hatte, entschied, den Eingriff auf den nächsten Tag zu verschieben, und schickte Lucille in ein anderes Krankenhaus zum Kernspin. Auch dort fanden sie das Geschwür nicht. Das war völlig unerklärlich, noch ein paar Tage zuvor hatte eine Biopsie den Krebsverdacht bestätigt. Es hätte sich eindeutig um ein durch Gebet bewirktes Wunder gehandelt, wäre der Tumor nicht zwei Wochen später wiederaufgetaucht. Lucille mußte doch noch operiert werden. Allerdings erlebte Willie an ebendem Tag des Gebets über Panama einen Wechsel des Luftdrucks, durch den das kleine Flugzeug mit der Nase voran binnen Sekunden zweitausend Meter in die Tiefe stürzte. Das Geschick von Willies Freund, der das mechanische Insekt bediente, rettete die beiden um Haaresbreite vor einem spektakulären Tod. Oder waren es diese christlichen Fürbitten?

Soviel meine Freundinnen auch gebetet hatten und ich dich um Hilfe ersuchte, Paula, die Untersuchungen von Andrea und Nicole brachten schlechte Nachrichten. Wie du selbst bitter erfahren mußtest, ist Porphyrie für Frauen gefährlicher als für Männer, weil die natürlichen Hormonschwankungen Schübe auslösen können. Wir würden mit der Angst leben müssen, daß in unserer Familie noch einmal etwas Schreckliches geschah. Nico erinnerte mich daran, daß die Aussicht auf eine normales Leben nicht verringert oder gar unmöglich gemacht wird, das Risiko sei nur bei bestimmten Auslösern erhöht, und die ließen sich vermeiden. Bei dir waren schlimme Zufälle und Ärztepfusch zusammengekommen, du hattest böses Pech gehabt. »Wir treffen Vorkehrungen, aber ohne zu übertreiben«, sagte dein Bruder. »Das ist ärgerlich, aber etwas Gutes hat es doch: Die Mädchen werden lernen, auf sich achtzugeben, und wir haben einen guten Vorwand, sie mehr oder weniger in unserer Nähe zu haben. Diese Bedrohung wird uns enger zusammenschweißen.« Er versprach mir, durch die Fortschritte in der Medizin würden die Mädchen gesund bleiben, Kinder haben und lange leben; die Genforschung werde eines Tages dafür sorgen, daß Porphyrie nicht mehr an die nächste Generation weitergegeben werde. »Sie ist viel harmloser als Diabetes und andere Erbkrankheiten«, sagte er noch.

Zu der Zeit hatten Nico und ich die Hindernisse der vorangegangenen Jahre überwunden, wir hatten uns voneinander abgenabelt, ohne unsere Zuneigung zu verlieren. Die Nähe war geblieben, aber ich hatte gelernt, seine Unabhängigkeit zu respektieren, und mühte mich redlich, ihm nicht auf die Nerven zu gehen. Ich war wie vernarrt in meine Enkel und hatte Jahre gebraucht, um einzusehen, daß sie nicht meine Kinder waren, sondern die von Nico und Celia. Weiß der Himmel, wieso ich etwas derart Naheliegendes so lange nicht einsehen wollte, etwas, das alle Großmütter der Welt wissen, ohne daß ein Therapeut es ihnen begreiflich machen muß. Dein Bruder und ich gingen eine Zeitlang zusammen zur Therapie und trafen sogar schriftliche Vereinbarungen, um bestimmte Grenzen und Regeln des Miteinanders festzusetzen, obwohl wir nicht sehr streng sein konnten. Das Leben ist kein Foto, auf dem man alles hübsch arrangiert und dann für die Nachwelt festhält; das Leben ist ein schmutziges, ungeordnetes, schnelles Werden voller Überraschungen. Fest steht nur, daß alles sich ändert. Trotz der schriftlichen Absprachen tauchten zwangsläufig Schwierigkeiten auf, es hatte also wenig Sinn, sich zu viele Sorgen zu machen, sich ständig zu streiten oder zu versuchen, noch die kleinste Kleinigkeit vorherzusehen; wir mußten uns dem täglichen Strom der Ereignisse überlassen, auf unser Glück und unsere guten Absichten vertrauen, denn keiner von uns tat dem anderen vorsätzlich weh. Wenn ich mich danebenbenahm – und ich benahm mich oft daneben –, machte Nico mich feinfühlig wie immer darauf aufmerksam, und so trieb uns das nicht mehr auseinander. Seit Jahren sehen wir uns fast jeden Tag, aber ich staune immer wieder über diesen großgewachsenen, sportlichen Mann, der die ersten grauen Strähnen hat und so gelassen wirkt. Sähe er seinem Großvater väterlicherseits nicht so auffallend ähnlich, ich würde mich ernsthaft fragen, ob sie ihn mir nach der Geburt im Krankenhaus untergejubelt haben und irgendwo auf der Welt eine Familie mit einem zu klein geratenen Hitzkopf lebt, der meine Gene in sich trägt. Nico geht es viel besser, seit er seine Stelle aufgegeben hat. Das Unternehmen, für das er jahrelang arbeitete, verlagerte die Produktion nach Indien, um Kosten zu senken, und entließ die gesamte Belegschaft außer Nico, der die Programme mit dem Büro in Neu Delhi hätte koordinieren sollen, das aber aus Solidarität mit seinen Kollegen ablehnte. Jetzt arbeitet er freiberuflich für eine Bank in San Francisco und handelt daneben ziemlich erfolgreich mit Wertpapieren. Er besitzt ein gutes Gespür und den nötigen kühlen Kopf, genau wie Lori und ich das bereits vor geraumer Zeit vermuteten, aber das haben wir ihm nicht unter die Nase gerieben; im Gegenteil, wir fragten ihn, wie er auf diese glänzende Idee gekommen ist. Und ernteten dafür einen dieser Blicke, die Glas zum Splittern bringen.

Daß die Bewegung der Evangelikalen sich im Aufwind befand, lieferte mir Stoff für den zweiten Band der Trilogie. Die konservativen Christen, die von den Republikanern für die Präsidentschaftswahlen des Jahres 2000 sehr erfolgreich mobilisiert wurden, sind immer schon zahlreich gewesen, haben jedoch die traditionell säkular ausgerichtete Politik hierzulande nicht bestimmt. Während der Regierungszeit George W. Bushs erreichten die Evangelikalen nicht alles, was sie sich vorgenommen hatten, aber die Veränderungen waren doch deutlich zu spüren. An vielen Lehranstalten wird Darwins Evolutionstheorie nicht mehr unterrichtet, statt dessen ist die Rede von »intelligentem Design«, ein Begriff, hinter dem sich die biblische Schöpfungslehre verbirgt. Angeblich ist die Erde zehntausend Jahre alt, und wer etwas anderes als bewiesen ansieht, ist des Teufels. Die Ranger im Grand Canyon müssen sich die Touristen schon genau ansehen, ehe sie ihnen erklären, an den Gesteinsschichten ließen sich zwei Milliarden Jahre Erdgeschichte ablesen. Werden in Norwegen zwanzig fossile Meerestiere gefunden, die groß wie Autobusse und älter als die Dinosaurier sind, vermuten die Gläubigen dahinter eine Verschwörung von Atheisten und Freidenkern. Sie sind gegen Abtreibung und jede Form der Geburtenkontrolle, mit Ausnahme von Enthaltsamkeit, rühren aber gegen die Todesstrafe oder den Krieg keinen Finger. Etliche Baptistenprediger beharren darauf, die Frau sei dem Manne untertan, und wischen ein Jahrhundert des Kampfes für Gleichberechtigung einfach vom Tisch. Unzählige Familien unterrichten ihre Kinder zu Hause, damit sie nicht auf staatlichen Schulen mit säkularem Gedankengut in Berührung kommen, und später besuchen diese jungen Leute christliche Universitäten. Siebzig Prozent derjenigen, die während Bushs Regierungszeit im Weißen Haus aus und ein gingen, entstammen solchen Hochschulen. Ich kann nur hoffen, daß sie nicht die führenden politischen Köpfe von morgen sind.

Meine Enkel leben im kalifornischen Biotop, wo man diese Entwicklungen ähnlich bestaunt wie die Vielweiberei einiger Mormonen in Utah, aber durch die Gespräche der Erwachsenen in der Familie kriegen sie doch manches mit. Ich wollte von ihnen wissen, wie sie sich eine Weltsicht denken, die niemanden ausgrenzt, eine reine Religiosität, die nicht fundamentalistisch wäre. Noch hatte ich keine genauen Vorstellungen, doch traten sie in meinen Gesprächen mit den dreien und mit Tabra langsam hervor, mit der ich in diesen Monaten fast täglich lange Spaziergänge unternahm, weil sie noch die schwere Trauer um ihren Vater durchlebte. Sie erinnerte sich an Gedichte und die Namen von Bäumen und Blumen, die sie als Kind von ihm gelernt hatte.

»Warum sehe ich ihn nicht, wie du Paula siehst?« quälte sie sich.

»Ich sehe sie nicht, ich spüre sie in mir und stelle mir vor, daß sie mich begleitet.«

»Ich träume noch nicht einmal von ihm ...«

Wir sprachen über die Bücher, die ihm gefallen hatten, darunter einige, die er im Unterricht nicht hatte behandeln dürfen, weil sie der Schulleitung nicht genehm gewesen waren. Bücher, immer wieder Bücher. Tabra schluckte ihre Tränen hinunter und war Feuer und Flamme, wenn wir auf meinen nächsten Roman zu sprechen kamen. Es war ihre Idee, Bhutan als Modell für das mystische Land zu nehmen, das ich mir wünschte, das »Reich des Donnerdrachen«, wie seine Einwohner das Land nennen, das Tabra auf einer ihrer Fahrten der nimmermüden Pilgerin besucht hatte. Wir änderten den Namen in »Reich des Goldenen Drachen«, und sie schlug vor, der Drache solle eine magische Statue sein, mit der sich die Zukunft vorhersehen ließe. Mir gefiel der Gedanke, daß jedes der drei Bücher in einem anderen Kulturkreis und auf einem anderen Kontinent spielen würde, und um mir den Schauplatz auszumalen, dachte ich an meine Reise nach Indien, mit der ich ein Versprechen an dich eingelöst hatte, Paula, und an eine andere nach Nepal. Du warst überzeugt, Indien sei eine bewußtseinserweiternde Erfahrung, und damit solltest du recht behalten. Mir erging es wie mit meinen Reisen ins Amazonasgebiet oder nach Afrika: Ich hatte geglaubt, das Gesehene sei meinem Leben so fremd, daß ich es niemals in einem Buch würde verwenden können, aber die Saat keimte in mir, und die Früchte sind schließlich in dieser Jugendbuchtrilogie zu finden. Früher oder später kann man alles brauchen, wie Willie sagt. Wäre ich nie in diesem Teil der Welt gewesen, ich hätte die Farbigkeit nicht beschreiben können, die Zeremonien, die Kleidung, die Landschaft, ihre Menschen, das Essen, die Religion oder die Art zu leben.

Wieder waren mir meine Enkel eine große Hilfe. Wir erfanden eine Religion, die Elemente des tibetischen Buddhismus mit animistischen Vorstellungen verbindet und mit manchem, was die drei in Fantasy-Romanen gelesen hatten. Andrea und Nicole gehen auf eine recht liberale katholische Schule, in der Wahrheitssuche, Seelenbildung und Nächstenliebe wichtiger sind als das Dogma. Meine Enkelinnen sind dort ohne religiöse Vorkenntnisse gelandet. In der ersten Woche sollte Nicole in einer Hausaufgabe den Sündenfall erklären.

»Ich habe keine Ahnung, was das ist«, sagte sie.

»Ich gebe dir einen Tip«, erbot sich Lori. »Er kommt in der Geschichte von Adam und Eva vor.«

»Wer sind die denn?«

»Ich glaube, die Sünde hat was mit einem Apfel zu tun«, versuchte es Andrea ohne große Überzeugung.

»Sind Äpfel nicht angeblich gesund?« hielt Nicole dagegen.

Wir vergaßen den Sündenfall, sprachen statt dessen über die Seele, und so nahm die Religiosität im Reich des Goldenen Drachen immer deutlichere Gestalt an. Die Mädchen hörten gern etwas über Zeremonien, Rituale und Traditionen, und Alejandro begeisterte sich für übersinnliche Fähigkeiten wie Telepathie und Telekinese. Damit hatte ich meine Anhaltspunkte und begann mit dem Schreiben, und wenn ich nicht weiterkam, erinnerte ich mich an das Ayahuasca und an meine eigene Kindheit oder wandte mich wieder an Tabra und die Kinder. Andrea half mir beim Plot, und Alejandro dachte sich die Hindernisse aus, durch die der goldene Drache geschützt ist: ein Labyrinth, Gifte, Schlangen, Fallgruben, Messer und Lanzen, die aus der Decke rasseln. Die Yetis sind Nicoles Schöpfung, die schon immer gern einen dieser mutmaßlichen Schneekolosse kennengelernt hätte, und von Tabra stammen die »blauen Reiter«, eine verbrecherische Sekte, von der sie auf einer Reise durch Nordindien hörte.

Mit Hilfe meines tüchtigen Mitarbeiterstabs konnte ich das zweite Jugendbuch in drei Monaten abschließen und beschloß, in der gewonnenen Zeit an einem Büchlein über Chile zu feilen. Schon im Titel, *Mein erfundenes Land*, wird klar, daß es nicht um einen ausgewogenen, sondern um einen rein subjektiven Blick auf mein Land geht. Meine Erinnerungen sind durch die räumliche und zeitliche Distanz von einer Patina überzogen, die golden glitzert wie manche der Tafelbilder in Kirchen aus der Kolonialzeit. Nachdem sie die erste Fassung gelesen hatte, fürchtete meine Mutter, in Chile, wo sich die Kritiker bestenfalls das Maul über mich zerreißen, werde der spöttische Grundton des Buchs als Ohrfeige verstanden. »Wir sind ein Land der todernsten Trottel«, warnte sie mich, aber ich wußte, daß sie sich irrte. Das eine sind die Literaten, etwas anderes wir Chilenen, die ohne intellektuelles Getue auskommen, dafür aber durch die Jahrhunderte einen absonderlichen Sinn für Humor entwickelt haben, der es uns ermöglicht, in diesem Erdbebengebiet nicht den Mut zu verlieren. In meiner Zeit als Journalistin habe ich gelernt, daß die Chilenen über nichts so herzhaft lachen wie über sich selbst, solange es kein Ausländer ist, der den Witz macht. Ich hatte mich nicht getäuscht, jedenfalls kamen im Jahr darauf, als mein Buch erschien, keine Tomaten aus dem Publikum geflogen. Es gab sogar einen Raubdruck. Zwei Tage nach Erscheinen stapelten sich in den Straßen im Zentrum von Santiago zwischen jeder Menge CDs, Videos und nachgemachten Designerbrillen und -taschen die Raubkopien für ein Viertel des offiziellen Preises. In wirtschaftlicher Hinsicht sind Raubdrucke für Verlage und Autoren ein Desaster, aber in gewisser Weise sind sie auch eine Ehre, weil sie beweisen, daß viele Leute das Buch lesen und auch diejenigen es kaufen wollen, für die es sonst nicht erschwinglich wäre. Chile ist auf der Höhe der Zeit. In Asien wird Harry Potter völlig unverfroren kopiert, es ist sogar schon ein Band erschienen, den die Autorin noch gar nicht geschrieben hat. Mit anderen Worten, dort sitzt eine kleine Chinesin in einer staubigen Dachkammer und schreibt wie J. K. Rowling, nur daß keiner sie kennt.

Das Chile, das ich liebe, ist das Chile meiner Jugendjahre, als du und dein Bruder klein wart, ich in deinen Vater verliebt war und als Journalistin arbeitete und wir in einem Fertighäuschen mit Strohdach lebten. Damals schien unsere Zukunft genau vorgezeichnet, und nichts Schlimmes konnte uns geschehen. Das Land veränderte sich. 1970 war Salvador Allende zum Präsidenten gewählt worden, und Chile erlebte einen politischen und kulturellen Aufbruch, das Volk ging im nie gekannten Gefühl von Macht auf die Straße, Jugendliche malten sozialistische Wandbilder, überall hörte man Protestlieder. Das Land war gespalten und mit ihm die Familien, auch unsere. Deine Granny schritt an der

Spitze der Demonstrationen gegen Allende, auch wenn sie dafür sorgte, daß die Marschierenden nicht unmittelbar an unserem Haus vorbeizogen und es mit Steinen bewarfen. Außerdem war es die Zeit der sexuellen Revolution und der Frauenbefreiung, die gesellschaftlich mindestens so wichtig waren wie die politischen Umbrüche und die für mich persönlich prägend wurden. Dann kam 1973 der Putsch und danach die Gewalt, und unsere kleine Welt, in der wir uns geborgen gefühlt hatten, war dahin. Was wäre ohne diesen Militärputsch und die Schreckensjahre aus uns geworden? Wie wäre es uns ergangen, wären wir während der Diktatur in Chile geblieben? Wir hätten niemals in Venezuela gelebt, du hättest Ernesto nicht kennengelernt und Nico Celia nicht, ich hätte vielleicht niemals Bücher geschrieben oder je die Gelegenheit bekommen, mich in Willie zu verlieben, und wäre heute nicht in Kalifornien. Solche Gedankenketten sind sinnlos. Den Lebensweg geht man ohne Karte, man setzt einen Fuß vor den anderen, und ein Zurück gibt es nicht. *Mein erfundenes Land* ist eine Hommage an die magischen Gefilde des Herzens und der Erinnerungen, an das ärmliche und friedfertige Land, in dem du und Nico die glücklichsten Jahre eurer Kindheit verbrachtet.

Der zweite Band meiner Jugendbuchtrilogie war bereits bei etlichen Übersetzern in Arbeit, aber mir gelang es partout nicht, mich auf das Buch über Chile zu konzentrieren, weil mich ständig derselbe Traum plagte. Ich träumte von einem Baby in einem verwinkelten Keller, der von Rohren und Kabeln durchzogen war wie im Haus meines Großvaters, wo ich als Kind oft stundenlang allein gespielt habe. Ich konnte nach dem Säugling greifen, ihn aber nicht dort herausholen. Ich erzählte Willie den Traum, und der erinnerte mich daran, daß ich nur von Babys träume, wenn ich schreibe, der Traum also bestimmt etwas mit meinem neuen Buch zu tun hatte. Weil ich fürchtete, er könne mit *Im Reich des Goldenen Drachen* zusammenhängen, sah ich das Manuskript noch einmal durch, aber mir fiel nichts auf. Über Wochen ließ der Traum mich nicht in Frieden, bis ich schließlich die englische Übersetzung des Buchs bekam, es durch den Abstand der anderen Sprache mit unverstelltem Blick noch einmal lesen konnte und auf einen groben Schnitzer in der Handlung stieß: Ich hatte die beiden Hauptfiguren Alexander und Nadia etwas wissen lassen, was sie zu diesem Zeitpunkt im Buch unmöglich wissen konnten und was für den Ausgang der Geschichte entscheidend war. Ich mußte meine Übersetzer informieren und ein Kapitel umschreiben. Ohne diesen in einem labyrinthischen Keller eingesperrten Säugling, der Nacht für Nacht meine Geduld strapazierte, wäre mir der Fehler durch die Lappen gegangen.

Die Grundfrage des letzten Bandes meiner Jugendbuchtrilogie ergab sich spontan während einer Friedensdemonstration, zu der wir im Familienkreis gingen, nachdem wir einen Sonntagsgottesdienst in einer berühmten Methodistenkirche von San Francisco besucht hatten: der Glide Memorial Church. In ihr mischen sich Rassen, Weltanschauungen und sogar Religionen, sie ist Treffpunkt für Buddhisten, Katholiken, Juden, Protestanten, den einen oder anderen Moslem und etliche Agnostiker, die gern an einer Feier teilhaben, in der Gesang und Umarmungen wichtiger sind als Gebete. Der afroamerikanische Pastor ist eine Wucht, er trifft einen mit seinen mitreißenden Friedenspredigten mitten ins Herz, noch dazu in einer Zeit, in der diesem Thema ein antipatriotischer Ruch anhaftete. Die versammelte Gemeinde applaudierte im Stehen, bis die Handflächen schmerzten, und nach dem Gottesdienst schlossen sich viele draußen dem Protestmarsch gegen den Irakkrieg an.

Mitten im Getümmel fand die gesamte Sippe zusammen, inklusive Celia, Sally und Tabra. Die Kinder hatten Transparente gemalt, ich hielt Andrea an der Hand, damit sie in der Menge nicht verlorenging, und Nicole saß auf den Schultern ihres Vaters. Die Sonne schien, und die Stimmung unter den Leuten war ausgelassen, vielleicht weil wir sehen konnten, daß wir nicht allein waren mit unseren abweichlerischen Ansichten. Wobei fünfzigtausend im Zentrum von San Francisco versammelte Menschen nicht mehr als ein Floh auf dem Buckel des Weltreichs sind. Dieses Land ist ein parzellierter Kontinent, und man kann unmöglich absehen, welche der vielen Meinungen wie stark zum Tragen kommt, weil jede Bevölkerungsschicht und soziale Gruppe, jede Ethnie oder Religionsgemeinschaft einen kleinen Staat für sich bildet unter dem schützenden Schirm der USA, dem »land of the free and home of the brave«. Das mit der »Heimat der Tapferen« klang gerade wie Hohn, denn es herrschte die nackte Angst. Ernesto hatte sich den Bart abnehmen müssen, damit man ihn nicht vor jeder Reise aus dem Flugzeug holte, denn jeder, den man wie ihn für einen Araber halten konnte, war verdächtig. Ich könnte mir vorstellen, daß niemand über die Tragweite des Attentats überraschter war als al-Qaida. Sie hatten ein Loch in die Türme reißen wollen, sich aber bestimmt nicht vorgestellt, daß sie einstürzen würden. Vermutlich wäre die Reaktion dann weniger hysterisch gewesen und die Regierung hätte die Macht des Feindes realistischer eingeschätzt: vereinzelte Gruppen aus wenigen Kämpfern in fernen Höhlen, schlicht gestrickte Leute, fanatisch und verzweifelt und außerstande, die USA ernsthaft zu bedrohen.

Auf dem Schild, das Andrea gemalt hatte, stand: WORTE STATT BOMBEN. Für ein Mädchen, das mit zehn Jahren seinen ersten Roman zu schreiben begonnen hatte, waren Worte zweifellos mächtig. Ich fragte sie, wie sie sich das mit den Worten anstelle von Bomben dachte, und sie erzählte, ihre Lehrerin habe die Klasse aufgefordert, sich Wege zu überlegen, wie der Konflikt friedlich zu lösen wäre. Sie hatte an ihren Vater gedacht und daran, daß sie selbst, als sie kleiner gewesen war, manchmal schreckliche Wutanfälle bekommen und blind um sich geschlagen hatte. »Da ist ein Stier in mir«, sagte sie hinterher, wenn ihr Zorn verraucht war. In solchen Momenten hatte Nico sie sanft an den Armen gehalten, sich vor sie hingekniet, um ihr in die Augen zu sehen, und bedächtig auf sie eingeredet, bis sie ruhig wurde, eine Vorgehensweise, die er so oder ähnlich in kritischen Situationen immer anwendet. Er hat einen Kurs in gewaltfreier Kommunikation besucht und wendet das Gelernte nicht nur sorgfältig an, sondern frischt es auch alle zwei Jahre auf, damit er es im Notfall wirklich parat hat.

Mit Beginn der Pubertät bekam Andrea den Stier in den Griff, und das veränderte sie von Grund auf. »Es macht mir keinen Spaß mehr, meine Schwester zu ärgern«, gab Alejandro zu, als er feststellen mußte, daß er sie nicht mehr auf die Palme bringen konnte. Andrea hatte recht: Wörter können wirkungsvoller sein als Fäuste. In meinem dritten Buch sollte es darum gehen, den Stier des Krieges zu bändigen. Meine Enkel und ich breiteten eine Weltkarte auf dem Tisch meiner Großmutter aus und überlegten, wo wir das letzte Abenteuer von Alexander Cold und Nadia Santos ansiedeln wollten. Der Nahe Osten schien sich aufzudrängen, von dort sahen wir täglich Bilder in den Nachrichten; aber am brutalsten und umfassendsten ist die Gewalt in Afrika, wo straflos ganze Völker gemordet werden. Die Geschichte würde also in einem entlegenen afrikanischen Dorf spielen, in dem die Pygmäen wie Sklaven gehalten und alle Einwohner von einem wahnsinnigen Militärführer tyrannisiert werden. Tabra, auf die immer Verlaß ist, wenn es um Anregungen geht, lieh mir einen Bildband über afrikanische Stammeskönige, jeder einzelne phantastisch herausgeputzt. Die meisten besaßen nur symbolische und religiöse Macht, keine politische. In manchen Fällen wurde ihre Gesundheit und Fruchtbarkeit mit der ihres Volkes und des Bodens gleichgesetzt, deshalb wurde dem König umgehend der Garaus gemacht, wenn er Anzeichen von Krankheit oder Alter erkennen ließ, sofern er nicht so taktvoll war, von eigener Hand zu sterben. Bei einem Stamm hielt der König immer nur sieben Jahre; dann wurde er ins Jenseits befördert, und sein Nachfolger aß seine Leber. Einer der Monarchen protzte damit, hundertsiebzig Kinder gezeugt zu haben, und ein anderer posierte mit einem Harem junger, durchweg schwangerer Frauen. Der König trug einen Umhang aus Löwenfell, Federschmuck und schwere Ketten aus Gold, die Frauen trugen nichts. In dem Buch waren auch zwei mächtige Königinnen abgebildet, die ebenfalls einen Harem von Mädchen um sich hatten, aber der Text verriet nichts darüber, wer die Gespielinnen in diesem Fall schwängerte.

Ich recherchierte viel, aber je mehr ich las, desto weniger verstand ich, und ich verlor mehr und mehr die Anhaltspunkte auf diesem riesigen Kontinent mit seinen neunhundert Millionen Menschen, dreiundfünfzig Staaten und fünfhundert Ethnien. Zu guter Letzt versenkte ich mich, allein in meinem Bau, in Magie und gelangte so geradewegs in die äquatorialen Urwälder Afrikas, wo eine Handvoll unglücklicher Pygmäen sich mit Unterstützung von Elefanten, Gorillas und Geistern von einem psychopathischen König zu befreien versuchten. Dem Schreiben wohnt etwas Prophetisches inne. Einige Monate nachdem *Im Bann der Masken* erschienen war, übernahm ein Oberst, grausam wie der in meinem Buch, die Kontrolle über eine sumpfige Waldregion im Norden des Kongo, wo er die Bantubevölkerung in Angst und Schrecken versetzte und die Pygmäen ausrottete, um den Handel mit Diamanten, Gold und Waffen ausweiten zu können. Es war sogar von Kannibalismus die Rede, den ich aus Rücksicht auf meine jungen Leser in meinem Buch nicht zu erwähnen gewagt hätte.

Yemayá und die Fruchtbarkeit

Der Frühling des Jahres 2003 löste in meiner Familie einen unbändigen Drang nach Fortpflanzung aus. Lori und Nico, Ernesto und Giulia, Tong und Lili, alle wünschten sich Kinder, doch es war wie verhext und wollte keinem der Paare auf herkömmlichem Weg gelingen, so daß sie auf die Errungenschaften von Medizin und Technik zurückgreifen mußten, auf aberwitzig teuere Methoden, die von mir finanziert werden mußten. Man hatte mich in Brasilien gewarnt, daß ich der Göttin Yemayá angehöre, zu deren Gaben die Fruchtbarkeit gehört: Zu ihr kommen die Frauen, die Mutter werden wollen. Es waren so viele Fruchtbarkeitsmedikamente, Hormonpräparate und Samenzellen im Umlauf, daß ich fürchtete, ebenfalls schwanger zu werden. Im Jahr zuvor hatte ich heimlich meine Astrologin konsultiert, weil meine Träume ausblieben. Früher hatte ich immer gewußt, wie viele Kinder und Enkelkinder ich haben würde, hatte von ihnen sogar mit Namen geträumt; doch so sehr ich mich auch anstrengte, es stellten sich keine nächtlichen Bilder ein, die mir einen Anhaltspunkt zu den drei Paaren gegeben hätten. Ich bin der Astrologin nie persönlich begegnet, besitze nur ihre Telefonnummer in Colorado, vertraue ihr jedoch, weil sie ohne weiteres meine Familie beschreiben konnte, als wäre es ihre. Nur von Nico hat sie bisher kein Horoskop erstellt, denn ich erinnere mich nicht an die genaue Uhrzeit seiner Geburt, und er weigert sich, mir seine Geburtsurkunde zu geben, aber die Frau sagt, dieser Sohn sei mein bester Freund und in einem früheren Leben mein Ehemann gewesen. Logisch, daß er über diese erschreckende Möglichkeit nichts weiter wissen will und die Urkunde versteckt. Dein Bruder glaubt nicht an Wiedergeburt, weil die mathematisch ausgeschlossen ist, und an

Astrologie glaubt er natürlich erst recht nicht, aber er geht lieber auf Nummer Sicher. Auch ich glaube nicht alles unbesehen, doch sollte man sich vor einem für die Literatur so nützlichen Mysterium nicht gänzlich verschließen.

»Wie erklärst du dir, daß die Frau so viel über mich weiß, Nico?«

»Sie hat dich im Internet gesucht und *Paula* gelesen.«

»Wenn sie über jeden Klienten erst Erkundigungen einziehen wollte, um zu tricksen, müßte sie eine Schar Mitarbeiter haben und viel teurer sein. Willie ist völlig unbekannt und taucht nicht im Internet auf, sie konnte ihn aber trotzdem beschreiben: groß, breitschultrig, kräftiger Hals, gutaussehend.«

»Das ist sehr subjektiv.«

»Was heißt hier subjektiv, Nico! Von meinem Bruder Juan würde kein Mensch behaupten, er sei groß und breitschultrig, habe einen kräftigen Hals und sehe gut aus.«

Wie dem auch sei, es bringt nichts, über diese Dinge mit deinem Bruder zu streiten. Die Astrologin hatte mir jedenfalls schon gesagt, daß Lori keine eigenen Kinder bekommen konnte, aber »Mutter mehrerer Kinder« sein würde. Ich dachte natürlich sofort, daß sie die Mutter meiner Enkel sein würde, aber offensichtlich gab es noch andere Möglichkeiten. Über Ernesto und Giulia sagte sie, die beiden sollten bis zum nächsten Frühjahr warten, dann stünden die Sterne ideal, und vorher werde die Behandlung nicht anschlagen. Tong und Lili wiederum müßten viel länger warten, und auch dann sei nicht sicher, ob sie ein eigenes Kind oder vielleicht ein adoptiertes haben würden. Ernesto und Giulia beschlossen, auf die Sterne zu hören, und begannen mit der Fruchtbarkeitsbehandlung im Frühjahr 2004. Fünf Monate später war Giulia schwanger, blähte sich auf wie ein Heißluftballon, und bald war klar, daß sie zwei Mädchen erwartete.

Eines Tages unterhielten sich Juliette, Giulia, Lori und ich im Restaurant darüber, daß die Hälfte aller jungen Frauen in unserem Bekanntenkreis, die Friseurin und die Yogalehrerin inbegriffen, Kinder erwarteten oder gerade bekommen hatten.

»Erinnerst du dich noch an meinen Vorschlag, ein Kind für dich zu bekommen, Isabel?« sagte Juliette.

»Ja. Und daß ich geantwortet habe, es sei das letzte, was ich in meinem Alter brauchen könne.«

»Damals hatte ich gesagt, ich würde das nur für dich tun, aber mittlerweile denke ich, ich täte es auch für Lori.«

Für einen Augenblick war es mucksmäuschenstill an unserem Tisch, während Juliettes Worte sich einen Weg zu Loris Herz bahnten, die in Tränen ausbrach, als sie begriff, was ihre Freundin ihr gerade angeboten hatte. Ich weiß nicht, was der Kellner dachte, jedenfalls brachte er unaufgefordert Schokoladenkuchen für alle auf Kosten des Hauses.

Damit begann ein langwieriges und kompliziertes Verfahren, das Lori Schritt für Schritt mit der ihr eigenen Hartnäckigkeit und ihrem Organisationsgeschick in gut einem Jahr über die Bühne brachte. Erst mußte wegen der Porphyrie entschieden werden, ob Nico der Vater sein sollte. Sie besprachen sich miteinander und mit der Familie und wollten das Risiko schließlich eingehen, weil Lori viel daran lag, daß das Kind von ihrem Mann stammte. Dann mußte eine Spenderin für die Eizelle gefunden werden; Juliette kam nicht in Frage, weil sie das Kind nachher nicht würde hergeben können, wenn es ihr eigenes war. Über die Klinik fanden sie eine brasilianische Spenderin, die dir, Paula, ein bißchen ähnlich sah und gut zur Familie hätte gehören können. Sie mußte sich starken Hormongaben unterziehen, um die Produktion von Eizellen anzuregen, die dann geerntet werden konnten, und Juliette nahm ebenfalls Hormone, um ihren Bauch vorzubereiten. Die Eizellen wurden im Labor befruchtet und Juliette dann eingepflanzt. Ich machte mir Sorgen um Lori, der womöglich die nächste Enttäuschung bevorstand, aber mehr noch um Juliette, die über vierzig war, Witwe mit zwei Kindern. Was würde aus Aristoteles und Achill werden, wenn ihr etwas zustieße? Als hätte sie meine Gedanken erraten, bat Juliette Willie und mich darum, daß wir uns ihrer Kinder annähmen, falls etwas Schlimmes passierte. Das war schon nicht mehr Wirklichkeit, das war magischer Realismus.

Tongs junge Ehefrau Lili ertrug ein Jahr lang die Gemeinheiten ihrer Schwiegermutter, dann war sie mit ihrer Unterwürfigkeit am Ende. Wäre ihr Mann nicht dazwischengegangen, sie hätte die Alte mit bloßen Händen erwürgt, ein leicht zu vollbringendes Verbrechen, denn die hatte einen Hals wie ein Hühnchen. Das Geschrei, das die drei veranstalteten, muß gewaltig gewesen sein, jedenfalls schickte das Police Department von San Francisco einen Beamten, der Chinesisch sprach, um den Streit zu schlichten. Lili hatte mittlerweile bewiesen, daß es ihr ernst gewesen war, als sie sagte, sie sei nicht wegen einer Aufenthaltsgenehmigung nach Amerika gekommen, sondern um eine Familie zu gründen. Sie dachte überhaupt nicht daran, sich scheiden zu lassen, obwohl sie diesen Drachen zur Schwiegermutter hatte und Tong so gemein war, ihr zu unterstellen, sie werde die Scheidung einreichen, sobald die zwei Jahre, die das Gesetz für ein Visum vorsah, vorüber wären.

Durch den fehlgeschlagenen Erdrosselungsversuch begriff Tong, daß das gefügige Weibchen, das er im Internet bestellt hatte, ein echter Haudegen war. Seine Mutter, die mit ihren über siebzig Jahren das Fürchten gelernt hatte, ließ ihn wissen, sie könne nicht länger mit dieser Schwiegertochter unter einem Dach leben, von der sie womöglich unversehens zu den Ahnen geschickt werde. Sie stellte ihn vor die Wahl, sich zwischen dieser, wie sie sagte, brutalen, auf zweifelhaftem elektronischen Weg erhaltenen Ehefrau und ihr zu entscheiden, seiner leiblichen Mutter, mit der er von jeher gelebt hatte. Lili ließ nicht zu, daß ihr Mann lange darüber nachdachte. Sie gab keinen Fingerbreit nach und erreichte, daß nicht sie, sondern ihre Schwiegermutter das Feld räumte. Tong brachte seine Mutter in Chinatown in einer Wohnung für ältere Leute unter, wo sie heute mit anderen Damen ihres Alters Mah-Jongg spielt. Er und Lili verkauften das Haus und erwarben ein kleineres und moderneres in unserer Nähe. Lili krempelte die Ärmel hoch und ging daran, sich ein Heim zu schaffen, wie sie es sich immer gewünscht hatte. Sie strich die Wände, jätete Unkraut, hängte weiße, gestärkte Gardinen auf, kaufte helle, schön gearbeitete Möbel, pflanzte Büsche und Blumen. Sie legte sogar eigenhändig Bambusböden und setzte Sprossenfenster.

Ich erfuhr all diese Einzelheiten in sehr kleinen Häppchen durch Gesten, Zeichnungen und die wenigen auf englisch geradebrechten Wörter, die Lili und ich gemeinsam haben, bis meine Mutter im Sommer aus Chile kam und es keine fünf Minuten dauerte, da saßen sie und Lili im Wohnzimmer beim Tee und unterhielten sich wie alte Freundinnen. Mir ist schleierhaft, in welcher Sprache, weder spricht Lili Spanisch noch meine Mutter Mandarin, und das Englisch der beiden läßt ziemlich zu wünschen übrig.

Zwei Tage später behauptete meine Mutter, wir seien bei Lili und Tong zum Abendessen eingeladen. Ich erklärte ihr, das könne nicht sein, sie müsse das falsch verstanden haben. Tong kenne Willie sein halbes Leben, und das einzige gesellschaftliche Ereignis, das er je mit uns geteilt habe, sei Nicos Hochzeit gewesen, und das auch nur, weil Lori ihm keine Wahl gelassen habe. »Mag ja sein, aber heute abend essen wir bei ihnen.« Sie blieb so hartnäckig dabei, daß ich schließlich beschloß, mit ihr hinzugehen, damit sie Ruhe gab, mir dachte, wir könnten unter irgendeinem Vorwand klingeln, und dann würde sie sehen, daß sie sich geirrt hatte, aber als wir ankamen, saß Lili auf einem Stuhl vor der Haustür und erwartete uns. Ihr Haus trug Sonntagsstaat, überall standen Blumen und in der Küche zwölf verschiedene vorbereitete Gerichte, die sie unter Zuhilfenahme von zwei Holzstäbchen zu Ende kochte. Sie wirbelte sie durch die Luft, verschob mit der Präzision eines Zauberkünstlers Zutaten von einem Topf in den anderen, während meine Mutter auf dem Ehrenplatz saß und mit ihr auf marsianisch parlierte. Eine halbe Stunde später kamen Willie und Tong, und so hatte ich einen Dolmetscher, um mit Lili zu reden. Nachdem wir das Festessen verputzt hatten, fragte ich sie, weshalb sie ihre Heimat, ihre Familie, ihre Kultur und ihre Arbeit als OP-Schwester verlassen hatte und das erstaunliche Wagnis eingegangen war, einen Unbekannten zu heiraten und nach Amerika zu ziehen, wo sie sich immer als Ausländerin fühlen würde.

»Wegen der Hinrichtungen«, übersetzte Tong.

Ich nahm an, er müsse da etwas verwechselt haben, Tongs Englisch ist nicht viel besser als meines, aber Lili wiederholte, was sie gesagt hatte, und erklärte uns dann mit Hilfe ihres Mannes und mit überreichem Mienenspiel, wieso sie eine der vielen Tausend auswanderungswilligen Heiratsanwärterinnen geworden war. Alle drei bis vier Monate, wenn das Gefängnis sich meldete, habe sie den Chefchirurgen des Krankenhauses zu den Hinrichtungen begleiten müssen, sagte sie. Die beiden fuhren im Auto mit einer Kiste Eiswürfel im Kofferraum vier Stunden lang über Feldwege. Im Gefängnis brachte man sie dann in einen Kellerraum, in dem mit gefesselten Händen und verbundenen Augen ein halbes Dutzend Gefangene in einer Reihe standen und auf sie warteten. Der Kommandant gab einen Befehl, und die Aufseher schossen jedem Gefangenen aus nächster Nähe in die Schläfe. Kaum daß die Erschossenen zu Boden sanken, war der Chirurg schon bei ihnen und entnahm ihnen mit Lilis Hilfe die Organe, die für eine Transplantation in Frage kamen: Nieren, Leber, Augen wegen der Hornhaut, kurz, alles, was zu gebrauchen war. Von dem Gemetzel kehrten die beiden blutverschmiert und mit einer Kiste voller menschlicher Organe zurück, die danach auf dem Schwarzmarkt verschwanden. Für gewisse

Ärzte und den Leiter des Gefängnisses war es ein dickes Geschäft.

Lili erzählte uns diese makabre Geschichte mit der Beredsamkeit einer verlebten Stummfilmdiva, verdrehte die Augen ins Weiße, schoß sich in den Kopf, stürzte zu Boden, packte das Skalpell, schnitt, riß Organe heraus, alles so detailgetreu, daß meine Mutter und ich einen nervösen Lachkrampf bekamen, was uns die entgeisterten Blicke der anderen eintrug, die nicht verstehen konnten, was zum Teufel daran komisch sein sollte. Gänzlich hysterisch wurde unser Lachen, als Lili weiter berichtete, einmal habe sich ihr Wagen auf dem Rückweg vom Gefängnis überschlagen, der Chirurg sei auf der Stelle tot gewesen und sie mutterseelenallein im Nirgendwo mit einem völlig entstellten Toten hinter dem Steuer und einer Ladung menschlicher Organe auf Eis. Ich habe mich oft gefragt, ob wir das alles richtig verstanden haben, ob uns Lili einen Bären aufbinden wollte oder diese entzückende Frau, die meine Enkel von der Schule abholt und sich um meine Hündin kümmert wie um eine eigene Tochter, ein solches Grauen erlebt haben kann.

»Natürlich stimmt es«, meinte Tabra, als ich ihr davon erzählte. »In China gibt es ein Konzentrationslager mit angeschlossenem Krankenhaus, in dem Tausende Menschen verschwunden sind. Sie entnehmen ihnen die Organe bei lebendigem Leib und verbrennen hinterher die Leichen. Die Flüchtlinge in meiner Werkstatt haben auch solche Geschichten auf Lager. Bei ihnen zu Hause sind die Leute so arm, daß manche ihre Nieren verkaufen, um ihre Kinder zu ernähren.«

»Aber wer kauft sie, Tabra?«

»Leute mit Geld, auch hier in Amerika. Wenn eins deiner Enkelkinder ein Organ brauchte, um weiterzuleben, und jemand würde dir eins anbieten, würdest du es nicht auch kaufen, ohne lang zu fragen?«

Es war eine dieser Fragen, die sie mir auf unseren langen

Spaziergängen durch den Wald stellte. Anstatt beschwingt vom Duft der Bäume und dem Konzert der Vögel, kehrte ich in der Regel am Boden zerstört von diesen Ausflügen heim. Aber nicht immer redeten wir über das von Menschen oder ihrer Politik verursachte Grauen, wir sprachen auch über Gefiederte Echse, der sich sporadisch im Leben meiner Freundin blicken ließ und dann wieder für Monate abtauchte. Tabra wäre er als Zierat am liebsten gewesen: mit seinen Zöpfen und Halsketten in einem Komantschentipi in ihrem Patio.

»Mir kommt das unpraktisch vor, Tabra. Wer füttert ihn dort und wäscht seine Unterhosen? Er müßte dein Bad benutzen, aber putzen würdest du es.« Aber derlei kleinmütige Argumente perlen an ihr ab.

Dreimal wurden Juliette die im Labor mit Nicos Spermien befruchteten Eizellen der brasilianischen Spenderin eingepflanzt. Dreimal war es, als hielte unsere gesamte Sippe über Wochen den Atem an in Erwartung der Ergebnisse. Wir setzten auf die altbewährten magischen Mittel. In Chile wandten sich Pía und meine Mutter mit neuen Spenden für seine wohltätigen Werke an den Nationalheiligen Pater Hurtado. Das Bild dieses revolutionären Heiligen, das alle Chilenen im Herzen tragen, zeigt ihn als jungen, tatkräftigen Mann in schwarzer Soutane mit einer Schaufel in der Hand bei der Arbeit. Sein Lächeln hat nichts Frömmelndes, es ist die reine Herausforderung. Von ihm stammt dieser Ausspruch, den du so gern zitiertest: »Geben, bis es weh tut.« Nachdem die ersten beiden Versuche, die Eizellen einzupflanzen, fehlgeschlagen waren, fand der dritte im Sommer statt. Ein Jahr zuvor hatten Lori und Nico für diese Zeit eine Reise nach Japan geplant, und sie entschlossen sich dazu, sie anzutreten, denn sollte ihre Hoffnung auf ein Kind erfüllt werden, würde es für lange Zeit ihr letzter Urlaub sein. Sie würden in Japan die Nachricht bekommen, und wenn sie gut wäre, könnten sie feiern, wäre sie dagegen schlecht, hätten sie ein paar Wochen für sich, um sich in aller Stille, fern von den Beileidsbekundungen ihrer Freunde und Angehörigen damit abzufinden.

Eines frühen Morgens schreckte ich aus dem Schlaf. Das Zimmer war nur spärlich erhellt vom schwachen Dämmerlicht draußen und einem Lämpchen, das wir im Flur immer brennen lassen. Die Luft regte sich nicht, und über dem Haus lag eine ungewohnte Stille; man hörte weder das gleichmäßige Schnarchen von Willie und Olivia noch das vertraute Murmeln der drei im Wind sich wiegenden

Palmen im Hof. Neben meinem Bett standen zwei bleiche Kinder, die sich an der Hand hielten, ein ungefähr zehnjähriges Mädchen und ein etwas jüngerer Bub. Sie waren im Stil des ausgehenden neunzehnten Jahrhunderts gekleidet, mit Spitzenkragen und Lacklederstiefelchen. Mir schien, daß ihre großen dunklen Augen sehr traurig blickten. Wir betrachteten einander einen Moment, aber als ich die Lampe anknipste, waren sie verschwunden. Eine Weile blieb ich liegen und hoffte vergeblich, daß sie zurückkämen, und als das Hämmern in meiner Brust schließlich nachgelassen hatte, schlüpfte ich auf Zehenspitzen aus dem Zimmer, um Pía anzurufen. In Chile war es fünf Stunden später, und meine Freundin saß mit einer ihrer Stoffrestestickereien im Bett.

»Glaubst du, diese Kinder haben etwas mit Lori und Nico zu tun?« fragte ich sie.

»Wo denkst du hin! Das sind die Kinder der beiden englischen Damen.« Sie klang überzeugt und gelassen.

»Welcher englischen Damen?«

»Die mich immer besuchen, die durch Wände gehen. Habe ich dir nicht von ihnen erzählt?«

Zum vereinbarten Termin sollten Lori und Nico die Krankenschwester anrufen, die in der Klinik die einzelnen Behandlungsschritte koordinierte, eine Frau, die zur Geburtshelferin wie geschaffen war, jeden Fall mit großem Einfühlungsvermögen behandelte, weil sie wußte, wieviel für jedes Paar auf dem Spiel stand. Wegen der Zeitdifferenz zwischen Tokio und Kalifornien stellten die beiden ihren Wecker auf fünf Uhr morgens. Vom Hotelzimmer aus waren keine Telefonate ins Ausland möglich, also zogen sie sich rasch an und fuhren hinunter zur Rezeption, an der um diese Zeit niemand war, der ihnen hätte weiterhelfen können, doch wußten sie, daß es draußen eine Telefonzelle gab. Sie bogen in eine Seitengasse ein, in der wegen der beliebten Restaurants und der vielen Läden für Touristen tagsüber geschäftiges Treiben herrschte, um diese Stunde aber keine Menschenseele unterwegs war. Die altertümliche Telefonkabine, original aus einem Film der fünfziger Jahre, funktionierte nur mit Münzen, aber Lori kannte das schon und hatte genug bei sich, um in der Klinik anzurufen. Das Blut pochte ihr in den Schläfen, und sie zitterte vor Anspannung, als sie mit einem Stoßgebet auf den Lippen die Nummer wählte. Gleich würde sich ihre Zukunft entscheiden. Auf der anderen Seite der Erde meldete sich die Stimme der fürsorglichen Krankenschwester: »Es hat nicht geklappt, Lori, es tut mir so leid; ich verstehe nicht, wie das passieren konnte, die befruchteten Eizellen hätten besser nicht sein können ...«, aber Lori hörte sie schon nicht mehr. Benommen hängte sie den Hörer auf die Gabel und sank ihrem Mann in die Arme. Und diesem Mann, der sich so lange dagegen gesträubt hatte, weitere Kinder in die Welt zu setzen, liefen die Tränen über die Wangen, weil er sich am Ende wie Lori Hoffnungen auf ein gemeinsames Kind gemacht hatte. Wortlos hielten sie einander im Arm, bis sie schließlich aus der Kabine auf die Straße hinaus taumelten, die verlassen und still im grauen Zwielicht des Morgens lag. Aus den Luftschächten in den Gehsteigen stiegen Dampfsäulen auf, als wollte die Kulisse die Trostlosigkeit der beiden durch albtraumhafte Bilder illustrieren. Der Rest dieser Japanreise war eine Zeit der Rekonvaleszenz. Nie zuvor waren sie einander so nah gewesen. In der gemeinsamen Trauer fanden sie in einer neuen Tiefe zueinander, nackt, schutzlos.

Etwas geschah danach mit Lori, als wäre in ihrem Innern ein Glas zersprungen, und wie Wasser versickerte diese zwanghafte Sehnsucht, die ihr Antrieb und ihre Marter gewesen war. Sie begriff, daß sie nicht von Enttäuschung zerfressen neben Nico her leben konnte. Es wäre ihm gegenüber nicht fair gewesen. Er hatte die hingegebene und heitere Liebe verdient, die sie beide miteinander zu leben versucht hatten. Sie war ans Ende eines quälenden Wegs gelangt und wußte, wollte sie weiterleben, mußte sie ihren Kinderwunsch mit der Wurzel ausreißen. Was es an Möglichkeiten gab, hatten sie versucht, offensichtlich war ein eigenes Kind in ihrem Schicksal nicht vorgesehen, aber die Kinder ihres Mannes, die seit vielen Jahren ihr Leben teilten, hingen sehr an ihr und würden die Leere füllen können. Sich abzufinden gelang Lori nicht von einem Tag auf den anderen, fast ein Jahr war sie krank an Körper und Seele. Dünn war sie immer schon gewesen, nun aber verlor sie binnen weniger Wochen etliche Kilo, war nur noch Haut und Knochen und hatte tiefe Ringe unter den Augen. Sie verletzte sich an einer Bandscheibe und konnte sich monatelang kaum bewegen, versuchte weiter zu funktionieren und schluckt dafür starke Schmerztabletten, von denen sie Halluzinationen bekam. Mehr als einmal war sie der Verzweiflung nah, doch es kam der Tag, an dem sie aus dieser langen Trauer auftauchte, ihr Rücken nicht mehr schmerzte, ihre Seele gesund und sie zu einer anderen Frau geworden war. Keinem von uns entging die Verwandlung. Sie nahm wieder zu, sah jünger aus, ließ sich die Haare wachsen, trug Lippenstift, nahm ihre Yogaübungen und die langen Wanderungen durch die Hügel wieder auf, aber jetzt aus sportlichen Gründen, nicht als Flucht. Sie lachte wieder dieses ansteckende Lachen, mit dem sie Nico den Kopf verdreht hatte und das wir lange, lange nicht mehr gehört hatten. Nun endlich konnte sie sich den Kindern von ganzem Herzen und voller Freude widmen, als habe ein Nebelschleier sich verzogen und den klaren Blick auf sie freigegeben. Es waren ihre Kinder. Ihre drei Kinder. Die ihr von den Muscheln in Bahía und der Astrologin in Colorado verheißen worden waren.

Seit Jahren arbeiten Willie und Lori nun schon zusammen im Bordell von Sausalito, teilen sich sogar dasselbe Bad. Es macht Spaß, diese beiden, die verschiedener kaum sein könnten, miteinander zu sehen. Willies Durcheinander, seiner Eile und seinen Kraftausdrücken setzt Lori Ruhe, Ordnung, Genauigkeit und Finesse entgegen. In der Mittagspause ißt er Peperoniwürstchen, die einem Rhinozeros Löcher in die Darmwand ätzen könnten und im Haus eine Knoblauchduftspur hinterlassen, und Lori pickt Rohkostsalat mit Tofu. Er kommt mit schlammverschmierten Bergarbeiterstiefeln in die Kanzlei, weil er mit dem Hund draußen war, und sie wischt freundlich die Treppe, damit seine Mandanten nicht auf den Erdklumpen ausrutschen und sich den Hals brechen. Willie häuft auf seinem Schreibtisch Papier an, von juristischen Unterlagen bis hin zu gebrauchten Einwegservietten, und von Zeit zu Zeit geht Lori die Stapel durch und wirft fast alles weg; er merkt es gar nicht, oder vielleicht merkt er es doch, zuckt aber nicht mit der Wimper. Beide teilen die Leidenschaft fürs Fotografieren und Reisen. Sie besprechen alles und freuen sich aneinander, ohne je rührselig zu sein: sie immer effizient und gelassen, er immer in Eile und brummig. Sie bringt seinen Computer in Ordnung, pflegt seine Internetseite und kocht ihm Fleischbällchen nach dem Rezept ihrer Großmutter; er teilt mit ihr, was er in Großmarktportionen kauft, ob Toilettenpapier oder Papayas, und liebt sie mehr als alle anderen in der Familie, außer mich … vielleicht.

Willie nimmt Lori natürlich manchmal auf den Arm, läßt sich aber auch ihre Scherze gefallen. Einmal stellte sie mit viel Sorgfalt einen Aufkleber her, den sie auf der hinteren Stoßstange seines Wagen anbrachte: SEHE AUS WIE

EIN KERL, TRAGE ABER DAMENSLIP. Willie fuhr zwei Wochen damit herum, ohne zu begreifen, warum so viele Männer in anderen Autos ihm Zeichen machten. Weiter kein Wunder, leben wir doch in der Gegend mit der angeblich höchsten Schwulendichte der Welt. Willie hätte um ein Haar der Schlag getroffen, als er den Aufkleber bemerkte.

Ab und an geht im Bordell von selbst und aus unerfindlichen Gründen die Alarmanlage los, was zumeist ärgerliche Folgen hat, etwa das eine Mal, als Willie eben rechtzeitig kam, um den ohrenbetäubenden Lärm zu hören, und rasch durch die Küche im Souterrain hineinging, um die Anlage auszuschalten. Es war nachmittags, Winter und schon fast dunkel. Im nächsten Moment kam ein Polizist, der sich mit Fußtritten Zugang durch die Vordertür verschafft hatte, die Treppe hinunter – Sonnenbrille auf der Nase, in einer Hand sein Schießeisen – und brüllte Willie an, die Hände hochzunehmen. »Nur die Ruhe, Mann, ich bin der Besitzer«, versuchte der zu erklären, aber der andere herrschte ihn an, er solle den Mund halten. Er war jung und unerfahren, schrie sichtlich nervös weiter herum und forderte über Funk Verstärkung an, während der weißhaarige Hausherr, das Gesicht gegen die Wand gedrückt, vor Zorn kochte. Alles löste sich in Wohlgefallen auf, als weitere, bis an die Zähne bewaffnete Einsatzkräfte anrückten, die Willie, nachdem sie ihn nach Waffen abgesucht hatten, endlich ausreden ließen. Der Vorfall löste bei Willie eine schier endlose Litanei von Verwünschungen, bei Lori dagegen wahre Anfälle von Heiterkeit aus, obwohl sie bestimmt weniger gelacht hätte, wäre sie das Opfer gewesen. Eine Woche später, wir waren alle im Büro, schauten ein paar von Loris Freunden vorbei, mit denen auch Willie und ich gut befreundet sind. Ich wunderte mich ein bißchen, hatte aber gerade einen griechischen Journalisten am Telefon und nickte ihnen nur durch die offene Tür zu. Als ich das Gespräch eben beendet hatte, trat ein Polizist ins Haus, groß, jung, blond und sehr gutaussehend, mit Sonnenbrille auf der Nase und Pistole am Gürtel, und fragte nach Mr. Gordon. Lori rief nach Willie, der die Treppe aus dem Obergeschoß herunterpolterte und diesem Uniformierten schon die Meinung geigen wollte, von wegen, wenn sie ihn nicht in Ruhe ließen, würde er das Police Department verklagen. Unsere Freunde beobachteten die Vorstellung von der Treppe aus.

Der hübsche Polizist wedelte mit einem Packen Papier und forderte Willie auf, Platz zu nehmen, um einige Formulare auszufüllen. Widerstrebend setzte Willie sich hin. Da erklang arabische Musik, der Uniformierte schwang wie eine übergroße Odaliske die Hüften, entledigte sich erst der Mütze, dann der Stiefel, gleich darauf der Pistole, der Jacke und der Hose, das alles unter Willies entsetzten Blicken, der rot wie eine abgekochte Krabbe zurückwich, weil er glaubte, einen entlaufenen Irren vor sich zu haben. Durch das Gelächter des auf der Treppe versammelten Publikums ging ihm endlich ein Licht auf, daß der Stripper von Lori engagiert worden war, aber inzwischen hatte der nichts mehr an als seine Sonnenbrille und einen winzigen Tanga, der seine intimsten Teile nicht vollständig verbarg.

Wenn man bedenkt, daß wir unter einem Dach arbeiten, Willies Kanzlei, die Stiftung und mein Büro mehr oder weniger gemeinsam managen, uns fast täglich sehen, in den entlegensten Teilen der Erde zusammen Urlaub machen und nur ein paar Straßen voneinander entfernt wohnen, vertragen wir uns ziemlich gut. Ein Wunder, würde ich sagen. Gute Therapeuten, würde Nico sagen.

Entgegen dem, was sich hätte erwarten lassen, führte mein harsches Urteil über Willies Roman und seinen sexbesessenen Zwerg nicht zum Krieg zwischen uns, was zweifellos geschehen wäre, hätte Willie die Stirn besessen, sich negativ über meine Bücher zu äußern, aber wir mußten doch einsehen, daß ich nicht die geeignete Person war, um ihm zu helfen, und er einen professionellen Lektor brauchte. Da tauchte eine junge Literaturagentin auf, die sich zunächst sehr für das Buch interessierte und dem Ego meines Mannes nach Kräften Zucker gab; allerdings flaute ihre Begeisterung zusehends ab. Nach sechs Monaten beglückwünschte sie ihn zu seinen Bemühungen, versicherte ihm, er habe Talent, und erinnerte ihn daran, daß viele Schriftsteller, darunter Shakespeare, Seiten hervorgebracht hatten, deren letzte Bestimmung eine Truhe auf dem Dachboden war. Bei uns gäbe es doch etliche Truhen, in denen der Zwerg auf unbestimmte Zeit den Schlaf des Gerechten schlafen könne, während Willie über ein neues Romanthema nachdachte. Aber mein Mann nahm sich anderer Leute Ansichten nicht übermäßig zu Herzen und schickte das Manuskript noch an weitere Agenten und einige Verlage, die es ihm mit freundlichen, aber unmißverständlichen Worten zurücksandten. Weit entfernt, ihn zu entmutigen, stachelten die Ablehnungsschreiben seinen Kampfgeist an – er gehört nicht zu denen, die sich von der Realität fertigmachen lassen. Inzwischen lachte ich ihn nicht mehr aus, weil ich mir überlegt hatte, daß das Schreiben der letzten Phase seines Lebens einen Sinn geben könnte. Wenn stimmte, was die Agentin sagte, und Willie Talent besaß, und wenn er die Sache ernst meinte und es ihm gelang, mit über sechzig Jahren noch zum Schriftsteller zu werden, würde es mir erspart bleiben, mich in Zukunft um einen alten Wirrkopf zu kümmern. Wir hätten also beide etwas davon: Das Schreiben könnte ihn bis ins hohe Alter froh und gesund erhalten.

Als wir eines Abends eng beieinander im Bett lagen, erzählte ich ihm von den Vorteilen, die es mit sich bringt, über etwas zu schreiben, das man kennt. Was wußte er schon von sexwütigen Zwergen? Nichts, es sei denn, er projizierte in diese bedauernswerte Figur eine Seite seiner Persönlichkeit, die mir bisher entgangen war. Dagegen war er seit über dreißig Jahren Anwalt und konnte sich erstaunlich gut an Einzelheiten erinnern. Wieso nutzte er das nicht, um einen Krimi zu schreiben? Jeder der vielen Fälle, die er in seinem Leben bearbeitet hatte, konnte ihm als Ausgangspunkt dienen. Nichts ist unterhaltsamer als ein blutrünstiger Mord. Er dachte darüber nach, ohne einen Ton zu sagen. Am Tag darauf bummelten wir durch das chinesische Viertel von San Francisco und sahen an einer Straßenecke einen chinesischen Albino. »Jetzt weiß ich, worum es in meinem nächsten Roman geht. Ein Verbrechen mit einem chinesischen Albino wie dem dort«, verkündete er mir im gleichen Tonfall, in dem er zum erstenmal, als er bei der Parade der Sadomasochisten in San Francisco den Zwerg an der Hundeleine sah, seine literarischen Ambitionen erwähnt hatte.

Zwei Jahre später erschien sein Roman *Der Tote im Smoking* in Spanien, und mehrere Verlage kauften die Rechte für andere Länder. Zusammen mit seinen Söhnen und zwei treuen Freunden, die ihn feiern wollten, reisten wir zur Buchpräsentation nach Madrid und Barcelona. Überall war die Presse neugierig auf ihn, und nachdem sie mit ihm gesprochen hatten, schrieben die Journalisten sehr freundlich über ihn, weil er mit seiner unprätentiösen Art alle, und insbesondere die Frauen, für sich einnahm. Er ist völlig frei von Allüren, blickt einen nur mit seinen blauen Augen und dem verwegenen Lächeln unter seinem ewigen Hut hervor an. Während der Buchvorstellung in Madrid wurde er gefragt, ob er berühmt werden wolle, worauf er sichtlich bewegt antwortete, er habe schon viel mehr erreicht, als er sich je habe träumen lassen; schon daß die Presse gekommen sei und einige Leute sein Buch lesen wollten, empfinde er als Geschenk. Während Willie alle entwaffnete, wand sein Verleger sich auf dem Stuhl, weil er noch nie einem so grundanständigen Autor begegnet war. Endlich war es einmal an mir, die Koffer zu schleppen, und so konnte ich Willie ein ganz klein wenig für die Zumutungen entschädigen, denen er bei meinen Reisen um die Welt über die Jahre ausgesetzt gewesen war.

»Genieß diesen Augenblick, Willie, er kommt nicht wieder. Die Freude, das erste Exemplar deines ersten Buchs in den Händen zu halten, ist unvergleichlich. Auch wenn du später noch mehr veröffentlichst, so wird es nie mehr sein«, sagte ich ihm und dachte daran, wie ich mich gefühlt hatte, als ich die erste Ausgabe von *Das Geisterhaus* in Händen hielt, die, in Seidenpapier eingeschlagen und signiert von den Schauspielern des Films und denen des Theaterstücks, das in London auf die Bühne kam, ich heute wie einen Schatz hüte.

Mit seinem ungeschliffenen, von mexikanischem Slang und einzelnen englischen Ausdrücken durchsetzten Spanisch machte Willie viele Punkte; sein Borsalino, mit dem er wie ein Detektiv aus den vierziger Jahre aussieht, tat ein übriges. Viele Zeitungen und Zeitschriften berichteten über ihn, etliche Rundfunksender brachten Interviews, und wir besitzen ein Foto von einer Buchhandlung in Spanien und ein zweites von einer in Chile, wo *Der Tote im Smoking* im Schaufenster unter den meistverkauften Büchern steht. In einem Radiointerview erwähnte er den erbärmlichen Zwerg aus dem gescheiterten Vorgängerroman, und hinterher kam im Hotel ein Mann auf ihn zu und sagte, er habe die Sendung gehört.

»Woher wissen Sie, daß ich das war?« wunderte sich Willie.

»Die Interviewerin erwähnte Ihren Hut. Ich wollte Ihnen sagen, daß ich einen kleinwüchsigen Freund habe, der genauso sexbesessen ist wie der Zwerg in Ihrem Buch. Hören Sie nicht auf Ihre Frau, bringen Sie das Buch nur heraus. Es wird weggehen wie warme Semmeln, abartige Zwerge liegen im Trend.«

Einen Monat später erzählte ihm jemand in Mexiko, zu Beginn des zwanzigsten Jahrhunderts habe es in Juárez ein Bordell mit zweihundert kleinwüchsigen Prostituierten gegeben. Zweihundert! Er schenkte Willie sogar ein Buch über dieses an Fellini erinnernde Freudenhaus. Ich fürchte, das könnte in meinem Mann den Wunsch wecken, seinen widerlichen Gnom wieder aus der Truhe zu holen.

Ich habe Willie nie glücklicher gesehen. Bestimmt werde ich keinen sabbernden Tattergreis pflegen müssen, denn im Flugzeug zückte er sein gelbes Ringbuch und begann mit seinem nächsten Krimi. Die Astrologin in Colorado hat ihm prophezeit, die letzten siebenundzwanzig Jahre seines Lebens werde er viel Neues schaffen, folglich muß ich mir bis zu seinem sechsundneunzigsten Geburtstag weiter keine Sorgen machen.

»Glaubst du an solche Sachen?« wollte ich von meiner Agentin Carmen Balcells wissen, nachdem ich es ihr erzählt hatte.

»Wenn man an Gott glauben kann, kann man auch an Astrologie glauben«, sagte sie.

Ein bürgerliches Paar

Im Februar 2004 beging der Bürgermeister von San Francisco mit dem Versuch, homosexuelle Paare heterosexuellen rechtlich gleichzustellen, einen politischen Fehler, weil das die christlich orientierte Rechte in Verteidigung der »Werte der Familie« zusammenschweißte. Daß sie die Schwulenehe verhindern würden, schrieben sich die Republikaner im Kampf um Bushs Wiederwahl im selben Jahr ganz oben aufs politische Banner; man kann sich nur wundern, aber das Thema fiel bei der Wahl stärker ins Gewicht als der Krieg im Irak. Das Land war nicht reif für Initiativen wie die des Bürgermeisters. Er hatte das Gesetz an einem Wochenende eingebracht, als die Gerichte bereits geschlossen waren, damit kein Richter es unterbinden konnte. Sobald die Nachricht bekannt wurde, standen Hunderte Paare vor dem Standesamt Schlange, eine endlose Menge Menschen im Nieselregen. In den folgenden Stunden wurden von überallher Glückwünsche und Blumen geschickt, ein Blütenteppich bedeckte die Straße. Als erste heirateten zwei Frauen über achtzig, Feministinnen mit schlohweißem Haar, die seit mehr als fünfzig Jahren zusammenlebten; ihnen folgten zwei Männer, jeder mit einem Säugling in einem Tragetuch vor der Brust, adoptierte Zwillinge. Die Leute, die dort in der langen Schlange standen, wollten ein normales Leben führen, Kinder großziehen, zusammen ein Haus kaufen, erben, einander begleiten, wenn es ans Sterben ginge. Alles im offensichtlichen Widerspruch zu den Werten der Familie. Celia und Sally waren nicht Teil dieses Menschenauflaufs, weil sie annahmen, daß die Initiative des Bürgermeisters schon bald für unrechtmäßig erklärt werden würde, was in der Tat auch geschah.

Die Ehe zwischen Sally und Celias Bruder war inzwischen längst geschieden. Durch ihren Heiratstrick hatte er seine Aufenthaltserlaubnis für die USA bekommen, sie aber nicht lange gebraucht, weil er nach Venezuela zurückging, dort schließlich eine hübsche, herrische und lustige junge Frau kennenlernte, mit ihr ein entzückendes Kind hatte und endlich doch den Lebenssinn fand, dem er in den Vereinigten Staaten vergeblich nachgejagt war. Das erlaubte es Sally und Celia, ihre Verbindung als »Hausgemeinschaft« registrieren zu lassen. Vermutlich war es nicht ganz einfach, den Behörden darzulegen, weshalb Sally nacheinander zwei Leute gleichen Namens, aber verschiedenen Geschlechts »heiraten« wollte. Den Kindern, die das Hochzeitsfoto von ihr und dem Onkel kannten, mußte man dagegen nicht viel erklären: Sie hatten sofort begriffen, daß es sich um einen Gefallen gehandelt hatte, den Sally Celias Bruder tat; ich glaube, was familiäre Verwicklungen angeht, sind meine Enkel mit allen Wassern gewaschen.

Celia und Sally sind zu einem alten Ehepaar geworden, so gesetzt und bürgerlich, daß es schwerfällt, in ihnen die beiden wagemutigen Mädchen wiederzuerkennen, die einst um ihrer Liebe willen der Gesellschaft die Stirn boten. Heute gehen sie gern essen oder lümmeln im Bett und sehen ihre Lieblingssendung im Fernsehen, sie feiern oft Partys, bei denen sie in ihrem winzigen Häuschen hundert Leute verköstigen, Musik machen und tanzen. Die eine der beiden ist eine Nachteule, der anderen fallen um acht am Abend die Augen zu, ihr Tagesrhythmus paßt also schlecht zusammen.

»Wir müssen mit dem Terminkalender in der Hand Rendezvous am hellichten Tag ausmachen, sonst würden wir wie Geschwisterchen und nicht als Liebespaar zusammenleben. Zeit für die Liebe zu finden ist vor lauter Arbeit und bei drei Kindern gar nicht so einfach«, erzählte mir Celia lachend.

»So genau wollte ich es gar nicht wissen, Celia.«

Gerade haben sie ihr Haus umgebaut, die Garage in einen Fernsehraum und ein Zimmer für Alejandro verwandelt, der mittlerweile in einem Alter ist, in dem man etwas Privatsphäre braucht. Sie besitzen einen Hund, der Poncho heißt, schwarz, friedfertig und groß wie ein Kalb ist, dem Barrabas aus meinem ersten Roman ähnelt und abwechselnd bei den Kindern im Bett schläft, jede Nacht bei einem anderen. Seine Ankunft vertrieb die beiden kratzbürstigen Katzen, die auf Nimmerwiedersehen über das Dach das Weite suchten. Wenn meine Enkel für eine Woche zu ihrem Vater umziehen, legt sich der unglückliche Poncho mit schwimmenden Augen am Fuß der Treppe quer und wartet, daß wieder Montag wird.

Celia hat die Leidenschaft ihres Lebens entdeckt: Mountainbike. Obwohl sie die Vierzig überschritten hat, gewinnt sie über lange Distanzen Wettkämpfe gegen Zwanzigjährige, und sie hat ein kleines Unternehmen für Touren gegründet: Mountain Biking Marin. Einige Begeisterte kommen von weither, um mit ihr über unwegsame Hänge die Gipfel zu erklimmen.

Auf mich machen diese beiden Frauen einen zufriedenen Eindruck. Sie arbeiten für ihren Lebensunterhalt, schuften aber nicht bis zum Umfallen, um mehr und mehr Geld anzuhäufen, und sie sind sich darin einig, daß die Kinder das wichtigste sind, jedenfalls bis sie älter sind und flügge werden. Ich weiß noch, wie Celia sich im Badezimmer einschloß und sich heimlich übergab, weil sie in einem Dasein gefangen war, das ihr nicht entsprach. Sie und Sally haben das Glück, in Kalifornien und zu Beginn des dritten Jahrtausends zu leben; an einem anderen Ort und zu einer anderen Zeit müßten sie mit erbarmungslosen Vorurteilen kämpfen. Hier macht ihnen selbst die katholische Schule der Mädchen keinen Ärger, weil sie lesbisch sind – sie definieren sich nicht darüber. Die meisten ihrer Freunde sind Pärchen, die Eltern von Spielkameraden der Kinder, Familien wie andere auch. Sally spielt die Rolle der Hausfrau, während Celia sich aufführt wie die Karikatur eines lateinamerikanischen Ehemanns.

»Wie hältst du sie aus?« fragte ich Sally einmal, als sie kochend am Herd stand und gleichzeitig Nicole bei ihren Mathehausaufgaben half, während Celia in einer geschmacklosen Hose und mit einem Idiotenhelm auf dem Kopf vor einer Gruppe Touristen über Bergpfade strampelte.

»Wir lachen viel miteinander«, sagte sie und rührte im Topf.

In diesem Abenteuer, ein Paar zu werden, hängt viel vom Zufall ab, aber viel auch von dem, was man will. Ich werde in Interviews oft nach dem »Geheimnis« meiner bemerkenswerten Ehe mit Willie gefragt. Ich weiß darauf keine Antwort, kenne das Rezept nicht, falls es eins gibt, aber ich muß immer an etwas denken, das ich von einem Komponisten gelernt habe, der uns einmal zusammen mit seiner Frau besuchte. Die beiden waren um die Sechzig, sahen aber jung aus, entschlossen und voller Schwung. Wie uns der Mann erzählte, hatten sie einander im Laufe ihrer langen Liebe siebenmal geheiratet, oder besser gesagt hatten sie ihr Eheversprechen siebenmal erneuert. Kennengelernt hatten sie sich während des Studiums, es war Liebe auf den ersten Blick, und sie sind jetzt seit über vier Jahrzehnten ein Paar. Sie haben etliche Etappen durchlaufen, haben sich in jeder verändert und oft vor der Frage gestanden, ob sie sich trennen, sich dann aber immer dafür entschieden, ihre Beziehung einer gründlichen Prüfung zu unterziehen. Nach jeder Krise stand für sie fest, daß sie noch eine Weile verheiratet bleiben wollten, weil sie sich, auch wenn sie nicht mehr waren wie zuvor, immer noch liebten. »Alles in allem haben wir inzwischen sieben Ehen erlebt, und bestimmt stehen noch einige aus. Ein Paar zu sein, wenn man Kinder großzieht, kein Geld und keine freie Minute hat, ist etwas anderes, als wenn man ein gewisses Alter erreicht hat, beruflich gefestigt ist und auf das erste Enkelkind wartet«, sagte er. In den siebziger Jahren, mitten im Hippiewahn, hätten sie zum Beispiel mit zwanzig Leuten in einer Kommune gelebt. Er habe als einziger gearbeitet, alle anderen hätten den ganzen Tag in einer Marihuanawolke rumgehangen, Gitarre gespielt und Verse in Sanskrit rezitiert. Eines Tages sei er es leid gewesen, alle durchzufüttern, und habe sie hochkant aus dem Haus geworfen. Das war ein Schlüsselmoment, in dem die Spielregeln zwischen ihm und seiner Frau neu festgelegt werden mußten. Dann kamen die materialistischen achtziger Jahre, als ihre Liebe beinahe zugrunde ging, weil beide dem Erfolg nachjagten. Wieder entschieden sie sich für grundsätzliche Änderungen und einen neuen Anfang. Und so ein ums andere Mal. Mir scheint das ein sehr überzeugendes Rezept, das Willie und ich mehr als einmal haben anwenden müssen.

Zwillinge und Goldmünzen

Die Zwillinge von Ernesto und Giulia kamen an einem sonnigen Morgen im Juni 2005 zur Welt. Ich erreichte das Krankenhaus, als Ernesto die beiden Mädchen eben in Empfang genommen hatte und weinend mit zwei rosa Paketen im Arm dasaß. Auch mir kamen vor Freude die Tränen, denn mit diesen beiden winzigen Geschöpfen war Ernestos Zeit als Witwer endgültig vorüber, und eine neue Etappe in seinem Leben begann. Jetzt war er Vater. Als er die neugeborenen Mädchen sah, meinte Willie, eine sehe aus wie Mussolini, die andere wie Frida Kahlo, aber kaum waren ihre Gesichtszüge nach zwei Wochen gerade gerückt, erkannte man, daß es zwei Schönheiten waren: Cristina, blond und fröhlich wie ihre Mutter, Elisa dunkelhaarig und ernst wie ihr Vater. Die beiden sind in Aussehen und Wesen so verschieden, daß man glauben könnte, die eine sei in Kansas, die andere auf Teneriffa adoptiert worden. Giulia ging völlig in ihren Töchtern auf, im ersten Jahr konnte man über nichts anderes mit ihr reden. Sie hat ihnen beigebracht, zur gleichen Zeit zu schlafen und gemeinsam zu essen, was ihr von Nickerchen zu Nickerchen etwas Freiraum verschafft, um das Chaos einzudämmen. Sie hört lateinamerikanische Musik mit den beiden, spricht viel Spanisch mit ihnen und fürchtet weder Keime noch Unfälle. Die Schnuller fliegen auf dem Boden herum und werden von dort ohne Fisimatenten in den Mund gesteckt; die Zwillinge sollten, noch ehe sie laufen konnten, die Fähigkeit entwickeln, die scharfkantige Terrakottatreppe auf dem Bauch hinauf und hinunter zu robben. Cristina ist wie ein Wiesel, sie kann nicht stillsitzen und lehnt sich mit dem Gleichmut eines Selbstmörders über jedes Balkongeländer, während Elisa in dunkle Gedanken versinkt, von denen sie oft untröstlich weinen muß. Ich weiß nicht, wo Giulia die Energie hernimmt, die zwei wie Püppchen zu kleiden, mit kleinen Spitzenschuhen und Matrosenkäppi.

Im Jahr zuvor hatte Ernesto genau am 6. Dezember, deinem Todestag, die Zusage von der Universität erhalten, in Abendkursen seinen Master zu machen, und die beste staatliche Schule im County, eine Viertelstunde Fahrt von zu Hause aus, stellte ihn als Mathematiklehrer an. Davor war er einige Monate arbeitslos gewesen, in denen er grüblerischen Gedanken über seine Zukunft nachhing und eine düstere Wolke über seinem Kopf schwebte. Giulia, immer sonnig und zuversichtlich, zweifelte als einzige nie daran, daß ihr Mann einen Weg für sich finden würde, während wir anderen in der Familie etwas nervös wurden. Onkel Ramón erinnerte mich in einem Brief daran, daß viele Männer um die Vierzig eine Krise durchmachen, die Teil eines Reifeprozesses ist. Er hatte seine 1945 erlebt, als er sich in Peru in meine Mutter verliebte, sechzig Jahre war das schon her. Er war in ein Hotel in den Bergen gefahren, hatte sich tagelang allein im Zimmer eingeschlossen, und als er wieder herauskam, war er ein anderer geworden: Er hatte sich für immer vom katholischen Glauben gelöst, vom Druck seiner Angehörigen und von der Frau, mit der er damals verheiratet war. Seine Kindheit, sein Erwachsenwerden und sein ganzes bisheriges Leben hatte er in der Zwangsjacke der gesellschaftlichen Konventionen verbracht. Jetzt hatte er sich mit einem Ruck von ihr befreit und die Angst vor der Zukunft verloren. Damals wurde ihm klar, was er mir später, als ich in die Pubertät kam, beibrachte und was ich nie vergessen habe: »Die anderen haben mehr Angst als du.« Das sage ich mir in jeder furchteinflößenden Situation vor, sei es angesichts eines ausverkauften Zuschauerraums oder angesichts der Einsamkeit. Ich glaube Onkel Ramón aufs Wort, daß er über sein Leben auf so drastische Art entschieden hat, denn bei anderer Gelegenheit habe ich ihn ähnlich entschlossen gesehen, etwa, als er meinen Bruder Pancho, der damals ungefähr zehn gewesen sein muß, beim Rauchen erwischte. Am Abend drückte Onkel Ramón seine Zigarette vor unseren Augen aus und sagte: »Das war die letzte Zigarette meines Lebens, und wenn ich einen von euch rauchen sehe, ehe er volljährig ist, kriegt er es mit mir zu tun.« Er hat nie wieder geraucht. Zum Glück überstand Ernesto seine Krise und war, als seine Töchter geboren wurden, bereit, sie zu empfangen, hatte sich als Mathematiklehrer für die Oberstufe bereits etabliert und studierte, um später an der Universität lehren zu können.

Alfredo López Gefiederte Echse kam auf einem spanischsprachigen Sender im Fernsehen und sah, dunkel angezogen, mit einem schmalen Stirnband und etlichen Halsketten aus Silber und Türkisen, besser aus denn je. Tabra rief mich um zehn am Abend an, damit ich ihn mir via Kabel betrachtete, und ich mußte zugeben, daß er sehr attraktiv wirkte; hätte ich ihn nicht so gut gekannt, sein Anblick auf der Mattscheibe hätte mich bestimmt beeindruckt. Er sprach Englisch – untertitelt –, führte bedächtig wie ein Universitätsprofessor und moralisch überzeugt wie ein Apostel die gerechten Beweggründe seiner Mission zur Wiedererlangung von Moctezumas Federkrone aus, dem Symbol für Würde und Tradition des Volks der Azteken, vom europäischen Imperialismus in Geiselhaft genommen. Jahrelang habe er in der Wüste gepredigt, doch nun sei seine Botschaft ans Ohr der Azteken gedrungen und habe ihre Herzen wie Pulver entflammt. Der mexikanische Präsident werde eine Abordnung von Juristen nach Wien entsenden, um mit der Volksvertretung jenes Landes die Rückgabe der geschichtsträchtigen Trophäe auszuhandeln. Am Ende rief er die mexikanischen Einwanderer in den USA dazu auf, sich dem Kampf ihrer aztekischen Brüder anzuschließen und die Regierung der Vereinigten Staaten zum Druck auf die Österreicher zu bewegen. Ich beglückwünschte Tabra, daß ihr Freund den Sprung in die Berühmtheit geschafft hatte, aber sie antwortete mir seufzend, wenn ihr die Echse schon früher durch die Finger geglitten sei, so sei sie jetzt bestimmt gar nicht mehr zu fangen. »Vielleicht kommt er ja mit nach Costa Rica, wenn er die Krone bis dahin zurückgebracht hat. Also, falls ich je genug zusammensparen kann, um dieses Land zu verlassen«, sagte sie, wenig überzeugt. ›Vorsicht mit den Wünschen, nicht daß der Himmel sie dir erfüllt‹, dachte ich, hielt aber den Mund. Tabra kaufte schon seit einiger Zeit Goldmünzen und versteckte sie bei sich daheim, auf die Gefahr hin, beklaut zu werden.

Doña Inés und Zorro

Während Tabra Anstalten traf, das Land zu verlassen, war ich in die Recherchen zu einem Stoff vertieft, der mich seit vier Jahren beschäftigte: die aberwitzige Großtat der hundertzehn heroischen Halunken, die 1540 Chile eroberten. Bei ihnen war eine Frau, Inés Suárez, Näherin aus Plasencia, einer Stadt in der spanischen Extremadura. Auf den Spuren ihres Ehemanns war sie in die Neue Welt gereist, war bis nach Peru gelangt und hatte dort feststellen müssen, daß sie Witwe war. Doch anstatt in ihre Heimat zurückzukehren, blieb sie und verliebte sich später in Don Pedro de Valdivia, einen Edelmann, der »um des Ruhmes willen, und weil man sich meiner erinnern soll«, wie er in seinen Briefen an den König von Spanien schrieb, davon träumte, Chile zu erobern. Aus Liebe, nicht aus Goldgier oder Ruhmsucht, ging Inés mit ihm. Seit Jahren verfolgte mich das Bild dieser Frau, die durch die Atacamawüste gezogen war, den trokkensten Landstrich der Welt, wie ein tapferer Soldat gegen die Mapuche gekämpft hatte, die kriegerischsten aller Ureinwohner Amerikas, einer Frau, die Städte gegründet hatte und schließlich hochbetagt, erfüllt von Liebe zu einem anderen Eroberer, gestorben war. Sie lebte in grausamen Zeiten und beging selbst mehr als eine Greueltat, doch erscheint sie, verglichen mit den Glücksrittern um sie herum, als rechtschaffene Person.

Ich werde häufig gefragt, woher die Anregungen zu meinen Büchern stammen. Ich wüßte es nicht zu sagen. Auf der Reise des Lebens sammle ich Erfahrungen, die in die tiefsten Schichten der Erinnerung sinken, dort Wurzeln ziehen, sich wandeln und zuweilen wie seltsame Pflanzen aus anderen Welten die Oberfläche durchstoßen. Woraus besteht dieser reiche Nährboden des Unbewußten? Wieso werden manche Bilder zu Motiven, die uns wieder und wieder in Träumen oder im Schreiben begegnen? Ich habe mich in verschiedenen Genres bewegt und vielfältige Stoffe bearbeitet, mir kommt es vor, als würde ich in jedem Buch alles neu erfinden, selbst den Stil, aber ich tue das nun seit über zwanzig Jahren und bin nicht blind für die Wiederholungen. In fast jedem meiner Bücher gibt es wagemutige Frauen, die aus ärmlichen Verhältnissen stammen, verletzlich sind und dafür vorgesehen, ein Leben in Demut zu führen, sich jedoch dagegen auflehnen und für die Freiheit jeden Preis zu zahlen bereit sind. Inés Suárez ist so eine. Immer sind diese Frauen leidenschaftlich in ihrem Lieben und solidarisch mit anderen Frauen. Ihr Antrieb ist nicht Ehrgeiz, sondern Liebe; sie stürzten sich ins Abenteuer, ohne die Folgen zu ermessen oder einen Blick zurückzuwerfen, weil es ungleich schlimmer ist, an dem Platz zu verharren, den die Gesellschaft ihnen zuweist. Vielleicht bin ich deswegen nicht interessiert an Königinnen oder Töchtern aus vermögenden Verhältnissen, die auf Rosen gebettet heranwachsen, oder an Frauen, die übermäßig schön sind und von der Männerwelt auf Händen getragen werden. Du hast mich immer ausgelacht, Paula, weil die gutaussehenden Frauen in meinen Büchern vor Seite sechzig sterben. Das sei der blanke Neid meinerseits, hast du behauptet, und in gewisser Weise stimmte das wohl, denn ich wäre zu gern eine dieser Schönen gewesen, die mühelos erreichen, was sie sich wünschen, aber für meine Bücher bevorzuge ich sturmerprobte Heldinnen, denen nichts geschenkt wird und die alles selbst erringen. Es muß einen also nicht wundern, daß ich aufhorchte, als ich zwischen den Zeilen eines Geschichtsbuchs – in denen findet man über Frauen selten mehr als ein paar Zeilen – auf Inés Suárez stieß. Sie war eine Art Figur, wie ich sie für gewöhnlich erfinden muß. Während der Recherchen wurde mir klar, daß nichts, was ich mir ausdachte, die Wirklichkeit dieses Lebens würde übertreffen können. Das wenige, was man über diese Frau weiß, ist atemberaubend und sagenhaft. Ihre Geschichte wartete nur darauf, von mir erzählt zu werden, aber meine Pläne wurden von drei ungewöhnlichen Besuchern fürs erste durchkreuzt.

An einem Samstagmittag standen drei Personen vor unserer Tür, die wir erst für Missionare der Mormonen hielten. Es waren keine, Gott sei Dank. Wie sie mir erklärten, verwalteten sie die Weltrechte an »Zorro«, dem kalifornischen Helden, den wir alle kennen. Ich bin mit ihm aufgewachsen, weil Onkel Ramón ein Fan von ihm war. Du weißt ja, Paula, daß dein Großvater von Salvador Allende 1970 zum Botschafter in Argentinien ernannt wurde, eine der schwierigsten diplomatischen Missionen zu jener Zeit, die er mit Bravour erfüllte, bis zum Tag des Militärputschs, als er zurücktrat, weil er nicht bereit war, eine Tyrannei zu vertreten. Du bist oft dort gewesen, mit sieben Jahren allein mit dem Flugzeug gereist. In dem riesigen Botschaftsgebäude mit seinen ungezählten Sälen, dreiundzwanzig Bädern, drei Konzertflügeln und einem Heer von Angestellten fühltest du dich wie eine Prinzessin, weil dein Großvater dir weisgemacht hatte, es handele sich um seinen eigenen Palast und er selbst gehöre zum Königshaus. Während dieser drei arbeitsreichen Jahre in Buenos Aires zog sich der Herr Botschafter jeden Nachmittag um vier einerlei aus welcher Verpflichtung zurück, um im Fernsehen heimlich eine halbe Stunde Zorro zu schauen. Mit dieser Vorgeschichte konnte ich gar nicht anders, als die drei Besucher mit offenen Armen zu empfangen.

Zorro wurde 1919 von Johnston McCulley, einem kalifornischen Autor von Zehn-Cent-Heftchenromanen, geschaffen und ist zur Kultfigur geworden. *Der Fluch des Capistrano* erzählte die Abenteuer eines jungen spanischen Edelmanns im Los Angeles des neunzehnten Jahrhunderts. Tagsüber war Don Diego de la Vega ein hypochondrisches, frivoles Muttersöhnchen; nachts kleidete er sich in Schwarz, zog eine Maske über und verwandelte sich in Zorro, Rächer der Indios und der Armen.

»Wir haben mit der Figur schon alles mögliche gemacht: Filme, Fernsehserien, Comics, Verkleidungsuntensilien, nur einen Roman gibt es nicht. Würden Sie ihn gern schreiben?« schlugen die drei Besucher mir vor.

»Wie kommen Sie darauf? Ich bin eine seriöse Autorin, ich schreibe nicht auf Bestellung«, war meine erste Reaktion.

Aber dann mußte ich an Onkel Ramón denken und an meinen Ersatzenkel Achill, der sich zu Halloween als Zorro verkleidet hatte, und die Idee ließ mich nicht mehr los, so daß Inés Suárez und die Eroberung Chiles sich hinten anstellen mußten. Die Inhaber der Rechte an Zorro waren der Meinung, das Vorhaben sei mir wie auf den Leib geschneidert: Ich bin Lateinamerikanerin, schreibe in Spanisch, kenne Kalifornien und besitze etwas Erfahrung mit historischen Romanen und Abenteuerbüchern. Hier liege der klassische Fall einer Person auf der Suche nach einem Autor vor. Für mich stellte sich die Sache allerdings weniger eindeutig dar, weil diese Person keiner meiner bisherigen Hauptfiguren ähnelte; Zorro war kein Stoff, den ich mir selbst ausgesucht hätte. Mit dem letzten Band der Jugendbuchtrilogie hatte ich dieses Experiment für beendet erklärt, es hatte mir gezeigt, daß ich lieber für Erwachsene schreibe: Man ist weniger eingeengt. Ein Jugendbuch macht nicht weniger Arbeit als ein Buch für Erwachsene, aber man muß ziemlich vorsichtig sein, wenn es um Sex, Gewalt, Gemeinheiten, Politik und anderes geht, was einer Geschichte Farbe verleiht, von den Verlagen aber häufig als nicht »kindgerecht« empfunden wird. Die Vorstellung, daß ich mit einer »positiven Botschaft« schreiben soll, macht mich krank. Ich sehe keinen Grund, die Kleinen zu schonen, die sowieso jede Menge Mist mitbekommen; im Internet können sie sich fette Frauen beim Geschlechtsverkehr mit Eseln ansehen oder Drogendealer und Polizisten, die einander gegenseitig in widerlichster Weise foltern. Wie naiv zu glauben, man könne ihnen über die Seiten eines Buchs positive Botschaften vermitteln; damit erreicht man bloß, daß sie nicht lesen. Zorro ist eine rundum positive Figur, ein edelmütiger Held, der die Gerechtigkeit sucht wie Che Guevara, stets bereit ist, den Reichen etwas abzunehmen, um es den Armen zu geben, wie Robin Hood und dabei ewig jung bleibt wie Peter Pan. Man würde sich mächtig anstrengen müssen, einen Schuft aus ihm zu machen, und wie mir seine Inhaber erklärten, war das nicht Sinn der Sache. Außerdem dürfe der Roman keine expliziten Sexszenen enthalten, sagten sie. Kurz: eine gewaltige Herausforderung. Ich überlegte es mir gründlich und traf meine Entscheidung schließlich wie üblich: Ich warf eine Münze. Und so kam es, daß ich mich über Monate mit Diego de la Vega in meinem Häuschen einschloß.

Zorro war schon zu sehr ausgeschlachtet worden, es gab nicht mehr viel zu erzählen, außer seinen jungen und seinen späten Jahren. Ich entschied mich für die jungen, denn niemand sieht seinen Helden gern zahnlos im Rollstuhl. Wie war Diego de la Vega als Kind gewesen? Weshalb war er zu Zorro geworden? Ich las über die damalige Zeit, Anfang des neunzehnten Jahrhunderts, eine Epoche des Umbruchs in der westlichen Welt. Die demokratischen Ideen der Französischen Revolution veränderten Europa und wurden zum Ausgangspunkt für die Unabhängigkeitskriege in den amerikanischen Kolonien. Napoleons Grande Armée eroberte etliche Länder, darunter Spanien, wo die Bevölkerung einen erbitterten Guerrillakrieg führte, der die Franzosen schließlich aus dem Land vertrieb. Es war die Zeit der Piraten, Geheimbünde, des Sklavenhandels, der Zigeuner und Pilger. In Kalifornien geschah dagegen rein gar nichts Romantaugliches; hier gab es bloß ausgedehntes Grasland mit

Kühen drauf, Indios, Bären und ein paar spanische Siedler. Ich mußte Diego de la Vega nach Europa verfrachten.

Da meine Recherche Material im Überfluß zutage förderte und die Hauptfigur bereits existierte, bestand meine Arbeit vor allem darin, mir eine abenteuerliche Handlung auszudenken. Unter anderem reiste ich mit Willie auf den Spuren des berühmten Piraten Jean Lafitte nach New Orleans und sah so diese brodelnde Stadt, ehe der Wirbelsturm Katrina sie zu einer Schande für das ganze Land degradierte. Im French Quarter hörte man Tag und Nacht Bläser und Banjos, die rauchigen Bluesstimmen, den unwiderstehlichen Lockruf des Jazz. Auf der Straße wurde getrommelt, und die Leute tranken und tanzten. Die Farbe, die Musik, das Aroma ihrer Küche und die Magie dieser Stadt – es hätte für einen ganzen Roman gereicht, aber ich mußte mich mit einer Stippvisite von Zorro begnügen. Heute versuche ich mir New Orleans ins Gedächtnis zu rufen, wie es damals war, in seiner ausgelassenen Karnevalsstimmung, mit seiner Mischung tanzender Menschen aller Hautfarben, seinen alten Wohnvierteln, den mächtigen Bäumen – Zypressen, Ulmen, blühenden Magnolien – und den schmiedeeisernen Balkonen, auf denen vor zweihundert Jahren die schönsten Frauen der Welt die Abendkühle genossen, die Töchter senegalesischer Königinnen und der Zucker- und Baumwollbarone, die damals dort das Sagen hatten. Doch die Bilder von New Orleans nach dem jüngsten Sturm wollen nicht weichen: schmutzige Fluten, und die Bewohner, immer die ärmsten, im Kampf gegen die Zerstörungskraft der Natur und die Untätigkeit der Behörden. Sie wurden zu Flüchtlingen im eigenen Land, wurden ihrem Schicksal überlassen, während der Rest der Nation, wie vor den Kopf geschlagen von Bildern, die befremdlich wirkten, als stammten sie aus Berichten über den Monsun in Bangladesch, sich fragte, ob die Regierung wohl die Hände ebenso in den Schoß gelegt hätte, wären die Betroffenen in der Mehrheit Weiße gewesen.

Ich verliebte mich in Zorro. Auch wenn ich seine erotischen Abenteuer im Buch nicht so ausführlich schildern durfte, wie ich gewollt hätte, konnte ich sie mir doch ausmalen. In meiner bevorzugten erotischen Phantasie klettert der sympathische Held leise auf meinen Balkon, liebt mich im Dunkeln mit dem Einfühlungsvermögen und der Bedachtsamkeit eines Don Juan, ohne auf meine Zellulitis oder die allzu vielen Jahre zu achten, und verschwindet bei Tagesanbruch wieder. Ich döse noch ein wenig zwischen den zerwühlten Laken und habe nicht die leiseste Ahnung, wer dieser Schöne gewesen sein kann, der mir solche Freuden beschert hat, denn er hat die Maske nicht abgenommen. Es gibt keine Schuld.

Der Sommer kam und mit ihm das geschäftige Treiben der Bienen und Eichhörnchen; der Garten stand in voller Blüte, und Willies Allergien blühten mit, weil er es niemals wird lassen können, seine Nase in jede Rose zu stecken. Die Allergien hindern ihn nicht daran, monumentale Grillspektakel zu veranstalten, an denen auch Lori sich beteiligt, die ihre lange vegetarische Phase für beendet erklärte, als Miki Shima, der sich nicht weniger vegetarisch ernährte als sie, ihr den ärztlichen Rat gab, mehr Eiweiß zu essen. Der warme Pool lockte scharenweise Kinder und Besucher an; die Tage streckten sich in der Sonne, waren lang und vergingen langsam, ohne Uhr, wie in der Karibik. Einzig Tabra fehlte, weil sie sich gerade auf Bali aufhielt, wo einiges gefertigt wird, was sie in ihren Schmuckstücken weiterverarbeitet. Gefiederte Echse war eine Woche mit ihr auf der Insel gewesen, mußte dann jedoch aus Angst vor den Schlangen und den Meuten räudiger und hungriger Hunde nach Kalifornien zurückkehren. Anscheinend war eine kleine grüne Schlange über seine Hand geglitten, als er gerade die Tür zu ihrer Schlafhütte öffnen wollte. Es war eine der giftigsten, die es gibt. In derselben Nacht plumpste etwas Warmes, Feuchtes, Haariges von der Decke, landete auf den beiden und huschte davon. Es war fort, ehe sie das Licht anschalten konnten. Tabra nuschelte, es sei sicher ein Bilch gewesen, schob ihr Kopfkissen zurecht und schlief weiter; er hielt den Rest der Nacht Wache, bei Festbeleuchtung und mit seinem Schlachtermesser in der Hand, ohne den leisesten Schimmer, was ein Bilch eigentlich war.

Juliette und ihre Söhne verbrachten ganze Wochen bei uns. Keiner in der Familie ist höflicher und zuvorkommender als Aristoteles. Wie jeder Grieche, der auf sich hält, besitzt er einen angeborenen Hang zur Tragödie, und sehr früh hat er die Rolle des Beschützers für seine Mutter und seinen kleinen Bruder übernommen, aber durch das Zusammensein mit anderen Kindern wurde seine Bürde leichter und er lustiger. Ich glaube, er ist zum Schauspieler berufen, macht nicht nur immerzu Faxen und sieht gut aus, sondern bekommt auch in den Stücken des Schultheaters regelmäßig die Hauptrolle. Achill war noch immer ein Wonneproppen, strahlte alle an, verteilte Küsse und wurde sehr verhätschelt. Er hatte Schwimmen gelernt wie ein Aal und wäre zwölf Stunden am Stück im Wasser geblieben. Wir fischten ihn runzlig und von der Sonne gerötet heraus und zwangen ihn, aufs Klo zu gehen. Ich möchte mir nicht vorstellen, was alles in diesem Wasser unterwegs ist. »Keine Sorge, bei dem Chlorgehalt könnte eine Leiche drin schwimmen, und es würde nichts ausmachen«, versicherte mir der Angestellte der Wartungsfirma, als ich ihm meine Zweifel vortrug.

Die Kinder veränderten sich von Tag zu Tag. Willie hatte immer gesagt, Andrea habe Alejandros Gesichtszüge, sie seien nur durcheinandergeraten, würden aber irgendwann an den richtigen Platz finden. Offensichtlich geschah das gerade, auch wenn sie selbst es gar nicht merkte, sie lebte in anderen Sphären, träumte mit der Nase in ihren Büchern, war verstrickt in unmögliche Abenteuer. Nicole war sehr klug und eine gute Schülerin, außerdem mochte sie Leute um sich, schloß rasch Freundschaften und war als einzige in dieser frauengeprägten Sippe, in der keine sich in Verführungskünsten verausgabt, kokett. Jeder Frau, die ihren Sinn für Ästhetik kennt, kann Nicole durch einen einzigen kritischen Blick alles Vertrauen in ein Kleidungsstück nehmen, nur Andrea ist in Modefragen immun und läuft wie eh und je verkleidet herum. Wir hatten Nicole monatelang mit einer rätselhaften schwarzen Kiste gesehen und sie so lange bedrängt, bis sie uns schließlich den Inhalt zeigte. Es war eine Geige. Sie hatte sie in der Schule ausgeliehen, weil sie irgendwann im Schulorchester spielen möchte. Sie klemmte sie unters Kinn, hob den Bogen, schloß die Augen und versetzte uns mit einigen kurzen und tadellos gespielten Stücken in Erstaunen, die wir sie nie hatten üben hören. Alejandro hatte gerade noch rechtzeitig einen Wachstumsschub bekommen, ich drängte bereits darauf, ihm Wachstumshormone zu geben wie den Kälbern, damit er kein Winzling bliebe. Mir graute davor, daß er als einziger meine unliebsamen Gene geerbt haben könnte, aber in jenem Jahr stellten wir erleichtert fest, daß er noch einmal davongekommen war. Obwohl man schon den ersten dunklen Flaum über seiner Oberlippe sah, benahm er sich weiter wie ein Springinsfeld, schnitt Grimassen vor dem Spiegel und ging uns mit unpassenden Witzen auf die Nerven, offenbar entschlossen, die Last des Erwachsenwerdens und der Selbständigkeit um jeden Preis zu vermeiden. Er hatte schon angekündigt, bei seinen Eltern zu bleiben, mit einem Fuß bei dem einen, mit einem Fuß bei dem anderen Paar, bis er heiratete oder man ihn am Schlafittchen nahm und vor die Tür setzte. »Sieh zu, daß du groß wirst, ehe uns die Geduld ausgeht«, pflegten wir ihn zu warnen, weil wir seine Kaspereien leid waren. Die Zwillinge schipperten in aufblasbaren Schildkröten auf dem Pool, aus der Ferne von Olivia beargwöhnt, die immer noch hoffte, sie würden ertrinken. Von all den Ängsten, die diese Hündin hatte, als sie zu uns kam, sind ihr zwei geblieben: die vor Regenschirmen und die vor Zwillingen. Alle diese Kinder und ihre vielen Freunde, die ständig bei uns waren, beendeten den Sommer braun wie Schokomuffins und mit grünen Haaren wegen der Chemikalien im Pool, die so giftig sind, daß sie den Rasen versengen. Wo die Badenden ihre nassen Füße hingesetzt haben, wächst kein Gras mehr.

Meine Enkel waren in dem Alter, in dem man die Liebe entdeckt, einzig Achill war noch nicht darüber hinaus, seine Mutter zu bitten, daß sie ihn heiratete. Sie versteckten sich in den Winkeln des Geisterhauses, um im Dunkeln zu spielen, und die Dialoge am Pool gaben den Eltern zu denken.

»Weißt du nicht, daß du mir das Herz gebrochen hast«, prustete Aristoteles unter der Schwimmbrille hervor.

»Ich liebe Eric nicht mehr. Ich kann wieder mit dir gehen, wenn du magst«, schlug Nicole ihm zwischen zwei Kopfsprüngen vor.

»Ich weiß nicht, ich denke drüber nach. Ich kann nicht immer weiter leiden.«

»Denk schneller, oder ich rufe Peter an.«

»Wenn du mich nicht liebst, nehme ich mir besser gleich heute das Leben!«

»Okay, aber nicht im Pool, sonst ist Willie sauer.«

Im Sommer 2005 schloß ich die Arbeit an *Inés meines Herzens* ab und schickte das Manuskript dieses anstrengenden Projekts mit einem Seufzer der Erleichterung an Carmen Balcells, und dann reisten Willie und ich mit Nico, Lori und den Kindern zu einer Safari nach Kenia. Mehrere Wochen kampierten wir mit Samburu und Massai, um die Wanderung der Gnus zu beobachten, Millionen massiger, schwarzer Tiere, die von der Serengeti in den Masai Mara Nationalpark stürmen und den Raubtieren und Aasfressern, die sich sammeln, um die Nachzügler zu verschlingen, eine Zeit der Gelage bescheren. Innerhalb einer Woche werden auf der Wanderung nahezu eine Million Kälber geboren. Aus klapprigen Propellermaschinen sahen wir die Herde wie einen riesigen Schatten, der sich über die afrikanischen Ebenen breitete. Von Lori stammte die Idee, die Kinder jedes Jahr an einen unvergeßlichen Ort mitzunehmen, der ihre Phantasie anstacheln und ihnen zeigen sollte, daß sich die Menschen trotz der Entfernung überall ähneln. Die Gemeinsamkeiten sind zahlreicher als die Unterschiede. Im Jahr zuvor waren wir auf den Galapagosinseln gewesen, wo die Kinder mit Seehunden, Schildkröten und Mantarochen spielen konnten und Nico hinter Haien und Orcas her stundenlang aufs offene Meer hinausgeschwommen war, während Lori und ich über die Inselchen hasteten und nach einem Boot suchten, um ihn vor dem sicheren Tod zu bewahren. Als wir endlich eins auftrieben, näherte sich Nico bereits wieder mit kräftigen Armschlägen dem Ufer. Nach Kenia mußten wir wie immer den Koffer mit Willies Fotoausrüstung schleppen, inklusive der Stative und des kanonengroßen Objektivs, das viel zu auffällig war, um ein afrikanisches Tier zu überraschen. Das beste Foto der Reise machte Nicole mit einer Wegwerfkamera: Es zeigt den Kuß, den mir eine Giraffe mit ihrer fünfundvierzig Zentimeter langen blauen Zunge ins Gesicht drückte. Willies schweres Objektiv blieb schließlich im Zelt, und er benutzte andere, bescheidenere, um das herzliche Lachen der Afrikaner zu verewigen, die staubigen Märkte, die fünfjährigen Kinder, die mitten im Nirgendwo, drei Stunden Fußmarsch von der nächsten Siedlung entfernt, das Vieh der Familie hüten, die Löwenjungen und die schlanken Giraffen. Im offenen Jeep fuhren wir durch Elefantenherden und Büffelgruppen, näherten uns schlammigen Flüssen, in denen sich Flußpferdfamilien suhlten, und folgten den Gnus auf ihrer rätselhaften Wanderung.

Lidilia, einer unserer Führer, ein netter Samburu mit schneeweißen Zähnen und drei langen Federn, die seinen Kopfschmuck aus Perlen krönten, freundete sich mit Alejandro an. Er schlug ihm vor, bei ihm zu bleiben und sich als ersten Schritt auf seinem Weg der Initiation vom Medizinmann des Stammes beschneiden zu lassen. Danach würde er einen Monat in der Wildnis leben und mit dem Speer jagen müssen. Falls es ihm gelänge, einen Löwen zu erlegen, dürfe er das begehrenswerteste Mädchen des Dorfes wählen und sein Name werde zusammen mit dem anderer großer Krieger in Erinnerung bleiben. Erschrocken zählte mein Enkel die Tage bis zu unserer Rückkehr nach Kalifornien. Lidilia war es auch, der übersetzen mußte, als ein schon etwas in die Jahre gekommener Krieger Andrea als Ehefrau kaufen wollte. Er bot etliche Kühe für sie, und als wir ablehnten, legte er noch ein paar Schafe drauf. Nicole verstand sich telepathisch mit den Führern und den Tieren, und konnte sich beneidenswert gut Einzelheiten merken, womit sie uns auf dem laufenden hielt: daß Elefanten alle zehn Jahre vollständig ihr Gebiß wechseln, bis sie sechzig sind und keine neuen Zähne mehr bekommen, so daß sie Hungers sterben müssen; daß ein Giraffenbulle sechs Meter hoch ist, sein Herz sechs Kilo wiegt und er sechzig Kilo Blätter am Tag vertilgt; daß bei den Antilopen das dominante Männchen seinen Harem gegen Rivalen verteidigen und sich mit den Weibchen paaren muß. Der Anführer hat deshalb wenig Zeit zum Fressen und wird schwächer, bis ein Rivale ihn im Kampf besiegt und fortjagt. Der Chefposten wird etwa alle zehn Tage neu vergeben. Inzwischen wußte Nicole, was unter Paarung zu verstehen war. Obwohl ich nicht für ein Leben in freier Wildbahn geschaffen bin und nichts mich unsicherer macht als das Fehlen eines Spiegels, konnte ich mich über einen Mangel an Annehmlichkeiten auf dieser Reise nicht beklagen. Die Zelte waren luxuriös, und dank Loris Weitblick hatten wir Wärmflaschen im Bett, Höhlenforscherlampen, um in stockfinsterer Nacht zu lesen, Lotion gegen Stechmücken, Arznei gegen Schlangenbisse und am Nachmittag englischen Tee, der in einer Porzellankanne serviert wurde, während wir zusahen, wie zwei Krokodile eine hilflose Gazelle verschlangen.

Wieder in Kalifornien, erlebte Alejandro, ehe der Sommer vorbei war, doch noch seinen Initiationsritus, wenn auch etwas anders, als Lidilia vom Volk der Samburu das vorgeschlagen hatte. Lori und Nico hatten im Internet ein Angebot gefunden, und nachdem sich die vier Eltern überzeugt hatten, daß es kein Bluff von Pädophilen und Sodomiten war, erlaubten sie Alejandro, daran teilzunehmen. Der Übergang von der Kindheit zum Erwachsenenleben sollte bei Jungs durch eine Zeremonie markiert sein, da hatte Lidilia schon recht. Weil es bei uns eine entsprechende Tradition nicht gibt, wurde statt dessen dieses Training für Gruppen von Jungs angeboten, die mit mehreren Begleitern drei Tage in der Wildnis verbringen und dort Werte wie Respekt, Ehre, Mut, Verantwortungsbewußtsein, den Schutz der Schwachen und andere elementare Normen menschlichen Miteinanders erleben sollten, die unsere Gesellschaft gern in mittelalterliche Rittergeschichten verbannt. Alejandro war der Jüngste in seiner Gruppe. In der ersten Nacht hatte ich einen beklemmenden Traum: Mein Enkel hockte an einem Feuer zusammen mit einem Haufen hungriger, vor Kälte zitternder Waisenkinder wie in einer Erzählung von Dikkens. Am nächsten Morgen bat ich Nico inständig, seinen Sohn zurückzuholen, ehe in diesem finsteren Gehölz, in dem er mit wildfremden Menschen unterwegs war, ein Unglück geschah, aber Nico hörte nicht auf mich. Nach drei Tagen holte er ihn ab, und die beiden kamen gerade rechtzeitig zum sonntäglichen Abendessen im Familienkreis. Wir hatten Bohnengemüse nach einem chilenischen Rezept zubereitet, und das Haus roch nach Mais und Basilikum.

Die gesamte Familie erwartete gespannt den Initiierten, der verdreckt war und hungrig. Alejandro, der jahrelang behauptet hatte, nicht erwachsen werden zu wollen, sah älter aus. Ich drückte ihn mit haltloser Großmutterliebe an mich, erzählte ihm meinen Traum und erfuhr, daß seine Erfahrung nicht ganz so gewesen war, wenngleich es ein Feuer und ein paar Waisenkinder in der Gruppe gegeben hatte. Einige seien auch vorbestraft gewesen, »eigentlich nette Kerle«, behauptete Alejandro, »die Dummheiten gemacht haben, weil sie keine Familie haben«. Er erzählte, sie hätten im Kreis um das Feuer gesessen und einer nach dem anderen darüber geredet, was ihnen zu schaffen machte. Er schlug vor, wir sollten das auch tun, da unser Stamm ja nun hier schon im Kreis saß, und einer nach dem anderen antwortete auf Alejandros Frage. Willie sagte, ihn beängstige die Situation seiner Kinder: Jennifer verschwunden und seine beiden Söhne drogenabhängig, ich sprach davon, daß du mir fehltest, Lori davon, daß sie keine Kinder bekommen konnte, und so jeder von dem, was ihn beschäftigte.

»Und du, Alejandro, was macht dir zu schaffen?« wollte ich schließlich wissen.

»Meine Streitereien mit Andrea. Aber ich habe fest vor,

besser mit ihr auszukommen, und das wird mir auch gelingen, weil ich gelernt habe, daß jeder für das, worunter er leidet, selbst verantwortlich ist.«

»Das stimmt aber nicht immer«, widersprach ich ihm heftig. »Ich bin nicht verantwortlich für Paulas Tod und Lori nicht dafür, daß sie keine Kinder bekommen kann.«

»Manchmal können wir das Leid nicht vermeiden, aber wir können unterschiedlich damit umgehen. Willie hat Jason. Dich hat Paulas Tod dazu gebracht, eine Stiftung zu gründen, und du hast ihr Andenken unter uns lebendig erhalten. Lori kann keine eigenen Kinder bekommen, aber sie hat uns drei.«

Während der Monate, in denen sie sich zur Verfügung stellte, um mit dem Kind von Lori und Nico schwanger zu werden, arbeitete Juliette nicht, weil sie starke Hormonpräparate einnehmen mußte. Natürlich kümmerte sich die Familie um sie, aber nachdem sich jede Hoffnung auf eine Schwangerschaft zerschlagen hatte, suchte Juliette eine neue Anstellung. Die fand sie bei einem Investor, der in San Francisco asiatische Kunst für seine Galerien in Chicago zu kaufen gedachte. Ben war siebenundfünfzig, hatte sich gut gehalten und mußte Geld wie Heu haben, jedenfalls zeigte er sich in fürstlicher Weise spendabel. Er plante, häufig selbst aus Chicago anzureisen, suchte aber eine verantwortungsvolle Person vor Ort, die während seiner Abwesenheit Importe kostbarer Objekte nach Kalifornien überwachte. Bei ihrem ersten Gespräch lud er Juliette ins beste Restaurant im County zum Abendessen ein – ein gelbes Haus aus viktorianischen Zeiten zwischen Pinien und Rosenbüschen – und war nach mehreren Gläsern Weißwein nicht nur überzeugt, die ideale Assistentin gefunden zu haben, sondern auch verliebt in sie. Ein romanhafter Zufall wollte es, daß Ben, wie sie im Gespräch herausfand, Manolis erste Ehefrau gekannt hatte, die Chilenin, die am Tag der Hochzeit mit dem Yoga-Lehrer durchgebrannt war. Er erzählte ihr, die Frau lebe in Italien und sei in vierter Ehe mit einem Olivenölproduzenten verheiratet.

Juliette hatte sich seit einer Ewigkeit nicht mehr begehrt gefühlt. Schon im Jahr vor seinem Tod war Manoli nicht mehr der leidenschaftliche Liebhaber gewesen, der die zwanzigjährige Juliette verführt hatte, waren seine Knochen und sein Gemüt von der Krankheit angegriffen. Ben gab sich alle Mühe, den Mangel wettzumachen, und wir sahen, wie Juliette aufblühte, strahlte, ein neues Leuchten in ihrem Blick war und ein schalkhaftes Lächeln auf ihren Lippen. Ihr Leben änderte sich, sie gingen in teure Lokale, Restaurants, ins Theater, in die Oper, unternahmen Ausflüge. Ben überschüttete Aristoteles und Achill mit Aufmerksamkeiten und Geschenken. Er war ein begnadeter Liebhaber, der Juliette sogar am Telefon glücklich machte; so war seine Abwesenheit zu ertragen, und wenn er nach Kalifornien kam, wurde er sehnsüchtig erwartet. Lori und ich nutzten eine unserer ruhigen Stunden bei Jasmintee und Datteln, um Juliette ein wenig auf den Zahn zu fühlen, weil uns schien, daß sie uns auswich. Allerdings mußten wir sie nicht sehr bedrängen, bis sie uns von der Affäre mit ihrem Chef erzählte. In mir schrillte sofort die Alarmglocke der alten Häsin, und ich warnte sie, Arbeit und Liebesleben nicht miteinander zu mischen, weil sie dadurch beides verlieren würde. »Er nutzt dich aus, Juliette. Wie praktisch! Er kriegt die Assistentin und die Geliebte für dasselbe Geld«, sagte ich. Aber sie saß schon in der Falle. Uns war nicht entgangen, daß Juliette Männer anzog, die ihr sehr wenig zu bieten hatten, die verheiratet waren, viel älter als sie, weit entfernt lebten oder unfähig waren, sich zu binden. Ben paßte gut in dieses Bild, jedenfalls wirkte er auf uns wie einer, der sich nicht festlegen will. Willie meinte, im heutigen hedonistischen Kalifornien werde sich kein Mann die Verantwortung für eine junge Witwe mit zwei kleinen Kindern aufladen, aber meine Astrologin, die ich wieder aus Furcht vor dem Spott der anderen heimlich konsultierte, sagte, in einigen Jahren würden die Planeten den idealen Partner für Juliette schicken. Ben war den Planeten zuvorgekommen.

Als wir aus Afrika heimkehrten, waren in Juliettes Liebesabenteuer die ersten dunklen Wolken aufgetaucht. Offenbar war Bens Vermögen nicht auf sein gutes Auge für Kunst, sondern auf das Erbe seiner Ehefrau zurückzuführen. Die

Galerien waren eine Form der gehobenen Freizeitbeschäftigung und sorgten dafür, daß man auf der gesellschaftlichen Welle obenauf schwamm. Bens häufige Reisen nach San Francisco und die Telefonkonferenzen im Flüsterton begannen den Argwohn seiner Frau zu wecken.

»Es ist nicht ratsam, sich mit verheirateten Männern einzulassen, Juliette«, sagte ich ihr, in Gedanken bei den Dummheiten, die ich als junge Frau begangen hatte und die ich teuer bezahlen mußte.

»Es ist nicht so, wie du denkst, Isabel. Was hätten wir tun sollen? Es war Liebe auf den ersten Blick. Er hat mich nicht verführt und mir nichts vorgemacht, wir haben es beide gewollt.«

»Und was wirst du jetzt tun?«

»Ben ist seit dreißig Jahren verheiratet, er hält große Stükke auf seine Frau und hängt an seinen Kindern. Das ist sein erster Seitensprung.«

»Ich vermute eher, daß er chronisch Affären hat, aber das ist nicht dein Problem, Juliette, sondern das seiner Frau. Du mußt nach dir schauen und nach deinen Kindern.«

Um mir zu beweisen, daß ihr Liebhaber es ernst meinte, zeigte Juliette mir seine Briefe, die auf mich verdächtig zurückhaltend wirkten. Das waren keine Liebesbriefe, sondern Anwaltsunterlagen.

»Er sichert sich ab. Vielleicht hat er Angst, daß du ihn wegen sexueller Belästigung am Arbeitsplatz anzeigst; das ist hier strafbar. Jeder, der diese Briefe liest, selbst seine Frau, muß glauben, daß die Initiative von dir ausging, du ihn dir geangelt hast und ihm jetzt nachstellst.«

»Wie kannst du so etwas sagen!« rief sie erschrocken. »Ben wartet nur auf den geeigneten Augenblick, es seiner Frau zu sagen.«

»Ich glaube nicht, daß er das tun wird, Juliette. Die beiden haben Kinder und sind seit vielen Jahren zusammen. Es tut mir leid für dich, aber für seine Frau tut es mir noch mehr leid. Versetz dich in ihre Lage, sie ist eine ältere Frau mit einem untreuen Ehemann.«

»Wenn Ben doch nicht glücklich mit ihr ist...«

»Man kann nicht alles haben, Juliette. Er wird sich entscheiden müssen zwischen dir und dem schönen Leben, das sie ihm zu bieten hat.«

»Ich will nicht der Grund für eine Scheidung sein. Ich habe ihn gebeten, daß er sich mit seiner Frau aussöhnt, eine Therapie mit ihr macht oder sie zu zweiten Flitterwochen nach Europa einlädt«, sagte sie und brach in Tränen aus.

Ich dachte mir, das Spiel werde so weitergehen, bis die Kette am schwächsten Glied – bei Juliette – schließlich riß, aber ich sagte nichts mehr dazu, weil ich nicht wollte, daß Juliette sich von uns entfernte. Außerdem bin ich, wie Willie mich wissen ließ, nicht unfehlbar, und Ben konnte sich ebensogut wirklich in sie verliebt haben und sich scheiden lassen, um bei ihr zu sein, und dann würde ich, weil ich wie eine alte Unke den Mund nicht hatte halten können, diese Freundin verlieren, die ich wie eine weitere Tochter zu lieben gelernt hatte.

Wie befürchtet, kam Bens Frau aus Chicago, um ein wenig San-Francisco-Luft zu schnuppern. Sie setzte sich in Bens Büro, der klug genug war, sich unter diversen Vorwänden zu verkrümeln, und binnen Stunden hatten ihr Instinkt und die Kenntnis ihres Mannes ihre schlimmsten Befürchtungen bestätigt. Sie mutmaßte, ihre Nebenbuhlerin könne nur die schöne Assistentin sein, und stellte sie mit ihrer ganzen Autorität der rechtmäßigen Ehefrau, mit dem Selbstvertrauen, das der Reichtum verleiht, und mit dem Schmerz der Betrogenen, über den Juliette nicht hinwegsehen konnte, zur Rede. Ohne lange zu fackeln, kündigte sie ihr die Stellung und warnte sie, sollte sie noch einmal versuchen, mit Ben Kontakt aufzunehmen, werde sie sich persönlich darum kümmern, ihr zu schaden. Ihr Mann ließ sich in diesen Tagen nicht blicken, bot Juliette nur telefonisch eine kleine Abfindung an und bat sie – man höre und staune –, ihre Nachfolgerin einzuarbeiten. Seine Ehefrau stand während des Telefonats daneben und auch, als er den erbärmlichen Brief verfaßte, den letzten in der Serie, mit dem er die Affäre beendete.

Zwei Tage später kam Willie nach Hause und fand Lori und mich im Badezimmer, wo wir Juliette im Arm hielten, die wie ein geprügeltes Kind auf dem Boden kauerte. Wir erzählten ihm, was passiert war. Er meinte, er habe das kommen sehen, besonders originell sei es nicht, aber von einem gebrochenen Herzen sei bisher noch jeder genesen und spätestens in einem Jahr würden wir alle zusammen bei einem Glas Wein sitzen und uns über diese unglückliche Affäre kaputtlachen. Als ihm Juliette dann jedoch von den Drohungen der Ehefrau erzählte, fand er das gar nicht komisch und bot an, sie juristisch zu vertreten, denn sie hätte das Recht gehabt, vor Gericht zu gehen. Der Fall war ein gefundenes Fressen für jeden Anwalt: eine junge Witwe, Mutter zweier Kinder, mittellos, Opfer eines Millionärs, der sie am Arbeitsplatz sexuell belästigt und nachher auf die Straße setzt. Jedes Geschworenengericht würde Ben in den Staub treten. Willie hatte das Messer schon zwischen den Zähnen, aber Juliette wollte nichts davon wissen, weil es einfach nicht stimmte: Sie hatten sich ineinander verliebt, und sie war kein Opfer. Sie willigte nur ein, daß Willie einen fuchsteufelswilden Brief schrieb, in dem er juristische Schritte ankündigte, sollte seiner Mandantin noch einmal gedroht werden. Ohne Absprache fügte Willie hinzu, falls die Frau das Problem zu lösen gedachte, solle sie ihren Mann an die kurze Leine nehmen. Sofern sie zu denen gehörte, die notfalls einen Mafioso anheuern, um einer Rivalin zu schaden, würde der Brief sie nicht aufhalten, aber immerhin machte er deutlich, daß Juliette nicht völlig allein dastand. Nach nicht einmal einer Woche bekam Willie einen Anruf von einem Anwalt aus Chicago, der ihm versicherte, es liege ein Mißverständnis vor und die Drohungen würden sich nicht wiederholen.

Juliette litt monatelang wie ein Hund und mußte von der ganzen Familie gehätschelt werden, aber ich hätte diese traurige Episode nicht erzählt, wenn Juliette es mir nicht erlaubt und Willies Vorhersage sich nicht erfüllt hätte. Ich stellte Juliette als meine Assistentin ein, sie nahm Spanischunterricht und wurde Teil des literarischen Bordells von Sausalito, wo sie in Ruhe mit Lori, Willie und Tong arbeiten kann, die auf sie achtgeben und jeden untreuen Ehemann in die Flucht schlagen würden, der in wollüstiger Absicht an ihre Tür klopfte. Noch vor Ablauf des Jahres saßen wir alle beim Abendessen um den Tisch der Schloßherrin, und Juliette erhob ihr Glas, um auf die verflossenen Liebschaften zu trinken. »Auf Ben!« stimmten wir wie aus einem Mund ein, und sie lachte herzhaft. Jetzt warte ich, daß die Planeten sich hübsch aufreihen und ihr den Mann ohne Furcht und Tadel bescheren, der sie glücklich macht. Angeblich könnte es bald soweit sein.

Die Großmutter geht mit dir

Schon seit einiger Zeit lebte Großmutter Hilda in Madrid bei ihrer Tochter, die dort zusammen mit ihrem zweiten Mann im diplomatischen Dienst war. Im letzten Jahr hatte sie uns keinen monatelangen Besuch mehr gemacht, denn das Alter war schlagartig über sie gekommen, und sie wagte es nicht mehr, allein zu reisen. Im Chile der sechziger Jahre war ich eine junge Journalistin gewesen, die mit drei Jobs jonglierte, um sich über Wasser zu halten, aber daß ich zwei Kinder bekam, machte mein Leben nicht schwieriger, weil ich tatkräftig unterstützt wurde. Bevor ich morgens zur Arbeit ging, brachte ich dich, schlafend und in einen Schal gehüllt, bei meiner Schwiegermutter, der wunderbaren Granny, oder bei Großmutter Hilda vorbei, die sich um dich kümmerten, bis ich dich gegen Abend wieder abholte. Als du dann in die Schule kamst, war dein Bruder an der Reihe, der von den beiden Großmüttern verhätschelt wurde wie der Erstgeborene eines Emirs. Als wir nach dem Putsch nach Venezuela emigrierten, vermißtet ihr zwei nichts mehr als eure beiden Bilderbuchgroßmütter. Die Granny, die nur für ihre Enkel gelebt hatte, starb zwei Jahre später vor Kummer. Großmutter Hilda verlor ihren Mann und kam nach Venezuela, weil dort ihre einzige Tochter, Hildita, lebte, und fortan wohnte sie mal bei ihr, mal bei uns. Meine Geschichte mit Hilda begann, als ich etwa siebzehn Jahre alt war. Ihre Tochter war die erste Frau meines Bruders Pancho; die beiden hatten sich mit vierzehn in der Schule kennengelernt, waren zusammen durchgebrannt, hatten geheiratet, einen Sohn bekommen, sich scheiden lassen, einander ein zweites Mal geheiratet, eine Tochter bekommen und sich ein zweites Mal scheiden lassen. Insgesamt verbrachten sie über ein Jahrzehnt damit, einander zu lieben und zu hassen, und Großmutter Hilda sah sich das Trauerspiel an, ohne einen Ton dazu zu sagen. Nie hörte ich ein böses Wort von ihr gegen meinen Bruder, der vielleicht mehr als eins verdient gehabt hätte.

Irgendwann in ihrem Leben hatte Großmutter Hilda beschlossen, ihre Rolle bestehe darin, ihrer kleinen Familie, zu der sie mich großzügig zählte, zur Seite zu stehen, und dank ihrer sprichwörtlichen Diskretion und ihrer guten Laune füllte sie diese Rolle wundervoll aus. Obendrein war sie zäh wie ein Maultier. Sie brachte es fertig, mit dir, Nico und einem halben Dutzend weiterer Halbwüchsiger auf ein Eiland in der Karibik zu fahren, auf dem es kein Wasser gab und das man nur erreichte, wenn man, dicht gefolgt von einem Schwarm Haie, ein heimtückisch brodelndes Meer überquerte. Der Fährmann setzte euch mit einem Berg Campingausrüstung am Strand aus, und man darf von Glück sagen, daß er sich eine oder zwei Wochen später daran erinnerte, euch wieder abzuholen. Großmutter Hilda ertrug wie ein Soldat die Stechmücken, die abendlichen Gelage mit lauwarmer Cola mit Rum, die Dosenbohnen, die bissigen Mäuse, die zwischen den Schlafsäcken nisteten, und andere Zumutungen mehr, die ich, obwohl zwanzig Jahre jünger, nie im Leben ausgehalten hätte. Mit derselben bewundernswerten Zähigkeit setzte sie sich vor den Fernseher und sah sich Pornofilme an. Anfang der achtziger Jahre studiertest du Psychologie und hattest vor, dich in Sexualwissenschaft zu spezialisieren. Ständig trugst du einen Koffer mit Zubehör für erotische Spiele herum, was ich ziemlich geschmacklos fand, dir aber nicht zu sagen wagte, weil du dich über meine Zimperlichkeiten gnadenlos lustig gemacht hättest. Großmutter Hilda setzte sich mit ihrem Strickzeug zu dir, strickte vor sich hin, ohne auf die Nadeln zu schauen, und sah sich mit dir ekelhafte Videos an, in denen abgerichtete Hunde vorkamen. Sie war aktives Mitglied unserer ambitionierten Familientheatergruppe, nähte Kostüme, malte Bühnenbilder und spielte jede gewünschte Rolle, von Madame Butterfly bis zum heiligen Josef im Krippenspiel. Mit den Jahren wurde sie immer kleiner, und ihre Stimme verebbte zu einem feinen Zwitschern, aber ihre Begeisterung für die spinnerten Ideen der Familie blieb ungebrochen.

Großmutter Hildas Ende zu begleiten war nicht uns, sondern ihrer Tochter vorbehalten, die sich während ihres raschen Verfalls um sie kümmerte. Es begann mit wiederholten Lungenentzündungen, Spätfolgen ihrer Zeit als Raucherin, sagten die Ärzte, und dann vergaß sie nach und nach ihr Leben. Hildita verstand diese letzte Phase im Leben ihrer Mutter als eine Rückkehr in die Kindheit und entschied, wenn man seine Geduld an zweijährige Kinder verschwende, gebe es keinen Grund, einer Achtzigjährigen gegenüber damit zu geizen. Sie sorgte liebevoll dafür, daß Hilda sich wusch, daß sie aß, ihre Vitamine nahm, abends ins Bett ging; sie mußte ihr zehnmal hintereinander dieselbe Frage beantworten und so tun, als hörte sie zu, wenn Hilda irgendeine Belanglosigkeit erzählte und sie dann wie eine hängende Schallplatte ein ums andere Mal in genau den gleichen Worten wiederholte. Schließlich war Großmutter Hilda diese Nebelbank der wirren Erinnerungen leid, durch die sie ruderte, die Angst, daß sie alleinbleiben oder hinfallen könnte, das Knarren ihrer Knochen und die Belagerung durch Gesichter und Stimmen, die sie nicht zuordnen konnte. Eines Tage hörte sie auf zu essen. Hildita rief mich aus Spanien an und erzählte mir von Schlachten, die sie schlagen mußte, bis ihre Mutter einen Joghurt zu sich nahm, und ich wußte nichts zu sagen, als daß sie sie nicht zwingen solle. Mein Großvater war auf diese Weise gestorben, an Appetitlosigkeit, als er meinte, hundert Jahre seien zu viel für ein Leben

Nico nahm am nächsten Tag ein Flugzeug nach Madrid. Großmutter Hilda erkannte ihn sofort, obwohl sie sich selbst im Spiegel nicht erkannte, bat kokett um ihren Lippenstift und forderte ihn zu einem Kartenspiel heraus, das sie mit allen gewohnten Tricks und Kniffen absolvierten. Nico brachte sie dazu, als Reminiszenz an karibische Zeiten lauwarme Cola mit Rum zu trinken, und von da bis zum ersten Tellerchen Suppe verging nur eine halbe Stunde. Der Besuch ihres Ersatzenkels und das Versprechen, wenn sie wieder bei Kräften wäre, könne sie nach Kalifornien kommen und mit Tabra Gras rauchen, schafften das Wunder, daß Großmutter Hilda wieder zu essen begann, aber der Appetit hielt nur zwei Monate vor. Als sie erneut in den Hungerstreik trat, sah die Tochter tieftraurig ein, daß ihre Mutter alles Recht der Welt hatte, zu gehen wie und wann sie wollte. Aus Großmutter Hilda, die immer schon eine kleine, schmale Frau gewesen war, wurde in den folgenden Wochen ein winziges Gespenstchen mit großen Ohren, so leicht, daß ein Luftzug vom Fenster sie anhob. Sie verabschiedete sich mit den Worten: »Meine Handtasche, bitte, Paula ist gekommen, um mich abzuholen, und ich will sie nicht warten lassen.«

Ich landete ein paar Stunden später in Madrid, zu spät, um Hildas Tochter bei den Verrichtungen des Todes zur Seite zu stehen. Wenige Tage darauf kehrte ich mit einer Handvoll Asche in einem Kästchen nach Kalifornien zurück, um sie in deinem Wald auszustreuen, denn Großmutter Hilda hatte in deiner Nähe sein wollen.

2006 habe ich diese Seiten begonnen. Meinem Ritual treu zu bleiben und jeden 8. Januar ein neues Buch anzufangen fällt mir zusehends schwerer, weil ich mit den Jahren die Selbstgewißheit der Jugend verloren habe. Ein neues Buch ist so ernst wie eine neue Liebe, erfordert denselben unbesonnenen Impuls, dieselbe besessene Hingabe. Bei jedem neuen Buch frage ich mich – wie bei einer neuen Liebe –, ob meine Kraft ausreicht, um bis ans Ende zu gehen, ob sich die Mühe überhaupt lohnt: zu viele Seiten werden umsonst geschrieben, zu viel Herzblut umsonst vergossen. Früher gab ich mich dem Schreiben – und der Liebe – mit der Kühnheit dessen hin, der die Risiken nicht kennt, heute dagegen vergehen oft Wochen, bis ich den Respekt vor dem leeren Computerbildschirm verliere. Wie wird dieses Buch werden? Werde ich es zu Ende bringen können? Über die Liebe stelle ich mir solche Fragen nicht mehr, lebe ich doch seit über achtzehn Jahren mit demselben Geliebten zusammen und habe meine Zweifel längst überwunden; heute liebe ich Willie jeden Tag neu, ohne mich zu fragen, wie diese Liebe ist und wie sie enden wird. Ich möchte glauben, daß es eine elegante Liebe ist, die kein Allerweltsende nehmen kann. Vielleicht stimmt ja, was Willie sagt: daß wir auch nach dem Tod Hand in Hand gehen werden. Ich hoffe nur, daß keiner von uns sich in die Senilität davonschleicht und der andere einen gebrechlichen Leib pflegen muß. Bis zum letzten Tag zusammen und klar im Kopf zu leben, das wäre das Schönste.

Wie immer, wenn ich mit einem Buch beginne, säuberte ich erst gründlich meinen Bau, lüftete durch, tauschte die Kerzen auf dem Altar der »Ahnen«, wie meine Enkel ihn nennen, und packte Kisten voll mit Skizzen und Recherchematerial des vorangegangenen Projekts. In den Regalen ringsum blieben nur in dichten Reihen die Erstausgaben meiner Bücher und die Bilder der Lebenden und Toten, die mich immer begleiten. Ich räumte alles hinaus, was der Inspiration im Weg sein oder mich von meinen Erinnerungen ablenken könnte, die einen klaren Raum brauchen, um erzählt zu werden. Für mich begann die Zeit des Alleinseins und der Stille. Immer dauert es eine Weile, bis ich in Fahrt komme, mein Schreiben steckt wie ein eingerosteter Motor, und ich weiß, es werden einige Wochen vergehen, bis die Konturen dessen, was ich erzählen will, sich deutlich abzeichnen. Ich darf mich nicht ablenken lassen. Was den Musen auf die Sprünge hilft? Alles, was ich erlebt habe, meine Erinnerungen, die Weite der Welt, die Menschen, die ich kenne, und auch die Wesen und Stimmen, die ich in mir trage und die mir bei der Reise durch mein Leben und mein Schreiben zur Seite stehen. Für meine Großmutter war der Raum voller Erscheinungen, war angefüllt mit dem, was war, was ist und was sein wird. In diesem transparenten Raum sind meine Figuren zu Hause, aber ich kann sie nur hören, wenn ich still bin. Etwa in der Mitte jedes Buchs, wenn ich nicht mehr ich bin, die Frau, sondern eine andere, die Erzählerin, kann ich die Figuren auch sehen. Sie tauchen aus dem Zwielicht auf und stehen leibhaftig vor mir, ich kann ihre Stimmen hören und ihren Geruch atmen, sie überfallen mich in meinem Häuschen, drängen sich in meine Träume, bevölkern meine Tage und verfolgen mich sogar auf der Straße. Aber wenn ich mein Leben niederschreibe, ist es anders, weil die Figuren Menschen aus meiner Familie sind, die leben, die ihre Vorstellungen und ihre Konflikte haben. Hier geht es nicht darum, die Phantasie anzustacheln, sondern um den Versuch, das Erlebte wirklich nachzuvollziehen.

Die Mehrheit im Land fühlte sich frustriert, und das schon seit zu langer Zeit: Die Zukunft der Welt sah schwarz und zäh wie Pech aus. Im Nahen Osten eskalierte die Gewalt, daß einem angst und bange werden mußte, und die Politik der Vereinigten Staaten wurde international einhellig verurteilt, aber Präsident Bush hörte nicht zu, redete wie ein Schwachsinniger, ohne Sinn für die Realität und umgeben von Großtuern. Die Schlappe des Irakkriegs war nicht mehr zu verbergen, auch wenn die Presse bisher nur aseptische Bilder lieferte: Panzer, grüne Lichter am Horizont, Soldaten, die durch verlassene Dörfer laufen und manchmal eine Explosion auf einem Markt, wo die Opfer Iraker waren, vermutlich, aus der Nähe zu sehen bekamen wir sie nicht. Kein Blut, keine verkrüppelten Kinder. Die Korrespondenten hatten bei der Truppe zu bleiben und ihre Berichte vor Veröffentlichung durch den Militärapparat zu schleusen, aber über Internet konnte, wer wollte, die Nachrichten aus dem Rest der Welt empfangen, selbst arabisches Fernsehen. Einige mutige Journalisten – und sämtliche Satiriker des Landes – legten die Inkompetenz der Regierung bloß. Die Bilder aus dem Gefängnis von Abu Ghraib gingen um die Welt, und in Guantánamo, wo die Gefangenen auf unbestimmte Zeit ohne Anklage festgehalten wurden, starben Insassen unter ungeklärten Umständen, brachten sich um oder versuchten sich zu Tode zu hungern, zwangsernährt über dicke Schläuche, die ihnen bis in den Magen geschoben wurden. Es geschah, was noch kurz zuvor kein Mensch in den Vereinigten Staaten für möglich gehalten hatte, einem Land, das sich gern als leuchtendes Beispiel für Demokratie und Gerechtigkeit darstellt: Das Habeas-Corpus-Prinzip wurde außer Kraft gesetzt und Folter legalisiert. Ich dachte, die Bevölkerung werde massenhaft dagegen protestieren, aber kaum jemand ließ dem Geschehen die Aufmerksamkeit zukommen, die es verdient hätte. Ich komme aus Chile, einem Land, in dem Folter sechzehn Jahre lang zum System gehörte; ich weiß um den nie wiedergutzumachenden Schaden, den sie in der Seele der Opfer anrichtet, bei den Tätern und in einer ganzen Gesellschaft, die zum Komplizen wird. Laut Willie waren die USA seit dem Vietnamkrieg nicht mehr derart tief gespalten gewesen. Die Republikaner kontrollierten alles, und wenn die Demokraten die Kongreßwahlen im November nicht gewännen, wären wir geliefert. ›Wie sollten sie nicht gewinnen?‹ fragte ich mich, ›wo Bushs Popularität gesunken ist auf Werte, die Nixon in seinen übelsten Zeiten hatte.‹

Am schlimmsten war es für Tabra. In jungen Jahren hatte sie ihr Land verlassen, weil sie den Krieg in Vietnam nicht aushalten konnte; nun schickte sie sich an, dasselbe noch einmal zu tun, wollte sogar die amerikanische Staatsbürgerschaft aufgeben. Sie träumte davon, ihre Tage in Costa Rica zu beschließen, aber viele Ausländer hatten dieselbe Idee, und die Immobilienpreise waren über das für sie Erschwingliche geklettert. Also entschied sie sich, nach Bali zu gehen, wo sie ihr Geschäft mit den ortsansässigen Goldschmieden und Steinschneidern würde weiterführen können. Zwei Handelsvertreter für die Vereinigten Staaten würde sie behalten, die übrigen Verkäufe konnten über Internet abgewickelt werden. Wir sprachen auf unseren Wanderungen über nichts anderes mehr. Überall sah Tabra dunkle Vorzeichen, ob in den Fernsehnachrichten oder in einer Meldung über Quecksilber im Lachs.

»Glaubst du, in Bali ist das anders?« wollte ich wissen. »Wohin du auch gehst, der Lachs wird voll Quecksilber sein, Tabra. Man kann dem nicht entkommen.«

»Zumindest bin ich dort nicht mitverantwortlich für die Verbrechen dieses Landes. Du bist aus Chile fortgegangen, weil du nicht unter einer Diktatur leben wolltest. Wieso verstehst du nicht, daß ich hier nicht leben will?«

»Weil es keine Diktatur ist.«

»Es kann aber schneller eine werden, als du denkst. Was

dein Onkel Ramón sagt, stimmt: Jedes Land wählt die Regierung, die es verdient. Das ist der Nachteil an der Demokratie. Du solltest auch gehen, ehe es zu spät ist.«

»Hier lebt meine Familie. Es hat mich viel Kraft gekostet, sie zusammenzubringen, Tabra, und ich will es genießen, weil ich weiß, daß es nicht von Dauer ist. Das Leben neigt dazu, uns auseinanderzubringen, und dem muß man mühsam entgegenwirken. Und jedenfalls denke ich nicht, daß es schon nötig wäre, das Land zu verlassen. Noch können wir etwas ändern. Bush wird nicht ewig währen.«

»Dann viel Glück. Ich suche mir jedenfalls einen friedlichen Ort, und du kannst mit deiner Familie nachkommen, sollte das nötig sein.«

Ich begann mich zu verabschieden, während sie ihre Werkstatt auflöste, die sie so viele Jahre hindurch aufgebaut hatte; Tongi half ihr, hatte seine Arbeit gekündigt, um seiner Mutter in den letzten Monaten zur Seite zu stehen. Einen nach dem anderen entließ Tabra die Flüchtlinge, mit denen sie lange Zeit gearbeitet hatte und um die sie sich sorgte, weil sie wußte, daß es für manche von ihnen sehr schwer werden würde, eine neue Stelle zu finden. Sie verkaufte den größten Teil ihrer Kunstsammlung, außer einigen wertvollen Bildern, die sie mir zur Aufbewahrung gab. Sie konnte ihre Verbindung in die Vereinigten Staaten nicht restlos kappen, mindestens zweimal im Jahr würde sie herkommen müssen, um ihren Sohn zu sehen und ihre Geschäfte zu überwachen, denn ihr Schmuck braucht einen Markt, der größer ist als die Strände in einem asiatischen Urlauberparadies. Ich versicherte ihr, daß sie jederzeit bei uns würde wohnen können; da räumte sie ihr Haus aus und richtete es für den Verkauf her.

Durch diese Vorbereitungen und unsere traurigen Wanderungen wurde ich von Tabras Weltuntergangsstimmung angesteckt. Wenn ich nach Hause kam, klammerte ich mich verstört an Willie. Vielleicht wäre es nicht die schlechteste

Idee, unsere Ersparnisse in Goldmünzen anzulegen, sie in den Rocksaum einzunähen und Vorkehrungen für die Flucht zu treffen. »Was redest du da von Goldmünzen?« fragte Willie verständnislos.

Andreas Pubertät begann Knall auf Fall. Eines Abends im November erschien sie in der Küche, wo die Familie zusammensaß, trug Kontaktlinsen, Lippenstift, ein langes weißes Kleid, dazu silbrige Sandalen und Ohrringe von Tabra, ihre Garderobe für den Auftritt des Schulchors an Weihnachten. In dieser strahlenden Ipanema-Schönheit, sinnlich, ein wenig entrückt und geheimnisvoll, erkannten wir Andrea kaum wieder. Wir waren daran gewöhnt, daß sie verwaschene Jeans und klobige Schuhe trug und ein Buch in der Hand hielt. Die junge Frau, die schüchtern lächelnd in der Tür stand, hatten wir noch nie gesehen. Als Nico, über dessen zen-hafte Seelenruhe wir uns oft amüsierten, begriff, wen er vor sich hatte, verlor er die Fassung. Anstatt die Frau zu feiern, die gerade zur Tür hereinkam, mußten wir den Vater trösten, weil er das unbeholfene Mädchen verloren hatte, das bei ihm aufgewachsen war. Lori war als einzige in das Geheimnis der Verwandlung eingeweiht gewesen, weil Andrea das Kleid und die Schminksachen mit ihr zusammen gekauft hatte. Während wir anderen noch Bauklötze staunten, machte Lori eine Serie von Fotos, auf denen Andrea das lange, wie dunkler Honig schimmernde Haar mal offen, mal hochgesteckt trägt und sich zum Spaß übertrieben affektiert wie ein Mannequin in Pose wirft.

Ihre Augen glänzten, und ihre Haut war gerötet, als wäre sie zu lang in der Sonne gewesen. Wir anderen waren novemberbleich. Seit Tagen schon hustete sie wie eine Schwindsüchtige. Nico wollte ein Foto nachstellen, das es von den beiden gab, damals war Andrea fünf gewesen und hatte wie eine Ente in der Mauser mit ihrer dicken Alchimistenbrille und meinem rosa Nachthemd, das sie über ihren normalen Sachen zu tragen pflegte, auf seinem Schoß gesessen. Als Nico sie anfaßte, merkte er, daß sie glühte. Lori steckte ihr ein Fieberthermometer in den Mund, und die kleine Familienfeier fand ein erbärmliches Ende, weil Andrea im Fieber glühte. In den folgenden Stunden war sie kaum noch ansprechbar. Nico und Lori versuchten, das Fieber mit kalten Bädern zu senken, mußten sie aber schließlich in Windeseile in die Notaufnahme des Bezirkskrankenhauses bringen, wo eine Lungenentzündung diagnostiziert wurde. Seit wer weiß wie vielen Tagen hatte sie die schon ausgebrütet, ohne ein Wort zu sagen, stoisch und introvertiert wie immer. »Die Brust tut mir weh, aber ich dachte, das ist das Wachstum«, erklärte sie.

Sofort waren Celia und Sally zur Stelle, dann auch die anderen. Andrea mußte im Krankenhaus bleiben, umringt von ihrer Familie, die mit Adleraugen darüber wachte, daß ihr keins der Medikamente verabreicht würde, die für Porphyrie-Patienten auf der Schwarzen Liste stehen. Als ich sie in diesem Eisenbett sah, die Augen geschlossen, die Lider durchscheinend, von Minute zu Minute bleicher, schwer atmend und angeschlossen an Kabel und Schläuche, wurden meine schlimmsten Erinnerungen an deine Krankenhauszeit in Madrid wach. Genau wie Andrea warst du mit einer verschleppten Erkältung eingeliefert worden, aber was man Monate später entließ, warst nicht mehr du, sondern eine leblose Puppe, die nur noch auf einen sanften Tod hoffen durfte. Ruhig redete Nico auf mich ein, daß das eine mit dem anderen nichts zu tun hatte. Du hattest über Tage schreckliche Bauchschmerzen gehabt, hattest alles, was du zu dir nahmst, wieder erbrochen, Symptome für einen Porphyrie-Schub, die Andrea nicht aufwies. Um eine mögliche Schlamperei oder einen Behandlungsfehler zu vermeiden, entschieden wir, daß Andrea keinen Moment allein sein sollte. In Madrid war uns das unmöglich gewesen, dort hatte sich die Krankenhausbürokratie deiner ohne Erklärung bemächtigt. Dein Mann und ich hatten Monate in einem

Korridor gesessen, ohne zu wissen, was hinter der schweren Tür zur Intensivstation geschah.

Andreas Krankenzimmer war voller Menschen. Nico und Lori, Celia und Sally, ich selbst saßen an ihrem Bett; später kamen noch Juliette, Sabrinas Mütter, die übrigen Verwandten und einige Freunde. Über fünfzehn Mobiltelefone standen wir miteinander in Verbindung, und ich rief außerdem jeden Tag bei Pía und bei meinen Eltern in Chile an, damit sie in der Ferne an uns dachten. Nico verteilte die Liste mit den verbotenen Medikamenten und den Instruktionen für Notfälle. Dein Geschenk, Paula, war, daß wir vorbereitet waren, man konnte uns nicht mehr überrumpeln. Unsere Hausärztin Cheri Forrester hatte die Station im Krankenhaus vorgewarnt, sich mit Geduld zu wappnen, da diese Patientin mit ihrer Sippe anrücken werde. Während die Krankenschwester eine Vene an Andreas Arm suchte, um ihr eine Kanüle zu legen, waren die Augen von elf ums Bett versammelten Leuten auf sie gerichtet. »Bitte keine religiösen Gesänge«, sagte sie. Wir lachten im Chor. »Sie sehen aus, als wären Sie dazu imstande«, fügte sie besorgt hinzu.

Wir begannen unsere Tag- und Nachtwachen, nie waren weniger als zwei, meistens drei von uns im Krankenzimmer. Nur wenige gingen arbeiten in dieser Zeit; wer nicht gerade im Krankenhaus war, kümmerte sich um die übrigen Kinder und um die Hunde – Poncho, Mack und vor allem Olivia, die fix und fertig war, weil sich nicht mehr alles um sie drehte –, erledigte die Hausarbeit und brachte für das ganze Bataillon Essen ins Krankenhaus. Zwei Wochen hielt Lori wie selbstverständlich das Ruder in der Hand, das niemand ihr streitig zu machen versuchte, denn sie ist sowieso die Managerin der Familie. Ich weiß nicht, was wir ohne sie täten. Niemand besitzt soviel Durchsetzungsvermögen und Entschlossenheit wie sie. Sie ist in New York aufgewachsen und schreckt als einzige nicht zurück, wenn Ärzte oder Krankenschwestern sie einzuschüchtern versuchen, sie zehnseitige Formulare ausfüllen soll und auf Erklärungen pochen muß. In den letzten Jahren haben wir unsere Schwierigkeiten der Anfangszeit überwunden; Lori ist wirklich meine Tochter geworden, meine Vertraute, meine rechte Hand in der Stiftung, und ich sehe, wie sie nach und nach zur Matriarchin wird. Bald wird sie am Tisch der Schloßherrin den Vorsitz führen.

Erst sah Andrea mit jedem Tag schlechter aus, weil man ihr viele der Antibiotika, die in einem solchen Fall eingesetzt werden, nicht verabreichen durfte, was die Lungenentzündung über die Maßen in die Länge zog, aber Dr. Forrester, die regelmäßig nach ihr sah, versicherte uns, die Urin- und Blutproben zeigten keine Anzeichen für einen Porphyrie-Schub. Für kurze Phasen wurde Andrea lebhaft, wenn ihre Geschwister, die griechischen Kinder oder Freundinnen aus der Schule zu Besuch kamen, aber den Rest der Zeit schlief sie und hustete, während ihr einer ihrer Eltern oder ihre Großmutter die Hand hielten. Schließlich, am zweiten Freitag, hatte sie das Fieber besiegt, sie erwachte mit klarem Blick und hatte Hunger.

Die Familie war seit über zehn Jahre mit diesem für Scheidungsfamilien typischen Reigen kleiner Scheingefechte befaßt, einem ermüdenden Hüh und Hott. Das Verhältnis der beiden Elternpaare zueinander ist durch Höhen und Tiefen gegangen, es war schwierig, die Erziehung der gemeinsamen Kinder im Detail abzustimmen, aber je älter und unabhängiger die drei werden, desto weniger Zündstoff wird es geben, und eines Tages wird man sich gar nicht mehr sehen müssen. Lange dauert das nicht mehr. Trotz des Ärgers, den sie miteinander hatten, dürfen die beiden Paare einander gratulieren: Sie haben drei zufriedene und freundliche Kinder großgezogen, die sich zu benehmen wissen, gute Noten nach Hause bringen und bis jetzt noch nie in ernsthaften Schwierigkeiten gesteckt haben. Während der zwei Wochen von Andreas Lungenentzündung erlebte ich das Trugbild einer vereinten Familie, kam es mir vor, als lösten sich am Krankenbett des Mädchens alle Spannungen in Wohlgefallen auf. Aber solche Geschichten müssen ohne Happy-End bleiben. Jeder bemüht sich, so gut er kann, das ist alles.

Andrea verließ das Krankenhaus fünf Kilo leichter, geschwächt und gurkenfarben, hatte aber die Infektion weitgehend überstanden. Noch zwei Wochen kurierte sie sich zu Hause aus, dann war sie rechtzeitig gesund, um im Chor zu singen. Vom Parkett aus sahen wir sie in der langen Reihe der engelsgleich singenden Mädchen auf die Bühne kommen. Das weiße Kleid schlotterte an ihr, und die Sandalen rutschten ihr von den Füßen, aber für uns stand fest, daß sie nie schöner gewesen war. Die gesamte Sippe war gekommen, um sie zu feiern, und einmal mehr wurde mir klar, daß man in einem Notfall alles über Bord wirft, was man nicht unbedingt braucht, also fast alles. Am Ende, wenn man sich aller Last entledigt hat und schaut, was bleibt, ist nur noch Zuneigung übrig.

Zeit zum Ausruhen

Es ist Dezember geworden, und für unsere Sippe und das Land sieht manches anders aus. Tabra ist nach Bali gegangen; meine betagten Eltern erleben in Chile die Dreingabe, sie sind fünfundachtzig und neunzig Jahre alt; Nico ist vierzig geworden, endlich, sagt Lori, er ist ein reifer Mann; die Enkel stecken bis über beide Ohren in der Pubertät, und bald werden sie sich von dieser besitzergreifenden Großmutter lösen, die sie noch immer »meine Kinder« nennt. Olivia hat graue Haare bekommen und überlegt es sich zweimal, ob sie den Hügel hinaufrennen soll, wenn wir mit ihr nach draußen gehen. Willie ist mit seinem zweiten Buch fast fertig, und ich grabe für dieses noch immer den harten Boden der Erinnerungen um. Die Demokraten haben die Kongreßwahlen gewonnen und jetzt im Repräsentantenhaus und im Senat die Mehrheit; alle hoffen, daß sie Bush an die Kandare nehmen, daß die amerikanischen Truppen den Irak verlassen, und sei es nach und nach und wie geprügelte Hunde, und daß weitere Kriege vermieden werden. Auch in Chile gibt es Neuigkeiten: Im März hat Michelle Bachelet das Präsidentenamt übernommen, als erste Frau in der Geschichte meines Landes, und sie macht ihre Sache sehr gut. Sie ist Chirurgin, Kinderärztin, Sozialistin, alleinerziehende Mutter, Agnostikerin und die Tochter eines Generals, der unter der Folter starb, weil er sich den Putschisten von 1973 nicht beugen wollte. Außerdem ist General Pinochet gestorben, seelenruhig in seinem Bett, und eines der tragischsten Kapitel der Geschichte des Landes hat damit ein Ende gefunden. Mit sicherem Gespür für den richtigen Zeitpunkt starb er genau am Internationalen Tag der Menschenrechte.

Dieses Buch zu schreiben war eine merkwürdige Erfahrung. Ich habe mich nicht allein auf meine Erinnerung und den Briefwechsel mit meiner Mutter verlassen, sondern auch die Familie befragt. Weil ich auf spanisch schreibe, konnte die Hälfte der Familie es erst lesen, nachdem Margaret Sayers Peden, Petch, es übersetzt hatte, eine liebenswerte achtzigjährige Dame, die in Missouri lebt und bis auf meinen ersten Roman alle meine Bücher ins Englische übertragen hat. Mit der Geduld einer Archäologin legt Petch die einzelnen Schichten meiner Manuskripte frei, überarbeitet jede Zeile wieder und wieder und ändert, was ich geändert haben möchte. Als der englische Text vorlag, konnte die Familie die einzelnen Versionen vergleichen, die nicht immer mit meiner übereinstimmten. Harleigh, Willies jüngster Sohn, entschied, daß er nicht in dem Buch vorkommen wollte, und ich mußte es umschreiben. Das ist ein Jammer, denn er ist ziemlich pittoresk und aus unserer Sippe eigentlich nicht wegzudenken; ihn auszuschließen kommt mir wie Schummelei vor, aber ich darf mich nicht ohne Erlaubnis eines fremden Lebens bemächtigen. In langen Gesprächen überwanden wir die Angst davor, unsere Gefühle, die guten wie die schlechten, auszudrücken; zuweilen fällt es schwerer, Zuneigung zu zeigen als Ablehnung. Wessen Wahrheit ist richtig? Willie sagt, man gelangt an einen Punkt, an dem man die Wahrheit vergessen und sich auf die Tatsachen konzentrieren muß. Als Erzählerin sage ich, man muß die Tatschen vergessen und sich auf die Wahrheit konzentrieren. Jetzt, fast am Ende des Buchs, kann ich nur hoffen, daß dieser Versuch, die Erinnerungen zu ordnen, für alle nützlich war. Und nachher werden sich die Wogen wieder glätten, der aufgewühlte Schlick wird zurück auf den Grund sinken, und was bleibt, ist Klarheit.

Für Willie und mich ist das Leben angenehmer geworden seit den Zeiten des Therapiemarathons, seit wir nicht mehr zaubern müssen, um unsere Rechungen zu bezahlen, und uns nicht mehr berufen fühlen, diejenigen vor sich selbst zu retten, die nicht gerettet werden wollten. Fürs erste trübt kein Wölkchen den Horizont. Falls kein Unglück geschieht, was nie ausgeschlossen werden kann, steht es uns frei, die Jahre, die uns bleiben, mit der Sonne auf dem Bauch zu genießen.

»Ich glaube, wir sind alt genug, um in Rente zu gehen«, sagte ich eines Abends zu Willie.

»Kommt nicht in die Tüte. Ich habe gerade erst mit dem Schreiben begonnen, und wüßte nicht, was wir mit dir anfangen sollten, wenn du nicht schreiben würdest, du wärst nicht auszuhalten.«

»Im Ernst. Ich arbeite seit einer Ewigkeit. Ich brauche ein Sabbatjahr.«

»Was wir machen: Wir lassen alles ruhiger angehen.«

Aufgeschreckt von der Drohung, daß ich mir ein Jahr der Untätigkeit vorstellen konnte, beschloß Willie, mich zu einem Urlaub in die Wüste einzuladen. Er dachte, eine Woche Nichtstun in der Ödnis werde mich wieder zur Vernunft bringen. Das Hotel, laut Reisebüro ein Haus der Spitzenklasse, entpuppte sich als in die Jahre gekommenes Etablissement, in dem sich Toulouse-Lautrec wohl gefühlt hätte. Hingekommen waren wir über einen nicht enden wollenden schurgeraden Highway, durch eine nackte, nur von sattgrünen Golfplätzen gesprenkelte Landschaft, die unter einer weißen, gleißenden, selbst um acht am Abend noch sengenden Sonne flirrte. Kein Lüftchen regte sich, kein Vogel war zu sehen. Jeder Tropfen Wasser mußte von weither gebracht werden, und daß überhaupt etwas wuchs, war der Kraftanstrengung unauffälliger mexikanischer Gärtner zu verdanken, die das komplexe Getriebe eines vorgespielten Paradieses am Laufen hielten und abends wie Spukgeister verschwanden.

Zum Glück zeigte Willie gegenüber den staubigen Draperien im Hotel eine allergische Reaktion, die ihn fast umgebracht hätte, und wir mußten uns etwas anderes suchen.

So gelangten wir zu einigen sonderbaren Thermen, von denen wir noch nie gehört hatten und wo unter anderem Schlammbäder angeboten wurden. In tiefen Eisenbottichen ruhte eine zähe, stinkende Masse, aus der kleine Bläschen aufstiegen. Eine Mexikanerin, untersetzt, das Haar von einer billigen Dauerwelle verbrannt, führte uns durch die Anlage. Sie war nicht älter als zwanzig, überraschte uns aber mit ihrer Kühnheit.

»Wozu ist das gut?« fragte ich sie auf spanisch und zeigte auf den Schlamm.

»Keine Ahnung, so was gefällt den Amis.«

»Sieht aus wie Kacke.«

»Es ist Kacke, aber nicht von Menschen, sondern von Tieren«, sagte sie ungerührt.

Das Mädchen ließ Willie nicht aus den Augen, und als wir schon gehen wollten, fragte sie ihn, ob er William Gordon sei, der Anwalt aus San Francisco.

»Erinnern Sie sich nicht mehr an mich? Ich bin Magdalena Pacheco.«

»Magdalena? Wie du dich verändert hast!«

»Das macht nur die Dauerwelle«, sagte sie und wurde ganz rot.

Die beiden umarmten einander freudestrahlend. Magdalena war die Tochter von Jovito Pacheco, der vor Jahren bei einem Sturz von einem Baugerüst ums Leben gekommen war. Am Abend aßen wir zusammen in einem mexikanischen Restaurant, in dem ihr älterer Bruder Socorro Herr über die Herdplatten war. Er war verheiratet und hatte bereits sein erstes Kind, einen drei Monaten alten Jungen, der nach dem Großvater Jovito hieß. Der andere Bruder arbeitete weiter im Norden, im Napatal im Weinbau. Magdalena hatte einen Freund aus El Salvador, der als Automechaniker arbeitete, und erzählte, daß sie heiraten würden, sobald die Familie einen Termin fände, um sich in Mexiko zu treffen, denn sie hatte ihrer Mutter versprochen, in Weiß und im

Kreis der ganzen Familie zu heiraten. Willie versprach ihr, daß wir ebenfalls kommen würden, wenn sie uns einluden.

Die Pachecos erzählten, ihre Großmutter habe zwei Jahre zuvor eines Morgens tot im Bett gelegen, und sie hatte eine Beerdigung wie aus einem Roman bekommen, in einem Mahagonisarg, den die Enkel in einem Pick-up aus San Diego gebracht hatten. Offenbar hatten sie keine Schwierigkeiten, die Grenze in die eine und die andere Richtung zu überqueren, selbst mit einer schweren Kiste für einen Toten nicht. Die Mutter betrieb einen kleinen Lebensmittelladen und lebte mit dem jüngsten Sohn zusammen, dem blinden, der auch schon vierzehn war. Auf dem Weg zum Restaurant hatte Willie mir den Fall Pacheco noch einmal ins Gedächtnis gerufen, der sich über Jahre in San Francisco durch etliche Instanzen geschleppt hatte. Ich konnte mich noch daran erinnern, weil wir uns oft über Willies hochtrabenden Satz in seinem Schlußplädoyer amüsiert hatten: »Wollen Sie zulassen, daß der Anwalt der Verteidigung diese arme Familie auf die Müllhalde der Geschichte wirft?« Danach hatte Willie wieder und wieder Berufung eingelegt und am Ende eine bescheidene Entschädigung für die Familie erstritten. In seiner Zeit als Anwalt hatte er manches kleine Vermögen vor die Hunde gehen sehen, weil die begünstigten Mandanten, die nie etwas anderes als Löcher in den Taschen gehabt hatten, völlig den Kopf verloren, wenn sie sich von einem Tag auf den andern reich fühlten, zu protzen anfingen und entfernte Verwandte, vergessene Freunde und Gauner wie Fliegen anlockten, die sie noch um den letzten müden Heller zu erleichtern versuchten. Die Entschädigung an die Pachecos war alles andere als üppig, aber, auf mexikanische Verhältnisse übertragen, genug, um die Familie aus dem Elend zu holen. Auf Willies Rat hin investierte die Großmutter die Hälfte des Geldes in den Aufbau des Lebensmittelladens und legte die andere Hälfte fernab von Bauernfängern und Bittstellern in den

Vereinigten Staaten an, auf einem Konto, das auf die Namen von Jovitos Kindern lief. Seit dem Tod des Vaters war über ein Jahrzehnt vergangen, und eins nach dem anderen hatten sich die Kinder, mit Ausnahme des jüngsten Sohnes, von der Mutter und der Großmutter verabschiedet und ihr Heimatdorf verlassen, um in Kalifornien zu arbeiten. Jeder von ihnen hatte einen Zettel mit Willies Namen und Telefonnummer, damit er ihm seinen Anteil an dem angelegten Geld auszahlte, und so hatten sie bessere Startchancen gehabt als die meisten illegalen Einwanderer, die mit nichts als Hunger und Träumen ins Land kommen. Was Willie sich gedacht hatte, als er die Kinder Jahre zuvor nach Disneyland einlud, war eingetreten.

Dank Socorro und Magdalena Pacheco bekamen wir die schönste Unterkunft der Thermen, ein blitzblankes kleines Häuschen in Lehmbauweise mit hübschem Ziegeldach, durch und durch mexikanisch hergerichtet, mit einer kleinen Küche, einem Hof nach hinten und einem Whirlpool unter freiem Himmel. Dort verkrochen wir uns, nachdem wir Vorräte für drei Tage eingekauft hatten. Es war lange her, daß Willie und ich allein und mit Zeit nur für uns gewesen waren, und die ersten Stunden vergeudeten wir in erfundener Geschäftigkeit. Obwohl sich mit dem, was in der Küche vorhanden war, kaum ein Frühstück zubereiten ließ, machte sich Willie daran, einen Ochsenschwanz zu kochen, nach einem dieser Rezepte für Geduldige aus der Alten Welt, für die man mehrere Töpfe benötigt. Der kräftige Bratengeruch erfüllte die Luft, verscheuchte die Vögel und lockte die Kojoten an. Das Fleisch mußte über Nacht im Kühlschrank stehen, damit man am nächsten Tag das festgewordene Fett abschöpfen konnte, deshalb aßen wir, als es dunkel wurde, aneinandergekuschelt in einer Hängematte im Hof Brot und Käse und tranken Wein dazu, während die Kojotenmeute sich auf der anderen Seite der Mauer, die unsere kleine Behausung schützte, die Lefzen leckte.

Die Wüstennacht ist so unauslotbar tief wie das Meer. Die Sterne, unendlich viele Sterne, funkelten am schwarzen, mondlosen Himmel, und von der kühler werdenden Erde stieg wie Raubtieratem ein dichter Dunst auf. Wir entzündeten drei dicke Kerzen, deren Zeremonienschein sich in unserem Wasserbecken spiegelte. Nach und nach löste sich die Anspannung, die wir durch das viele Ackern und Schuften angesammelt hatten, in der Stille auf. Neben mir steht immer, die Peitsche in der Hand, ein unsichtbares und unbarmherziges Hutzelmännchen, das an mir herummäkelt und mir Befehle erteilt: »Los, aufstehen! Es ist schon sechs Uhr, und du mußt dir die Haare waschen und mit dem Hund raus. Kein Brot essen! Oder glaubst du etwa, du nimmst von Zauberhand ab? Denk dran, daß dein Vater ein Fettwanst war. Du mußt deine Rede umschreiben, sie strotzt vor Klischees, und dein Romänchen ist das Letzte, du schreibst jetzt seit einem Vierteljahrhundert und hast nichts gelernt.« Und so weiter und so fort, immer dieselbe Leier. Du hast immer gesagt, ich solle lernen, mich ein bißchen zu mögen, ich würde mit meinem ärgsten Feind nicht so umspringen wie mit mir selbst. »Was würdest du tun, Mama, wenn einer zu dir nach Haus käme und würde so mit dir reden?« wolltest du von mir wissen. Ihm sagen, er soll sich zum Teufel scheren, und ihn mit dem Besen hinausscheuchen, selbstverständlich, aber bei dem Hutzelmännchen klappt das nicht immer, denn es ist tückisch und gewieft. Nur gut, daß es diesmal in der Toulouse-Lautrec-Absteige hängengeblieben war und mir nicht noch in unserem Häuschen auf die Nerven ging.

Eine Stunde, vielleicht zwei verbrachten wir still. Ich weiß nicht, was in Willies Kopf und Herz in dieser Zeit vorging, ich jedenfalls stellte mir vor, wie ich mich in dieser Hängematte Stück für Stück erst meines rostigen Helms, dann meiner schweren Eisenrüstung, meines kratzigen Kettenhemds, meines ledernen Harnischs, meiner nietenbeschlagenen Stiefel entledigte und schließlich der lächerlichen Waffen, mit denen ich mich und meine Familie nicht immer erfolgreich gegen die Launen des Schicksals verteidigt habe. Seit du tot bist, Paula, bin ich oft in deinem Wald unterwegs, es sind ruhige Spaziergänge, auf denen du mich begleitest und mich einlädst, in meine Seele zu horchen. Mir ist, als hätten sich in all den Jahren langsam meine verschlossenen Höhlen geöffnet und als dringe mit deiner Hilfe Licht in sie ein. Manchmal gebe ich mich in deinem Wald der Sehnsucht hin, und ein dumpfer Schmerz ergreift Besitz von mir, aber das währt nie lang, bald schon spüre ich wieder, wie du neben mir gehst, und das Rauschen der Sequoien und der Duft von Rosmarin und Lorbeer trösten mich. Ich stelle mir vor, daß es schön wäre, mit Willie an diesem verwunschenen Ort zu sterben, alt, aber ganz Herr über das eigene Leben und den eigenen Tod. Nebeneinander, Hand in Hand, würden wir auf der weichen Erde liegen und unseren Körper verlassen, um zu den Geistern zu gehen. Vielleicht werden Jennifer und du auf uns warten; wenn du gekommen bist, um Großmutter Hilda zu holen, hoffe ich doch, daß du nicht vergißt, dasselbe bei mir zu tun. Diese Spaziergänge tun mir sehr gut, danach fühle ich mich immer unbesiegbar und bin froh für die große Fülle, die mir das Leben beschert hat: für die Liebe, die Familie, meine Arbeit, daß ich gesund bin und so tief zufrieden. Was ich an diesem Abend in der Wüste erlebte, war anders: Ich empfand nicht die Kraft, die du mir in deinem Wald schenkst, sondern fühlte mich verlassen. Meine alten, harten Schuppenschichten hatten sich gelöst, und darunter kamen ein verletzliches Herz und Knochen ohne Mumm zum Vorschein.

Gegen Mitternacht, als die Kerzen fast niedergebrannt

waren, zogen wir uns aus und stiegen in das warme Wasser des Pools. Willie ist nicht mehr der, der mich vor Jahren auf den ersten Blick für sich eingenommen hat. Er strahlt noch immer Stärke aus, und sein Lächeln ist unverändert, aber er hat viel durchgemacht, seine Haut ist zu weiß, der Kopf geschoren, um die Kahlheit zu verbergen, das Blau seiner Augen ausgebleicht. Und mir stehen die Zeiten der Trauer und die Verluste der Vergangenheit ins Gesicht geschrieben, ich bin einen Fingerbreit geschrumpft, und der Körper dort im Wasser gehört einer reifen Frau, die nie eine Schönheit gewesen ist. Aber keiner von uns beiden urteilte oder verglich, wir erinnerten uns schon gar nicht mehr, wie wir in jungen Jahren gewesen waren: Wir haben diesen Zustand völliger Unsichtbarkeit erreicht, den das Zusammenleben verleiht. So viele Nächte haben wir beieinander geschlafen, daß wir schon nicht mehr fähig sind, einander zu sehen. Wie zwei Blinde berühren wir uns, riechen uns, spüren das Dasein des anderen, wie man die Luft um sich her spürt.

Willie sagte zu mir, ich sei seine Seele, er habe mich erwartet und gesucht während der ersten fünfzig Jahre seines Lebens, sei sicher gewesen, mich zu finden, ehe sein Leben zu Ende wäre. Er ist keiner, der sich in hübschen Sätzen verausgabt, ist eher bärbeißig und kann Rührseligkeiten nicht leiden, deshalb fiel jedes Wort, das er mit Bedacht und langsam sagte, wie ein Regentropfen auf mich. Ich begriff, daß auch er in diese unergründliche Sphäre der geheimsten Hingabe eingetreten war, auch er hatte seine Rüstung abgelegt und öffnete sich. Ich sagte ihm mit dünnem Stimmchen, weil meine Brust wie zugeschnürt war, daß auch ich, ohne es zu wissen, blind nach ihm gesucht hatte. Ich habe in meinen Romanen die romantische Liebe beschrieben, eine Liebe, die alles gibt, die nichts zurückhält, weil ich immer wußte, daß sie möglich sein muß, wenn auch vielleicht für mich nie zu erreichen. Nur dir und deinem Bruder gegenüber habe ich diese rückhaltlose Hingabe in Ansätzen verspürt, als ihr noch sehr klein wart; nur euch gegenüber empfand ich, daß wir ein einziger Geist in nur mühsam getrennten Körpern waren. Heute empfinde ich das auch Willie gegenüber. Ich habe andere Männer geliebt, das weißt du, aber selbst in der kopflosesten Leidenschaft habe ich mir einen Fluchtweg offen gehalten. Von klein auf wollte ich auf eigenen Füßen stehen. In den Spielen dort unten im Keller meiner Großeltern, bei denen ich aufwuchs, war ich nie die Prinzessin, die vom Prinzen gerettet wird, sondern immer die Amazone, die den Drachen tötet und so ein Volk rettet. Aber jetzt und hier, sagte ich zu Willie, wollte ich nur meinen Kopf an seine Schulter legen und ihn bitten, mich zu beschützen, wie Männer das doch angeblich mit Frauen tun, wenn sie sie lieben.

»Behüte ich dich denn nicht?« fragte er verdutzt.

»Doch, Willie, du kümmerst dich um alle praktischen Fragen, aber ich meine es romantischer. Ich weiß auch nicht, wie genau. Ich wäre wohl gern die Märchenprinzessin, und du sollst der Prinz sein, der mich rettet. Ich bin es leid, Drachen zu töten.«

»Ich bin seit fast zwanzig Jahren der Prinz, aber du merkst es ja nicht einmal, Prinzeßchen.«

»Als wir uns kennenlernten, haben wir ausgemacht, daß ich allein klarkommen würde.«

»Das haben wir gesagt?«

»Nicht wörtlich, aber das war doch gemeint, als wir sagten, wir wollten Compañeros sein. Die Compañeros klingen für mich heute arg nach Guerrilla. Ich würde gern ausprobieren, wie es sich anfühlt, eine schwache Ehefrau zu sein, mal zur Abwechslung.«

»Ha! Die Blondine aus der Tanzschule hatte recht: Der Mann führt.« Er lachte.

Ich antwortete ihm mit einem Klaps auf die Brust, er schubste mich, und am Ende landeten wir beide unter Wasser. Willie kennt mich besser, als ich mich selbst kenne, und trotzdem liebt er mich. Wir haben einander, es ist ein Fest.

»So was!« prustete er beim Auftauchen. »Ich warte da in meiner Ecke, ungeduldig, wo du bleibst, und du wartest, daß ich komme und dich zum Tanzen auffordere. Und dafür die ganze Therapie?«

»Ohne Therapie hätte ich niemals zugeben können, daß ich mich danach sehne, von dir beschützt und behütet zu werden. Wie kitschig! Stell dir das vor, Willie, das straft ein ganzes feministisches Leben Lügen.«

»Das hat damit nichts zu tun. Wir brauchen mehr Nähe, Stille, Zeit für uns beide. In unserem Leben ist zuviel Streiterei. Komm mit mir an einen Ort der Gelassenheit«, sagte Willie leise und zog mich zu sich heran.

»Ein Ort der Gelassenheit … das gefällt mir.«

Mit der Nase an seinem Hals war ich froh darum, zufällig über die Liebe gestolpert zu sein und daß sie so viele Jahre danach ihren Glanz nicht eingebüßt hatte. Da schwebten wir umschlungen, vom bernsteinfarbenen Licht der Kerzen beschienen, leicht im heißen Wasser, und ich spürte, wie ich mit diesem Mann verschmolz, mit dem ich einen langen und steilen Weg gegangen war, mit dem ich gestolpert und gefallen und wieder aufgestanden war, mich gestritten und mich versöhnt hatte, ohne daß wir einander je verraten hätten. Das Siegel der Tage, Leid und Freuden geteilt zu haben, war längst unser Schicksal.

ENDE (fürs erste)

Inhaltsverzeichnis

Die Launen der Muse bei Tagesanbruch 7

Erster Teil

Die dunkelsten Wasser 15
Jedes Leben ein Roman 25
Eine Seele aus alten Zeiten kommt zu Besuch 34
Ein Nest für Sabrina 41
Zigeunerin aus Leidenschaft 47
Der mächtige Kreis der Hexen 56
Tage des Lichts und des Leids 63
Eine außergewöhnliche Schwiegertochter 71
Grüner Tee gegen die Traurigkeit 77
Ein Mädchen mit drei Müttern 83
Winzige Wunder des Alltags 89
Marihuana und Silikon 98
Der Engel des Todes 102
Leben in der Familie 107
Botschaften 113
Four Minutes Of Fame 116
Der böse Weihnachtsmann 124
Ein gewaltiger Felsblock 128
Paartanz und Schokolade 136
Kurzgeratene Komiker 141
Gefiederte Echse 146
Weggefährte 150
Der leere Brunnen 156
Wer will ein Mädchen? 161
Eine Stimme im Maharadschapalast 166
Nichts zu danken 170

Widrige Winde ... 176
Aber wir bleiben an Bord ... 181
Eine arg gebeutelte Familie ... 188

Zweiter Teil

Herbstanfang ... 199
In schlechten Händen ... 204
Auf Brautschau ... 210
Fünf Schüsse ... 218
Kunstgriffe einer Kupplerin ... 222
Eine infernalische Schwiegermutter ... 228
Lori in ihrem Element ... 233
Die mongolischen Reiter ... 241
Eine denkwürdige Hochzeit ... 245
Hinter der Liebe her nach China ... 250
Schwere See ... 254
Ein neues Haus für die Geister ... 259
Im Flug der Feder über das Papier ... 266
Das Labyrinth des Kummers ... 271
Ehefrau auf Bestellung ... 277
Magie für die Enkel ... 281
Die Herrschaft des Terrors ... 289
Juliette und die griechischen Kinder ... 292
Jason und Judy ... 301
Die buddhistischen Mütter ... 306
Der sexbesessene Zwerg ... 311
Gebete ... 315
Der goldene Drache ... 323
Unheilvolle Mission ... 330
Yemayá und die Fruchtbarkeit ... 334
Organhandel ... 338
Die Kinder, die nicht kamen ... 343
Striptease ... 347

Mein Lieblingsschriftsteller 350
Ein bürgerliches Paar 354
Zwillinge und Goldmünzen 359
Doña Inés und Zorro 363
Der Sommer 370
Initiationsriten 374
Verbotene Liebe 379
Die Großmutter geht mit dir 385
Grübeleien 389
Die wiedervereinte Sippe 395
Zeit zum Ausruhen 400
Ein Ort der Stille 406